爱情看上去很偶然

魏姣　著

重庆出版集团　重庆出版社

图书在版编目（CIP）数据

爱情看上去很偶然 / 魏姣著. — 重庆：重庆出版社，2013.3
ISBN 978-7-229-06045-9

Ⅰ. ①爱… Ⅱ. ①魏… Ⅲ. ①言情小说－中国－当代
Ⅳ. ①I247.5

中国版本图书馆CIP数据核字(2012)第298968号

爱情看上去很偶然
AIQING KAN SHANGQU HEN OURAN
魏姣 著

出 版 人：罗小卫
责任编辑：袁 宁
责任校对：杨 媚
装帧设计：弗工作室

重庆出版集团
重 庆 出 版 社 出版

重庆长江二路205号 邮政编码：400016 http://www.cqph.com
北京兴湘印务有限公司制版
北京兴湘印务有限公司印刷
重庆出版集团图书发行有限公司发行
E-MAIL：fxchu@cqph.com 邮购电话：023-68809452
全国新华书店经销

开本：710mm×1000mm 1/16 印张：16 字数：267千
2013年3月第1版 2013年3月第1版第1次印刷
ISBN 978-7-229-06045-9
定价：28.00元

如有印装质量问题，请向本集团图书发行有限公司调换：023-68706683

目录

青春的伤痒都刚好在最敏感的节位上破裂或结痂。

——题记

第一章　错位

1

苏枕画完最后一幅图，揉揉酸痛的眼睛，仰倒在椅背上。短短几天，他为新项目设计出三个人物形象和五个场景图。代价是睡眠总共不足六小时，没有正经吃过一顿饭。屋子乱得像遭了劫，桌上堆满果皮、薯片、空啤酒罐，还有一块干硬的比萨。他伸个懒腰，走到衣柜边，照照镜子。镜中的男人头发垂肩，黑眼圈，胡子拉碴，嘴角还冒出一粒水泡，有点像通缉犯。

就这副德行，晚上还要相亲？苏枕自嘲地想，一看就不靠谱。何况对方是电视台的节目编导，眼光肯定高入云端。约会定在晚上七点，现在是下午四点半，还有时间洗个澡，休整一下。

他刚脱掉背心，手机响了，姑妈的声音十万火急：“你怎么还没约孟小吟？人家等着呢！”

苏枕发蒙：“小吟？不是约在周日么？今天周几？”

姑妈拉警报般喊起来：“是周六，今天！你怎么稀里糊涂的？明天小吟要去夏令营，一去就是半个月，今天你一定得抓住机会！”

苏枕连忙奔到书桌前翻查台历，今天的日期果然被彩笔画上圆圈，标注着歪歪扭扭的“孟”，还有一个手机号码。天啊，跟女编导撞车了！

明明记得是周六见编导，周日见女学生，怎么阴差阳错地混在一起？拒绝哪边都不合适。苏枕推开屋门，一溜烟穿过客厅，喊着“尘宇尘宇”，冲进东面的卧室。

陆尘宇在床上睡得正酣，被子蒙头，枕头压在肚皮下面，叉着两条健壮的长腿。不管他睡得有多死，苏枕总有招数把他弄醒。这回，他没用重金属乐爆棚，没往他被窝里塞冰块，也没把胡椒粉抹在他鼻尖上，只跟他耳语了几句，陆尘宇就一骨碌弹起来：“什么，代你相亲？”

“一下子来了两个，实在推不开，我玩完了。”苏枕扮可怜相。

“那怎么成？”

“当初你我拜把子的时候，你说咱俩的关系就像上牙和下牙，现在美女送上门来，自然分你一个。”

“何以见得是美女？美女早被抢走了，还用得着相亲？”

“两个任你挑，丑一罚十。”

陆尘宇搓搓脸：“昨晚在蓝咒疯到三点，可可又拉我去打牌，连杀九局，今儿中午刚进门补觉，你又来烦我。”

苏枕给他介绍两个女孩的情况：一个叫秦伊诺，江苏姑娘，26岁，电视台节目编导。一个叫孟小吟，京女，24岁，A大文学院在读硕士，书香门第，才貌俱佳，父亲是历史学教授，母亲是某出版社社长。

陆尘宇斜眼瞅他：“说是让我随便挑，你心里早有鬼主意了吧？一个劲地推销女学生，就是想见女主播呗。”

苏枕连连喊冤：“哪来的女主播呀？关键在于秦伊诺是我副总监介绍的，不好糊弄。孟小吟呢，是我姑妈朋友同事的女儿，弯子绕得多，你替我去也不会被识破。”

陆尘宇掏出手机：“得得，给号。”

苏枕念完孟小吟的手机号，嘱咐道：“记住啊，你得装成我，少说话，别露馅儿。还有，千万收拢你的魅力，别惹麻烦。”

陆尘宇翻下床：“像我这种暴帅型，不惹麻烦也难。”

苏枕打开衣柜，从最底层的抽屉里翻出一件黑色T恤衫，扔在床上。陆尘宇拣起来一看，正面是只白森森的骷髅，背面七个窟窿，衣袖缀满银链，不由得大叫：“哗，这不是摇滚音乐节的演出服吗？你还替我存着呢，七年了！”

苏枕说：“有种就穿这个去，用玩世不恭的屌样把女孩吓跑。”

“谁怕谁呀？”陆尘宇扒掉睡衣，套上黑T恤，拨通了孟小吟的电话。

2

陆尘宇已经出发了，屋子静悄悄的。六月的夕阳十分红润，从窗纱里洒进点点金辉，黑胡桃木地板上光影交错。苏枕洗完澡，坐在客厅西侧的吧台椅上，脚蹬钢环，轻轻转悠着。他还是想不明白，自己怎么会记错约会的时间。他对记性一向自负，大到公司项目的实施方案，小到超市里芥末油的摆放位置，从来没有半点疏漏。两个星期前，他亲手把孟小吟的名字写在台历上，居然还会撞车，这难道是衰老的象征？

是的，大学毕业才四年，他明显地感觉到心已经老了。广告设计是能把人累死的活儿，咬牙完成一个项目，又冒出一个更有挑战性的。白天和黑夜颠倒，梦境和现实混淆。他就像圆形笼子里的小松鼠，一刻不停地狂奔旋转，没有喘息的机会。

苏枕想，也许人类只有两种自我救赎的方式：爱情和宗教。突然间，他很想谈恋爱，就像沙漠里奄奄一息的动物渴望着雨水。毫无疑问，爱情能刺激他的创作。罗丹不是说过吗，当拥抱着美女裸露的曲线，就是拥抱着上帝。

合适的时机，合适的地点，合适的心态，出现一个人，仿佛是命中注定。秦伊诺的出现就很玄妙。吴副总监去香港开了个会，回来兴致勃勃地跟苏枕说，项目没谈成，但我遇到你的另一半了。苏枕哈哈大笑。他很喜欢吴副总监，那是个多才、率真的中年男子，有着势不可挡的激情。吴副总监说他从来不给别人做媒，但第一眼看到秦伊诺的时候，脑中就不由自主地勾勒出她与苏枕相依偎的图景，就像马裤和皮靴，珠宝和晚礼服，一个字，配！

苏枕的好奇心就这样被勾起来了。他给秦伊诺发短信，约她见面。她的回复迅速而简洁，一般是“行”或“好”。他不止一次地幻想秦伊诺的样子，甚至在梦里捕捉到了她的身影：她穿着条纹职业衬衫和黑色短裙，腰身紧束，瘦削脸颊，眼角一抹冷艳。是的，在认识一个人之前，甚至在没有看过照片的情况下，就可以爱上她。

孟小吟的出现是个意外，苏枕并没有把她纳入自己的想象空间，也许是当初姑妈的介绍词无意间刺激了他：这女孩的家庭条件和教育背景百里挑一，父母都是地道的文化人。苏枕当时就顶了一句，既是名门闺秀，怎能看上我这丧家犬？姑妈气得冒火，说，胡扯！我就是你妈，这就是你家，你比别人少什么了？苏枕没有再说话，匆匆离开了姑妈家。那已经是晚上十一点，街上零零星星的人，偶有汽车飞驰而过。苏枕像抽烟一样，使劲把略带潮湿的空气吸进肺里。路边的树丛里似乎有鸟飞过。他抬头，不由得停下脚步，从没见过那么奇怪的月亮，边缘虚幻，似乎充盈着血色。就像在一场梦魇里，他走啊走，怎么都找不到熟悉的路。再去看月亮，已经藏入云层，没有光，只有浓重的阴影。等他跑到陆尘宇家，栽倒在床时，终于明白哪里不对劲了。他彻底忘记了母亲的气味。即使看她的照片，也跟陌生人没什么区别。

手机响了，把苏枕从千思万绪中拉回。是秦伊诺发来的短信：抱歉，我今晚要赶节目，改天再约吧。

拿我开涮？天底下只有你忙么，我还推掉了一场约会呢。苏枕愤愤地在客厅踱了几步，给秦伊诺回复：无论如何，我今晚一定要见你。他把手机放在吧台上，猫扑食般盯着它。

半小时过去了，两个小时过去了，手机像块死气沉沉的石头。

3

陆尘宇刚出电梯，跟窦可撞了个满怀。

窦可说："这么酷，哪儿野去？"

陆尘宇捶他："你小子昨晚赢了多少？我喝高了，只管扔票子。"

窦可嘿嘿一笑："你手气忒臭，就当请客吧，来尝尝鲜。"

陆尘宇低头一看，窦可手里提着个竹篓，里面堆着十几只活生生的螃蟹，叫道："早不来，晚不来，我和苏枕都佳人有约啦。"

窦可急了："昨天还是光棍三条，一觉醒来就剩我一个啦？不说清楚甭想走！"

陆尘宇看看表："来不及啦。"

窦可说："慌啥？我先撂下螃蟹，随你同去。"说着从陆尘宇的裤兜里抽出车钥匙，提防地攥在手里，上楼去了。

陆尘宇开着他的牧马人赴约。窦可把收音机频道换了一遍，仰在副座上说："苏枕太过分了，竟然忽略我。像你这种单细胞动物，外形又粗犷，会把女生吓死的。不如我替你去，和她聊个海阔天空。"

陆尘宇说："滚，知不知道文科女和工科男才是绝配。我来搭建坚实的地基，她构造空中楼阁，爱情大厦巍然不倒。"

窦可说："你现在就开始措辞了，要不要练练自我介绍？"

车子拐进A大，窦可开始叫唤："竟然是我母校！你要见我学妹？"

陆尘宇说："听着，我进聆风居五分钟后你再进去，滚远些，别碍事儿。"

聆风居是A大西南角的一个咖啡馆，也算学校里比较有情调的地方。陆尘宇走进去，嗅到一股茉莉花清香。光线幽雅，几个学生在静悄悄地上网、看书，还有的在低声交谈。他选定里侧靠窗的座位，深红色的拖地窗帘卷在两侧，露出淡蓝色的玻璃窗，窗台上有支莲蓬状的铁艺烛台。

这时，一个穿红色短裙、长发飘飘的高挑女孩走近了。陆尘宇调整坐姿，竟然有点紧张。虽然他长相帅气，但从来没有正儿八经地谈过恋爱，更没有相过亲。这一点和苏枕有天壤之别。从初中起，他就见苏枕身旁常有女孩周旋。她们给苏枕抛媚眼、打电话、送小礼物，互相嫉妒，吵吵闹闹。她们靠近又走远，留下了无数的誓言和眼泪。陆尘宇真想不明白，怎么会有那么多女孩喜欢苏枕，他也不怕纠缠，有这工夫，打打篮球不好么？曾有女孩向陆尘宇示好，他不是装傻就是冷冻处理，宁可在家睡大觉，也懒得出去约会。也不能说他对女人没兴趣，遇到漂亮性感的，他会多看几眼，动动念头，但转眼就忘到九霄云外。眼下这位高挑的女孩走到他身边后，拐了个直角，坐到邻桌去了。

陆尘宇看看表，离约定时间还有十分钟，他要了一听可乐。窦可不知从哪儿冒出来了，坐到他斜对桌，冲他做鬼脸。他冲窦可使劲扬眉毛，手机突然在桌上震动起来。

陆尘宇抬起头，看到一个女孩举着手机进了聆风居。她个子不高，瘦瘦的，穿粉色短袖衬衫，白色七分裤，牛仔帆布鞋，梳着传统的马尾辫。他冲她招招手。女孩向他走来，笑意在眼眸里绽开，整个面孔都焕发出友善的光芒。陆尘宇也不由自主地笑了。

孟小吟在他对面坐下，凝视着他。

陆尘宇有点不自在地推推菜单："你喝什么？"

孟小吟扭头对侍者说："来杯木瓜汁。"

陆尘宇直愣愣地问："你个研二的小孩，明年才毕业，相什么亲呀？"

"因为我妈的风险意识比较强，想早点把我推销出去。"

"哦，我明白了，打个比喻，谁都知道熟桃好吃，果农们却要把青桃摘下来卖，就怕熟透了的桃子卖不出去烂在手里。"

孟小吟低头一笑，说："那倒不至于，如果桃子的品种好，恐怕还是青蛋蛋时就被路人抢光了。"

陆尘宇说："看来我也得培养风险意识，早下手，早收获。"

窦可在一边发出哧哧的笑声。陆尘宇趁孟小吟喝饮料时，瞪了他一眼。

孟小吟问："你做广告设计？"

陆尘宇嗯了一声。

"最近在做什么类型的广告呢？"

"呃……给一个瑞士的化妆品牌做宣传。"

孟小吟饶有兴趣地追问："是平面广告画，还是动画？你负责什么？"

再扯就该露馅了。陆尘宇揉了揉太阳穴说："是连环画。我刚连着加了五天班，提起工作就头疼。"

孟小吟充满同情地望着他，不再说话了。夕阳从窗户里透进来，给她白皙的面颊镀上一层淡淡的光晕。陆尘宇仔细看她，觉得很耐看：蛋形脸，五官不惊艳但精致，柔嫩的嘴唇，细密的牙齿洁白如玉。他感到一丝莫名的愉悦，说："到饭点儿了，我带你吃海鲜去。"

孟小吟卷起嘴角："那你得先陪我去个地方。"

"万死不辞！"陆尘宇挥手结账。

4

窦可正在大嚼香蕉船冰激凌，看到陆尘宇和孟小吟双双离去，惊讶得合不拢嘴，心想，陆尘宇鬼迷心窍了么，喝完饮料还要带她去吃大餐，莫非假戏真做了。在他眼里，孟小吟跟美女一点儿都扯不上关系。

不过窦可刚进聆风居时，确实嗅到了与众不同的味道。他明察秋毫地发现陆尘宇的邻桌是一位美女。放眼望去，美女依然独坐，顺滑的黑发挡住侧脸颊，手里摆弄着一只魔方，红色短裙下跷起的长腿有节奏地晃动。

窦可坐立不安，一股汹涌的电流冲击着心脏。两个哥们儿都有女人了，剩下他形单影只，不如借此机会抓个猎物。他的女人缘向来不错，但遇到心仪的女孩还是紧张。窦可搓着两手，一遍遍默念要对她说的话，并不断地修正。他仿佛灵魂出窍了，看到自己正坐在她对面侃侃而谈，回过神来，还在原地发傻。他想起英国某情景喜剧里有句话：在男人看上一个女人和跟她上床之间有个艰难的过程，叫做“conversation(交谈)”。

美女桌上的石榴汁快喝完了。窦可想，如果她在我出手之前离开，我非得悔断肠子。他深吸一口气，站起来，走到她桌前，彬彬有礼地说：“同学，已到晚餐高峰期了，为了节省空间，建议我们拼桌。”

女孩瞟了他一眼，说：“我在等人，你可以坐到他来为止。另外，你的借口很老套。”说罢继续玩魔方。

窦可坐到她对面，发现她并没有想象中那么完美，浓密的刘海下忽闪着一对大眼睛，脸颊上有些小雀斑，下巴比较宽，嘴唇微撅。男人对一个女人的印象会在初次碰面的三秒之内形成，仅凭直觉，无须看清。他的直觉已经将她判定为美女，这些面部特征只会让她更加生动。

窦可套近乎：“你大几呀？我都毕业四年了。当时我老来这儿上网，而且就喜欢这个位置。”

女孩满不在乎地撇撇嘴：“听说有些大龄男青年毕业之后找不到对象，跟职业女性相亲又没自信，一到周末就跑回母校钓学妹。”

窦可皱眉：“你的性格跟外形不匹配啊，怪不得等的人半天都不来，被你吓跑了吧！”

女孩说：“怎么没吓跑你？”

窦可说：“我品位独特，素喜惊悚型。”

窦可问一句，她爱答不理地答一句，专注于手里的魔方。窦可急了：“这玩意儿你幼儿园没玩够么？”

女孩把拧乱的魔方拍在桌上："4×4的，有本事你来！"

窦可拿起魔方看看，双手背到后面，说："没收啦，把名字告诉我才还你。"

正说着，一个穿球衫的男生气喘吁吁地跑过来："其萱，我们赢啦！"

窦可打趣女孩："你叫其萱呀？人怪名也怪。"

那男生有几分困惑地看着窦可："这位是？"

女孩眼皮都不眨："推销保险的。"

窦可起身，把魔方撂在桌上。图案完全复原，就像新买的一样！在女孩惊诧的目光中，窦可大摇大摆地走了。

5

陆尘宇和孟小吟刚走出咖啡馆，她就指着树荫下黑黄色相间的吉普问："那是你的坐骑？"

陆尘宇有点惊讶："你怎么知道？"

孟小吟说："车子和主人气味相投，一样的狂野不羁，一样的高回头率。"

陆尘宇颇为得意地为她打开车门。

伴随着动感的鼓点，车子飞速驶出校园。风从敞开的窗户里呼呼灌进来，陆尘宇用余光扫视着小吟洁白的脸颊，感觉身体像飞翔般轻盈。他的副驾上坐的通常是五大三粗的狐朋狗友，今天却是一个柔弱的小女孩。他希望车子一直奔驰下去，希望她一直坐在他身边。

他们来到一个宁静优雅的小区。孟小吟说："我要回家取点东西，你想上去坐坐么？"

陆尘宇背过身，指指T恤上的窟窿："就算咱爸妈心脏皮实，也禁不住这刺激。我还是在车里猫着吧。"

小吟笑道："那你到小花园东侧的木屋等我。"

陆尘宇走进小区花园，花木繁盛，鸟鸣啾啾。几个老人坐在凉亭里闲聊，孩子们在林荫道上嬉闹。穿过一排健身器，他在秋千架后面发现一个木板搭建的小窝。附近的草丛里卧着两只小白猫。陆尘宇喜欢狗，讨厌猫，那奸诈的面孔和妖娆的叫声让他浑身发毛。

没多久，孟小吟手提大包小包跑过来了。她蹲在木屋旁，喵喵叫了两声，里面钻出一只懒洋洋的大黄猫。她将一把小扫帚从洞门伸进去，扫出一些杂物，又用湿抹布把内壁擦净。三只猫已经迫不及待地围住她，舔她的鞋子。她从布包里掏出一袋糊状猫食，平铺在地上，猫儿的脑袋贴在一起，狼吞虎咽地吃起来。

他问："这些都是你养的？"

小吟说："都是弃猫，我和两个院里的阿姨一起照看。"

陆尘宇很想表现出感兴趣，但他闻见猫味就腻歪，只好不远不近地杵在那儿。

猫吃饱了，小吟掏出一瓶矿泉水，倒在小瓷碗里喂它们喝。她把一只小白猫抱进怀里，轻抚它的皮毛："伊娃的喉咙咕噜咕噜的，怕是感冒了。"

陆尘宇差点说，苏枕在这儿就好了，他巨爱猫。

6

晚上九点，苏枕终于接到秦伊诺的电话。她说："如果今天你一定要见我，就到远望街的萍水茶楼。"她的声音比一般的女人要低沉，但柔和温润，像无法抗拒的召唤。苏枕赶紧下楼，拦了辆出租车，直奔茶楼。

这是一家古香古色的竹楼，24小时营业，客人不多。苏枕上了二楼，在窗边找了个位置，要了杯薰衣草奶茶。干等了一阵，他觉得头脑发沉，便趴在桌上，把脸埋在双臂里。眼前浮现出广告画的轮廓和各类画图工具的标志，色块在不停地冲撞翻滚，最后都慢慢沉入黑暗。

苏枕梦见公司开会，所有人都围着圆桌等待他的演示。他打开电脑，文件夹里空空如也。他一遍遍寻找着不存在的图稿。江总监冲他咳嗽了一声，脸像石膏般冰冷僵硬。他赶紧回办公室拿U盘，走到门口，突然想起自己根本就没有开始设计图样呢。

苏枕打了个激灵，惊醒了，迷迷糊糊地看手表，已近子夜。抬眼一看，面前端坐着一个女子，黑色大翻领衬衫，高挽发髻，样子标致极了。苏枕闭眼缓了片刻，坐起来问她："怎么没叫醒我？"

秦伊诺的声音很柔和："你等了我一天，我不过等了你一个小时。"

苏枕说："好事多磨，我们总算在今天的最后一刻见到了。"

秦伊诺从桌上的木托盘里取出两只雅致的小茶杯，用茶水涮过，又端起茶壶轻轻一晃，倒了两杯热茶，说："你的奶茶凉了，我点了普洱茶。"

苏枕望着她，什么也不说。

秦伊诺说："怎么，你向来都用眼睛和别人交谈么？"

苏枕说："你向来都会让男人失语么？"

秦伊诺淡淡一笑："你醒了之后，明明看到我，为什么又把眼睛闭上？"

"这还不明白？我以为是做梦呢，怕醒来你就不见了。"

"早听说广告界都是大骗子，果不其然。吴先生还说你性格木讷，不善言辞。"

苏枕笑道："我很好奇，你和我们副总监怎么认识的？"

"我在香港做节目，东冉地产集团正好举办一个鸡尾酒会，那老总跟我们编导主任关系不错，就邀请我们过去了。吴先生不是在给东冉做项目吗，也来赴宴。他请我跳舞。别看他体态发福，慢三步还挺标准的。他说他会看相，问我是不是感情不顺，我说谈不上不顺，根本就是一片空白。他大笑，说你和他还不相识，当然是一片空白。我问，他是谁？吴先生说，是苏枕。"

"这么神奇？但愿我能填补你的空白。"

"其实，我并不相信什么一见钟情。"

"在见到你之前，我也不相信。"

秦伊诺绷住笑脸："好好说话，别不正经。"

苏枕叹道："女人就是这样。不说好听的，你们觉得没意思。说好听的吧，你们又说不正经。"

秦伊诺呷了口茶，说："可见你是个女人通呢。"

苏枕问："你做什么节目？"

秦伊诺说："《此情可待》，老百姓讲述情感故事的节目，生活频道每周三晚上十点播，看过吧？"

苏枕茫然地摇摇头。

秦伊诺说："这期讲的是一个男人因为初恋情人嫁给别人而终身不娶。二十年后，恋人得绝症被丈夫抛弃了，他悉心照顾她直到最后一刻。女的说下辈子一定嫁给他。这类节目比较受家庭主妇喜欢，她们常哭得稀里哗啦，还给台里打电话问长问短。你可能不爱看。"

"工作以后忙得晕头转向，电视基本不用开，原来还看看新闻和天气预报，现在只读手机报，电视完全是个摆设。你们这些故事都是真的？"

"都是真的我就用不着加班了，有时候煽情煽得自己都掉鸡皮疙瘩。不过电视台竞争激烈，谋个职位就不错了，身不由己。"

苏枕连忙安抚她："慢慢来，吴副总监说你天宫开阔，眉宇含蕴，必成大器。我也看你有明星相。好在我们相识在你成名之前，不然哪有机会与你午夜品茗？"

秦伊诺扑哧笑出来："我倒的茶，你可一口没喝。"

"本来也是无眠之夜，喝茶又何妨。"苏枕端起茶杯要喝。秦伊诺一把拦住："都凉了，喝下去要胃痛的。"她的手拽住了他的袖口，又从他手中取出茶杯搁下。他们手指的温度在瞬间传递。茶楼里已经没有其他客人，灯光越来越暗，只有他们的上方悬着一个幽暗的小灯笼。

苏枕说：“你忙了一天，该睡觉了，不能像我这样熬成黑眼圈。”

秦伊诺拿起包，随他走下楼梯。苏枕发现，她跟他幻想的一样，穿黑色短裙，腿十分秀颀。她的个头也和谐，穿上高跟鞋，刚好到他耳朵的位置。

出了茶楼，秦伊诺问他是不是开车来的。苏枕耸耸肩：“我没车。”秦伊诺说：“那我送你回家。”苏枕看到路边停着一辆玫瑰色的高尔夫。

路面空旷，而秦伊诺专注地望着前方，车子开得非常稳健。苏枕不由自主地想起他很小的时候，也就三四岁，跟母亲坐在一辆汽车的后座上。母亲穿了一条黑色丝质裙子，锁骨突出，眼神飘向远方。他拉着她的胳膊，她也不看他。他第一次对女性美有了模糊的意识，那种美怎么都看不够，也抓不住，让他感到相当寥落。

车子开到万和庄园，灯火通明。秦伊诺感慨：“这是名副其实的富人区啊！东边是商务中心，西边是园林湖畔，住在这儿太爽了。”苏枕说：“我住朋友那儿。”秦伊诺问：“你和朋友合租的公寓？”苏枕说：“朋友的房子，我是寄居蟹。”秦伊诺有点困惑，仍然冲他甜笑：“晚安。”

苏枕下了车，做了一个浅浅飞吻的手势。

第二章　探索

1

苏枕刚进屋，就被门后的窦可拦腰擒住。陆尘宇从沙发上一跃而起，用手电直射他的脸。苏枕睁不开眼，大叫："搞什么鬼，半夜三更不睡觉！"

窦可说："初次见面就上啦？"

苏枕打开灯，换上拖鞋，说："上个鬼，凌晨才见着。"

陆尘宇急不可耐地问："到底怎么样，快招！"

苏枕栽到沙发上，双手枕在脑后，慢悠悠地说："长得还行，有点儿像我妈。"

窦可激动了："真的？张依依可是风华绝代！"

苏枕说："其实样子也不像，就是有那么股子劲儿。"

陆尘宇说："看上了就直说，还有你搞不定的女人么？"

苏枕摇摇头："咱俩应该换换，你去见她就好了，住在富人区的贵公子才配得上她。"

"不——换。"陆尘宇美滋滋的。

苏枕警觉起来："喂，我还没审你呢。你和孟小吟……"

窦可告状："干柴烈火啦！他十一点才回来，害我在家饿肚子。"

苏枕拿起一个沙发靠垫向陆尘宇砸去："让你喝杯水就走人，添什么乱呢？要是姑妈识破了，非得宰了我！"

陆尘宇接住靠垫抱在怀里，眼神一反常态地温柔："她明天去澳大利亚，七月中旬才能回来，自然也就不联系了。"

窦可说："就怕某人放不下，自然就联系下去了。"

苏枕突然闻到一股香味，吸吸鼻子："咦，有夜宵么？"

窦可冲进厨房，揭开锅盖，捞出六只热气腾腾的大螃蟹。苏枕跟过来，倒了半碗生抽，切好姜丝撒入，又挤了点芥末膏。作料还没调好，陆尘宇已经抓起一只螃蟹。

窦可嚷："你刚从四海龙膳回来，居然还跟我们抢螃蟹？"

苏枕放下掰开的蟹壳："陆尘宇，我咋觉得你不对劲了。"

陆尘宇说："嗨，你们还不了解我么，今天夸哪个女孩漂亮，没准明天连名字都忘了。睡一觉，感情跟着食物都消化了。我对谁上过心呀？你们别再一惊一乍了。”

吃完螃蟹，陆尘宇和苏枕回到各自卧室，窦可照例睡客房。苏枕在床上翻来覆去睡不着，不断想起跟秦伊诺会面的细节。她是他有生以来约会过的最漂亮的女人，五官搭配完美，即使用Photoshop也画不出这样的黄金分割比例。她甚至比张月影还要好看。张月影是苏枕的高中同学，也是他的初恋，有四分之一的德国血统，风姿绰约。与月影相比，秦伊诺的身骨更娇柔，眉目更娟秀，富有东方女性的古典神韵。

但是，秦伊诺的美或多或少给苏枕一种距离感。也许因为初次见面，两个人都有点紧张、有点做作，还没有呈现出最真实的一面。他愿意慢慢地走近她，研读她。当他珍视某个女人的时候，他就想把速度放慢，享受接近她的过程。就像手捧陈年佳酿，要先让清香沁入心脾，再一小口一小口地品味。所以，他明天不会约秦伊诺，一个短信也不会给她发。他打定主意，下周二请她吃泰国菜。

2

周二下午，亚迪兹广告公司创意部开研讨会，苏枕用投影仪向大家展示自己设计的人物形象和场景图。

“我们这次推广的瑞士化妆品牌Instant崇尚自然风格，产品全部源自高山植物和纯净泉水。因此，我在设计人物形象时所追求的境界是无中似有：看上去很美，但看不出雕琢的痕迹。我没有刻意描绘彩妆的惊人效果，而是以照片风格真实呈现人物面部特征。根据文案设计纲领，这三个人物分别代表女人的三个重要时期：少女、少妇和中老年时代。无论在哪个年龄阶段，她们都有健康的肤色和自信的笑容。通过这些广告形象，我们不仅在向国内消费者推荐来自瑞士的名贵化妆品牌，同时也传播了一种清新自然的生活方式……”

苏枕还没讲完，江总监咳嗽了一声，向他打了个暂停的手势。江总监是新加坡人，平日不苟言笑，大家都有些怕他。刚才苏枕作演示的时候，用余光看到他的脸色阴沉，不时微微摇头，就料到他会打断自己，没想到这么快。

江总监问坐在身边的高级美术指导：“王sir，你觉得怎么样？”

王指导不解其意，也不敢直言，只好说：“他的想法还可以，图稿这么匆匆一闪，我还来不及细审。”

江总监又问王指导的助理：“小曹，你看呢？”

小曹是个刚从美术学院毕业的女孩，比较爽朗："我觉得不错啊。苏枕对色彩和光影的把握很准，人物线条非常细腻，而且能够呈现出瞬间的神态，就像照片一样生动。"

江总监铿锵有力地说："你在评论美术作品，而不是一幅广告画。"整个会议室的气氛变得严肃。

他喝了口茶，继续说："我曾经告诉过你们，评判一幅广告作品的好坏只需要3秒钟！passion（激情），stimulation（刺激），impulsion（冲动）！充满激情地做广告，最大限度地刺激客户，让他们产生购买产品的欲望和冲动，done！我们就成功了！这是一个信息爆炸时代，国外有统计表明，每人每天接触到的广告信息约为185条。如果我们在3秒之内没有抓住客户的眼球，公司就倒闭了。我看了时间，苏枕刚才做了10分钟的演示，五张画稿，平均每张在我们的视线里停留2分钟。但是，我没有感受到强烈的冲击力，我不满意。"

会议室鸦雀无声。吴副总监打破了僵局："我想说两句。毫无疑问，我们处在信息爆炸时代，广告公司的竞争已经白热化，大家都想在3秒之内抓住客户的眼球，但是，没人关心3秒之后怎么办。抓住眼球，不代表抓住内心。我们一天看到185个广告，但是真正记住的有多少？真正激发我们兴趣的有多少？我以为，好的广告不仅要有视觉冲击，还要有一定的文化底蕴。国际化的广告公司不能培养机械的画匠，要培养真正有创意的设计师。苏枕设计的这些人物和场景充分显示了他独到的设计理念，体现了女性的自然美。"

江总监冷笑："有自然美，还要化妆品干什么？Instant有16种色系的眼影，25种色系的唇彩，还有五大类不同效果的睫毛膏，难道都要被忽视？"

苏枕一直站在大屏幕前，忍不住解释："没有忽视啊，您可以细看这三个人物，少女使用了卷翘睫毛膏和樱桃唇蜜，天真可爱。而少妇的妆容稍浓，脸部侧转30度，显示出睫毛加密纤长的效果，她的腮红就像刚刚享受过床笫之欢。该品牌的抗衰除皱系列是最大卖点，因此我突出了迟暮美人鲜活红润的肤色。总监，我今天所展示的不是成品，而是人物初样，想加强彩妆效果非常容易，关键是您能不能接受我的设计风格。"

江总监说："不能接受。你到商场看看，随便哪个化妆品专柜的广告画都那么美艳绝伦，你设计的形象太平淡了，三个傻呵呵的女人而已。"

吴副总监说："请对别人的劳动成果给予最起码的尊重。我跟你的意见完全相反，这些形象栩栩如生，而且有亲和力。三个不同年龄的女人，各有各的美，给人以时光交错的感觉，刚好诠释了Instant的含义。说心里话，苏枕的画稿让我十分震惊，在这么短的时间内做到这种程度，可谓才气出众！”

江总监沉下脸：“我没说苏枕没才气，但广告公司不需要有个性的画家，需要能抓住商机、争夺客户的团队。合同约定十月五号交第一期初稿，现在已经七月了，我们连人物都没定下来。请问皮埃尔先生，您有何高见？”

皮埃尔是个有名的法国广告设计师，兼任亚迪兹公司的创意顾问。他推推眼镜，用流畅的中文说：“这次的项目是做一组连环画，不是单张宣传海报，所以我感觉人物形象还可以，太华丽反而容易产生视觉疲劳。我们的客户是Instant公司，最终决定权在他们手里。我建议提早跟他们对接，早发现问题早解决。”

江总监笑道：“有道理。苏枕回去完善你的画稿，王指导再找一位设计师重新做三个人物形象，我们让客户一决高下。”他转头看了吴副总监一眼，拉长声音说：“大客户可是出了名的挑剔。大家谦虚点儿，别当自己是天才。”

散会后，苏枕默默地收拾笔记本电脑。毕业之后，他在两家规模不大的广告公司干过，半年前刚跳入梦寐以求的美国知名广告传媒集团——亚迪兹北京分公司。创意部人才济济，江总监又极为苛刻。幸好他的理念和画风颇受吴副总监赏识，才有机会参与Instant品牌的广告设计。本来梦想大展宏图，不料今日惨遭批驳，几天几夜的心血付诸东流。

吴副总监走过来，拍拍苏枕的肩膀：“走，我请你吃香锅！”他们走出写字楼，到西侧的美食城找了家川菜馆。

苏枕望着一大锅香辣虾，没食欲。吴副总监给他倒了杯啤酒：“来，美味儿解千愁！”

苏枕说：“今天因为我，你才跟江总监针锋相对，真是过意不去。”

吴副总监摆摆手：“不是。你刚来，不了解情况，我和老江向来不和。我是这个项目的牵头人，他是冲着我来的。不要怀疑自己的才华。”

苏枕说：“一山不能容二虎啊。”

吴副总监笑道：“他算不上虎，顶多是只狐狸，仗着海外资历，老是搬弄那些广告理论，没什么实际能力。我们可以顺着他，但如果连真话都不能说，还搞什么创意？”

苏枕说：“客户说了算，这倒也公平。”

副总监笑道：“百分之八十的客户眼拙耳软，根本不知道自己想要什么，你会设计还不够，还得学会忽悠！”苏枕也笑了。

吃到一半儿，副总监突然问：“你和秦伊诺怎么样了？”

苏枕这才想起来今天应该约她吃饭的。

3

苏枕躺在床上翻杂志，陆尘宇推门而入：“嘿，帮个忙！”

苏枕说：“没吃饭？冰箱里有昨天剩的玉米。”

陆尘宇跳上床，说：“不饿。你得帮我设计一幅海报。”

“给你们银行？”

“不是，我一哥们儿参加公益活动，号召几十所高校学生给贫困山区小孩捐书，需要一幅宣传画。花钱请人划不来，你就给涂几笔吧！”

“你哪个哥们儿这么有良心？”

“我大学同学，老一块儿踢球。画好了，咱去四海龙膳！”

“一顿饭就想打发我？我要追伊诺，你帮我创造条件。”

“给你搞两张音乐会的票，国家大剧院的！”

“这还差不多。”苏枕刚打开电脑，手机响了。

姑妈兴冲冲地说：“听说你俩一下子就对上眼了，有说不完的话，喝完饮料还去了海鲜城。”

苏枕哭笑不得：“姑妈，其实我觉得我们并不……”

“合适”两个字还没说出来，手机被陆尘宇一把抢去：“阿姨，我是尘宇，您老也不过来遛遛，我特馋您做的糯米丸子……对，苏枕看上小吟了，成天抓心挠肺的。”

苏枕跳起来去夺手机，陆尘宇灵巧地回身一闪，说：“让他们继续升温吧，我觉得满般配的……”

苏枕瘫在床上。陆尘宇挂了电话，笑道：“咱姑太逗了，说把你解决了马上就解决我，她手里还有一把好姑娘呢。”

苏枕说：“唯恐天下不乱！你冒充我跟孟小吟见面，迟早会暴露身份的。”

陆尘宇说：“relax（放松点），我就是闲得慌，顶多再见她一回，就一回。”

苏枕说：“你保证不会爱上她？”

陆尘宇说：“我活了二十七年，还真不知道爱是啥滋味。”

苏枕摇摇头：“笑叹情为何物的人往往最先坠入爱河。”

陆尘宇不说话了，望着苏枕书桌上的台历。孟小吟出国之后，他似乎对时间特别敏感，默默数着她还有几天回来。小吟每天晚上八点钟会在旅馆上网，他算好时差跟她聊天，假装不期而遇。他的生活中突然出现了一件值得期盼的事，就是和她取得联系，哪怕只是一个笑脸符号。

4

秦伊诺给编导室李主任送文件，想借此机会毛遂自荐。她初来乍到，在编导室资历最浅，也没什么背景。尽管她在苏枕面前表现得像个资深制作人，其实根本没有进入主业，顶多算个编导助理。主任是个三十七八岁的男人，慈眉善目。秦伊诺跟他只是点头问好的关系，从来没有深谈过。她边走边想，是时候出击了，男上司总比女上司好沟通。

敲开门，李主任乐呵呵地请她坐下，给她冲了杯咖啡，说："你来台里也有几个月了，还适应吧？"

秦伊诺笑道："多亏主任关照，我正在努力学习业务，收集素材，希望自己也能做出像样的节目。"

"不用急，你是新人嘛，主要任务是学习。"主任拿出几篇策划稿给她看，"咱们这儿人才云集，你看叶蓓蓓，思路宽，点子多，把十月份的提案都交上来了——神秘的异国女子，让父子反目成仇，真带劲！你拿回去看吧，想想主题词。"

秦伊诺从文件袋里掏出一份稿子，毕恭毕敬地递上去："主任，上周我无意读到一封观众来信。那女孩年纪跟我差不多，讲了她的爱情故事，挺有意思的。我也写了一篇选题策划稿，请您抽空给看看。"

"是么？"主任接过来，拿在手里翻。

秦伊诺说："那女孩回忆上幼儿园的时候，跟好多小朋友一起住宿，每人一张小床。晚上她起来上厕所，迷迷糊糊回来竟上错了床。早晨她醒来，发现身边睡了个小男孩，像个漂亮的天使，眉梢有颗红痣。她羞涩地跑开了，把自己的发卡落在枕头上。后来，她去另外一个县城上学了，再也没见过他。她慢慢长大，毕业工作了，却始终没忘记那次相遇。一想到他们曾经同睡在一张小床上，她就有种异样的感觉。有一次她去云南旅行，竟然在火车上遇见了他。她认出了那颗红痣。她给他讲那件事，他竟然记得，而且还珍藏着那枚发卡。他说女孩爬上床的时候，他就醒了，大气都不敢出，一直在装睡……"

主任哈哈大笑："伊诺啊，你真是个童心未泯的小姑娘。"

秦伊诺说："我给那个女孩打了电话，她说他们要结婚了。我好感动，很久都没有听到这么温馨的故事了。"

主任把稿子搁在一边："温馨是温馨，太小儿科了。你要多研究叶蓓蓓的节目，她的触觉超敏锐，能把握时代的脉搏和受众的欲望。"

秦伊诺不甘心："主任，恕我直言，我觉得咱们的节目有些沉重，无尽的仇怨、病痛和折磨，生离死别、哭天抹泪。现代人压力大，本来活得就很累，下班之后更喜欢看些轻松温情的故事吧。"

主任点了根烟，说："什么叫戏？你看电影爱看一波三折的吧，电视节目也一样！没曲折没高潮就没戏。这些简单的道理还用我讲，没学过戏剧影视文学么？一套节目必然有一套风格，风格一变就不伦不类了。就拿新闻联播来说，自有它的选材方式和特殊语境，能随便改吗？"

秦伊诺自识无趣，只得赔着笑脸瞎扯了几句，走出办公室，正巧看见叶蓓蓓和几个同事谈笑风生地从远处走过来。已经到午饭时间了，她不愿意跟他们凑在一起，快步走到电梯口，按亮电钮。电梯门开了，里面只有一位男士。秦伊诺迈进去，才发现电梯是上行。男士彬彬有礼地问她去几层，她觉得说下楼有点傻，就随口说18层。两扇沉重的电梯门缓缓闭上，似乎也熄灭了她的希望。

秦伊诺闭上眼睛，心乱如麻。她不是电视台的正式工，只签了两年的派遣合同，干不好不但没有希望升迁，还有可能被解雇。现在的状况很明显，主任看不上她，编导室里又有几个特别强势的骨干，她只能继续做一些边边角角的杂碎。成为正式编导都很难，而她的主播梦想就更加遥不可及。都说出名要趁早，她空怀美貌和学历，任凭时光催人老。26岁了，她的本科同学不少在传媒界都混出些眉目来了，而她读完硕士却只能为别人打印策划稿。

她想起刚才为了跟主任"谈心"，把手机调成了静音模式，便从兜里掏出来看，没有电话，只有一条售楼广告短信。她心中燃起了另一股怒火：该死的苏枕！见完他已经整整过去了三天，竟然没有任何音信。以前相亲，哪个男的不是流着口水献殷勤，被拒绝了还死缠烂打？凭直觉，那天苏枕对她还是挺感兴趣的，聊得也算投机。但是，他竟然没音信了！那个头发有点乱，眼神有点迷离，趴在茶桌上睡着的男人算不上事业有成，家庭条件也远不如以前的相亲对象，但她看到他，就是有种说不上来的触动。也许，那就是性感。她像猎人嗅到了猎物的气味，体内腾起一股强烈的欲望。秦伊诺愤然想，他一定同时在跟很多女人相亲，挑花了眼睛，见一个，爱一个，忘一个！

电梯门开了，秦伊诺还在发呆。那位男士提醒她："到18层了。"她"哦"了一声，仍然站着不动。男士按住开门键，对她说："小姐，你该下去了。"

秦伊诺正在气头上，冷冷地说："我不想下——少管闲事！"

男士一愣，关上电梯门，问她："你平时工作也是这种涣散的状态吗？"

秦伊诺这才开始注意他，身材高大，小麦肤色，穿青灰色休闲西装。看他样子很年轻，她更来气了，心想，难道台里随便一个小厮都可以教训我？伊诺毫不客气地反问："你平时也是用这种拙劣的方式和女士搭讪？"

那位男士惊讶地望着她。他在顶层下了电梯，出门时又回头看了她一眼。

5

在陆尘宇热切的盼望中，孟小吟终于回来了。一大早，他跟单位请了假，开车去机场接她。站在川流不息的出港大厅，他有点心慌。父母常年居住德国，回来探亲时他都没有接送过。他曾在机场接过自己的哥们儿，但接女孩子却是第一次。是不是应该买束鲜花捧在手里？他刚动起这个念头，又迅速打消。那样未免太夸张了，毕竟他和孟小吟只见过一面。他甚至怀疑自己能不能把她从人群中认出来，她的面容已经被他的回忆和幻想搅得有点模糊了。

到达大厅的玻璃门徐徐张开，又走出一批旅客。陆尘宇一眼就看到了那个日思夜想的身影。小吟穿着白色T恤和网球裙，戴橘色运动帽，皮肤晒得微微发红，拖着一只格纹小皮箱。他箭步上前，真想给她一个拥抱。小吟看到他，喜上眉梢，大喊苏枕！他接过她的皮箱，又摘下她的背包挂在自己肩上。

上了车，小吟摘下帽子，把辫子散开，惬意地靠在椅背上。陆尘宇特意播放了一盘布莱恩·亚当斯的经典情歌。

小吟说："Everything I do,I do it for you（我所做的一切，都是为了你），我好喜欢他的声音，沙哑中流露深情，就好像随时准备为心爱的女人献出生命似的。"

陆尘宇说："骑士时代已经过去啦，现在的男人可没崇高到为女人付出生命，能付出时间就不错了。"

小吟笑道："是啊，你老远来接我，我受宠若惊。"

陆尘宇说："看后座上是什么？"

小吟回头，伸手从后座上拿起一幅样图，惊叫："海报！你已经设计好了？这正是我想要的效果！"

陆尘宇说："心有灵犀一点通嘛。"

小吟抓住他的胳膊："我这就去印海报，马上贴到各大高校的宣传栏里！"

陆尘宇说："别说风就是雨呀，咱先去觅食吧。"

小吟还沉浸在海报中："你连广告词都替我想好了，一本旧书，一个新世界！我原先想的是，你的一本书，给他一个新天地。还是你的简洁有力，怎么想到一块儿去了……"

陆尘宇有些心虚，连忙打岔："东平街有家广式早茶不错，尝过没？"

6

秦伊诺在厨房做晚餐，再忙再累她都不会亏待自己的胃。她听着音乐，熬了一锅银耳莲子粥，正准备炒菜，手机叫起来。她走到客厅，从衣架上的外套口袋里掏出手机，漫不经心地看了一眼，全身的神经立刻绷紧了。

是苏枕！一个消失了两周的人。她故意让手机多响了几声，做了做深呼吸，按下接听键。苏枕的声音非常欢快："你在干吗？"

她矜持地回答："吃饭。"

苏枕说："哦，那我长话短说。有两张国家大剧院音乐会的票，明晚七点半，有空么？"

她想了想，说："明天晚上单位有个活动，可能脱不开身。"

苏枕说："那你先吃饭吧，回聊。"

秦伊诺本想摆摆架子，不料苏枕并没有坚持邀请她，还匆匆把电话挂了，让她十分郁闷。早就有人总结过，男人见到美女之后，智商会大幅度削减，甚至降至零点。秦伊诺的很多追求者在跟她讲话时都会有点发慌，即使精心打过腹稿，也会在不经意间暴露出笨拙。苏枕这么多天没有联系她，也不做任何解释，还相当活跃自如，仿佛已经跟她熟识了。他的声音里一点儿紧张的成分都没有，是否意味着对她并不在意？

秦伊诺心神不宁地吃完饭，想给苏枕回个电话，又觉得时间拖得不够长。她打开电视，把所有的频道换了一遍，哪个也看不进去。工作已经够折磨人的了，又冒出来一个折磨她的男人！她告诉自己，苏枕只是一个生在单亲家庭、无房无车、用电脑画图的小设计员而已，没什么了不起。但是，她的心跳一直很快，像亢奋的击鼓声。

九点半，她实在忍不住拨通了苏枕的手机，说她把周五的活动推掉了，可以跟他去听音乐会。

苏枕说："可惜没有音乐会了，我把票送给别人了。我来给你开一场独奏会吧，我会弹《小星星》、《粉刷匠》……"

秦伊诺笑道："贫嘴。"

苏枕问："你晚饭吃的什么？"

秦伊诺说："莲子粥。"

苏枕用小男孩的口吻说："我也要吃。今天尘宇没回来，就是我那房东哥们儿。我吃的泡面，现在直反胃。”

秦伊诺说：“唉，一个人的饭是不好做。”

苏枕说：“那你以后做两个人的饭，我到你那儿蹭饭……”

两个人絮絮叨叨的，秦伊诺一抬头，已经快十一点了，便催他睡觉。苏枕说：“刚到我工作的黄金时段！”

秦伊诺说：“你吃不好，又经常熬夜，怎么撑得住？”

苏枕说：“那你就多给我打几个电话吧，比虫草和灵芝还滋补。晚安，睡美人。”

秦伊诺放下话筒，情不自禁地笑了。这是她跟男人打过的最长、最甜蜜的电话。她从小被喻为冷血美人，从不跟追求者多言，更不会把时间浪费在煲电话粥上。她唯一的目标就是出人头地，离开那个闭塞的小城。她拼命读书、考高分、参加各种竞赛，还坚持学舞蹈。她坚信，只有具备公主的素质，才有资格邂逅王子。苏枕是她的王子么？后天他们要去听音乐会啦！她在北京待了这么多年，还没去过国家大剧院呢，只是远远地观望过那宇宙飞船般的建筑。她打开衣柜，把看得过眼的衣服都拿出来堆了一床，试了个遍。

兴奋的感觉一直持续到第二天早上，她被李主任叫进办公室。主任神情严肃地问她：“最近是不是工作不顺心？”

秦伊诺十分纳闷：“没有啊，主任，我有什么地方做得不妥么？”

主任说：“总之，每个人的生活都不容易，要尽量避免把负面情绪带到工作中来。”

秦伊诺忙说：“我的工作和生活一向分得清楚，而且并没有什么不顺心的事儿。主任您想跟我说什么，但说无妨。”

主任点上烟：“有部门反映，你在单位情绪消沉，而且不够友善。”

秦伊诺冷笑：“我一个无名小卒，活动范围超不出编导室，竟会引起其他部门的注意？主任，谁对我有意见，让他当面提！”

主任板起脸：“无风不起浪，既然群众有反映，你就虚心接受，回去好好反思。新人最忌狂妄！”

秦伊诺默默回到自己的办公桌，眼泪憋不住淌下来。被领导看做无能之辈也就罢了，现在又罪加一等，成了狂妄之徒，以后还怎么混！是谁在背后作祟，她到底得罪了谁？

第三章　正名

1

中午，秦伊诺刚进食堂，就在人群中瞥见了那天跟自己同乘电梯的男士。他个子高，肤色深，比较显眼。他也在台里工作吗，怎么以前从来没见过？秦伊诺想起他在电梯里义正词严教训自己的情景，突然警觉起来。他问她平时工作也是这副涣散的状态么，而李主任说有部门反映她情绪消沉……一定是这个男人搞的鬼！这是她最近唯一接触并“得罪”过的编辑室以外的人员。一股愤怒的激流冲上心头，她顾不得打饭，快步向那个男人走去。

他独自坐在窗边，桌上摆了两盘菜，一杯凉茶。听到清脆的鞋跟敲击着地面，他放下筷子，抬头冲她微笑。

秦伊诺双手撑住桌面，气势汹汹地逼近他：“我不知道你的名字，也不知道你在哪个部门，只知道你是个背地嚼舌头的卑鄙小人。打击我、报复我吧，就是去找台长告状我也不怕！我瞧不起你！”说罢，她拂袖而去，还打翻了茶杯，褐色的液体肆意流淌。她没看清他的表情，也不理会旁人惊诧的目光，一口气跑回办公室，心咚咚跳个不停。

下班时间是五点，秦伊诺四点半就溜到演播厅的更衣室，脱去职业装，换了件亮蓝色的裙子，戴上水晶项链和耳坠，顿时艳光四射。她在镜子前左照右看，既陶醉，又惋惜，她比那些女主持人都漂亮，如果这辈子都没机会上镜头该多悲惨！她把自己的头发盘起来，突然想到上次见苏枕就是这个发型，就把头发披散开，又觉得有点乱。

她狠下心，到单位附近的韩国美发厅做造型。这家店以时尚闻名，价位很高，单剪都要上百元。台里很多主持人都是这儿的常客，而她只是路过时看几眼罢了。秦伊诺选了个价位最低的发型师，坐到皮椅上任其“宰割”。发型师的手比魔术师还快，卷发棒、吹风机、发卡在她头上来回变换，没多久，她的头顶如菊花般绽放，刘海卷得像螺丝。这发型在杂志上看着很靓，换给她却有点不伦不类。秦伊诺感到一阵沮丧，但发型师和几个发廊妹都围着她啧啧称赞。一看表，已经快七点了。她怕剧院门口不好停车，打了辆出租车奔过去。

剧院门口聚了很多人，秦伊诺鹤立鸡群，苏枕老远向她招手。他穿的是棉布衬衫和牛仔裤，领口随意敞开。她有些尴尬地迎上去。他问：“刚做完节目？”她说：“哦，刚才有活动，没来得及换衣服。”

苏枕扬了扬手中的票，带她进去。人越来越多，排队安检的时候，他们的身体贴得很近。有个小伙子想从他俩之间挤到前面去，苏枕抬起胳膊护住秦伊诺的后背，她顺势挽住他。苏枕打趣她：“珠光宝气的小姐呀，怎么依偎着你的马车夫？”秦伊诺用一双桃花美目瞪着他：“你要是再晚一天给我打电话，我就把你从手机里删掉了。”苏枕笑道：“别从心里删掉就好。”

他们进入音乐厅，座位是第三排居中的VIP座位。苏枕从包里掏出一瓶柚子汁给她，秦伊诺说：“我不喝有色饮料。”他又从包里掏出一瓶矿泉水，拧开，递给她。秦伊诺满意地接过来，说：“不知道今天演哪些曲目。”苏枕立即掏出一份节目单和乐队简介。

秦伊诺环视四周，很快被舞台上豪华的三角钢琴吸引了，感慨道：“钢琴总是让我怅然若失。小时候，我和堂姐一起学过琴，我比她有天分多了，可父亲舍不得给我买钢琴。我常闹着去堂姐家，就是为了摸摸那架小钢琴。后来他们搬家，把琴卖了也不给我，因为叔叔为分房子的事跟我们家闹翻了。”

苏枕说：“我妈以前会弹几首曲子，但是不肯教我。她说男孩子不要整天抱个琴叮叮咚咚的，应该到外面去跑去闯去打架，去找漂亮的女孩子。”

秦伊诺说：“她的教育方式还满独特的。我知道，你爸不在了……那你妈住在哪儿？”

苏枕说：“我六岁的时候她改嫁了一个法国人，我们再也没见过面。她每年给我寄一件礼物，证明她的存在。”

乐团成员依次入席，满头银发的指挥家登上舞台。第一首乐曲是《辛德勒名单》中的Remembrances，悠扬而不失凝重的旋律充溢了整个音乐厅。苏枕闭上双眼，回味那些经典的电影画面。时而伴着苏格兰风笛迈入一望无际的麦浪，时而随着低沉的鼓点坠入海洋深处。秦伊诺几次偷偷转头看他，他都没有察觉。

音乐会结束了，他们走出剧院，天已经黑了。他们打不到出租车，就避开人群，沿着马路慢慢溜达。秦伊诺依旧挽着他，说：“我头昏沉沉的，感觉不真实。”

苏枕说：“艺术就是迷幻剂。看演出的时候，灵魂仿佛轻轻飘起来了，去了另一个世界。谢幕之后，又重新落回地面。”

伊诺问：“你最喜欢哪首曲子？”

苏枕说：“《海上钢琴师》的插曲，那也是我最喜欢的电影。记得么，钢琴师透过模糊的圆形玻璃窗，看到了那个清纯苍白的女孩，世上最美的恋曲就从他指尖流出来了。”

秦伊诺说：“那正是我最不理解的地方。他疯狂地爱上了那个女孩，却不肯随她下船。”

苏枕说：“我能理解。越神圣的情感，越想封存起来，让它成为永恒。”

秦伊诺转头看他，笑道：“难道这也是你不跟我联络的原因？”

苏枕停下脚步，若有所思地说：“的确如此。这两周我进行了激烈的思想斗争，到底是把你立为梦幻中的偶像，还是和你一起卷入凡夫俗子的生活呢？”

秦伊诺说：“两个都不好，你得想个折中的办法。”

苏枕诡笑：“有了！你当我若即若离的情人呗。”

秦伊诺气得甩开手，自己跑到路边拦车。苏枕追上去哄她，她抡起手包，在他肩上狠打了一下，说：“要是再胡言乱语，从此不理你了。”

苏枕心想，原来是林妹妹型的，气这么大。我向来无拘无束，口无遮拦，以后少不了摩擦。

2

孟小吟上网的时候，心血来潮搜索苏枕，找到了他的博客。页面是暗夜水波和幽蓝月光，配上大提琴的婉转低鸣，她仿佛进入了仙境。他的博客名为“枕流”，里面有画集、时装设计图，还有一些零零散散的文字。

她点击放大一张素描：是一只猫的背影。猫蹲卧在破旧的门栏里，头微仰，向屋外张望。只能看到它的背，难以揣摩它的视线。屋外是空寂的，只有几片萧瑟的树叶在空中打转。

又点击另一张水彩画：猫弓着腰，在钢琴琴键上行走，橙色的眼眸里藏匿着快意。猫身子乌黑，四肢和嘴鼻雪白，白爪压低白色的键盘，像是陷入了松软的雪地。

好多画里都有猫的影子，像个无处不在的幽灵。小吟很喜欢这些画，以至于不准自己再往下看了，怕一下子全看完。她专门建了一个名为枕流的文件夹，把所有的画都保存在里面。她翻出他最早的一篇日志：

父亲去世以后，奶奶突然就失语了，爷爷的话也少了。他们把饭做熟，把院子扫干净，就坐在摇椅上打发时光。或者说，进入一种修炼的状态。我对童年的印象是无声的。我自己发明游戏，把蚂蚁捉到玻璃瓶里，或者用火柴搭建城堡。直到有一天，我听到一个声音。不是锅碗瓢盆的碰撞声，不是扫帚与地面的刮擦声，是活生生的叫声，那声音都在颤抖。我奔到屋外，一只被遗弃的猫倚在门槛边。从它微眯的双眼里，我看到了自己。

背景音乐的旋律正好跌入谷底，小吟的心沉甸甸的，有点想哭。这些文字、图画的风格和苏枕那健硕爽朗的形象怎么也对不上，难道他真的像猫一样多变？难道他的童年是冰冷的，本性是忧郁的？

这时，母亲推门而入，手里端着一碟削好的杧果。她快50岁了，但保养得很好，完全看不出年龄。“小吟，让眼睛休息一下。”她边说边用牙签扎了一片杧果，喂到女儿嘴里。

“妈妈，”孟小吟突然扭身抱住她的腰，把脸埋进她怀里，挤出细小的声音，“我恋爱了。”

她温柔地抚摸着小吟的头发，问：“是你天天挂在嘴上的画家么？”

小吟抬起泛红的脸颊：“我们见过三次面了，他特别热情。今天我看到他的画作，确信无疑是他了，我们的灵魂里好像有种共同的东西。”

“苏枕是你赵阿姨介绍的，中间还隔了个媒人，情况还没摸清楚。说是父母都在国外，具体做什么也不知道，你问过他么？”

小吟摇摇头。

“他在哪家广告公司？什么职务？”

小吟摇摇头。

母亲不悦：“不是见过好几次了么？一问三不知，那你们聊了些什么呀？广告公司可不稳定，跳槽是家常便饭。”

小吟还沉醉在苏枕的画作中，自言自语地说：“那些都不重要了，真的不重要。”

3

周六一大早，陆尘宇就跑到A大帮孟小吟筹备捐书活动。在图书馆西侧的树荫下，他们和七八个志愿者一起拉开横幅，贴上海报，把桌子拼成长条。大家都穿着黄色的T恤衫，胸前别着校徽，背面是一颗耀眼的红心。

陆尘宇从车里搬下来一个硕大的纸箱，说：“我当第一个募捐者！”大家聚拢，七手八脚把书掏出来，科普知识、历史文化、文学艺术、英语读物，应有尽有。一个男生问陆尘宇："你把家里的书柜都掏空了吧？"另一个女生嚷道："好新的书啊！你都没有翻过么？"陆尘宇笑道："从小不学无术，我的书都是摆设而已！"

孟小吟明察秋毫，她发现每本书的扉页上都有个红色的小印章"百草园"。心里顿时明白了七八分，她把陆尘宇拉到一边问："这些都是你新买的书？"陆尘宇笑而不语。昨天下班回家，他路过一家要拆迁的小书屋，全场三折，他想起孟小吟组织的活动，就挑了一大箱。

孟小吟哭笑不得："这次是捐书，下次要是捐衣服，你要洗劫服装店么？"

陆尘宇说："以后有活动就叫上我，我感觉自己年轻了好几岁。"

孟小吟兴致勃勃地问："你为什么喜欢'枕流'这两个字？是不是因为看到了厦门鼓浪屿的那块石碑？枕在碧波流水之上，太美了。我还在石碑前照了张相呢。"

陆尘宇摸不着头脑，不知如何回应。

孟小吟又冒出一个问题："原来你也爱猫，你小时候养的那只猫后来怎样了？"

陆尘宇只好说："死了。"小吟的眼底闪过一丝哀婉。

捐书活动热火朝天。陆尘宇蹲在小山般的书堆旁，分类、打包、装箱。稍有空隙，他就不由自主地看小吟，她跑前跑后，忙得不亦乐乎，肥大的T恤衬托出娇小的身材，体内似乎绽放着无穷的活力。

陆尘宇问自己，到底喜欢她什么呢？说不清楚，才是真正的喜欢。不会切割衡量她的优点或缺点，而是把她当成一个小精灵，全心全意地喜欢她的全部。他对女人曾有一套朦朦胧胧的标准，能让他动心的应该是身高在170厘米左右、古铜肤色、丰满性感的辣妹。小吟出现以后，她就是标准。

中午，太阳炽烈，把地面烤得发焦，学生都躲进楼里了。志愿者们坐在树下吃盒饭，一丝风也没有。陆尘宇顶着骄阳跑到小卖部买了一堆雪糕，分发给大家。

一个女生叫道："小吟，你男友太模范啦！我那位还在宿舍睡懒觉呢，我中暑他都不会管。"

孟小吟笑道："苏枕现在是实习期，还没转正呢。"

陆尘宇坐到小吟身边："那我得继续努力，晚上开车帮你们送书！你们太伟大了，我上学那会儿，除了上课就是K歌、打球、打游戏。"

小吟说："是么，我以为你废寝忘食搞创作呢，难道那些画都是做梦时画的？"

陆尘宇语塞。小吟用他从未听过的温柔语气说：“苏枕，我觉得你非常有才华，亮闪闪的逼人的才华，直戳人内心深处最柔软的地方。设计是你的饭碗，画画才是你的生命。”

活动结束后，陆尘宇筋疲力尽地回到家。苏枕在客厅拖地，见了他叫道：“挖煤去了么？看你衣服脏的，快丢到洗衣机里。”

陆尘宇二话不说，进了浴室。洗完出来，饭菜已经摆上桌，有香烧酥鹅，还有热气腾腾的鱼汤。苏枕给他盛饭，说：“米饭做多喽，明天我加班，你可以吃蛋炒饭。”

陆尘宇一手拿一支筷子，重重相击，说：“从开始就是个错误！”

苏枕莫名其妙地望着他。

陆尘宇说：“我替你相亲也就罢了，干吗装成你？太傻逼了。”

苏枕试探性地问：“你今天没有同学聚会……是去见孟小吟了？”

陆尘宇说：“是的，我喜欢她，要追求她，首先得让她知道我是谁！”

苏枕撂下勺子：“让你帮我打发个人，你偏和她拉拉扯扯，栽了吧？”

陆尘宇说：“我见她第一面就有感觉了，只不过情商低，到现在才反应过来。”

苏枕说：“完了，姑妈会气疯。”

陆尘宇说：“反正她早晚也得解决我，给谁介绍不一样？我现在最关心的是小吟会怎么想。刚开始，我觉得只要有机会接近她就好，叫什么名字无所谓。但是她没完没了地谈论你的画你的才情，凝视着我的眼睛一声声地叫我——苏枕，我自身好像不存在似的，实在受不了啦！”

苏枕来了兴趣：“她怎么知道我画画？难道她看过？”

陆尘宇不理会他，说：“我决定了，下周末摊牌！你出的馊主意，脱不了干系，咱俩一起跟她说清楚。”

苏枕说：“不好吧——两男一女，多尴尬。”

陆尘宇说：“没必要搞那么严肃，叫上窦可，让小吟也带个朋友，咱们一起去爬山。”

4

会议室阵容强大。两位创意总监、客户部经理、文案策划、美术指导，还有创意室的另一位设计师杰瑞。

九点整，Instant广告部经理到场了，江总监红光满面地站起身，说：“我们开始吧。首先，我代表亚迪兹向来自Instant亚洲区广告部的孙经理表示欢迎！Instant是我们的尊贵客户，这期广告被公司列为今年的重点项目。为此，创意室倾其全力、反复磋商，设计出两种迥然不同的人物形象和场景风格，供孙经理选择。下面我们请年轻的设计师苏枕为大家展示他的样图。”

像上次开会一样，苏枕走到投影仪旁，一边作演示，一边简明扼要地陈述了设计理念。

江总监说：“下面，我们请高级美术指导王先生展示他们团队的创意。”

王指导冲大家微微鞠了一躬，按下演示文稿播放器。屏幕上出现壮观的三维立体动画，还配有标准解说词。先分析产品特性和客户需求，然后隆重介绍设计师杰瑞，展现了他以往承接的精品项目和获奖作品，最后亮出三个靓丽的漫画人物形象。大家纷纷鼓掌。

孙经理纳闷地问：“原先确定的仿真油画风格完全被颠覆了么？”

王指导说：“我们和文案策划李女士重新商讨过了，漫画风格能更贴切地表现故事，视觉冲击力更强。”

李女士点头附和：“这类漫画类似于电脑游戏中的虚拟人物，有一定的仿真性，却比真人更具有美感。”

江总监笑呵呵地问孙经理感觉如何，孙经理托着腮想了想，说：“我没想到设计大纲有变。正因为两种风格大相径庭，我才更难抉择，不知道哪个市场效果好。”

江总监笑道：“没有人比您更了解Instant品牌，您的直觉就是最佳市场效果。”

孙经理说：“我们的产品定位于30至50岁的高端客户群，以女性为主。我在想，漫画是否能让他们产生共鸣。”

设计师杰瑞发话：“如果追求仿真效果，不如请名流做广告，就像化妆品专柜的那些靓照。但我们这次是在时尚杂志上做连环画，没有比漫画更好的形式了。或许，这些动漫人物会一炮走红，成为Instant的符号。”

大家纷纷表示赞同。客户部经理还举出一些市场调查案例，表明漫画的视觉影响力。孙经理也显得有几分动心。

一直保持沉默的吴副总监开口了：“有句俗话叫做一图顶千言。我们先不讨论人物形象了，看看场景设计吧。杰瑞设计的人物出现在商务会馆、夜总会和奢侈品展销会上。这些场景可以归结为一句话：她们非常富有。Instant的一瓶面霜，市场售价上千元，谁不知道它属于高消费阶层？难道这就是我们想表达的全部信息？”

江总监说："这些场景暗示着Instant与迪奥、香奈儿等顶级品牌有相同的受众，无形之中产生了强大的广告效应。苏枕画的那些场景是很美，施皮茨古堡、左翼图书馆、莱蒙湖喷泉，但这更像是旅游公司的广告。"

吴副总监说："至少受众能看出那是纯正的瑞士品牌。"

孙经理发话了："人物形象已经选定漫画风格，至于场景，我回公司商榷后再做决定。"

散会了，王指导和杰瑞把孙经理送上电梯。

江总监拍了拍苏枕的肩膀，说："辛苦了，这个项目对于新人来说要求太高了。你的设计图先存入素材库吧，也许日后还用得上。"

苏枕头脑空空的，感觉他的声音十分遥远，好像跟自己没有什么关系。

5

九月的清晨，风轻云淡。陆尘宇、苏枕和窦可备好登山行囊，驱车前往A大。

窦可本来闹着要开车，听说还有两位美女同行，抢先跑到后座上，张开双臂，做出左拥右抱的架势。

苏枕说："怎么，敢打你嫂子的主意？"

"就是那个孟小吟么？"窦可探身扒住陆尘宇的肩膀，"她好在哪儿呀？"

陆尘宇说："敢说她不好淬了你！"

窦可叫道："天呢，尘宇发疯了！重色轻友也就罢了，问题是孟小吟没什么姿色啊，苏枕你一会儿给个公允的评价。"

苏枕批评窦可："情人眼里出西施，你干吗嘴欠？"

窦可不服气："是谁的电脑里储存了几G的艳照？谁的手机屏幕是超级名模？谁说找女友的唯一标准就是靓？"

陆尘宇笑道："那时年少轻狂，我已经脱胎换骨啦。"

远远地，他们望见校门口站了两个女孩，一红一白，相映成趣。苏枕把玻璃窗完全摇下来，跟她们招手。孟小吟跟他对视了片刻。陆尘宇停了车，跳下来为她们打开车门。

窦可伸出脑袋一看，瞠目结舌，孟小吟身边那位红衣女正是他在咖啡馆里搭讪的女孩！他叫道："其萱！"大家都怔住了。

孟小吟说："你们认识啊？我还没来得及介绍，这是我的闺密乐其萱，经贸系的，也是明年毕业。"

陆尘宇指着副驾上的苏枕说："这是我的狐朋，你们叫他阿狐吧。"又指着窦可说："这是我的狗友，叫他阿狗好了。"

"快上车吧。"窦可边往里挪边招呼乐其萱，"火鸟，为了跟未来的嫂子保持距离，我只好牺牲一下，跟你零距离接触。"

乐其萱冲他挥挥拳，灵巧地钻上车。她穿红色短衫、红裙裤和红皮靴，像一束热烈的火焰。孟小吟跟着她上了车，把背包摘下来，放在腿上。陆尘宇放开乡村音乐："出发喽！"

从后视镜里，苏枕可以看见孟小吟。她头发上扎了条天蓝色的发带，白白净净的，穿一身白运动衫，蓝色登山鞋。苏枕承认她不算漂亮，但是很美，有种被书卷浸透的娴雅气质。缘分这东西就是那么蹊跷，当初一个随意的决定，就让他和孟小吟擦肩而过了。也许，她比秦伊诺更适合他。谁知道呢？人生看似多样，其实别无选择，也许——根本就没有也许。

"车子一转弯你就趁机拱我！"乐其萱冲窦可嚷，"苏枕在聆风居会见小吟，你凑什么热闹？"

窦可说："我还没审你呢！小吟相亲，你杵在旁边干吗？"

乐其萱往嘴里扔进一粒口香糖："我是去约会，不像你满处找女孩搭讪。"

陆尘宇笑道："阿狗你忒丢人了吧。不过乐其萱是那种令人想入非非的女孩，她比小吟到得早，还直冲我走来，我当即心跳加速好几倍。"

小吟推了陆尘宇一把："那后来见了我，忒失望了吧。"

窦可说："他见了你喜出望外。火鸟只可远观，不可近赏，哪有你耐看？"

乐其萱掐住窦可的胳膊："当心点，我可练过跆拳道。"

小吟说："苏枕，该介绍你朋友的名字了，我不好乱叫的。"

苏枕本能地回过头，从来没有人那么亲切动听地叫过他的名字。

陆尘宇赶紧接茬："他俩名字拗口，先叫外号吧，为了平等起见，叫我阿豹好了。"

窦可拍手叫道："那乐其萱叫阿鸟，小吟叫阿猫，咱们是宠物总动员！"大家都在笑，孟小吟注意到，被称为阿狐的男孩静悄悄地望着窗外，背影有几分寥落。

他们把车子停在山脚下，沿路上坡。山势和缓，厚厚的草甸铺满山坡，杜鹃、野玫瑰和金莲花竞相开放。草丛里偶有细尾花斑鼠窜过，蝴蝶互相追逐。放眼望去，山顶是倾斜的岩溶高原形态，与巍峨的群峰一脉相连。乐其萱又奔跑又跳舞，一会儿戴上红色的贝雷帽，一会儿又把丝巾裹在肩上作秀。窦可追着给她拍照。陆尘宇把孟小吟的包抢过来背着，苏枕跟在他们后面。

“这也叫山？明明是草原！”乐其萱有点儿不屑。

陆尘宇说：“还没开始爬山呢！今天的节目是游草甸和民俗村，晚上把你和小吟送回去，我们哥仨明儿一早登灵山。”

乐其萱急得跺脚：“不行不行，说好登山野游，哪能糊弄我们？”

窦可乐了：“那今晚就在山里宿营吧。”

乐其萱说：“只是我没带衣服，晚上会不会冻死？”

窦可从背包里掏出一件外衣给她穿上，说：“这是专业登山服，防水防风防晒，抗寒零下三十摄氏度。”又甩起自己的背包，“这是机器猫的万宝口袋，手电、绳索、刀具、运动饮料、压缩食品、药箱……应有尽有！”

乐其萱说：“那你带了几个帐篷啊，可别让我跟你挤。”

尘宇笑道：“真以为野营呢？晚上咱们住村里的农家院。”

越过一道陡坡，来到一片郁郁葱葱的树林。令他们震惊的是，林边的沟壑里竟然堆积了厚厚一层树叶和枯草。由于地势和风向的作用，这里四季如秋，形成了名副其实的落叶谷。乐其萱兴奋地冲过去，跳入谷内，半个身子都淹没在松软的落叶之中。窦可伸手拉她，被她使劲一扯，连摔带滚地滑下去。两个人争着抓起叶子往对方头上撒，天女散花般旋转摇曳。

一阵风卷过，叶片像蝴蝶在空中翩翩起舞，又纷纷飘落，归于谷底。苏枕观望的热情渐渐转为伤感，因为这场景就像一场凄零的葬礼。这时，孟小吟轻声自语：“如果我死了，就想埋在这里。树叶是那么干净，那么安宁。”

陆尘宇打断她：“瞎说什么呢，不吉利，快呸呸！”

小吟对他说：“我知道你迷恋树叶，你画里的叶子远远多于花儿。来到落叶谷，更激发灵感了吧。”

陆尘宇无话可说。小吟弯腰拾起一片树叶，说：“我也喜欢叶子，它有骨。即使叶肉干枯破碎了，叶脉依然清晰，叶茎也很坚硬。”

苏枕在侧边专注地看着她，她白皙的手指捏着一片泛红的黄叶，背后是漫天飞舞的落叶，就像一幅唯美的油画。

窦可和乐其萱又拉又拽地爬上来，满头满身都是草叶。乐其萱性感的红袜子上插满叶子，像个树精。她脱下靴子，使劲儿抖落。窦可帮她清理头发。陆尘宇冲窦可使了个眼色。窦可会意了，说：“小鸟，前面的灌木里有野酸枣，咱们去采吧。”说罢向岔道奔去。乐其萱急了，赶紧穿上靴子追。

落叶谷只剩下三个人，风也不刮了，静悄悄的。午后的阳光把叶子照得金光闪闪。苏枕和陆尘宇都意识到，这是坦白的最佳时机。想起来是件简单的事情，可话到了嘴边又不知如何说起。孟小吟慢慢向谷中走去，脚下的树叶沙沙作响。两人注视着她远去的背影，话语卡在喉咙里。

“孟小吟！”陆尘宇鼓起勇气叫住她。

她回过头，长发飞扬，眼眸在阳光下熠熠生辉。

“对不起。”陆尘宇的语气极为虔诚。

孟小吟一脸困惑。

“因为，我才是苏枕。”苏枕说。

第四章　迷雾

1

孟小吟半夜醒来，身上微微渗出一层汗。屋子黑洞洞的，她身边的被窝空着，乐其萱不知道去哪儿了。孟小吟爬起来，摸索到墙上的开关，按下去，屋顶上的灯管发出刺目的白光。她看看手表，凌晨一点半，困意全无。

门吱扭一声开了，乐其萱披着外套进来，爬上床，把手机丢在桌上，脸上似有泪痕。小吟用被子裹住她冰凉的身体："谁的电话？"

乐其萱垂下眼睑，哑声说："我跟洛鹏分手了。"洛鹏也在A大读研，跟乐其萱已经好了三年。

乐其萱说，因为遇到了窦可，她注定无法再跟洛鹏继续，夜里睡不着，干脆给他打电话提出分手。洛鹏崩溃了，跟她在电话里缠了两个多小时。

孟小吟推她："你疯了！三年的感情还比不上一天的玩闹？洛鹏对你那么好，你说分就分，也太任性、太残忍了。你了解窦可么？"

乐其萱抹去眼角的泪滴，说："不管窦可对我是什么感觉，我认定他了，以后任何男人都没法提起我的兴趣，包括洛鹏。就算他对我再好，我也会忍不住拿他的缺点跟窦可的优点比，我会发无明火，没完没了地挑刺、找碴儿、伤害他。所以，长痛不如短痛，对大家都公平。"

孟小吟说："你怎么能判定你爱上窦可了？你怎么知道以后不会像厌弃洛鹏一样厌弃他？你是被激情蒙蔽了双眼，冲昏了头！"

乐其萱说："我跟洛鹏交往三年，他追我就用去一年。我在他面前像个公主，但是没有真正开心过。现在我明白了，爱不是高高在上的统治，也不是无止境的索取，是发自内心的喜悦，就像在嚼一粒奶糖。窦可让我开心，我喜欢他的高智商、他的贫嘴、他的酷毙发型、他的虎牙……至少我们是平等的。"

孟小吟叹道："得了吧，你不过是在给自己的花心找借口。人不应该过度放纵情感和欲望，如果都像你这样见异思迁，世界上就不会有婚姻了。"

乐其萱说："恰恰相反，如果大家都像我这么敢爱敢恨，世界上就不会有痛苦的婚姻。我心里已经没有洛鹏了，如果我压抑情感、不动声色地跟他结了婚，会是两个人终生的悲剧。"

孟小吟说不过她，索性背过身去。乐其萱关掉电灯。两个人干躺了半天，谁也没睡着。乐其萱打破了沉寂："没想到，竟然有真假苏枕。"

孟小吟的心咚咚跳起来，翻过身子说："其实我见苏枕第一面，就感觉有点奇异。他的样子似乎和这个名字更般配。哎，你看他那副超然的神态，像不像油画里的诗人雪莱？"

乐其萱说："你也太抬举苏枕了。他竟然找替身去相亲，简直心术不正嘛。不过，他让你和陆尘宇歪打正着地碰上了！尘宇长得帅，家底又厚，绝对是极品白马。"

孟小吟说："据说苏枕两起相亲撞车，才把我推给陆尘宇的，他去见了那个电视台的女人——肯定是美女。"

乐其萱哼了一声："那是必然。没听说吗，男人只分两种，好色的，和非常好色的。而且相亲都是很现实很功利的，电视台待遇好，又风光，你只是个没有经济实力的学生而已。"

孟小吟不做声了。想到博客里那些深深感动她的文字和画作，还有捐书活动的宣传画，都不是出自陆尘宇之手，她心里隐隐失落。

第二天早晨，阳光透过薄薄的窗帘照亮屋子，乐其萱用被子蒙着头，睡得正香。孟小吟悄悄爬起来，穿好衣服，走出门。

这是一个四方形的农家院，左边栽了两棵梨树。树间的晾衣绳上挂满床单和被罩。墙角有个废弃的鸡笼，院门口卧着一只警觉的黑狗。苏枕独自站在树边，两手插在裤兜，从敞开的院门眺望遥远的山头。他听到响动，回头看见孟小吟。

他该对她说什么呢？问她昨晚睡得好不好，还生不生他的气？他还来不及开口，孟小吟便直截了当地问他："当初为什么不选我？"她的眼神含笑，但语气却严肃得不容怠慢。

苏枕倒吸了一口凉气。这个看起来温和乖巧的小女孩问了他一个最刁难的问题。他也在问自己，从昨天看到孟小吟时就在问自己，可惜没有答案。他们就这样僵持着，直到厨房腾起炊烟，客房里传出洗漱声。苏枕对孟小吟说："因为我不是先知，只是个被命运把玩的小人物。"

孟小吟狡黠地笑了，说："是的，所有的责任都可以推卸给命运。"

这时，陆尘宇招呼他们去餐厅吃饭。房东已经把热气腾腾的包子、油条和鸡蛋摆上圆桌。大家都坐定了，乐其萱才懒洋洋地走进来，睡眼惺忪。窦可说："大小姐，难道让我背你上山呀！"说着，给她盛了一大碗粥。陆尘宇小心翼翼地观察着孟小吟的神色，把剥好的鸡蛋递给她。孟小吟不接，只低头喝粥。

吃完饭上路，陆尘宇要帮小吟拿背包，她也不肯，自己跑到前面去了。陆尘宇闷声不响地跟在她身后。

窦可揪住乐其萱："孟小吟怎么这么矫情？尘宇和苏枕已经跟她道歉了呀。"

乐其萱打抱不平："小吟被骗了两个多月呢，换作是你，也没那么容易消气。"

窦可说："就算我跟你交往五年，突然得知你不叫其萱，叫火烈鸟，我也不会介意啊。只要人没错，名字有什么要紧？"

乐其萱追着打他。他边躲边笑："看你眼睛都肿啦，难道因为思念我而夜不能寐？"

山势越来越陡峭，道路渐渐变窄，两边的草丛不时冒出干枯的荆棘。五个人排成一列，奋力攀登，只有脚步和喘息声。窦可和乐其萱的谈笑也因疲惫而终止。

陆尘宇在前方开路，苏枕紧随其后，孟小吟和乐其萱在中间，窦可在后面护驾。有个斜坡又陡又滑，苏枕爬上去后，回头想拉孟小吟，发现陆尘宇早已伸出手臂。小吟摇摇头，扶住旁边的树杈一撑，轻巧地爬上来了。上面是个小观景台，他们才爬到半山腰，但是能看到很远的景色，山脚下的村庄就像是过家家里的模型。

孟小吟看到路边有棵柿子树，圆圆的果实躲在叶下，就掏出相机拍照。陆尘宇找来一根树枝，想把那个柿子钩下来，但是树枝长度不够。他索性放下背包，爬到树上去了。

窦可急了："别冒险，柿子还没熟呢，摘了也吃不成！"

苏枕知道劝阻没用，尘宇已经无可救药地被丘比特之箭击中了。

陆尘宇爬到高处，伸开手，还跟那个柿子差点距离。乐其萱也替他捏把汗，说："随便摘一个好了。"他侧过身，脚蹬树干，用力向上一蹿，抓住了柿子，整个树干都摇晃起来。大家屏住呼吸。

尘宇把柿子揣在怀里，下了树，衣服沾满毛刺和尘土。小吟故意不看他，他走到她面前，用袖子把柿子擦干净，郑重地塞进她手里。

乐其萱双手交织在胸前，感叹好浪漫。窦可不知从哪儿捡了个柿子给她："现在国外的环保主义者都流行吃落果，果实就没有被采摘的痛苦。你看，这个比尘宇摘的还大。"

他们吃了些饼干和香肠，继续登山。乐其萱几次停下喊累，窦可连推带拽，她都坐在地上不肯走。大家只好放慢进程。孟小吟毅力惊人，休息时也不怎么坐，只摘下帽子擦擦汗。苏枕看着她，想，这真是个奇特的女孩，外表文弱、内心坚韧，既知书达理，又不失个性。永远猜不透她在想什么，怪不得尘宇着迷了。

他们下午两点才登上顶峰，在凉亭小坐，下山后天色已暗。整整一天，孟小吟都没有跟陆尘宇说话，他越发郁闷了。

找到坐骑后，孟小吟突然发话："我要坐前面。"陆尘宇连忙为她打开车门，说："我帮你把背包放到后备箱吧。"语气里流露出讨好和紧张。

小吟说："你连自我介绍都没做，我并不认识一个叫陆尘宇的呀，怎么敢跟陌生人搭话？"

陆尘宇喜上眉梢："好，从现在开始，我会让你认识一个全新的陆尘宇。"

车子刚发动，苏枕的手机就响了，是秦伊诺。她半撒娇半生气地问他在哪儿，电话为什么打不通。苏枕说在山里，信号不好。秦伊诺质问他为何不带她去玩。苏枕说："以为你很忙，就没打扰你，下次补上。"窦可拍手大笑道："伊诺生气喽，看来我们得尽快再活动一次，三男三女正合适！"

孟小吟静静地靠在椅背上，她隐约能听到话筒那边的声音，不由自主地想象她是个多么漂亮的女人。

2

早上六点半，室友们还在梦乡里，孟小吟起床晨练。刚出宿舍楼，她惊呆了，陆尘宇穿一身运动服等她呢。小吟问他："你不去上班么？"陆尘宇说："先陪你跑步，再共进早餐，八点半之前赶到单位就行。"

早上的空气清新，有几个学生在校园里晨读。他俩沿着操场的塑胶跑道慢跑，孟小吟说："肯定是乐其萱把我的作息透露给你的，那个大嘴巴。"

陆尘宇笑道："我们会经常不期而遇。"

这种强烈的攻势让孟小吟有点不自在。尽管他们认识的时间已经不短了，但自从得知他不是苏枕，她对他就产生了一种莫名的距离感。连陆尘宇这个名字，她都觉得叫起来别扭。

陆尘宇问她喜欢什么运动，孟小吟说，平时打打羽毛球。陆尘宇说，不是吹牛，羽毛球他可是专业级的。小吟便拜他为师。

他们跑完三圈，一起去食堂吃了早饭。校园广播开始放音乐，学生渐渐多起来。陆尘宇的车停在教学楼门口，阳光下十分炫目，引得不少学生驻足。陆尘宇跳上车，冲小吟挥手告别。她看到车后座上放着条纹衬衫和深色西服。

今天孟小吟没有课。进入研究生最后一学年，课就很少了，大家都忙着写毕业论文，找实习单位。路过经贸学院，她顺便去找乐其萱。

其萱的宿舍门虚掩着，小吟想都没想就推门进去了。其萱竟然坐在一个男孩的腿上，两人背对着小吟，叽叽咕咕地看电脑呢。小吟正准备退出去，其萱发现了她——“小吟！”男孩也跟着回头，是窦可。其萱穿着一件橘色大嘴猴睡裙，隐隐盖住臀部，光着两条长腿，没有任何窘色，笑嘻嘻地把小吟拉进屋。

窦可冲小吟挤挤眼：“刚送走尘宇吧？早上我搭他车过来的。”

小吟说：“他还知道赶去上班，你难道为美人就不要江山了？”

窦可说：“不是每个男人都像尘宇那么有出息，西装革履黑皮鞋，叱咤金融界，每月按时领薪水，奔着升迁不停歇。我是混沌宅男，工作生活娱乐一体化。”

乐其萱说：“他是威客族，每天猫在家里等活儿干。今天他的工作就是给我修电脑。”

窦可说：“这傻丫头的本本已经病入膏肓了，亏得我妙手回春。一般来说，女生找男友有两个用途——修电脑和上床。所以，会修电脑的女孩和不会修电脑的男孩都是可悲的。”

其萱给他嘴里塞了一块巧克力，双手娇蛮地把他的头发搓成鸡窝。

孟小吟觉得很没趣，随便跟他们聊了几句就走了。就在上周，她还跟其萱和洛鹏一起吃过饭呢。他们俩手拉手，一块榴莲酥也要分成两半吃。洛鹏家里甚至在考虑买房子，为结婚做准备。只过了一个周末，这份感情就灰飞烟灭了。孟小吟不禁自责，如果她没有带其萱去爬山该多好，如果尘宇没有让窦可来也好。他们的缘分来势汹汹，根本挡不住，难道一切都是命中注定？

3

苏枕从复印室出来，迎面碰上王指导的助理小曹。她冲他使了个眼色，往楼梯口走去，苏枕跟上她。他们来到顶层的平台，空寂无人，风呼呼地吹。

小曹四处看看，凑近苏枕，悄声说：“刚才江总监跟王指导密谈，我听见几耳朵。孙经理把杰瑞的设计带回公司以后，他们总裁特不满，发火要跟咱们解约呢。江总监又把你的作品拿出来给他们看，结果通过审核了。我猜江总监马上会找你谈话，这个项目可能要完全压给你了。”

苏枕陷入沉思。小曹不断用手拢着被风吹乱的头发。苏枕说：“谢谢你，小密探，赶紧回去吧。”

小曹推推眼镜，带着几分娇嗔问：“你没发现我有什么变化吗？”苏枕从头到脚细细打量她一番，说：“你戴了水滴形耳环。”

小曹晃了晃脑袋：“这只是个小变化，你看我新买的衬衫！”苏枕说：“不错不错。”小曹说：“哼，你都没有注意，说明它不惊艳。”苏枕笑道："因为你太艳，把衣服的光芒都遮盖了。"这才把她逗乐。

苏枕来到吴副总监的办公室，他吐着烟圈，神色凝重，显然已经接到了消息。苏枕说："无论如何，这是我们小小的胜利。"

吴副总监说："但是老江把人都抽走了，我们成了光杆司令，连文案策划都得自己来做，而且只有不到半年的时间。你考虑一下，现在退出还来得及。"

苏枕说："已经跟人家签了合同，怎么退出？"

吴副总监说："关我们屁事！当时老江否定了你的设计，他就没有理由再强求你完成项目，大不了违约。"

苏枕一字一顿地说："由我来做，善始善终。"

吴副总监长吁一声，在他肩上重重拍了两下。

只要接到新任务，苏枕就像注射了鸡血一样兴奋起来，大脑像飞速运转的马达。他从资料库提取相关素材，拟了一份简要的项目计划表。一抬头，晚上九点半了。

回到家，一股菜香扑鼻而来。他以为是尘宇叫了外卖，结果姑妈从厨房走出来。苏枕搂住她："妈咪来啦，怎么不给我打电话？"姑妈捧着他的脸，心疼地感叹："瞧你，又瘦了。"从小到大，她每次见他都会说这么一句。

四菜一汤，还有苏枕最喜欢的鱼丸。他狼吞虎咽地吃，姑妈和陆尘宇坐在对面看着。姑妈絮絮叨叨地讲起自己的儿子威威，说他上了初中以后，偏科特厉害，数理化名列前茅，语文英语很差劲，一写作文就头疼。

"上次月考，作文是全班最低分，丢人哪。"姑妈说，"枕枕，那个孟小吟不是中文系的嘛，很会写文章吧，请她抽空给威威辅导一下呗？"

苏枕头也不抬："呃，人家要毕业了，忙着呢。"

姑妈说："嘿，再忙也得管！那是你弟弟呀，每周一个小时就行，帮他改改作文。"

苏枕正不知如何应对，陆尘宇抢话了："没问题，孟小吟最擅长讲课，还给民办学校的孩子义务教语文呢。"

姑妈喜得直拍手："好哇，我也趁机瞧瞧那姑娘！"

4

周六晚上，电视台文艺频道举行年度化装舞会，秦伊诺为此逛遍了京城有名的costume店，买了一身缀满花朵的长裙，扮成花仙子。

出场前，秦伊诺戴上妖艳的面具，又别出心裁地在左脸颊上画了一只翩然的蝴蝶。这是她第一次参加单位的大型活动，本来认识的人就不多，大家又穿着奇装异服，身份难辨。她看到好几个女人围着一个海盗模样的男子献殷勤，一打听才知道，那是副台长。那些女人的眼睛多亮啊，就算国王乔装成乞丐也能被认出来。

秦伊诺跟素不相识的灰太狼跳了支舞，正想去拿点饮料，碰见一只魅惑的蜘蛛精：光滑的黑色紧身衣，裹着银丝网衫，头戴夸张的蜘蛛形礼帽。秦伊诺突然想起来，刚才在化妆间看到叶蓓蓓的手提袋里露出了黑触角般的装饰物，原来那是帽子上的蜘蛛腿。再看她扭晃腰肢的走路姿势，更确信无疑了。秦伊诺不由自主地盯着她，看她径直走向坐在角落里的蝙蝠侠，悄悄跟了上去。

蜘蛛精请蝙蝠侠跳舞，伊诺也凑过去，向他伸出纤纤玉手。面对两位女子的同时邀请，蝙蝠侠犹豫了片刻，握住伊诺的手。隔着面具，伊诺仿佛看见了叶蓓蓓懊丧的神情，心里十分畅快，平日职场上的憋屈在瞬间得到释放。

华尔兹舞曲开始，蜘蛛精愤然离去，蝙蝠侠温柔地搂住了伊诺的腰。他的舞步稳健优美，显然受过正规的训练。伊诺也一展舞姿，他们成了晚会上最瞩目的一对。

连跳三曲，蝙蝠侠把伊诺拉到舞池背后的露台上，柔声说：“花仙子，你拥有世界上所有的花朵，赐我一朵好吗？”

伊诺原地转了个圈，说：“你挑吧。”

他从她胸前摘下一朵白玫瑰，握在手中，深情地说：“如果能一睹芳容，我将死而无憾。”

伊诺笑道：“你应该知道假面舞会的规则，一旦摘下面具，就要被驱逐出场。”

蝙蝠侠说：“那我们同时现出原形，逃到一个没人的地方去吧。”

伊诺心想，这么快就钓到一条鱼，我的魅力还不浅呢。她借故拿酒，得意地离去了。

5

苏枕站在A大门口等孟小吟。姑妈出差了，姑父也不在家，他负责把家教带回家。这是他第二次跟小吟见面。她穿着牛仔裤，米色休闲衫，背个双肩包，穿过图书馆门前的草坪，一路跑到他面前。苏枕眼前一亮，心情明媚。

苏枕说：“周六是你和尘宇的羽毛球日，我还担心教练不肯放人呢。”

小吟笑道：“他名为教练，实为傀儡，掌权的是我呀。”

穿过两个街区，苏枕带她来到一个部队家属院。

孟小吟说："听尘宇说，你小时候就住在这个院里。"

苏枕说："六岁那年，我妈消失了，我就搬到这儿住，姑妈很疼我。小学毕业时，威威出生，姑妈的注意力就转移了。我意识到她代替不了我妈，挺郁闷的，就去跟爷爷奶奶住，节假日才会回来。"他轻描淡写的几句话，让小吟心里很不是滋味。她想起他博客里描述的无声的童年世界，仿佛看到一个孤零零的小男孩，因思念父母而黯然垂泪。

威威打开门，个头都快赶上苏枕了，大概是营养过剩，脸圆嘟嘟的。威威拉着苏枕要去看新买的汽车模型，苏枕勒令他叫老师好，还让他把语文卷子和作文本拿出来，威威不以为然地翻翻眼睛。孟小吟说："不急，先给我们展示一下你的宝贝。"

威威兴冲冲地捧出一个大盒子："红色法拉利，1954勒芒冠军赛车耶！"

孟小吟拿起车模仔细端详："还真是限量版！不过底盘和漆工看起来有点粗糙哦。"

威威说："这才有老车的质感。"

孟小吟说："你小小年纪，还挺怀旧的嘛。我有四个原版老家伙，分别是1907、1910、1929的劳斯莱斯和1926的奔驰K型，品相一流。"

威威张大了眼睛和嘴巴。孟小吟说："我有个哥们儿收了几百个模型，其中有辆极品宝马，车窗可翻，座椅可调，遮阳板能翻，转向灯能动，百分之百仿真！"

威威急不可耐地摇她的胳膊："我能去看么？"

他们进了书房，孟小吟翻开威威的周记本："你小子长这么帅，字却这么丑？"

威威扮了个鬼脸。孟小吟从书包里掏出一本字帖给他："写满了咱们就去看宝马。"

孟小吟给威威讲完语文卷子，端着杯子去倒茶。厨房门开着，她看到苏枕系着一条围裙，正在专心地切菜。他的手法娴熟，土豆片均匀落下，发出有节奏的声音。孟小吟静静地看了一会儿，感觉那情景非常温馨。

午饭是宫保虾仁、红烧茄子、炒土豆片，还有一盆紫菜汤。小吟吃了一口，大加赞赏。苏枕说："冰箱里就剩这些菜了。我最擅长做鱼，改天给你露一手。"

小吟帮威威盛汤，感慨："现在中学作文太难写了，得有深度，还要写出新意，恐怕作家都会犯憷。"

苏枕说："记得咱们小时候，作文就是编点好人好事，男孩叫小明，女孩叫小红，做完好事都叫红领巾。”

小吟乐了：“是啊，雨夜买药、扶盲人过马路、送生病同学回家……写议论文就是老三段，提出论点、摆出论据、正反论证。咱们这一代脑筋死，90后是发散性思维，还得叫素质教育。”

苏枕说：“还是咱们好，傻玩就长大了。现在小学生的书包都改成拉杆箱了，呼啦啦地过去，以为要赶飞机呢。”

威威打断他们：“你俩是一对吧。”

苏枕反问：“你看呢？”

威威努努嘴：“当着我的面还假正经，一会儿我写作业，卧室借给你们！”

小吟当场就呛了。

午休之后，孟小吟给威威布置了一篇作文，叫《我与车模》。威威说：“车模都傍大款，跟我有啥关系？”

孟小吟哭笑不得：“故意气我是吧。写写你收集汽车模型的过程，还有车模给你带来的知识和快乐。”威威挠挠头，把每个模型都翻看了一遍，回到书桌前，握着笔发呆。

孟小吟拿起威威的英语卷子，苏枕说：“你只管语文便好，不必太费心。姑妈还要给他请英语家教。”

小吟说：“干吗请那么多家教烧钱，我闲着也是闲着。”

苏枕打开随身携带的笔记本电脑，找出人物形象设计稿，苦苦思索。他对将要开展的项目，基本上没什么头绪。文案策划人退出了，他的连环画还没有一个完整的故事作支持，甚至没有明确的人物。可担子已经接过来了，沉甸甸地压在心口，毫无退路。三个女人一台戏，究竟应该设计怎样一出戏呢？

苏枕茫然地用鼠标在人物脸部慢慢滑动着，不知何时，孟小吟站在他身后，饶有兴致地望着那些画稿。他随口问：“小吟，你凭直觉告诉我，这是一个女人的三个时代，还是三个不同的女人？”小吟利索地回答：“祖孙三代。”苏枕说：“正合孤意，祖孙三代住在一个童话般的庄园里，其乐融融。”

小吟盯着屏幕，摇摇头：“不，她们失散了，颠沛流离、历经万难后重聚。”苏枕愣了片刻，脑中闪过一道灵光，宛如彩虹突显，使他全身兴奋地震颤起来：“对！母女在战争中失散，女儿做了母亲以后，悲剧重演……三个女人，在世界的三个角落，默默传承着五彩瓶罐里的秘密，成为美的缔造者。最终，惊世的香氛让她们重聚。那一刻，就是Instant！”苏枕跳起来，激动地抱住孟小吟，“困扰了我很久的问题，让你解决了。”

孟小吟一惊。她连他在做什么设计都搞不清楚，怎么会神差鬼使地帮了他？更重要的是，除了父亲以外，这是第一个拥抱她的男人。他的双臂用力扣住她的后背，他们的身体在瞬间紧贴，她的前额糊里糊涂地靠在他肩头，似乎闻到了他体内的狂野味道。他带电的温度、飓风般的气息让她眩晕。

仅仅是一个瞬间，他松开手，两个身体又分隔为原来的距离。但她觉得自己像奶油般酥软了，融化了，以至于要扶住桌子来支撑站姿。

第五章　暖香

1

早晨，秦伊诺进了办公室，看到自己桌上摆着一大束火红的郁金香，镶有金黄的花边，艳色欲滴。其他同事装作没看见，各忙各的，只有叶蓓蓓笑着问她："今天是什么好日子？"

秦伊诺第一反应就是苏枕送的花，心里美滋滋的，找来一个玻璃瓶，拆开包装纸。没有留言卡片，花束的丝带上印着英文字母Batman。秦伊诺愕然，是蝙蝠侠！他是谁，怎么会知道她的身份？伊诺百思不得其解。

连舞会上偶遇的男子都拜倒在她的石榴裙下，苏枕却还是无动于衷。自从听完音乐会，他们只吃过一顿便饭，又十多天没见面了。而且他很少给她打电话，照这个速度发展下去，再浓的兴致也会熄火。他说最近很忙，而繁忙是最拙劣的借口，分明是不够在意她。

秦伊诺正在胡思乱想，苏枕就打来电话了，好像一直在窥视她的内心。秦伊诺举着手机，快步走出办公室。苏枕问她："化装舞会好玩么？"伊诺说："你不在，不好玩。"苏枕说："如果我去了，应该扮成什么呢？"伊诺说："吸血鬼呗，连化装都省了。"苏枕大笑，说："那我先咬你，对了，晚上想去哪儿？"伊诺说："想去你小时候住的地方看看。"

一天都显得很漫长。苏枕的约会总是突然袭击，她对自己今天的着装并不满意，但是也来不及换了。下班前，她往耳后抹了点香水，并多解开一颗衬衫扣子。苏枕在电视台门口等她，看样子又熬夜了，神色有点疲惫。秦伊诺问："你的大项目进展如何？"苏枕说："置之死地而后生。"伊诺说："你是个工作狂，性命都抛到九霄云外了。"苏枕笑着拉起她的手，说："舍命也不能舍美人呀。"

他们来到东城古清小区，周边正大兴土木，吊车像恐龙般张牙舞爪，中间还剩下一片等待拆迁的老式平房。

苏枕在巷子里灵活穿梭，秦伊诺紧跟其后。苏枕敲开一扇大木门，开门的是他年逾七旬的爷爷。伊诺向他鞠躬问好，老人看起来身体硬朗，笑呵呵地把他们请进屋。屋里亮着一盏小灯，奶奶坐在床边看电视，苏枕过去抱抱她，她只是笑。

伊诺四处环顾，心里有点发凉。苏枕家里太简陋了，不但没有双亲支持，还要供养这对老人。她还没有把苏枕的情况告诉父母，这下更不知道如何开口了。

晚上，苏枕打车送秦伊诺回公寓。他们坐在后座，她轻靠着他，一阵欢喜，一阵忧虑。到楼下了，两人舍不得分开。伊诺问："要不要上去坐坐？"苏枕说："就等你这句话呢。"

伊诺租的房子一室一厅，厨卫俱全，布置得十分温馨。苏枕在屋里转了一圈，问："壁纸是你选的？"伊诺说："我才没那么俗，家具装修都是现成的，没法换，毕竟不是自己家。"

屋里暖融融的，灯光幽暗，床又大又软，暗红色的被罩绽放着诱惑的光泽。伊诺脱去外套，紧身衬衫勾勒出她的迷人线条。苏枕暗想，这不是引狼入室么？

伊诺问他要不要来点酒。苏枕想，太会考验人了吧，我也给你出点儿难题，看谁挺得住。他装模作样地站起身，说："不早了，你该休息了，明天还要上班。"伊诺也不挽留，把他送到门口。

他们同时去握门把手，手指相触的那一刻，岩浆迸发了。当他搂紧她的腰肢，她的双臂已经攀上他的脖颈。翻天覆地的热吻之后，他拦腰抱起她，走进卧室，把她像战利品般丢在床上。他们疯狂地撕扯对方的衣服，如同一场毁灭性的比赛。她长发散开，一身黑色蕾丝内衣，肌肤光洁如玉，陷在柔软的被褥里。面对深不可测的海域，他像水手般勇敢无畏地扎下去。尽管疼痛让她颤抖，她还是完完全全地向他敞开了通往圣殿的密径。

清晨，尖锐的闹铃持续作响，秦伊诺翻过身子面向苏枕，而他也正好睁开眼睛。她的脸颊泛红，嘴角荡起令人迷醉的微笑。他要吻她，她娇滴滴地闪开，坐起来，披上睡袍。她早晨的时间很紧，必须争分夺秒，上班才不会迟到。

洗漱完毕，伊诺回到卧室换衣服。苏枕的被子掀至腰际，一束阳光照在他的面颊上。她忍不住俯身去吻他，额角、鼻子、嘴唇，她越吻越贪婪，忘记了所有尘世的烦扰。她的真丝睡袍松垮地敞开了，露出饱满而秀美的乳房，他使劲儿把她拽进怀里。

没日没夜，不分彼此。没有非接不可的电话，也没有出门的必要，工作似乎都失去了分量。

2

苏枕不得不承认，那夜跟随秦伊诺进入公寓时，他本带有几分调情和猎艳的心态。男人和女人相互吸引，即使没走到结婚那一步，两个人也可以尽享欢愉，这似乎不损失什么。当他敏锐地察觉到她尚未被开垦过，不由得迟疑了片刻，但欲望压倒了一切。一个26岁的漂亮女人，竟然守身如玉，他想都没想过。

缠绵两天后，苏枕回家收拾行囊，要搬去与伊诺同住。陆尘宇难以置信："你们也忒快了吧。"

苏枕说："伊诺是个好姑娘，我漂泊的心终于找到了归宿。"

陆尘宇茫然地问："那我怎么办？"

苏枕合上箱子，拉着他屋里屋外转了一圈，告诉他各类食品和物件的存放位置，又给他列了张地下室的储物单……苏枕突然觉得自己变得有些婆婆妈妈。

陆尘宇说："房子这么大，让伊诺过来住嘛，大家一起多热闹。"

苏枕笑道："我们需要私密空间，哪怕只有蜗牛壳那么大。"

苏枕说走就走，房子一下子空了。陆尘宇看看电视，又打了会儿电脑游戏，百无聊赖地趴到床上。爸妈常住国外，他大学毕业后，就邀苏枕住在家里，像亲兄弟一样。苏枕经常加班，而陆尘宇热衷于户外活动，两人同时在家的时候并不太多，但想到对方会回来，心里还是很踏实的。此时，陆尘宇心里空落落的，不知怎么打发一个人的日子。幸好晚上他约了孟小吟看电影，不然非得闷死。

门铃响了。难道苏枕改变主意回来了？陆尘宇冲过去，没看猫眼就打开门。孟小吟亭亭玉立地站在他面前，编了两条蓬松的辫子，穿格子裙。陆尘宇挡在门口不动，小吟说："老说要请我到家里玩，看来并不欢迎嘛。"

陆尘宇一脸难为情："你偷袭啊，屋子乱得一团糟。"

孟小吟从他胳膊底下钻进来："这样才能检阅你的生活作风。都几点了，你还穿着睡衣！"

陆尘宇请她坐到沙发上，迅速倒掉烟灰缸里的垃圾，又从厨房端来一盘水果。他跑回卧室，把床上堆的衣服和杂物统统塞进衣橱，又飞速把床罩铺好。

小吟在客厅里转悠。简欧风格低调而雅致，阳台上的红砖白栅栏，抽象五线谱装饰的电视墙，陈列佳酿的木质吧台区……细看每处景致都别出心裁，搭配在一起却无比和谐。她对陆尘宇说："我去过很多朋友家，你家是最有品位的。大到地板和涂料的色泽，小到壁灯的样式，都很考究。当时装修花了不少心思吧。"

陆尘宇说："基本上由苏枕一手包办，他是搞设计的嘛。"

此时，小吟正走到苏枕的卧室门口，立即被梦幻的色彩吸引了，白色的家具，果绿墙壁挂满了大大小小的画作，镶在精致的木框里。床头上方是一幅醒目的油画，画的就是那只黑白相间的猫。陆尘宇凑过来说：“那厮跟他老婆同居了，撇下我孤苦伶仃的。”

孟小吟随意应了一声，忽然觉得自己像是中暑了，头有点晕，胸口闷气，胃里还恶心。但秋高气爽的，怎么会中暑呢？

她去参观陆尘宇的房间，进入一个机械模型和电玩组成的未来世界。她软绵绵地坐在床上，面对一扇巨大的铜丝网，上面挂满花花绿绿的旅行照。尘宇没有察觉她的不适，兴冲冲地给她讲述每张照片的由来。

孟小吟不明白自己的心情为何一落千丈。是因为苏枕搬走了么？但苏枕住不住在这里，现在和谁在一起，跟她又有什么关系呢？身体的剧烈反应暴露了她心底不肯承认的秘密：今天她精心打扮一番来找陆尘宇，其实隐隐盼望着能够碰见苏枕。她被这个秘密吓坏了，周身打了个寒战。她暗暗嘲弄自己，跟苏枕只见过两面，不能像乐其萱见了窦可那样丧失理智。她最鄙视泛滥的激情，更何况，从一开始她就被苏枕淘汰出局了。

孟小吟看到门背后立着一把吉他，便问：“你还会这个？”

陆尘宇拿起吉他，拂去上面的灰尘，说：“想当年，我可是名震校园的歌手，跟几个哥们儿建了乐队，还经常登台演出呢。在地铁站、酒吧、街角也唱过，大三以后就不怎么玩了。”说着，他低头拨弄琴弦，舒伯特的小夜曲在房间里缓缓流淌。陆尘宇好像变了个人似的，脸上的表情肃穆，眼神专注而温柔，每个音符都隐含着欲言又止的忧伤。

曲终，孟小吟给他鼓掌：“露一嗓子吧，让我也领略下歌手的风采！”

陆尘宇想了想，说：“给你唱首fool’sweek吧，《傻瓜的一周》，苏枕作词，我谱的曲儿。”

“Monday（星期一），她整夜不回家。

Tuesday（星期二），她不接我电话。

Wednesday（星期三），她说我是癞蛤蟆。

Ouch（哎哟），别以为小丑就没有爱情！

Ouch（哎哟），别以为傻瓜就不会心碎！

Thursday（星期四），她丢掉了我的玫瑰花。

Friday（星期五），她为花心Jack剪去长发。

Saturday（星期六），她发誓谁也不嫁。

Ouch（哎哟），别以为小丑就没有爱情！

Ouch（哎哟），别以为傻瓜就不会心碎！

Sunday（星期天），我的眼泪哗啦啦。

GloomySunday（黑色星期天），My Dooms day（我的世界末日）。”

一开始，诙谐的曲调把孟小吟逗笑了，但细听歌词却并不那么好笑。陆尘宇唱完，她看着他，竟一时语塞。沉默里孕育着未知的风暴。她的心跳加快，脑子却越发空白。陆尘宇放下吉他，单膝跪地伏在她的脚下，说：“小吟，我愿意当你的傻瓜。”声音由于过度激动而发哑。

突如其来的告白，让小吟手足无措。她的思绪被苏枕搅乱了，来不及判断对尘宇的感觉，也来不及思考未来的情感之路。平心而论，她是喜欢和尘宇在一起的。不管以后有何变迁，眼下这个男人把一颗火热的心进贡给她了。既然和苏枕没有缘分，不如顺应天意，欣然接受命运赐给她的礼物。

孟小吟双手抱住尘宇的脸颊，把他的头轻轻贴在自己的胸口。

3

早上，秦伊诺走到办公室门口，听到有同事在议论：“送花儿怎么不送到家里去，臭显摆！”另一位接茬：“以为自己是主播呢，仰慕者无数。”

秦伊诺的脑袋立刻大了。一连几天，她都会收到蝙蝠侠送来的鲜花，而且每次品种不同。为了查个水落石出，她昨天头一个来到办公室，用钥匙打开门，花束竟然已经静静地躺在她的桌子上，就像被施了魔咒。她向传达室人员和保洁员询问，没人知道是怎么回事儿。她料定叶蓓蓓认识蝙蝠侠，但是不敢去问她，以免惹是生非。昨天下班后，她等大家都走了，在桌上留了个便笺：你再不现身，我就把花扔掉。

今天，她收到的是一束馥郁芬芳的百合。包装纸里也有个便笺，行云流水般的笔迹：爱情有罪，鲜花无罪。在她的记忆中，蝙蝠侠身材不错，而且举手投足间有种从容不迫的成熟气质。如果不是有了苏枕，她或许会被这份浪漫情愫打动。

秦伊诺对着便笺发呆，李主任走过来：“小秦，听说你最近桃花运很旺，别耽误工作呦。会议材料准备得怎么样？”

秦伊诺听他语气里有丝嘲讽，慌忙打开电脑：“差不多了，中午之前发给您。”

李主任转身走了，去跟叶蓓蓓谈策划稿，脸上堆满笑容。秦伊诺一气之下把那束花儿丢进垃圾桶。

晚上到家后，秦伊诺亲手做了一桌丰盛的晚餐，有紫甘蓝沙拉、烤乳鸽和木瓜炖雪蛤。她在餐桌上摆好烛台，点燃两支蜡烛。

苏枕八点多才进门，她迎上去跟他拥抱。他显然被她精心设计的场景打动了，不停地吻她。开餐了，他们举杯轻碰。秦伊诺凝视着他烛光里的容颜，有种不真实的幸福感。小学毕业以后，她就到城里的重点学校寄宿，平均一个月才回趟家。十八岁，她远离家乡，到北京读大学。播音专业的学生生活比较丰富，一下课都没了踪影。特别是节假日，宿舍楼空空如也，大家都去泡吧、约会、逛街。而她不是在图书馆苦读，就是拼命训练播音。多年来，她守着寂寞，耐住空虚，抵住诱惑，终于等到了这个男人。尽管他的物质条件跟她想象的择偶标准差距甚远，但他身上的那股劲儿，说不清楚是充满艺术细胞的魅惑还是纯真无邪的特质，甚至连他略显忧郁的神情，都神奇地激发了她的欲望。

秦伊诺轻轻摇晃着酒杯，说："苏枕，我有个梦想。两年以后，我们将拥有属于自己的房子。"

"不是梦想，是约定。我会为你布置一个最温馨的爱巢。"

"两年以后，你会成为知名广告设计师。"

"两年以后，你会成为著名节目主持人。"

秦伊诺垂下脸："这只是个白日梦。"

苏枕握住她的手："做梦又没有损失。有我陪在你身边，你放心去闯。"

秦伊诺欣然一笑，眼里光彩闪烁："记住，那天晚上是10月12日。"

苏枕故意问她："哪天晚上？"

秦伊诺脸红了，在餐桌下踩了他一脚。

苏枕说："两年以后的10月12日，你会穿上我设计的婚纱。"

秦伊诺的眼睛湿润了。

4

为了赶进度，苏枕通宵作画，早晨五点半才倒在伊诺身边。过度劳累后，他反而睡不踏实，脑子里都是飞碟般的色块在互相撞击。他不敢翻身，生怕吵醒伊诺，直到迷迷糊糊听见闹钟声，感觉到她起身离去，他才舒展四肢睡去。

中午十一点，伊诺给他打电话说："冰箱里有速冻饺子，起来觅食吧。"

苏枕说："我只想吃你。"

伊诺笑道："那就过来找我。"

苏枕拉开厚重的窗帘，打开窗户，一阵凉风吹得他十分惬意。以前熬夜加班之后他会有点空虚，就出去喝酒，但喝完更空虚。而现在不同了，睁开眼睛，他有人可想，也被惦记着。两个人在一起，怎么都比一个人好。他梳洗干净，穿上自己的黑风衣，走出门。

他比约定的时间早到十分钟，知道秦伊诺在12层办公，决定上去给她一个惊喜。电梯几乎满了，快关门时，一个装扮出众的女人进来。电梯里的气氛立即活跃起来，不少人跟她打招呼。她礼节性地冲大家一笑，就转过身子，面冲电梯门。

苏枕简直不敢相信自己的眼睛！是的，那是张月影，他的初恋。所有人都知道，她是炙手可热的女主播。他在电视上看过她的节目，感觉却非常陌生，因为那是公众的月亮女神，不是中学时代依偎着他的小女生。高二下半学期，她转学了。将近十年，他们没有再见过面。

电梯在9层停住，张月影走出去了。苏枕本能地跟出去。楼道里没有人，她穿着长裙，银色高跟鞋，在前面款款地走，棕褐色的波浪卷发轻轻摇荡。苏枕跟在后面，叫了一声："影子。"

那声音仿佛穿越了时空。张月影回头的动作非常缓慢，因为很久没人这样叫过她了。她转过脸，定格了几秒，冲他微眯左眼。那是她的经典表情，眯眼的同时，嘴角拂过一丝媚笑，杀伤力巨大。

苏枕走近她，说："让我看看你，电视里看不真切。"

她的胸部比以前更加丰满，下颌骨变窄了，眉毛细长，妆容较浓。他有点莫名的失望，她没有他记忆中那么好看了。她属于欧版体型，发育比较早，十七八岁是最佳光景，十年之后就熟过了。

她打量着他，舌尖在牙齿之间轻巧地盘旋。很快，她从包里掏出一张便笺，写下电话号码，折成烟卷般的细条，从他的衣领塞进去，转身走了。

苏枕愣在原地，直到手机爆响，赶紧下电梯回到一层。秦伊诺在大厅等他，带他进了餐厅，买了两个菜，一碟炒饼。他们靠窗坐下。伊诺说："快吃，你不是饿坏了嘛。"

苏枕拿起筷子，却没夹菜，自顾自偷偷地笑了起来。伊诺盯着他："你见鬼啦？"

"刚才碰见高中同学了。"

伊诺漫不经心地问："哪个同学，也在台里工作么？"

"张月影。"

伊诺刚吃下一口菜，立即停止了咀嚼："你是说张月影？文艺频道的主播？"

苏枕说："对，就是主持'秀吧'节目的那个。"

伊诺大叫："她是你高中同学？！"之后，她有点不好意思地看看四周，低声问，"真的吗？"

苏枕说："骗你干吗，同级不同班。"

伊诺不再说话，也没怎么动筷子，仿佛在琢磨什么。

下午，苏枕在公司开会，秦伊诺连着给他打两个电话，叫他早点回家。他本想加班做完一个人物形象设计，无奈被伊诺搅得心神不宁，散会后直接奔回家。

伊诺没换睡衣，穿戴整齐地等着他。他搂住她的腰，在她耳畔说："以后要把果皮剥干净，我吃起来方便。"她抱着他的脖子，轻轻向上一跃，双腿夹住了他腰。他把她放在长沙发上，脱去外衣。她把靠垫塞到腰下，撩起自己的裙子。他迫不及待地潜入大海，直到氧气吸干时才浮出水面。

享乐之后，苏枕筋疲力尽地倒向沙发，伊诺披着他的风衣坐在地毯上，头枕在他的腹部。她静坐了一会儿，用指尖在他胸部画着圈："哎，你上学那会儿，跟张月影熟么？"

苏枕阖着眼，笑道："熟得很。"

伊诺拧了他一把："你们——没谈过吧？"

"没，哪儿轮得着我？校树级的才能配上她。"

"那今天你们见了面，留电话没？"

"我有她的联系方式，成了名也是老同学嘛。"

伊诺兴奋地抓住苏枕的手："你一定要帮我，把我引见给她好不好？她是红人，跟台里领导走得近，交际面又广。我现在万事俱备，只欠机会。"

苏枕说："机会要靠自己去创造，而且她也未必愿意帮你。"

伊诺急了："你根本不了解媒体圈！先不说单位，我上学的时候，导师身边常常美女如云，我亲眼看见他的手在她们腿上乱摸。"

"管她们呢，你没陪睡，不也读了研，进了电视台么？"

"是啊，我苦读苦拼十几年，只是个打杂的临时工！"

苏枕安抚她："你能做节目策划已经很不错啦。我刚进广告公司时，还给人家裁纸送涂料呢。"

伊诺小声说："不是这个意思，我们都奔三了，事业还没个起色，真急人。我还有个弟弟哪。"

苏枕说："我也有弟弟呀。"

伊诺说："我的是亲弟弟，叫秦冲天，才上高中，天天逃学泡网吧……我妈几年前就下岗了，我爸去年刚退休，身体也不好。"

苏枕一时不知道该说什么。

"我是家里唯一的希望。跟你说实话吧，没有一期节目是我做的，我平日的差事就是打字送文件。”她把李主任如何轻视她、叶蓓蓓等人如何排挤她的事儿添油加醋地讲出来。

苏枕长叹了一声，说：“我见了个张月影，没想到把你的悲伤全给勾出来了，那就找她试试看吧。”说着要拨电话。伊诺拦住他：“张月影可不是普通人，怎么敢随便打扰？先发个短信问候一下吧。”

苏枕发完信息就去洗澡了。伊诺一动不动地守着手机，但是没有回音。

半夜，苏枕睡熟了。秦伊诺听见他的手机响了一声，赶紧从床头柜上拿起来看。张月影回复：我明天去台湾，回聊。伊诺反复地看这几个字，心中充满希冀。

5

姑妈告诉苏枕，自从请了孟小吟当家教以后，威威的变化可大啦。他的字写得比以前漂亮，写作文也没那么头疼了，居然还有一篇周记被老师当做范文给全班同学朗读呢。姑妈还问苏枕，为什么不陪小吟来家里上课呢，这不是约会的好时机么？

苏枕想给孟小吟打个电话致谢，但她一直没有接。他又给陆尘宇打电话，尘宇诉苦说自己天天吃泡面，瘦了好几斤。

提到威威，陆尘宇说：“小吟指导威威写了那篇车模作文，还偷偷跑到学校找他的语文老师，恳请老师表扬他。这一招挺管用，威威写作文立刻有劲头了。小吟说得没错，对小孩来说，没有什么比信心更重要。”

苏枕笑道：“原来如此，这么可爱的女孩，你得抓紧进攻啊。”

“外围高墙已攻破。”尘宇的声音里透着轻飘飘的幸福感。

这天，孟小吟给威威上完课，苏枕的姑妈要请她吃晚饭。小吟推说家里还有事，姑妈执意挽留。正在这时，苏枕推门而入。姑妈拍手笑道：“这下团圆了！”

孟小吟看见苏枕，脸无缘无故地发烧。她在心里告诫自己，要镇定，他是个和自己毫无关系的陌生人。

一家人带着孟小吟来到楼下的餐馆。姑夫带了瓶红酒，给孟小吟满满地倒了一杯。她平时很少喝酒，但这次没有推托，也许酒能让她镇定下来。姑父姑妈轮流跟小吟碰杯，又让威威以茶代酒敬她。几杯酒下去，小吟的脸红润润的，感觉灯光十分柔和。

姑妈拉起小吟的手：“我们苏枕平时特活跃，见着喜欢的姑娘就蔫了。”姑父笑眯眯地在一旁哼起《爱你在心口难开》。

苏枕说："你们别乱点鸳鸯谱！小吟现在是尘宇的女朋友，我在和秦伊诺交往。"

屋子一下沉寂了。姑妈看看苏枕，又看看小吟，一脸尴尬和惋惜："你们？唉——"

孟小吟隐隐感到一阵失落，若能跟苏枕伪装成恋人也好呀，何必急于戳穿呢。

姑父问苏枕："秦伊诺？是你领导介绍的那个？"

威威不满地喊道："小吟姐这么好，哥你始乱终弃！"

孟小吟笑道："威威进步不小，用词很准确嘛。"

姑妈给小吟夹了一块鱼，叹道："我还眼巴巴地盼着你过门呢，是我们苏枕没福气。"

饭后，苏枕送孟小吟回家。他们走出小区，漫步在林荫道上。秋天的傍晚有几分凉意，树叶被风吹得哗哗作响。孟小吟双手插兜，步伐轻快。苏枕问她："你喝了不少，头晕不晕？"小吟摇摇头。苏枕说："看来你很有潜质。"小吟也不答。

苏枕没话找话："你们都学些什么课程？"

"古代西方文论，西方艺术与文化，基督教文化专题，比较文学……导师要求很严，我们必须读原著，还要学拉丁文。你可能没兴趣听这些。"

"不，很有兴趣，只要你不嫌我没文化，肯给我讲。"

孟小吟挑挑眉："为什么很多男人在我面前都说自己没文化？这像是一种讽刺，难道我多读了两年书就算有文化？"

"因为现在能沉下心读书的人太少了，特别是你说的那些经典原著。我在美术学院时都没怎么正经上过课，猜想你处在高雅的学术环境中，教授都是满腹经纶，器宇轩昂。"

孟小吟说："什么样的老师都有。有个教法国文学的教授，长了个情圣式大鼻子，有着致命的眼眸和嗓音。他在教室朗诵法语诗，楼道里挤得水泄不通。女生们的眼泪和口水一起流。他四十岁，单身，女友就像他穿过的衬衫，不停地换。"

苏枕调侃道："哦，这正是我理想的人生境界啊。"

小吟笑道："你？连两场相亲都应付不了。"

苏枕原以为小吟是个内敛的乖乖女，所以措辞比较谨慎，怕流露出邪气。聊了一阵，发觉她十分率真，可以放开言谈。

小吟问他是否完成了设计稿，苏枕说："这个项目分三期。自从受到你的点拨，我效率很高，已经完成了全部人物形象设计和第一期画稿，等着客户审阅呢。”

“等待的时候很忐忑吧，就像给恋人寄出了情书一样。”

“是啊，设计稿不同于艺术品。要是自己作的画儿，没人看也可以孤芳自赏。如果设计稿被客户毙了，那就一钱不值，白费工夫。”

“所以你应该多画画，你博客很久没有更新了。”

“你看我的博客？那都是前些年的信笔涂鸦和胡言乱语。现在没时间弄了。”

不知不觉，走了近一个小时，他们进入小区。小吟带他来到猫屋，只有伊娃卧在里面，其他的猫不知去哪儿撒野了。苏枕蹲下，把它抱到膝盖上，它并不认生，立起身子，用爪子亲昵地蹭他的脖子。

苏枕说：“我见过各种各样的猫，但都没有我小时候养的那只好。它能看穿我的灵魂，好像我们从远古时代就彼此熟识了。”

“你很多画儿里都有它的影子，为什么不为它出一本画集？”

“为猫出画集？”

小吟说：“给宠物猫拍照写日记的人多，却很少有人像你那么专情地画过猫，有孤独的意境和梦幻的美感。你画的是猫，也是自画像。它们真的很有震撼力。出本画集吧，我来帮你策划！立即动手，不要说没时间。”

苏枕的眼里闪过一丝光彩，耸耸肩说：“遵命。”

小吟说：“我不在的这些日子，你抽空来看看伊娃，它总抢不着食。”

苏枕问：“你要去哪儿？”

小吟有点惊讶：“去三亚度假哦，尘宇没告诉你？”

苏枕叫道：“就你们俩儿？”

孟小吟诡笑：“还有窦可和其萱。”

苏枕郁闷了。从上大学起，每年他们哥仨儿都会一起旅游，本来还计划今年去尼泊尔呢，他俩竟然背着他安排了double date!他轻轻摇头：“唉，我已经成了圈外人。”

小吟向他伸出手：“欢迎你正式加入弃猫收容所。”

第六章　隔膜

1

操场西北角有个体育器材室。简陋的红砖房一分为二，外间码着一排排铁架子，上面放满半新不旧的篮球、足球、排球、实心球，底层还有哑铃和铅球。里间摞着各类垫子，有大型跳高垫，也有仰卧起坐用的折叠健美垫，侧边摆着几只跳箱和山羊。器材室有扇紧闭的小窗和一只摇摇欲坠的昏暗灯泡，屋里常年混杂着一股湿漉漉的霉味。

她偶然发现，垫子堆和墙壁之间有个窄窄的空隙。每次进入器材室，她都会不由自主地盯着那个位置。于是，某天的最后一节体育课结束后，她还回沙包，乘机钻进空隙，竖起的跳高垫把她遮得严严实实。随后一个男孩进来，四顾无人，按约定蹲在跳箱的背后。

学生们陆陆续续地进来，还完器材又出去。屋子静了。她把书包丢在脚下，脊背和两臂紧贴墙壁，侧着脸，垫子里的灰尘不断刺入鼻子。她和他保持着一动不动的姿势，连呼吸声都藏匿起来，但心跳合拍。

七点钟，操场上最后一帮男生大汗淋漓地走近器材室，飞起一脚把足球射入黑糊糊的小门，引发一阵叮咣乱响。器材管理员骂骂咧咧地追来，捡起地上的球摆好，漫不经心地巡视一圈。

锁门声之后，是彻底的静寂。他站起身，手撑跳箱，轻而易举地翻过来。她从垫子后面钻出来，使劲儿伸个懒腰。他们在黑暗中紧紧相拥。他低头吻她的嘴唇，她握着他的手，探索彼此身体的迷宫。窗外正划过一道闪电，他们陶醉在一种懵懂而不知所措的快感之中。

那时候，他们形影不离。他叫她“影子”。

2

这天，秦伊诺的办公桌上没有大捧花束，取而代之的是一枝含苞欲放的红玫瑰。

“开会啦！”李主任过来招呼大家。

几个编导立即起身往外走，秦伊诺抄起笔记本跟上。李主任冲她摆摆手：“这是特约节目策划会，你不用去了。”

秦伊诺问："为什么？"声音大得出奇，满含挑衅般的质疑。李主任被问住了。同事们也停下脚步，回头看她。伊诺豁出去了，索性把一肚子委屈发出来："当初我应聘的职位难道不是节目策划么？"

叶蓓蓓见状，凑到李主任身边，笑道："主任，这就是您不对了。世有伯乐，然后才有千里马。小秦虽然没经验，但您要多给新人创造学习机会嘛。"

主任丢下一句"如今人人都当自己是千里马"，就出门了。叶蓓蓓拍拍秦伊诺的肩膀，像个善解人意的大姐姐："走吧，开会去。"

秦伊诺摇摇头，回到自己的座位。叶蓓蓓又过来安慰了她两句，就领着大家走了。

秦伊诺闷坐，两眼望着窗外。办公室除了她，只剩两个叽叽咕咕的实习生。这时，她的手机响了。响了好几声，她才懒洋洋地接起来。

一个低沉的男声："喜欢今天的花么？"

秦伊诺一惊："是你送的？"

对方瓮声瓮气地说："也许花束让你难堪了，以后我每天只送你一朵花儿。"

秦伊诺冷冷地说："一朵也不要。"

"花仙子拥有世界上所有的鲜花，但不要歧视从我心里开出来的爱情之花。"

"你是舞台剧演员么？动不动就把爱挂在嘴上，酸不酸哪。"

对方突然严肃起来："还别说，你真是我第一个示爱的女人，我是以最认真的态度追求你。"

秦伊诺说："听着，不管你是谁，我对你毫无兴趣。不要再送花儿，也不要再给我打电话。"说罢，她关掉手机。

与此同时，苏枕也接了一个电话。对方刚说了句Hello，他就听出是张月影。她悠悠地说："你还是那副德行。"他说："你却飞黄腾达了。"她说："我刚从台北飞回来，累死了。"苏枕问："何时有空接见我呀？"她顿了一下，好像在查阅行程安排，说："下周四晚上七点到九点，我近期唯一的空当。"他说："一起吃晚饭吧，我带个人见你。"她问："谁？"苏枕说："我未婚妻，她是你的粉丝。"她笑了："好啊，我倒看看什么样的女人能入你的法眼。"

晚上，苏枕告诉秦伊诺，约好张月影周四吃饭了。伊诺激动得满脸放光，打开橱柜翻腾了半天，找出一瓶包装精美的洋酒，说："卡慕经典XO，珍藏了六年，终于派上用场啦！"

苏枕说："既然藏着好酒，咱俩定情之日怎么不拿出来？"

伊诺说："这酒是样子货，打点关系用的，自己喝太浪费，况且也不好喝。"

苏枕说："我现在就要尝！"

伊诺把酒放回柜子，走到苏枕面前，给了他一个深深的热吻："滋味如何？"

苏枕说："琼浆玉液。"

伊诺突然跳起来："天哪，我连件像样的衣服都没有！"

苏枕说："傻丫头，又不是去选美，难道你想抢月影的风头？"

伊诺若有所思地说："对呀，既要好好表现，又不能让她感到威胁。索性我就摆出一副涉世未深的清纯状，你帮我多说几句好话。"

苏枕笑道："难道你本质不清纯？"

3

孟小吟起初不赞成四人行，因为她反感窦可。他样子吊儿郎当，又油嘴滑舌的，小吟认为他追逐其萱只是寻个乐子。没想到，他竟然帮其萱搞定了工作。

毕业生就业形势不妙，乐其萱投出的简历十有八九石沉大海，窦可不声不响地为她安排了一次面试，竟然是跟一家知名贸易公司的老总会面。谈了十分钟，其萱感觉自己实力不够强，闷闷地走出公司大楼，窦可在门口等她。

两人还没顾上说话，老总就给窦可打来电话，说："你师妹不错，但我更想招个男生。"窦可说："明明处在阴盛阳衰的时代，您又何必自欺欺人？乐其萱不仅是我师妹，还是我准媳妇儿。您看着办吧！"

老总哈哈大笑，说："那我还能怎么办，你挑的人肯定错不了。"乐其萱在一旁听得目瞪口呆，拉着窦可问老总是不是他的亲戚。原来，窦可以前当过财经记者，采访这位老总时聊得十分投机，两人结为忘年交。

其他学生还在焦头烂额地求职时，乐其萱已经签了合同，高枕无忧。她把窦可描绘得神通广大，孟小吟故作不屑："他跟老总那么铁，自己怎么没进公司？"乐其萱说："老总三番五次请他去呢，可惜他太懒，不愿意坐班。他自称进化速度过快，已经是22世纪电脑人了，窝在家里，连着网络，输出点子，赚回银子。"

孟小吟便答应跟他们一起去三亚度假，窦可提前订好机票和酒店，连酒店周边公园和水果市场的线路都研究清楚了。一路上，窦可对两位女士照顾得细致入微。酒店面朝大海，他们在海边悠然消磨时光，游泳，划皮艇，捡贝壳，吃烧烤。

某晚，月亮躲进乌云，天空和大海完全融会在黑暗中，只听见海浪均匀地扑打着沙滩，像一场永不停息的进攻。陆尘宇和孟小吟并排坐在沙滩上。小吟披一件白色的浴袍，散着头发，捧起细柔的沙子，让它们不断从指间流下。

海风习习，陆尘宇搂紧孟小吟，把她的下巴抬起来，低头吻她。这个吻来得太突然，小吟本能地侧脸躲闪，他只吻到了她的耳朵。陆尘宇在她耳畔说："连接失败，申请重试。"他灼热的气息令她脖颈发痒。她抱住双腿，下巴贴在膝盖上，身子蜷得更紧。陆尘宇搂着她的肩膀轻轻摇晃，无声地索求着。她两颊滚烫，一动不动。陆尘宇说："相处了那么久，还羞涩呢？可可和其萱第三回见面就那个了，苏枕和他老婆也是干柴烈火。"

听了这话，孟小吟越发脸红。她在心里问自己，为何这样拘谨，为何不对尘宇释放激情？难道还另有所盼？今晚，与苏枕有关的荒谬念头必须统统斩断，葬入海底。想到这儿，她仰起脸，接纳了尘宇的吻。他试图用舌尖撬开她紧闭的牙齿，她的身体不住地向后退缩。陆尘宇没了兴致，软绵绵地栽倒在沙滩上。

不远处，窦可被其萱严严实实地埋在沙子里，只露出脑袋。其萱趴在他身上，把椰汁浇在他的脸上，然后小鸡啄米般吻他的嘴唇，不时发出咯咯的笑声。孟小吟突然很厌倦自己，胆小呆板，不性感，没情趣。她想，如果我是男孩，也会喜欢其萱这样的女孩子。她转脸看尘宇，他在装睡。她有点内疚地拉过他的手臂，把头枕在上面。

4

周四晚上，苏枕跟秦伊诺来到一家优雅的法式餐馆，走廊两边的玻璃墙挂满了洋酒。整个大厅呈蓝色基调，幽蓝灯光照亮餐桌，地板上缓慢滚动的光束制造出波光粼粼的幻觉。他们在一张靠近落地窗的餐桌旁坐下。空气中弥漫着淡淡的香氛，温软的法文歌在耳边呢喃。

苏枕兴奋地环顾四周："竟然有这么妙的地方！"

伊诺说："那当然，我跑了七八家餐馆选出来的。而且，我跟这儿的经理谈妥了，可以带酒，只收5%的服务费。"

苏枕说："经理是法国人吧，会讲中文？"

伊诺不无得意："我跟他讲法语，他才给我优惠的。"

苏枕很惊讶："你还懂法语？"

伊诺仰起下巴："Oui（是的）。"

苏枕笑笑，从包里掏出画本，描摹餐厅的装潢。伊诺在心里琢磨着要对张月影说的话。

一个小时过去，张月影终于来了，一身黑白混搭，休闲中透着时尚，头发松松地绾了个结。秦伊诺起身相迎。张月影把亮闪闪的Gucci手袋放在沙发椅上，示意她坐下。

苏枕笑问："身后没跟着狗仔队？"

张月影跷起腿，说："又不是单独跟你约会，没料爆啊。"

苏枕拉过秦伊诺，介绍给她。张月影问："你们何时结婚？"

秦伊诺笑笑，双手把菜单递给张月影："还没谱呢，我点了两道招牌菜，铁板芝士龙虾和法式鹅肝牛肉卷，看看您还喜欢吃什么。"

张月影说："来点蔬菜。"

伊诺说："有西式炖菜和鲜笋沙拉，再配上黑菌蘑菇汤，您看可以吗？"

张月影点点头，这才开始仔细打量她。

伊诺又问："酒呢，来点卡慕XO怎么样？"

张月影说："我可受不了那味儿。"说着拿起酒水单。

苏枕说："早知你这么挑剔，我们就带瓶葡萄酒。"

伊诺在桌下踢了他一脚，笑着对张月影说："我们不了解您的口味，尽管挑您喜欢的。"

张月影点了瓶法国干白，伊诺没看清名字，只瞟见五位数的标价，心疼不已。

菜肴端上来，鲜美无比。苏枕和张月影随意寒暄了几句，便把话题引到伊诺身上："她是学播音的，也在台里工作。"

张月影抬眼看伊诺："哦，你来了多久？"

伊诺赶紧放下叉子，说："大半年了，做节目策划助理。我在单位见过您两次，一次是在停车场，另一次是在化妆间，我进门的时候您刚好出来，穿着金色的晚礼服，特别耀眼。您还冲我笑了一下呢，不过，您可能没有印象了。"

张月影说："别您呀您的，好像我七老八十了。"

伊诺笑道："今天能跟偶像近距离接触，难免有几分紧张。看你性子直爽，我也就放松了。"

张月影说："我时间紧，没工夫客套。"

苏枕说："那我们直奔主题了，伊诺工作不顺，请你帮忙。"

张月影笑道："怀才不遇是吧，传媒界人人都这感觉。"

秦伊诺把自己的处境讲给张月影听，提到李主任，张月影说不认得。她又提起叶蓓蓓，张月影说："我跟她打过交道，不是什么好鸟儿，却找了棵大树搭窝。”

秦伊诺给张月影敬了杯酒：“我是临时工，转正的事儿都不敢想，只盼换个部门，能真真切切接触到业务，别像个白痴似的成天瞎晃。”

张月影说：“我也是打工仔，赶场做节目，管不着人事。”

苏枕说：“从长计议嘛，时机合适就推荐她一下。”

正说着，侍者端来一份冰激凌，俯身对张月影说：“这是邻桌先生送的，问是否可以请您签个名。”苏枕和伊诺不约而同地扭头望去，一位穿棕色夹克的中年男子正独自用餐。

张月影头也不抬地说没空。侍者把话传回去，那男子起身走过来，对张月影弯下腰，讨取签名。张月影拿起笔，不理会签名簿，随手在他的衬衫上龙飞凤舞地写下名字。男子喜不自胜，说以后都舍不得脱衣服了。秦伊诺十分羡慕。这就是公众人物，到处都有粉丝献殷勤。

吃到一半，张月影接了个电话，就匆匆离去了。伊诺把她没动过的龙虾夹到自己的盘子里。

苏枕准备结账，秦伊诺叹了口气：“加上那瓶酒，两万都打不住。”不料，侍者过来说：“那位先离开的女士已经埋单了。”

苏枕笑道：“老同学够意思。”

秦伊诺却哭丧了脸：“你刚才应该跟上去送她！不让我们请客，就是没戏了呗。”

5

快下班时，叶蓓蓓突然宣布自己今天过生日，要请编导室全体成员去单位附近的龙光大厦K歌，大家一片欢呼。

秦伊诺拉开抽屉，拿出一套她刚托人从国外买来的兰蔻彩妆。她打算送给叶蓓蓓，又有点舍不得。转念一想，目前自己处境可怜，必须得找个靠山。李主任没主见，编导室的实权都在叶蓓蓓手里，走近她才有活路。

龙光大厦金碧辉煌，叶蓓蓓带大家进了一个豪华KTV包间，柔软的白地毯，红皮沙发，金色吧台。活跃的同事已经开始点歌了，叶蓓蓓招呼侍者给大家上饮料，秦伊诺趁机把化妆品送给她，得到了她的热情拥抱。

大家唱得正欢，门开了，进来一位高大笔挺的男人。叶蓓蓓神采飞扬地站起来，扭着水蛇腰走近他，攀住他的肩膀，在他脸颊上轻轻一吻。大家愣了片刻，开始起哄。叶蓓蓓拿起麦克风，一本正经地说：“我要把这位男士隆重地介绍给大家——他是徐昌郡，是我生命里最重要的男人。”

有同事叫道：“蓓蓓心比天高，终于落网啦！”

李主任端来酒，煽情地递给徐昌郡：“我一直担忧没人能配上小叶，今儿见到你，我就放心了。我代表编导室祝福你们！”徐昌郡跟他干杯，深深的眼睛带着笑意。

大家纷纷鼓掌，只有伊诺傻在那儿。这个徐昌郡就是她在电梯和餐厅顶撞过的男子！真是冤家路窄。徐昌郡好像早已注意到了她，嘴角掠过一丝难以捉摸的笑。

伊诺赶紧扭过脸，假装认真地注视着屏幕。旁边两个女同事激动地谈论着徐昌郡，说他样子多么帅，气质多么好。伊诺不屑一顾，这些小女人太没见识了，这模样就算帅，那要是见到苏枕还不晕过去。但她看得出来，叶蓓蓓的确被这个男人征服了，牛皮糖似的黏着他，又帮他脱外套，又给他点烟，幸福得满脸开花。

大厅开始供应自助餐了，同事们三三两两去取餐。叶蓓蓓贴近徐昌郡，用无比温柔的声音问：“你想吃点什么呢？”他说：“来碗清汤面就好。”叶蓓蓓领了圣旨般去了。

秦伊诺去包间的盥洗室洗洗手，刚打开化妆包。蓦然，背后感到一阵异样的气息。她抬起脸，从镜子里看到了徐昌郡。他离她非常近，近到她一转身就会碰触他的衣襟。他静静地看着镜子里的她，脸上没有什么表情。秦伊诺有点不知所措，想跟他寒暄两句打个圆场，但嗓子就像被卡住了，说不出话。他们就这样从镜子里望着彼此，仿佛过了很久。他抬起手，从背后握住了她的双肩。秦伊诺穿的是一件绸衫套羊绒背心，肩头单薄，他宽大的手掌仿佛直接落在她的肌肤上，温热而沉重。秦伊诺浑身一颤，飞快地扭过身子，从他侧边的空隙逃走了。

回到沙发上，秦伊诺一遍遍地回味刚才的情景，确信自己不是在做梦。她转身的那个瞬间，发髻似乎蹭到他的下巴。她闻到他衣领上的冷香，透着淡淡的烟草味儿。大家吃的吃，笑的笑，她觉得自己在另外一个空间。叶蓓蓓不知从哪儿冒出来，推了推她：“是你的吧？落在洗手池了。”

伊诺见叶蓓蓓手里拿着自己的化妆包，连忙接过来，心里七上八下的，就像偷情被抓了物证。这种不安渐渐变为隐秘的快乐。伊诺并不稀罕被男人追求，但这个男人是叶蓓蓓的心上人，跟他调情就像在叶蓓蓓头上点火，过瘾极了。

李主任嚼着蛋糕：“怎么没听见小秦唱歌？”

叶蓓蓓说："那我帮她点首I will always love you，纪念一下惠特妮·休斯顿。"

伊诺说："不行啊，那个太高了。"轻柔的前奏已经响起，叶蓓蓓笑着递上麦克风。

伊诺一开唱，大家都不约而同地停止了咀嚼。她的声线温厚优美，音域宽广，发音也很纯正，就像原声大碟一样动听。叶蓓蓓本想小小刁难她一下，没想到她声乐功底这么好，连高音都处理得恰到好处，自识无趣。

伊诺能感觉到，徐昌郡一直在看她，以入骨的专情。

6

休假结束，四个人依依不舍地离开海滩，返回北京。苏枕已在机场等候多时，跟他们一一相拥。苏枕抱完乐其萱，向孟小吟张开双臂。她心如鹿撞，机敏地闪到陆尘宇背后。苏枕有点诧异地看着她，笑了。

苏枕把行李放到后备箱，跳上驾驶座："你们成双成对环游世界，我只有当司机的份了。"

乐其萱问："咱们去哪儿？我可不想回学校。"

窦可刮她的鼻子："玩野了你。"

陆尘宇提议去苏枕的爱巢，大家拍手称赞。

苏枕说："早该请你们去了，只是地方小，也没收拾呢。"

窦可说："屋不在大，藏娇则名。"

陆尘宇说："对呀，择日不如撞日，今天非去不可。"

苏枕笑笑，加大了油门。

到了秦伊诺的公寓，他们屋里屋外转了一圈。窦可说卧室虽小，床却够大，物尽其用，引得大家爆笑。乐其萱挽着窦可说："再小也是自己的窝，只有我俩最惨，约会地点就是女生宿舍。我室友一出门，可可就扮成狼外婆溜进来。"

苏枕说："我们也是租房族呀。过两年结婚，连这样的小窝都买不起。"

听到结婚二字，孟小吟心里微微一颤。她观察屋子的每个角落，希望能看到秦伊诺的照片，但是一张都没有。

晚上，他们正热火朝天地打牌，秦伊诺推门而入。大家都惊呆了。苏枕给伊诺挨个介绍，她冲他们点点头，一边脱去外衣，摘下丝巾。

窦可说："素闻嫂子有倾国之貌，今日一见，果然堪比西子。"

伊诺不吭声。陆尘宇说："给你留了比萨，还热乎着呢。"秦伊诺说：

"我吃过了，你们慢慢吃，好好玩。"友好的语气里有种莫名的距离感。

苏枕问她："啤酒还有没有？"伊诺说："没了。你招待朋友，我失陪了。"说罢，她进了卧室，把门轻轻带上。

乐其萱把手里的牌搁在桌上，说："咱们闹了一下午，也该撤了。"

陆尘宇怕苏枕尴尬，说："来来，先把这局打完！"

孟小吟说："我确实有点乏了，想回家睡觉。"

乐其萱已经站起来拿衣服了。苏枕不好挽留，只得把他们送下楼。

回来，苏枕推开卧室，见秦伊诺站在窗边向外张望，说："今天来的都是我死党，你话太少了。"

伊诺不接话，只问："楼下那辆牧马人是陆尘宇的？"

苏枕嗯了一声。伊诺摇头感叹："不能跟命争啊。"

"没必要把一辆车子抬升到命运的高度吧。"

伊诺没听出苏枕的不悦，说："你看孟小吟，其貌不扬的，本来家境就不赖，又黏上了陆尘宇，这辈子还愁啥？"

"是尘宇追的小吟……为什么你对我的朋友抱有敌意？"

"谁说我有敌意？"

"他们刚下飞机就跑到家里，就是想见见你，可你连个好脸色都不给！"

秦伊诺反驳："你想让我怎样，陪你们打牌吃酒？上班忙了一天，回来还得收拾烂摊子。"

苏枕火了："我在尘宇家住了四年，他都没嫌乱。人家在这儿待了几个小时，你就嫌烦？你是不是也嫌我烦？"

伊诺嚷道："我够客气的！我没义务哄你朋友开心，也不会要求你来陪我的朋友！"

苏枕转身走出卧室。秦伊诺才意识到话说重了，赶忙追出去。苏枕换了鞋要往外走，秦伊诺从背后抱住他的腰。苏枕掰开她的手，去拉门。她堵在门口，迸出眼泪说："我们说好永远不吵架的，你一走，就算跟我闹别扭了。"

苏枕叹了口气，回到沙发上，用靠垫蒙住脸，躺下不动了。

7

两个人刚坠入爱河时，感觉合二为一。相处了一段时间后，又慢慢显出原形，变回两个人。

苏枕工作很疯狂，生活很散漫，可以整夜不睡或连睡一天，可以三天吃一顿饭。秦伊诺正好相反，生活得很精致，一日三餐丝毫不能马虎，定时做瑜伽、练嗓子、学外语，每周要去健身馆。苏枕花钱随随便便不算小账，也免不了挨说。

秦伊诺洗衣服，从苏枕衣兜里掏出一堆出租车票，就问他是不是上下班都打车。苏枕说："是呀，我又没车开。"伊诺说："你早点起嘛，我可以把你捎过去。其实你在家门口坐地铁，只换乘一次就到公司了。"苏枕说："下班都累散了，走不动。"伊诺说："错过下班高峰期，地铁上有座位的。你打车单程要三十块钱，一天六十，一个月就得一千五，比开车都贵。你以为我愿意开车么？花销大，还累人。我们单位要是在地铁口，我才不开车呢。"

苏枕从超市购物回来，伊诺一看小票，黄瓜十六块钱一斤，有点心疼，说味道和菜市场的差不多。苏枕说省几块钱没用。伊诺说："能省则省，一月房租就要三千多。"苏枕说："以后房租我来交。"伊诺说："你的钱就不是钱了？还要攒着买房子。"苏枕冷笑道："靠攒钱买房，纯属扯淡。"伊诺叫道："那靠偷靠抢么？你当初是怎么说的，爱巢在哪里？现在这破屋子，来个人都没地儿住。"苏枕说："我看咱俩住蛮合适，谁还会来？"

秦伊诺把蔬菜放进冰箱，撕去水果的包装袋，把它们丢进厨房的水池。过了会儿才说："我妈要来看我。"苏枕问："什么时候？"伊诺说："后天，到时候我跟她睡大床，你在客厅沙发将就一下吧。"

苏枕说："那我还不如回尘宇那儿。"伊诺急了，说："那算怎么回事儿！我妈该以为咱俩分居了，你就为我委屈一下嘛，就两周。"苏枕不做声了。

秦伊诺的母亲名叫肖艳珠。这天苏枕下班回来，她正坐在沙发上嗑瓜子呢。苏枕叫了声阿姨。肖艳珠瞥了他一眼，冷冷地说："哟，生米都煮成熟饭了，连声妈都舍不得叫。"

苏枕感到莫名其妙。秦伊诺之前跟他说过，老太太心肠热，只是嘴有点刁，但没想到刚见面就给他个下马威。秦伊诺赶紧叫苏枕帮忙做饭。苏枕进了厨房，伊诺把他拽到一边悄声说："你没去机场接她，她不太痛快，说什么你都别往心里去。"

吃饭时，肖艳珠絮絮叨叨，说伊诺他爸大病小病不断，血压高得吓人，要不是盼着儿子有点出息，她都不想活了。

苏枕礼貌性地附和着，伊诺带着几分嘲弄说："冲天能有什么出息？"

肖艳珠气得用筷子戳她的碗，说："冲天上了高中就跟变了个人似的，知道用功了，不过家里太穷，择校费都没还清，更没钱给他报辅导班。"

秦伊诺说："得了，只要他能考上大学，剥了我的皮也得供。"

苏枕满心想着设计稿，匆匆吃完饭就回到客厅，打开电脑开工了。

秦伊诺把被褥在沙发上铺好，跟苏枕缠绵了一会儿，进了卧室，关上门。

秦伊诺坐在床边翻杂志。肖艳珠双手枕在脑下，说："这小子瘦巴巴的，性子又木，鬼迷心窍了你！"

伊诺说："就是玉皇大帝你也看不上。"

肖艳珠问："他是地道的北京人吗？"

伊诺嗯了一声。

肖艳珠说："没京腔儿啊。他怎么连套房都没有，还得挤在你这儿？"

秦伊诺说："他们家老房在城东古清路那边，爷爷奶奶住着呢。"

肖艳珠叫道："老远了，京郊农民不是！"

秦伊诺冲她嘘了一声。

肖艳珠又问："他爸妈都在法国？做什么的？"

秦伊诺向她隐瞒了苏枕父亲早逝的消息，否则，她断然不会同意他们相处。被问起来，伊诺就含糊地说："做生意的。"

肖艳珠说："嘿，哪门子生意？开大公司叫生意，摆地摊儿也叫生意。两口子掉钱眼儿里了，我来了也不露个面。孰不知，婚姻才是大生意。"

伊诺不吱声。肖艳珠翻过身对着她："你说这小子一月能赚万把块？"

伊诺点点头。肖艳珠说："在家乡算个小款，在皇城根就草了，还把他累死不活儿的。就看今儿，做饭洗碗打扫屋子你一刻没闲，我把你当千金养的，你倒给人家当老妈子！"

秦伊诺插不上嘴，肖艳珠越说越气："看对门倩倩，长相不及你一半，愣是抢了你的亲。谁想昊子他爸提书记啦，把倩倩调进地税局，每天专车接送，全家搬新楼，神气得很！"

秦伊诺说："陈谷子烂麻的事儿，说多了当心老得快。"

肖艳珠用指尖敲秦伊诺的脑门："你死活撇下昊子进北京，也该寻个宝货。"

秦伊诺躲开，气冲冲地说："你根本不懂爱。"

"爱是个屁！"

苏枕对母女俩的窃窃私语并不留神，冷不防听见最后一句，哭笑不得。他知道肖艳珠不喜欢他，这没什么奇怪的。既然生母都能撇下他远走高飞，又何必期盼陌生人的温情呢？

第七章　悸动

1

周五傍晚，孟小吟正趴在床上看小说，乐其萱打来电话："宝贝，听说尘宇加班，你一人无聊吧。"小吟说："还好啦，你跟可可怎么打发周末？"其萱说："我们要去蹦迪，你来么？"

话音未落，小吟听见电话被抢去了，窦可的声音冒出来："别听萱萱瞎扯。"

孟小吟说："我又不是老古董，一起去呗！"

窦可说："别介，尘宇知道非得宰了我！"

孟小吟说："别拿我当小孩儿，我比其萱大多了。"

窦可说："不是年龄问题，那种地方不适合你。"

孟小吟不服气："一小时后我家楼下见！"

孟小吟下楼后，被他俩的装扮吓了一跳。窦可喷红了头发，穿缀满钉子的夹克，大肥裤子，戴副没镜片的橙色镜架。乐其萱穿短裙高靴，香槟色烟熏妆。她一把拉住小吟："你素颜逛夜店？女招待都比你抢眼！"

窦可说："好啦，小吟安全我才放心。"还嘱咐她不要跟陌生人搭讪，不要喝酒，要时刻关注手机，以防错过尘宇的电话。

窦可带他们去了一家新开业的迪厅，名为斯人。屋外是不起眼的红砖墙，里面是一个迷幻的世界。孟小吟刚进门就被震耳欲聋的鼓点掀翻了，她的头发和皮肤在颤抖，心脏像被巨浪拍打。光影闪电般交错，她看不清任何人，紧跟在乐其萱身后。三人走到最里侧的隔间，小吟弯身陷在柔软的皮沙发里，感觉踏实多了。窦可拿来饮料，说要去找几个朋友。乐其萱要拉小吟去跳舞。他们听不清彼此的声音，只能张大嘴巴吼。

小吟说想先坐会儿，让他们去玩。她托着腮，慢慢吮吸高脚杯里的果汁。窦可说得对，这里确实不适合她，尽管能让很多人热血沸腾。环顾四周，女人争奇斗艳，把魅力发挥到极致。男人猎手般游荡，寻找艳遇的线索。人们的细胞在酒精和摇滚乐中达到松弛的状态，灵魂轻飘飘地飞升，思维逐渐混沌，欲望像气球般膨胀。而她感到莫名的拘谨，头脑异常清醒，没有征服或被征服的欲望，只想尽快逃离。

又过来几个陌生人，坐在孟小吟旁边。还有个黑人请她跳舞。她拒绝了，离开座位，茫然地穿梭在人群中。转了一圈，她终于在吧台找到乐其萱。小吟以为其萱在喝酒，走近一看，她面前摆个墨绿色的器具，半像烛台半像油灯，连着一根细长的管子。其萱捏着管子，心醉神迷地吸上一口，再慢慢地吁出烟雾。小吟警觉地推她，乐其萱递上烟嘴，说：“尝尝，这是阿拉伯水烟，蜂蜜味儿。”小吟使劲摇头，乐其萱和身边的几个伙伴哈哈大笑。这不是她所熟悉的其萱，周围的面孔和笑声就像是一场梦魇。

孟小吟独自穿过迪厅中部的舞池，默默观望着群魔乱舞。突然，音乐中断，全场漆黑，大家顿时安静了，像一锅沸水结了冰。随着撩人的电吉他前奏响起，一束强光从顶端直射舞池中央的圆形高台。台上立着一位性感女郎，碧昂斯版巧克力肌肤，金色裹胸，超短黑皮裙紧裹翘臀，手臂上戴着一串铜镯。她扭腰甩胯，大秀舞姿，台下的男人为之神魂颠倒，却没人敢上台共舞，连刚才跳得最欢实的小伙子也只有张望的份儿。

这时，杀出一匹黑马，旋风般跃上舞台，黑色低腰皮裤，身材威猛。他脱下外衣，潇洒地往下一抛，露出白色紧身背心。众人一阵尖叫。最该叫的是孟小吟，因为这位大侠正是陆尘宇。

小吟捂住嘴巴，目不转睛地看着他。鼓点仿佛是从尘宇的身体内部爆发出来的，他的每个关节每块肌肉都在舞动。性感女郎像一条滑溜溜的小蛇，在他身边若即若离。他们的脸颊相贴，两腿交叉，腰胯的扭动押韵合拍。小吟被深深地震撼了，舞蹈的确是最原始的语言，是性爱节奏的升华。他们那么炫目，那么契合，那么过瘾！她真想用自己的全部去换取那样一个绽放的瞬间。两行热泪顺着她的脸颊滑下。

陆尘宇跳得忘乎所以，来了个漂亮的侧手翻，回身一把扯下女郎的短裙。她只剩一条黑色丁字内裤，浑圆的臀部和结实的大腿暴露无遗。女郎兴致大发，蹲身抱住尘宇的胯骨，做出一个贪婪舔舐的动作。全场亢奋尖叫。

乐其萱不知何时跑到小吟身边，一把搂住她，不由分说往外拖。小吟从没见过她那么慌张的神色。

陆尘宇翻身下台，还没来得及穿外衣，就被窦可揪住。尘宇问：“你怎么在这儿？”窦可把他拉到迪厅门口，告诉他孟小吟也来了。尘宇大惊失色，劈手给了窦可一拳。

乐其萱刚把小吟带过来，见窦可挨打，一个箭步冲上去推尘宇：“你丫背着小吟鬼混，凭什么打可可？！”

尘宇扭头看见小吟，满脸内疚和懊恼。小吟心想，刚才他还神采飞扬的，见到我立刻就灰了，我真是搅局呢。

乐其萱捧着窦可的脸仔细查看伤情，他推都推不开。尘宇走到孟小吟身边，紧紧拉住她的手。

小吟说："是我自己非要来的，窦可何罪之有？"

尘宇低声说："都是我的错。"

小吟笑道："生活比戏剧还巧合。"

尘宇摸不清小吟的脾气，小心翼翼地搂着她往外走，一边用最温柔的声音解释："我最近工作太烦，想出来释放一下，又怕你多想，就跟你说今天加班。其实我从不上台跳舞，这次跟一哥们儿打赌来着，以后绝不跳了。"

小吟说："为什么不跳？你很有天赋，让我大开眼界。"

尘宇见她脸上泪迹未干，说："我知道你在说气话，看你都气哭了。"

小吟说："那是被感动的。"

尘宇说："你再说反话我就磕死。"

小吟说："以后想跳舞就直接去，不用搪塞我。咱俩都是自由的，可以做任何自己喜欢的事情。"

尘宇说："我不要自由，要你管我、处罚我。"

小吟说："那就罚你打扫猫窝一周。"

尘宇说："以后这活儿我全包。"

尘宇要送小吟回家，她怕深更半夜吵醒父母，就回学校了。在宿舍楼下，尘宇拉着她不放，非说她还在生气。她就抱了抱他，他扳起她的脸一阵狂吻，力量大到她无法抗拒。每次接吻，小吟都觉得自己十分狼狈，不知如何应对。她从没体验过那种所谓的如醉如痴的滋味儿。

小吟爬上空荡荡的楼梯，走到宿舍门口，发现乐其萱叉腿坐在地上等她呢，赶紧把她拉起来。

乐其萱说："我跟你前后脚到学校的，没想到你俩缠绵那么久。"

小吟红了脸，掏出钥匙打开门。乐其萱突然盯着她的脸叫道："你被狗啃了？"

小吟迅速跑到镜子前一照，发现自己的脸花了，下巴、脖子上青一块紫一块的淤血印。

乐其萱来气了："丫抱着舞女让你逮个正着儿，你不抽丫两巴掌还往上贴？忒他妈怂了你！"

小吟不知所措地捏着脸蛋，说："尘宇打了可可，我知道你气还没消。"

乐其萱说："我气尘宇，更气你！你是受虐狂怎么着？爱情不能一味地妥协，这样他会更嚣张！如果今天我们没抓住他，他早就跟那女的上床了。”

小吟问：“如果窦可做了这种事儿，你会气疯吧？”

乐其萱说：“那我恨不得捅了他！”

小吟困惑地说：“可是，我一点儿也不生气，我甚至看他跳舞看得入迷，好像自己是个局外人。”

乐其萱难以置信地看着她：“你不怕尘宇搞上别的女人？不怕失去他？”

小吟说：“没想过……我从不觉得他属于我。”

乐其萱脸上的怒气渐渐转化为一种伤感，她搂住小吟：“宝贝儿，你太自卑了。佛靠金装人靠衣装，让我来打造你。”

2

一大早，秦伊诺就蹲在沙发旁边，把苏枕吻醒。苏枕揉揉眼睛，问她怎么没上班。伊诺说：“你糊涂了，今儿礼拜天。”

苏枕往卧室看看，小声问：“你妈呢？”伊诺说：“楼下遛弯呢。”苏枕便把伊诺往怀里拉。一解相思之苦后，伊诺软绵绵地靠在苏枕胸口，说妈下周就回去了，得带点东西吧。苏枕说：“你们买吧，我付账。”伊诺非让他陪她们一起逛街，说就当是女婿孝敬丈母娘。苏枕想到还没跟伊诺逛过街，就答应了。伊诺十分欢喜。

他们带肖艳珠去了全市最大的购物中心。肖艳珠挑花了眼，内衣外衣鞋子买了一堆。不到中午，苏枕手里已经提了大大小小好些个袋子。他们把东西放回车子，吃了顿快餐，又杀回商场。

苏枕看肖艳珠只顾着自己试衣服，就提议给家里人也带点东西。肖艳珠这才想起儿子，转向运动休闲品牌，挑了身耐克运动服，一双锐步篮球鞋。肖艳珠跟伊诺说：“快到冲天生日了，你给弟弟送件礼物吧。”伊诺说：“衣服和鞋都买了，他还要什么？”

肖艳珠说：“冲天看上一部新款三星手机。”伊诺说：“还没考上大学用不着那么好的手机。”苏枕说：“哪一款？喜欢就买。”肖艳珠美滋滋地挽起苏枕的胳膊：“这倒像我儿子。”

走到顶层，肖艳珠发现鳄鱼皮带在打折，拉住苏枕说：“皮带是男人的第二张脸，你去挑挑吧。”苏枕说：“我有好几条呢。”肖艳珠说：“那给你爸买呗，买两条打六折，相当于半价，顺便给伊诺她爸捎带一条。”

苏枕的心一沉。尽管他答应过伊诺，暂时对她家里人隐瞒父亲早逝的事实，但真正被戳中伤口的时候，还是难以忍受。肖艳珠见他脸色不对，知趣地说那算啦。苏枕让她挑皮带，自己去洗手间给陆尘宇打了个电话。

准备回家时，苏枕说明天要交稿，得去单位加班。伊诺叹了口气，把车开到苏枕的公司门口。苏枕跳下车，冲她们摆摆手。车子走远，苏枕感到如释重负，拦了辆出租车直奔陆尘宇家。

3

尘宇拉开门，搡了苏枕一把："你他妈还知道回家？我预备了一箱喜力，非灌倒你不可。"

苏枕瘫在沙发上："还是单身好啊。陪老丈母娘疯狂购物，歇菜了。"

"卡刷爆了吧？"

"幸好我带了两张卡。"

正说着，孟小吟从书房里走出来了，穿浅色高领毛衣，还戴着一副粉色的口罩。苏枕一骨碌坐起来，笑道："原来嫂子也在。"

尘宇说："你们先聊，我在节骨眼上哩。"说罢冲回卧室。

"他联机打游戏呢。"孟小吟指指自己的口罩，对苏枕说，"我感冒了，别介意。"说着，给他沏了一杯热茶。

苏枕接过玻璃杯，深棕液体，香味清苦，里面泡有菊花、枸杞，还有些许赭石色的小颗粒。小吟看他好奇，解释说："那是决明子，对眼睛好，你看电脑太多。"

苏枕见孟小吟目光澄澈，蒙面更添神秘感，便说："你有魔力呀。每次见你，都比上一次好看。"

孟小吟微微看了他一眼，笑道："你恰好相反，越看越蹉跎。"

苏枕把双手叠在脑后，说："你遇见我时，我已经老了。上大学那会儿，我留长头发，背个画架子，标准的少女杀手。"

"就算那时遇见你，又能怎么样？"

不知孟小吟这句话是无心的，还是话中有话。苏枕对女人有种天然的敏感，他探究她的眼睛。

孟小吟自知说了傻话，连忙打岔："我从海南回来，看你把猫屋的门修好了，伊娃也肥了一圈。"

"我又开始画猫了。"

"我把你那些画儿好好研究了一番，决定给画集起名为《猫爪里的童年》，分为遗失、相识、相依、回归四个篇章，收录你最精彩的画作和博客文字。这也是我独立策划的第一本书。”

苏枕笑道：“就像我们的孩子一样。”

“那你可给孩子找了个好妈妈。我在一家出版社实习，老编都说我眼睛毒，嗅觉灵，擅长鉴别珍品。”

“当真？那我就考考你的眼力，随我来。”

苏枕把孟小吟带进自己的卧室。一切都没变，只是窗台和柜子上落了层细灰。苏枕告诉孟小吟，母亲嫁到法国就再也没有回来。每年他过生日，她都会寄给他一件礼物，署名妈妈，但没有寄件人地址。到现在，他已经积攒了十九件礼物，几乎都摆在他的卧室里。他让小吟凭直觉挑出这些物品。

小吟默不做声地在屋里转了一圈，细细琢磨每件物品，大到床具，小到笔筒。苏枕坐在榻榻米上，笑眯眯地看着她。

孟小吟突然指着苏枕床头柜上的台灯，不假思索地说：“这是一件。”

苏枕问为什么，孟小吟说：“直觉嘛，没有为什么。”

苏枕说：“没错，这是我12岁那年的生日礼物。她在卡片上留言‘你上中学了，作业该多起来了’。结果我没怎么用它写作业，尽看漫画了。”

小吟又从音响上拿起一只黑色镶古铜金字母的打火机，在苏枕面前轻轻晃了晃。他无可奈何地耸耸肩：“纪梵希限量版，24岁的礼物。她说，绅士即使不抽烟，也要随身带一只打火机。”

小吟乘胜追击，指指苏枕腕上的手表。他得意地笑道：“错啦！这也是生日礼物，不过是前女友送的。”

小吟哼了一声。

“我给你缩小范围，降低难度。”苏枕拉开衣柜，“这里面有两件礼物，看你能不能挑出来。”

小吟凑过来，挨件衣服仔细看，说：“你的衣服比我的还多！”

苏枕说：“大部分都是DIY，就当画布用了。”花花绿绿的涂鸦、各式各样的自创T恤让小吟目不暇接。她说：“天呢，你还是时装设计师！”

小吟从众多衣服中选出一件米黄色的旧球衣，试探性地看着苏枕。苏枕惊呆了：“小魔女，怎么猜中的？”

小吟拿球衣在他身上比了比，笑道：“胸口有法国国旗啊。”

苏枕说：“你真狡猾。这是15岁的礼物，她怕我变成书呆子，希望我加入足球队。七号，我的幸运数字。”

衣柜里还挂着一条深蓝色的棒针毛线围巾，造型时尚，手感柔软。小吟取下来，轻轻地搭在苏枕的脖子上。他难以置信地说：“我服了。这是20岁的礼物，她亲手织的。”

小吟说：“上面有她的气息，你戴着会很暖和。”

苏枕说：“我从来没戴过。”

小吟坐到床上，说：“累了，我需要恢复功力，待会儿再找。”

苏枕说：“你一直戴着口罩，会不会憋闷？摘掉吧，我不怕传染。”

小吟警觉地捂住脸，说：“不碍事，习惯了。”

苏枕床边的木筐里摆着一只玩具熊，脑袋上还戴着一只紫发卡，憨态可掬。小吟把发卡摘下来，给自己戴上，照了照镜子，问苏枕：“这是前女友丢下的吧？”

他笑笑：“紫色优雅，很衬你的肤色。”

小吟说：“这话也对别人说过吧。”

苏枕说：“没有别人，你是第一个戴这发卡的女孩。你肯定想不到，这是我妈送我的18岁生日礼物。她让我把它交给自己喜欢的女孩，还说爱情重在给予。”

小吟羞涩地摘下发卡，拿在手里端详：淡紫的绸缎，镶有乳白色小粒珍珠，像是公主的王冠。她问苏枕：“那你怎么没有送给秦伊诺？”

苏枕说：“等结婚的时候。”

正说着，陆尘宇进屋了，叫他们下楼吃烧烤。小吟说怕吹风，不愿意出门。

苏枕和陆尘宇进了电梯。苏枕说：“小吟感冒了，我们给她带点鸡汤什么的补补。”

尘宇咧嘴：“你真以为她感冒啦？她满脸吻痕，怕同学看见，又不敢回家，一大早就躲我这儿来了。其实昨晚我很轻柔的，只怪她皮肉太嫩。”

苏枕眼前不由得浮现出老鹰叼住兔子的情景，心里怪怪的。

4

小吟跟尘宇约好去游泳，在泳池边等了半天，尘宇都没出现。她在水面上照镜子，发现紫发卡还戴在头上，用手摸，却没有。呼啦一声，苏枕突然从水里冒出来。他穿黑色泳裤，宽宽的肩膀，修长的双腿，清亮的水珠顺着他的脸颊缓缓滑下。小吟抱膝而坐，望着他说：“我正要还你发卡。”苏枕说：“戴着吧，你是最合适的人选。”

他张开双臂，召唤她下来。小吟说：“我游得不好。”他抓住她的胳膊，像海妖一样把她猛拽下水。她的肢体无力地沉沦，碧绿的水灌进她的口鼻，心里却毫不畏惧，反而有种赴死的快感。苏枕双手扶在她的腰际，轻轻把她托起来。阳光刺入她微微张开的双眼，他的脸离她如此之近。她问，这是不是梦？

他说：“如果你能摸到我，就不是梦。”她抬起颤抖的手，环住他的脖颈。光滑的湿漉漉的皮肤，突起的椎骨，还有比这更真实的触觉么？

小吟从迷梦中醒来，嘴唇似乎还留着一股薄荷香味。她记得他们在亲吻，她刚刚尝到甜头，他就消失了。小吟用被子蒙住头，想重新回到梦里，但她的思维越来越清晰了。奇异的痛苦在她心里蔓延，像一滴墨汁绽开在水中。她一遍遍地拼凑梦境的碎片，眼泪悄无声息地流淌在枕巾上。

这是她第二次梦见苏枕。她也梦到过陆尘宇，是他们俩一起玩耍的琐碎情景，是她亲身经历过的生活印记。而关于苏枕的梦是遥不可及的幻想，是永远也不会实现的虚境，代表她内心深处的欲望。她对自己说，你真贱，对身边实实在在的恋人紧锁心门，却爱慕一个毫无希望的陌生人。这份爱没有缘由，扭曲，不见天日，无处启口。她决定尽量避免跟他见面，把他从生命里慢慢剔除。

刚迸出这个念头，她就开始嘲笑自己。她是尘宇的女友，尘宇和苏枕亲如手足，她怎么可能脱开干系？还有，画集怎么办？那些画儿是她见过的最有天赋的作品，不出版太可惜了。也许，她就是因为那些画儿才会爱上他。也许，那不是爱，只是一种幻觉。陆尘宇来得太容易，所以她不珍惜。而苏枕，她从一开始就错过并失去了。她被一种美丽的绝望感迷住了。

小吟爬下床，打开窗户，让冷风灌进来。她心里轻松了一点。既然是幻觉，迟早会消失的。她可以自然地跟苏枕来往，慢慢等他的光环退却，从神秘恋人变成普通朋友。

风掀起床头柜上的纸页，那是她打印出来的苏枕的博客文字。她坐在床边，随意翻开一篇，念道：“忠犬会在主人离世后绝食守灵，而猫在与我某次亲密接触之后不辞而别。我不是它的主人，世界上谁也不是它的主人。我无法驾驭它，并不代表我们不相爱。它带电的皮毛、粗糙的舌头、光滑的尾巴，成为我的一部分。无论是人是猫，都赤条条地来世上走一遭，谁也带不走谁的孤独。在孤独中邂逅，是生存的意义。”

5

都说Instant亚洲区广告部的孙经理挑剔，随他同来的女主管更难伺候。本来应该由迪亚兹客户部负责跟他们商讨第一期项目，但审稿组的两个女人强烈要求跟设计师面对面沟通。苏枕和客户部经理陪审稿组在会议室关了一整天，讲解故事梗概，展示分镜草图。她们既不说行，也不说不行，琢磨着每幅图的细枝末节，话题不可避免地扯远。

女主人公艾拉头发的颜色和卷度，眉毛的形状，鼻翼的宽窄，嘴唇的薄厚，表情和姿态，配饰、鞋子、手包，都成为争论的对象。审稿组的意见大相径庭，有的说艾拉双手交叉在腹部是世界上最优雅的姿势，有的说那样子老态龙钟，完全不像二十来岁女孩的举动。有幅图是艾拉的祖母抱着狗，狗的品种又引发了一场舌战。苏枕耐着性子，记录了128项改动点。

值得庆幸的是，孙经理和两位女主管都没有对人物的服装表示异议，那改起来可是大工程。有位女主管说："苏先生在衣服上费的心思最多，不知道收集了多少品牌和款式，才选出合适的样子。"苏枕说："确实费了很多心思，因为这些服装都是我自己设计的。"

她们大吃一惊，把审过的稿子又翻出来，细细品味每个人物的衣着。问题连珠炮般涌向苏枕：你以前是服装设计师？你的样图能不能做出成品？这是你预测的流行色？你擅长欧式风格的裙装？

苏枕说："我大学辅修过几节服装设计的课而已，平时喜欢涂涂抹抹。做这组漫画时，服装素材找了不少，没有特别合意的，就自己画了。"她们啧啧称赞，说这些衣服款式独特，不落俗套，是广告中的一大亮点。

苏枕的手机在桌上反复震动。他会见客户时一般是不接电话的，但这次非接不可，因为来电显示为张月影。他拿起手机，走出会议室，来到一个僻静的角落。

张月影的声音懒洋洋的，带着轻轻的哈欠："你猜我在哪儿？"

苏枕听见撩水声，料想她在沐浴，说："在家呗。"

"我装了一个新浴缸，好大好大，像个泳池。"

"池里有条美人鱼。"

"四面都是镜子，有点像舞蹈大厅，我只能看见我的影子。"

苏枕仿佛看见了她嘴角那抹诡谲的笑意，说："张月影，我在开会。"

"不许你叫我张月影，你知道该叫我什么。"

"好吧，影子，有空再聊。"

张月影拉长声音："开什么会呀，比伊诺的前途还要紧？"

苏枕忙问："有什么动向？"

"一提伊诺你就来精神了。我的助理请假生孩子去了，现在手头缺人。那天吃饭我看伊诺还算机灵，过来跟我干吧。"

"你能把她调进娱乐频道？"

"调人可没那么容易。我跟上面打声招呼，先把她借过来，以后再说以后的。"

苏枕不能容忍伊诺给张月影跑腿儿，一口回绝了。

张月影冷笑："你让她考虑一下，多少人挤破头想跟着我呢，挑她是看得起她。"

苏枕说："不用考虑了，她不适合，多谢你费心。"

张月影说："没想到你我之间需要道谢，真刺耳。"

就这样，他们结束了一段并不愉快的通话。苏枕觉得文学作品和影视剧中过分夸大了初恋情人的地位。尽管他曾深深迷恋过张月影，但十年过去，他们之间的感情就像被风吹散的蒲公英，寻不回来了。当他再见到她，再听到她的声音，并没有心动的感觉，只有细微的惆怅，如同阳光照进一个布满灰尘的角落。

苏枕开完会回到家，已经很晚了。屋子黑糊糊的，伊诺和肖艳珠都不在。卧室衣柜的门大敞着，里面带锁的抽屉也没关好。苏枕拉开抽屉，发现他和伊诺的"小金库"空了。所谓"小金库"就是他们共同攒下买房子的钱，还有一些股票和基金的单据。

苏枕给伊诺打电话。伊诺说妈住院了，今晚她要陪床。苏枕问什么病，要不要紧。

伊诺说："我陪她到美容院做个拉皮，再吸吸脂。我妈年轻时可漂亮了，结婚以后就一直操劳。这次她来，样子老了很多，我心里不好受，花点钱也认了。"

苏枕没话说，挂掉电话。他听了会儿音乐，躺在沙发上，毫无睡意。他凝视着天花板，脑中过电影般闪现他和伊诺在茶楼初遇的情景。他们恋爱的过程太短暂了，没有几次像样的约会，没有多少情意绵绵的蜜语，没有什么跌宕起伏，直接进入了仿婚姻状态。他们每天的话题是上班、购物、房租、车险、股票。现在又多了个肖艳珠。钱，赚钱，攒钱，花钱，他竟然会跟心爱的女人天天谈钱。他几乎没有跟她分享过自己的心情、感受和记忆。做爱是他们唯一亲密的方式。

伊诺并不关注他的画儿，也不知道他每年都会收到母亲的礼物。他甚至没有跟她讲过他对于母亲的印象。从这个意义上来说，孟小吟似乎比伊诺更了解他。想到小吟，他心里有种清凉和愉快的感觉。他喜欢跟她说话，无拘无束，思维任意跳跃。她的眼睛告诉他，她明白他所说的一切，并且感兴趣。

苏枕的脑中清晰地勾勒出小吟的眼睛，睫毛不长，内双眼皮，但是灵秀多变。他从她的眼睛想到皮肤，简直像雪堆里爬出来的孩子。白白净净的女孩总是招人喜欢的。张月影也很白，是欧洲血统那种耀眼透红的白。而小吟是美玉的质感，白得纯净温润。那么洁白的皮肤，别说咬啮，就是用手指轻轻按一下，也会留下印子吧。如果把她抱在怀里，肯定舍不得碰。

想着，苏枕竟然有点兴奋。他坐起来，从冰箱取出冰水，喝了半瓶。回到沙发上，他打开电脑，找出他们那次爬灵山的照片，细细品味着小吟留下的每个瞬间。

第八章　春意

1

快下班的时候，苏枕收到孟小吟的短信：你什么时候有空？

她很少给他发短信。苏枕饶有兴趣地回复：现在。小吟说想跟他聊一会儿。他们约在聆风居。

苏枕先到，要了一杯柠檬水，看周围的学生嫩如桃李，畅快说笑，感觉自己有点老了。肆意消磨时光是年轻的标志之一。工作以后，他觉得看场电影都奢侈，更别说在咖啡馆闲聊了。此时此刻，他静静地等着孟小吟，等着一场突如其来的“约会”。这情景像不像相亲？如果当初他选择孟小吟，他们就会在这里相见。

他望着门口，直到小吟出现。她穿方格呢子大衣，手里提着购物袋，发梢烫了卷，还打了桃红色的唇彩，略显成熟。她坐下，神秘地冲他眨眨眼，说：“真巧，我和尘宇第一次见面就坐这个位置。”

苏枕说：“如果有时光穿梭机该多好，我定抢在他前面来见你。”

小吟说：“别逗我。今儿其萱陪我逛了一天，从头到脚改装塑型，特意请著名设计师来做个评判。”

苏枕望着她：“卷发不适合你，也不好打理，还是原来的发型自然。下次选唇彩，淡粉色会好一点。如果你想显得更有女人味儿，就画一点眼线和睫毛膏，但不要轻易涂眼影。可以考虑添一副样式简单活泼的耳坠，因为你的脖子很长。”

“看来我今天的形象很失败。”

“你的大衣不错，时髦，且有学生味。”

“我快毕业了，不需要学生味。”

“你还年轻，不需要刻意打扮和修饰。尘宇跟我说过，他当初就是被你的清纯打动了。”

“这很讽刺，恋人身上最吸引你的地方也许会最先遭到厌弃。现在尘宇嫌我保守，不开化，他看到舞女比看到我兴奋多了。”

苏枕警觉起来：“你是说上次在斯人撞见他……他给我讲那事儿的时候懊恼极了。你从来不进迪厅，他也八百年没去过了，京城有那么多家店，你们偏偏在同一时间进了同一家。他说这是上天的惩罚，让他铭记教训，时时敲响警钟。”

小吟摆弄着饮料吸管，说：“我并没生他的气，不过后来又出了件蹊跷的事儿。那个舞女，也许人家不是舞女，不知道怎么称呼，她竟然来学校找我了！我正自习呢，被同学叫出去。她抱肘站在门口，上下打量我一番，笑了笑，那笑容里有种说不出的得意和挑衅，丢下一句‘看不出来，尘宇还是个吃素的’，然后转身就走了。我才想起来，是她，百分之百是那个跟尘宇共舞的巧克力女郎。”

苏枕说：“估计那女的看上尘宇了，四处打听他的消息，故意来气你。别担心，你要相信自己的魅力。性感不是袒胸露臂，更不是搔首作态，是由内向外绽放的气场和味道。对于爱你的人来说，这味道是致命的唯一的，用不着换造型。”

“那个没什么好担心的，我和尘宇为别的事大吵了一架。”

“几天不见，冒出这么多麻烦？难怪你额头上出痘痘了。先吃点东西。”苏枕招呼侍者点菜，又给秦伊诺打电话，说不回家吃饭了。

小吟说：“我差点忘了你是有家室的人，真不好意思晚上把你拖出来诉苦。”

苏枕说：“有家室的男人都渴望偶尔被拖出来透透气。”

小吟笑道：“就像遛狗一样，看看能不能寻到什么新味道。”

苏枕放下餐具，望着她，蓦然发现面前不是一个简单的小女生，而是很性感的女人。一个难以捉摸、有待开发、潜力无限的女人。可惜，他没有探究她的权利。

小吟告诉苏枕，导师推荐她去香港读博士，父母都很高兴，但尘宇不同意。

苏枕说：“我觉得没有比学校更适合你的地方了，不过我要是尘宇，也舍不得你。”

“不只是舍不得，他的情绪很复杂。他问我怎么跟导师回复的，我说当然是感谢导师给我这次机会。他一下子火了，说你都决定去了还跟我说什么。我说你的意见也很重要，他说重要个屁，你根本没把我放在心里。我说他自私，不尊重我的发展。他机关枪似的发泄不满，说我更自私，不关心我们的未来。从来没见过他那么生气，眉眼都歪了。”

“他怕失去你，毕竟两地分隔变数多。”

小吟一脸苦恼：“他很大男子主义，说女孩子读完硕士就到头了，干吗继续自残。还说我什么事情都自作主张，就像单身一样。”

苏枕笑道：“如果你认为对方是个大男人，那么你必然不是小女人。”

小吟心悦诚服地笑了。不知不觉，两人聊到十点多。苏枕把小吟送回宿舍。她的头发被吹起来，发梢似乎触到他的脖颈。清新，柔软，令人发痒的调皮。他似乎又回到了学生时代。

苏枕回到家，卧室亮着灯。肖艳珠出院以后，又在家养了两周，昨天终于回江苏了。屋子显得宽敞多了。

苏枕脱掉外衣，走进卧室，见伊诺躺在床上看书，问她晚上吃了什么。她慢慢合上书，盯着他，用冰冷的口吻说："没想到，你这么恨我。"

苏枕一头雾水。

伊诺说："今天，张月影给我打电话了。"

苏枕叫道："你答应她了？要去给她拎包提鞋？"

"你真幼稚，干哪一行都得先当催巴儿。千载难逢的机会，险些被你毁了！"

"我根本不该介绍你们认识。"苏枕把枕头夹在腋下，抄起被子，转身去客厅睡了。

2

早晨，秦伊诺正要进办公楼，一辆银灰色奔驰车旋风般驶来，稳稳地停在她身后。叶蓓蓓从车里走下来，神采飞扬地冲她打招呼。秦伊诺只得停下等她。

这时，车窗缓缓摇下，露出徐昌郡的脸。他冲伊诺打了个飞吻，眼里充满挑逗。伊诺有点尴尬，装作没看见。戏剧化的是，毫不知情的叶蓓蓓又回头冲徐昌郡打飞吻，而他只是稳重地点点头，关上车窗，把车开走了。

秦伊诺问叶蓓蓓："你男友不在台里上班么？"

叶蓓蓓一怔，笑道："他是无业游民。"

进了办公室，秦伊诺发现每个人看她的表情都不对劲儿，便知调令已经下来了，直接去找李主任。他满脸堆笑，说纵然舍不得她，也希望她有更好的发展。

伊诺故作谦虚："在哪儿干都一样。"

李主任说："金子在哪儿都发光，何况是钻石。"

叶蓓蓓听到消息，数落伊诺不够朋友，拉起她的手："你去做时尚节目编导，经常要跟张月影打交道呢。"

伊诺试探性地问："张月影是个什么样的人？"

叶蓓蓓把张月影夸了一通，说她心地纯良，性子耿直，可以深交。伊诺想起张月影对叶蓓蓓的恶评，心里有几分困惑。

秦伊诺从工作了一年多的岗位离开，只带走一个文件袋。她跟同事们淡淡地打声招呼，抱着东西上了电梯。电梯由12层下降至9层，伊诺的心却在飞升。

她昂首阔步地迈入新的办公室。文艺部主任不在，张月影也不在，伊诺把面部表情调整到最甜美的状态，向每位转头看她的新同事问好。一位女秘书把她领到里侧靠窗的格子间，让她暂时在那里办公。桌子上堆满杂物，而且没有电脑。伊诺跟秘书道谢，迅速清理桌面，把杂物分类收好，锁进柜子。她想给张月影打个电话，又怕打扰她工作。别人看起来都很忙碌，只有她无所事事，闷坐了一上午。

快到饭点时，张月影风风火火地走进办公室。秦伊诺终于明白什么叫做气场了。张月影穿一件飘逸的藕荷色风衣，波浪卷发甩到左侧胸前，蓝色水晶耳坠十分耀眼。大家不约而同停下手里的事情，望着她。她天生媚态，一个眼神足以亲切问候全场。

张月影郑重其事地把伊诺介绍给大家，说伊诺出身名校，原是生活频道的资深节目策划人，刚被文艺部挖过来。大家开始鼓掌，伊诺的心咚咚地跳起来。张月影到自己的办公桌上拿了几份材料，让伊诺穿衣拿包随她出去。

两人走在楼道，张月影大步流星，伊诺一路小跑，为她按亮电梯。张月影说："咱们要赶下午四点的飞机去青海录节目，快回家收拾东西，两点有车接你。"

伊诺虔诚地说："谢谢你。"

张月影说："你们家苏枕还不乐意呢。"

伊诺说："他是榆木疙瘩。"

伊诺回家冲了个澡，找出一只旅行箱，翻箱倒柜挑衣服。这是她进电视台以后第一次出差。她现在名义上是文艺部编导，实际上是张月影的贴身助理，万事都要考虑周全。收拾完毕，她在餐桌上给苏枕留了张字条：亲亲，你还在生我气么？你的怒气很快就要被思念取代了，我去青海出差几天。冰箱里有我做的草莓布丁。吻你。

3

在秦伊诺出差的日子，苏枕享受到宝贵的自由。

第一天，他美美地睡了个懒觉，下午到公司开会，晚上跟创意部的同事们去泡吧。大家做游戏罚酒，小曹酒量不佳，又争强好胜，很快便瘫倒了。凌晨两点，苏枕和几个还算清醒的同事，扶着醉鬼们摇摇晃晃地走到街上。送小曹回家的任务被分派给苏枕，因为他们顺路。苏枕拦下一辆出租车，把小曹扶到后座上，她软绵绵地趴下睡着了。幸好以前下班他们一起走过，苏枕知道她住的小区和楼号。

六层小楼，没有电梯，苏枕扶着小曹拾级而上。她用手臂勾着他的脖子，头沉沉地压在他的肩膀上，步履凌乱。好不容易找到门牌号，苏枕从她的包里拿出钥匙打开门。

小曹跟别人合租的房子，两室一厅，设施陈旧。两间卧室都紧锁，西侧屋门上贴着花花绿绿的装饰画，像是小曹的房间。苏枕用钥匙一试，打开了屋门。屋里乱七八糟，连落脚的地方都没有。想到小曹出身贫寒，毕业之后孤身在北京打拼，苏枕不禁心生怜悯。他把小曹扶到床上，她蜷着身子，抱住枕头呻吟起来。

苏枕看到桌上摆着袋装牛奶，想起书上说它解酒养胃，就倒了一杯奶，用客厅里的微波炉加热，把小曹扶起来，喂给她喝。她咕嘟嘟喝了几口，推开杯子，双手紧紧搂住他的脖子。苏枕触到她圆鼓鼓的胸部和嘴里呼出奶味儿的热气。他本能地抓住她的肩膀，把她推开一丝距离。小曹念叨着他的名字，头发散乱，迷离的双眼充满焦渴，身体鲜嫩而丰满。

苏枕不大相信人真的会醉，喝醉只是借着酒劲儿做一些想做却没胆量做的事罢了。他很清楚接下来要发生的事情，所以决定抽身离去。但小曹猛然向前栽来，吐了他一身。热流渗透他的衬衫，肆意流淌。

苏枕用纸巾帮她擦净嘴角，跑进洗手间，脱去衬衫，也顾不得水冷，满身擦洗。洗手间窄小阴暗，水管破旧，一开龙头，就会有水滴滴答答地漏在水池下的塑料盆里。他把衬衫胸前的污渍洗了洗，又湿乎乎地穿上，走回卧室。

小曹竟然从床上挪到了书桌前，头仰在椅背上，双眼紧闭。他笑她是工作狂，把她扶回床上，替她盖好被子，悄悄离去。

第二天，苏枕、陆尘宇和窦可在猛男俱乐部台球厅会面。猛男俱乐部在万和庄园西北侧，是他们仨的根据地。窦可见到苏枕，差点哭出来，因为他们足足两个月没有碰面，连电话都没通过。窦可把他们的疏远归咎于女人。

苏枕说：“女人不是最可怕的，等我们成家有孩儿了，恐怕一年都见不上一面。”

窦可说：“拒绝小屁孩！我和其萱是新时代‘丁宠’之家——她兼当我女儿，我兼当她宠物。”

他们打斯诺克，却没有计分，手里挥着球杆，嘴里聊着女人。窦可讲了他前不久的一桩艳遇。有对恋人筹备婚礼，在网上高价征司仪。他凭借三寸不烂之舌，从上百名应征者中脱颖而出。彩排完毕，准新娘竟然约他出来单独见面，说觉得他特逗，想改跟他结婚。他说自己名草有主。她说，咱们一起分手吧，并购重组才能优化生活。他赶紧说自己是“三无”青年，没房没车没工作，她才放他一马，乖乖地回去结婚了。

苏枕描述了昨晚的“牛奶浴”事件。面对小曹的投怀送抱，他对自己的魅力和毅力感到满意。窦可听罢，惊得下巴都快掉了，埋怨他不解风情。苏枕问：“你会跟一个醉酒的女人睡觉么？”

窦可说：“酒燃三分火，那女人都欲火焚身了，你却撇下她装绅士，太不人道了。”

一直闷头打球的尘宇发话：“狗屁绅士，是那女的不够靓！”

苏枕笑道：“噢，斯人那个舞女够不够靓？”

尘宇眼里射出了兴奋的光芒：“靠，要是没有小吟，我真他妈栽了。”

提到小吟，苏枕旁敲侧击地问：“小吟快毕业了，工作有没有意向？会留在她实习的出版社么？”

尘宇闷闷不乐：“她要去香港读博。”

苏枕故意说：“千万别让她去，学历岂不是比你高啦？”

尘宇说：“我没那么小肚鸡肠，就是不放心她。”

窦可说：“地球只是个小皮球，她去香港又不是去南非，逃不出你的手掌心！”

尘宇丢下球杆，坐到沙发上，面色困惑，说他感觉小吟有点飘忽不定，他们之间好像隔着一层什么。

窦可笑道：“快点把她变成你的女人呗。”

尘宇思索了一会儿，说：“在她走之前，我必须跟她结婚。”

苏枕瞄准粉色球，一杆下去，力度过大，球被撞飞了。

第三天是周六。苏枕睡足了，张开眼睛。窗外阳光明媚，有早春的迹象。他突然产生画画的冲动，翻身拉开卧室柜最下层抽屉，找储物间的钥匙。抽屉被肖艳珠弄乱了，塞满花花绿绿的购物小票。苏枕从里面翻出一张美容院医疗收据，上面清清楚楚写着各项手术费用合计1.8万元。可秦伊诺报给他的数字是5万！

苏枕虽不富裕，但他对钱一向不在意，想花就花，没了就不花。跟秦伊诺同居以后，他开始在她的指导下理财，把自己所有的积蓄放进他们的“小金库”。如今肖艳珠走了，金库也空了。他不介意伊诺拿他的钱赡养父母、资助弟弟，但他不喜欢被欺骗。他捏着收据，有点心烦意乱。同时，他又厌恶自己为这件事心烦，于是撕掉收据，扔进垃圾桶，就当什么都没发生过。

他把画具从储物间里搬出来，在阳台上支好画架，撑开画布，准备打底稿。他答应为秦伊诺画一幅肖像，她却没时间当模特。他从书柜里找出她的影集，逐一翻过从小学到现在的照片，没有一张让他满意。相片里的伊诺很漂亮，但是不够生动自然，因为她太在意形象，姿态和表情过于矜持。

苏枕用炭条打好轮廓，越看越不像伊诺。他甚至不确定自己到底想要画谁了。伸个懒腰，决定出门晒晒太阳，顺便看看猫咪。

昨天下过一场雪，路面的积雪已经化了，道路两旁的树枝还银闪闪的。苏枕走进孟小吟住的小区，直奔花园东侧的猫屋。伊娃不在小屋，却在树干上！有只卷毛狗仰头冲它狂吠。伊娃吓得毛耸立，眼睛发绿，噌地爬上树梢，摇摇欲坠。这时，狗被主人叫走了。伊娃警惕地盯着狗，确定它走远，才一步步倒着爬下来。

苏枕把伊娃抱进怀里，想着要不要给小吟打个电话，把刚才的一幕讲给她听。转过身，小吟竟然站在他背后，白色羽绒服，配白色的毛线帽，像个小雪人。

苏枕愣了片刻，问："尘宇呢？"

孟小吟说："他去看车展了，人山人海的，我没跟去。"

她反问："伊诺呢？"

苏枕说："她出差了，我也没跟去。"

两人相视而笑。苏枕问她是否愿意去一个人少的好地方，小吟欣然同意。他们穿过花园的小径，赶上一阵风，压在枝杈的雪屑纷纷扬扬地飘落，沾了满身。苏枕说："电影都拍不出这等雅境。"

小吟轻巧地走在前面，回头笑道："梅花飞，雪花飞。醉卧幽亭不掩扉，冷香寻梦归。"她的面颊粉润，在雪雾中美到虚幻，却又似曾相识。苏枕怦然心动，仿佛穿越千年，梦回古典。浪迹天涯的剑客，偶遇山林玉女。他心里泛起一种久违的甜蜜感，掺杂着模糊的痛苦。

4

冬去春来。天亮得一天比一天早。枯枝在一夜之间抽出嫩叶，桃花、丁香和玉兰变魔术似的冒出来，红红白白，宛若云霞。各种香味在空气里翻滚发酵，偶尔飘过的柳絮带着挑逗的意味。春天是个性感的季节。

苏枕以为日益消退的激情会在春天复苏，但他和伊诺的日子是那样平淡无奇，如同结婚多年的夫妻。每天一通电话，每周做爱两次，告别和相见时例行公事地亲吻。伊诺非常忙，跟着张月影东奔西跑录节目，出席各种场合。苏枕觉得她像一只好笑的提线木偶，张月影揪一下，她就动一下。伊诺却认为生活很充实，筋疲力尽地回到家以后，还兴致勃勃地跟苏枕讲她去了哪里，遇见了谁。你知道吗，我以前简直白活了！她不止一次地对他说。

他们的休息时间对不上，好不容易空出个周六，决定去植物园踏青。背上旅行包和相机，正要出门时，伊诺的手机响了。苏枕有种不祥的预感，果然是张月影叫伊诺下午陪她逛商场。伊诺想都没想就答应了，这让苏枕十分惊诧。

张月影挑弄的声音飘出话筒："你老公没意见吧，有意见就把他一起叫上。"

伊诺笑道："我跟女人约会，他怎么会有意见？"

挂掉电话，伊诺对立在门口的苏枕说："走吧，早去早回。"

苏枕丢下背包："不去了。"

伊诺说："别耍性子，逛公园半天还不够？"

苏枕赌气换了拖鞋，坐到沙发上，打开电视。伊诺气得跺脚："是你闹着要出去的，害我懒觉都没睡成……"

苏枕把电视音量一个劲儿调大，新闻压住了她的声音。伊诺摔门而去。

苏枕关掉电视，双手枕在脑后闷坐。现女友成了前女友的跟屁虫，老天在跟他开玩笑！他还担心一件事，怕张月影把他们曾经的故事抖落给伊诺。他了解张月影，大大咧咧，口无遮拦，还喜欢炫耀。她在伊诺身边，就像一颗定时炸弹。

纷乱的思绪令苏枕头昏脑涨，他突然有种冲动，想约孟小吟逛公园。跟她在一起永远是清新、简单、快乐的。然而，他没有资格约她，只有羡慕尘宇的份儿。

秦伊诺开车在三环兜圈子，心里像堵了块石头。想起定情之日，苏枕信誓旦旦地说什么永远陪在她身边，让她放心去闯。没想到现在就开始限制她，一切都是虚伪和谎言。听说张月影背后有亿万富翁撑腰，叶蓓蓓也找了个开大奔的款爷儿，唯独她跟了个自命清高的穷小子。母亲说得一点没错，北京男孩大都没什么奋斗精神，还装。

伊诺把车停在购物中心，在地下一层吃了顿快餐，翻翻杂志，百无聊赖地等张月影。张月影习惯性地迟到一个小时，穿黑色皱褶衫和红皮裤，戴着宽边墨镜，悠悠而来。

伊诺跟张月影朝夕相处，发现她并没有电视里那么漂亮，骨架大，脸上还有雀斑。论天姿条件，伊诺觉得自己比张月影强多了，可是张月影却更加抢眼。两个人一起走，路人总是先看张月影，哪怕他们并不知道她是主持人。伊诺一直在研究张月影与生俱来的轰动效应，甚至暗暗模仿她的姿势和神态。她发现张月影跟男人讲话时表情极为丰富，每个细胞都在放电，用海妖般的魔音虏获他们。

伊诺想起前不久，她跟张月影在餐厅碰到刚从欧洲访问归来的文艺部孙主任。张月影跟他介绍说，这就是新调来的秦伊诺。伊诺极力想给领导留个好印象，但孙主任只淡淡看了她一眼，冲张月影笑道："秘书、专车样样全，你待遇比台长还高呀。"张月影娇声说："您别挤对我，伊诺来了半个月，连电脑都没有，跟我挤着用。您瞧我录的节目，脖子都是歪的。"孙主任带着一脸被电酥的笑容说："看来你还缺个私人按摩师。"伊诺听得直反胃。不过当天下午，她的办公桌上就变出一台崭新的高配置电脑。

伊诺喜欢跟张月影逛商场，虽然她承受不起那些高端品牌，但可以学习服饰搭配和流行趋势，长长见识。她们走进一家法国时装店，张月影看上一条吊带长裙，但L号已经卖完了，只剩M号。张月影要求调货，店员说："我们每款服装每个尺码只做一件。"

张月影叹道："可惜了这么好的设计。"

这时，旁边响起一个男声："不可惜，你身边那位小姐穿M号正好。"

她俩转头一看，徐昌郡跷腿坐在沙发椅上，身边摆着几个购物袋。张月影尖声说："哟，徐总缘何到此一游？"

徐昌郡笑道："都说男人厌恶逛街，我正相反。美女如云，大饱眼福。"他夸张月影有眼光，刚进店就能挑出最有品位的衣服。

张月影说："亏得你提醒，确实适合伊诺穿。"于是，她催伊诺去试那件裙子。

伊诺见标价四千多，十分尴尬，却又不好推辞，忐忑地进了试衣间。银灰色真丝裙，肩带上镶着几颗水钻，拿在手里轻若无物，触到皮肤极为柔软舒适。伊诺默默祈祷它千万别合身，然而裙摆流水般滑至膝盖，严丝合缝，就像是为她量身定做的。走出试衣间，大家都被震撼了。

叶蓓蓓刚换上一件印花灯笼裙，从试衣间出来照镜子，眼睛立刻死死地盯住伊诺。伊诺也被镜子里的自己迷住了，她的腰那么细，裙子在灯光下绽放优雅的光泽，堪称低调奢华。她感到徐昌郡投来灼热的目光，她似乎一丝不挂。

张月影笑道："非你莫属呀。"

伊诺赶紧推辞："我有一条裙子，款式跟这个差不多。"

叶蓓蓓说："我想试试这件，我也穿M号。"

伊诺松了口气，说："你也喜欢？那我去换下来。"

张月影拉长声音："裙子只有一件，伊诺先试了，就是缘分。"

叶蓓蓓说："我没跟她抢呀，她不买，我才要的。"

张月影说："伊诺的生日快到了，算是我送她的礼物。"说罢，掏出信用卡，召唤店员开票。伊诺心慌意乱，但她明白张月影是为了争面子，也不便多言。叶蓓蓓冷笑一声。

徐昌郡在一旁不动声色地观察着三个女人的温柔"战争"，从沙发上起来，向张月影和伊诺道别。叶蓓蓓乖乖地跟着他走了。

店员已经把裙子包装好了。伊诺悄悄问张月影："能退货么？"张月影摆摆手："拿着吧，小意思。"伊诺很感动，恨不得认她当姐姐。

走出时装店，伊诺问："这个姓徐的是做什么的？大家似乎都认识他。"

张月影瞪大眼睛："你跟叶蓓蓓在一个部门，竟然不知道？他是台长的弟弟，天石娱乐集团的总裁呀！"

伊诺大为震惊，难怪叶蓓蓓万般讨好他，原来是这等要人！她想起自己在单位曾两次冲撞他，懊恼不已。她又问："那叶蓓蓓怎么还是个小编导？"

张月影笑道："老徐狡猾着呢，只跟女人上床，从不帮她们上镜。"

张月影不想逛了，带伊诺去喝下午茶。这也是伊诺喜欢跟她逛街的原因之一，她爱死张月影的车了。新款宝马敞篷跑车，深海蓝色流畅车身，时尚而不失稳重。米色真皮座椅无比舒适，尖端配置让她望而惊叹。当车子飞驰，她的每个细胞都在绽放，疾风似乎都变得清香。

张月影埋怨《秀吧》不好做，大众参与得越多，精品反而越少。伊诺说："这个节目我每期必看，其实你们选的尽是些有头脸的人物。上回那个造型师头衔不小，获奖不少，但没什么新意。他展示的晚礼服离老百姓生活太远，服饰搭配建议也很一般，还不如苏枕的只言片语。"

张月影说："记得他上中学那会儿就自己设计T恤衫，花里胡哨的，还有同学买呢。"

伊诺说："他现在偶尔还会画几张图，找裁缝做衣服。"

张月影灵机一动："下期节目请苏枕来秀秀他的衣橱吧！"

第九章　诱惑

1

我在纸上写你的名字，

我在窗上写你的名字，

我把你的名字写进心里——

从血脉流遍全身。

晚上入睡前，你是我脑海中最后的影像。早晨醒来，你是我的第一个念头。我中邪了，不是么。

我怀念认识你之前的我，无忧无虑，像一粒开心果。爱情的降临，是一个缓慢的过程。当我意识到它，已经来不及了，病入膏肓。我没法把千丝万缕的情丝从生命里抽干净。即便斩断情丝，我也不能复原。你改变了我的心率、气质，还有容貌。我那么忧伤，却在某个瞬间，幸福到极点。

雪天看画，似乎曾在梦境中出现。我们在狭长的甬道里奔走，两边古老的墙壁上挂满大大小小不同时空的画作。最终，我们踏入一个画框，化作相互依偎的画中人，定格成永恒。

你说书吧里有一幅画是你的作品。我毫不费力地找到了。这是我的长项，总能在杂乱无章的世界里嗅出你的味道。走廊拐角处的那幅油画绽放着神秘的光泽。你把你的母亲画活了。她端坐在我面前，两手交叉膝上，笑看红尘。那笑容里饱含繁华尽失的落寞和惆怅。

走出书吧，阳光直射下来，把现实照得过于清晰。我的幸福感像残雪一样融化了。我微笑着与你道别，默默承受没有你的明天，以及明天的明天。

你是我判给自己的酷刑。我作茧自缚，却没有化蝶的那一天。

孟小吟写完日记，羞愧地合上本子，不敢回头看那些炽热的文字。当她压抑难过时，写日记能够卸下重负，获得平静。

门铃作响，是陆尘宇。小吟觉得他今天有点怪，之前他给她打电话，问她父母在不在家。小吟说都在，以为他不愿意来家里，没想到他竟然兴冲冲地来了。

尘宇穿条纹衬衫和西裤，像是要面试，还带来了礼物。他给小吟的母亲送了一款香奈儿经典皮包，给她父亲送了一件清康熙永兴抹红大瓷瓶。孟教授平素最喜古玩珍器，拿起瓶子细细一看，器型挺拔俊秀，釉色滋润沉静，惊问尘宇哪里讨来这等宝物。尘宇说："伯父喜欢就好，在我眼里不过是件俗器。"

教授不解："那何物不俗？"

尘宇搂住小吟说："珍宝只有这一件。"

小吟见尘宇把父母逗得十分开心，拽着他进了卧室，问道："你吃蜜啦？"

尘宇一本正经地说："过些天我爸妈专门回国来见你，两家一起吃个饭吧。"

小吟轻声说："好突然，你都没跟我商量。"

尘宇拉起她的手，说："你冰雪聪明，还看不透我的心么？"

小吟低头沉默了一会儿，说："那也要等我毕业呀。"

尘宇说："三月是个好时节，我们先订婚吧。"

等尘宇走了，一家三口坐在沙发上开会。小吟心里像揣了只兔子，坐立不安。母亲说："当初你赵阿姨介绍那个广告设计师，我听条件心里就不乐意，碍于面子才让你去的，没想到那小子还要滑头放你鸽子！说起来气人，不过阴差阳错结识了尘宇，也算是缘分天注定。"

小吟意识到，向来挑剔的母亲对尘宇的各方面都很满意。

父亲开口："看得出来，他是真心喜欢你。在这个浮躁的时代，还有什么比真诚更可贵的？"他平日话少，但很有分量。看来这桩婚事没有异议了。

小吟嘟囔说不想太早结婚。母亲把她结结实实地数落了一番，还列举出大龄剩女的种种悲惨下场。

小吟回到卧室，心里堵得难受，拿出日记本，却一个字也写不出来。她猛地抓起电话，拨通了苏枕的号码，她不知道自己要做什么，也许是有生以来最疯狂的事情。

"小吟，你好啊。"那边是苏枕的声音。

"尘宇向我求婚了。"小吟冒出这一句，两颊滚烫，手心渗出冷汗。

"真的？祝贺你们！"

小吟直愣愣地盯着空白的墙壁，浑身像雕塑一样冰冷，话筒从她手里缓缓滑到地上。你真傻，她骂自己。

2

在天石传媒集团举办的一场鸡尾酒会上，张月影四处与宾客谈笑。秦伊诺穿着那件银灰色新裙子，亭亭玉立地跟在她身后。张月影介绍伊诺认识了一位人体摄影师，名叫詹姆斯，美籍华人。张月影把他夸得天花乱坠，说他为许多名流留下了传世经典，其作品多少次登上时尚杂志封面。伊诺十分恭敬地跟他握手。

徐昌郡走进会场，众人纷纷鼓掌。他西装笔挺，潇洒地走上圆形演讲台，发表讲话，意为在天石集团成立10周年之际，愿与各大媒体加深感情、密切合作。他端起酒杯，提议大家举杯相庆。秦伊诺发现他是一个人来的，没有带叶蓓蓓，便想找个机会跟他攀谈,无奈他身边总有人围着。

熬了一个多小时，张月影去洗手间了，伊诺飞快地绕到餐台背面，假装与徐昌郡不期而遇。

“谢谢你专门给我发了邀请函。”伊诺冲他莞尔一笑。

徐昌郡微笑：“应该的，你让酒会大大增色。”

伊诺说：“我们之间似乎有点误会。”

“有误会才有牵连嘛。”

“刚才看你散了不少名片，咱们见过好几次，怎么舍不得发我一张？”

徐昌郡亲自调了一杯鸡尾酒，递给她：“如果给了你名片，你却不给我打电话，我会伤心的。”

伊诺品了口酒，说：“你是大忙人，如果我打去电话，你不接，那才叫伤心呢。”

徐昌郡温情脉脉地望着她，说：“我时时刻刻愿意为你效劳。切记，这个号码只属于你。”

他报出11位数字，伊诺铭记在心。

回到家，伊诺还舍不得换掉裙子，在屋里飘来飘去，没注意到苏枕闷闷不乐。

苏枕独自在客厅坐了一个下午，脑子里空空的，耳边不断回响起小吟的声音：“尘宇向我求婚了。”他的兄弟、最好的朋友要结婚了，他应该发自内心地高兴啊，可他反而有一点失落。他觉得自己是个不可理喻的怪胎。

窦可刚打来电话，兴高采烈地向苏枕描述了尘宇的求婚策略。原来，点子都是窦可出的，是他带尘宇去商场选的皮包，还特意从朋友的古董店里挑了那只瓷瓶，让尘宇献给老爷子，投其所好。苏枕听得心烦意乱。他说不清在为小吟难过，还是为自己难过。不用明说，他能感到小吟是喜欢他的，就像花苞默默地藏着馨香。喜欢到什么程度，他不敢也不愿去思考。小吟爱不爱尘宇？这个问题他更不敢想。小吟打来电话的声音焦虑、脆弱、恍惚，绝非报喜，竟像是一种求助。可是，除了祝福，他别无选择。

伊诺给苏枕展示一只名牌化妆包，说是酒会上得来的纪念品。苏枕有气无力地笑了。伊诺坐到他腿上，抓住他的手放在自己肩膀上，轻轻拉掉肩带，露出内衣的蕾丝花边。苏枕凝视她片刻，把她的肩带扶正，说："我连续几天都睡不着觉。"这是他第一次拒绝她。

伊诺沮丧地站起身："我是怕你饿，其实我也累得要死。"

3

下班以后，陆尘宇跟同事去单位附近的台球厅消遣，遇到一位奇女子。她穿皮裤，白衬衫套短款黑马甲，戴个运动帽，长帽檐压得很低，只露出棱角分明的嘴唇。她一言不发，出手狠辣，三下五除二把在场的几个男子都打垮了。尘宇的同事笑眯眯地上前切磋，不料那女子一杆清台，同事恨不得钻入地缝。女子不屑地丢下球杆，向外走去。

尘宇不信邪，抽了根球杆，横在了女子面前："一局见分晓。"

女子冷笑道："你手里是一把剑么？"

尘宇做出叩拜的手势："承让。"

两人开战，尘宇让她开球。一杆下去，两彩球进袋。女子起初遥遥领先，想玩个反弹球却不慎失手，之后的表现略显逊色。尘宇慢慢追上，还打出一杆漂亮的跳球，全场惊呼。他暗想，天助我也！

最终，尘宇把9号球收入囊中，友好地对她伸出手："女孩子打成这样不简单，交个朋友！"

那女子并不伸手，一把摘掉帽子，露出野气十足的板寸头。再看她的面庞，尘宇一惊，正是在斯人迪厅跟他共舞的辣妹！他没头没脑地问："你那一头靓发呢？"她笑道："那是假发！"

尘宇有点激动，因为他偶尔会想起这个女人，并猜测她的来历和行踪。他以为这辈子再也见不到她了，即使恍然见到，也会在某个灯红酒绿的场合。没想到，她突然冒出来，在纯粹的自然光线中。她没怎么化妆，两颊紧致，眉目深重，鼻梁高挺，皮肤呈现出在沙滩烘焙过的健康色泽。在遇见孟小吟之前，他无疑会为这种类型的女人倾倒。他说："我叫陆尘宇，你呢？"

她说："大鸣，鸣叫的鸣。"

尘宇说："这算什么名儿？你哄我。"

她笑道："有人小声低吟，我狂呼高鸣。"

尘宇说："我看你是不平则鸣。"说罢，他才反应过来她在暗指孟小吟，心里咯噔一下，仿佛落入圈套。

她望着他，眼神里似有期盼。尘宇没有留她的电话，匆匆离开了。

尘宇把车子径直开到A大门口，打电话叫小吟出来。十分钟后，小吟上了车："你打完球了？"

尘宇说："你打我一下。"

这是他俩的小游戏。如果尘宇做了亏心事，就会让小吟打他。小吟说："你抽烟了？通宵打游戏？还是跟别的女孩搭讪了？"

尘宇说："只管打。"

孟小吟扬起手，在他肩上狠狠地拍了一把。

他们一起吃过晚餐，又看了场电影。尘宇把小吟送回学校，刚要跟她道别，突然叫道："还有一件最重要的事情！"小吟一脸不解。

尘宇说："你还没答应我的求婚哩。"

小吟静静地注视着尘宇，往事历历在目。她想起第一次在聆风居见到他的情景，还有他汗流浃背地帮她捐书，他手把手教她打台球，他搂着她在海边徜徉……他一直坚定地守在她身边，充满无畏的激情。父亲说得没错，真心至此，别无他求了。是她向上天要求的太多了，才会遭受暗恋的折磨。在求索幻梦的时候，她已然背叛了最真实的幸福。从今天起，从这一刻，她愿意沉心静气，依偎在他身边，做一个温柔而忠诚的伴侣。

她郑重地对他说："Yes, I do."

尘宇喜不自胜，把她揽入怀中。她仰起脸，吻他的嘴唇。这是她第一次主动亲吻他，如同甘泉滋润着他的心。

4

苏枕听到录节目的消息，以为伊诺在跟他开玩笑。他平时连照相都不乐意，更别说上镜头了。

伊诺说："起先我也不相信，没想到张月影拍板了！我都开始写脚本了。想不到，我第一个节目是为你而策划的！"

无论伊诺怎么劝，苏枕都不肯做节目。他觉得上电视怪怪的，不自在。伊诺急坏了，只好给窦可打电话求助。窦可火速赶来，拉苏枕到楼下的饭馆喝酒。

窦可提起他们上大学那会儿卖衣服的经历。当时，苏枕穿的自制T恤很抢眼，还帮陆尘宇做过几件演出服。窦可便提议创办一个T恤工作室，为文艺青年打造最酷炫的衣装。三个人兴奋开战，苏枕负责设计图样；窦可主管宣传，建网站、贴海报、拉客户；陆尘宇忙着联络服装作坊、分货送货。他们为这个小小的工作室付出了艰辛的汗水，却收效甚微。T恤成品和设计图的差距很大，小批量生产的费用很高。客户基本上是学生族，舍不得掏钱，还经常变卦。想做出一件好T恤再卖出去，成本实在太大了。后来，工作室不了了之。

转眼七八年过去了。苏枕想到三个人顶着骄阳蹬车送货的情景，似乎还能嗅到汗味。那时候真年轻，真有活力！

窦可说："亏你还是搞广告的，知道黄金时间的电视广告每秒多少钱么？"

苏枕问："你想让我借机宣传一下？"

窦可拍桌叫道："你以为录节目是为了秀你那张老脸啊，当然是给咱的工作室免费打广告啦！"

苏枕说："可工作室已经不存在了。咱仨儿各忙各的，哪有工夫卖衣服？"

窦可仰脖喝下一盅酒："你和尘宇有饭碗，别忘了我是无业游民！其萱她妈说了，我可以不找工作，但明年年底之前还不能成功创业的话，就不准其萱跟我见面了。"

苏枕说："你足不出户卖点子，赚得比我还多，用不着摆弄那些破T恤。"

"破T恤？那是你的寄托、你的梦想、你无数个不眠之夜！跟你们卖衣服，是我干过的最有激情的事儿。"

苏枕无话可说，埋头喝酒。

就这样，苏枕糊里糊涂地接受了《秀吧》栏目组的邀请，提前一个月准备素材。他从自己设计的衣服里挑出10款T恤，3件女裙，5件演出服，还有一些配饰。个别服装因为年代久远显得陈旧，苏枕找出设计图，重新定做。

秦伊诺把写好的脚本拿给苏枕看，他并不满意，也没想好怎么改，只删掉了一些矫情的辞藻。伊诺担心苏枕没经过表演训练，上镜以后会显得呆滞，天天给他上课。她跟他做即兴问答，还借了个DV给他录像。她说发声训练已经来不及了，要调整他的表情和反应力。她随意指哪里，就让他的视线跟着她的手指移动，或快或慢。苏枕乐得前仰后合。伊诺说："你用点心。很多大人物到处演讲，从不怯场，可一上电视眼睛就直了，话都说不利落。下周试镜，当心刷了你！"

苏枕说："刷了才好，不稀罕。"

录制地点选在尘宇家，因为客厅宽敞，卧室的装修也很讲究，便于演示服装。尘宇特意把房子清扫了一番，孟小吟也跑来凑热闹。苏枕本以为再跟小吟见面彼此都会有点尴尬，但小吟跟他交谈时落落大方。而且，她对尘宇百般体贴，小鸟依人，一粒糖也要剥开喂给他吃。苏枕想，也许是自作多情了。

苏枕把脚本交给孟小吟，请她提意见。小吟坐在他的床沿上，细细地看了一遍，说："编导侧重于设计描述和服饰宣传。如果这个节目交给我做，我会挖掘每件衣服背后的故事。你的灵感从何而来，你在什么样的心境下做了这件衣服，你穿着它跟谁约会了？服装无须描述，大家都有眼睛。你应该做的，是给每件衣服赋予生命和魔力。"

"帮我改改吧。"苏枕觉得很有道理。

"我得先听你的故事。"

5

过了两天，苏枕收到小吟的改稿，一口气读完，激动不已。有些细微的感触，他自己都没琢磨清楚，却被小吟恰如其分地诠释了。她就像一直住在他心里的小天使，伴他慢慢长大。

伊诺看完新脚本，气得往桌上一摔："哪儿来的三脚猫，把本子改得面目全非！"

苏枕说："我就是三脚猫。"

伊诺怀疑地瞪着他："有想法怎么不早点提？简直浪费我心血！"

她把脚本往包里一塞，"我把两个本子都交给张月影，让她选。"

伊诺带苏枕去电视台试镜。在圆形的小演播厅，苏枕再次见到张月影。他们对坐在两张白沙发上，简单排练了一番。昔日的恋人，如今成了主持人和嘉宾。苏枕一听张月影的开场白，便知道她采用了孟小吟的脚本，很欣慰。不过张月影从来不死记硬背，喜欢天马行空地自由发挥。

节目中有个小环节，是苏枕为张月影戴上一顶他设计的帽子。张月影捏捏帽檐，冲镜头抛了个媚眼，问："怎么样？"

苏枕说："人要么成为一件艺术品，要么戴一件艺术品。我面前竟然有两件惊人的艺术品。"

张月影拍手笑道："妙哉，我得把你这句话记下来！"

站在台下的秦伊诺忍不住插嘴："那是王尔德说的。"

张月影说："谁？听起来挺耳熟。"

张月影不是第一次露怯了。伊诺觉得好笑，就这般没见识，竟然还当上了节目主持人？如果换成她坐在台上该多好，她和苏枕才是真正的金童玉女。

录完像，大家围在一起看视频。苏枕的举止自然得体，声音也很清晰。连导演都有些诧异："真的第一次上镜？"伊诺心里的石头落地了。

张月影亲昵地捶了苏枕一下："小子挺有型的嘛，把我的风头都抢了。提前一周开拍！"这个举动让伊诺不悦。

录节目那天是工作日，窦可和孟小吟早早赶到现场，陆尘宇也请假回家了。录制过程非常漫长，而苏枕一点也不觉得疲倦。他把自己的"宝贝"从衣橱里一件件地取出来，穿在身上，将他的青葱岁月娓娓道来。

第一次看到心仪的女孩子，是在小学五年级的一次粉笔画比赛上。女孩来自全市最好的学校，像洋娃娃那么可爱。她蹲在地上，专心致志地画了一个动画片人物希瑞，高举宝剑，金发飞扬。她签上自己的名字，拍拍手里的粉笔灰，就跑开了。他挑了一支红粉笔，把她的名字用一个大桃心围起来。他还想把希瑞的嘴唇再涂深一点，却被评委老师拉开，取消了他的参赛资格。他回家闷坐了半晌，画出第一件T恤设计图：黑底色，胸口被一支白色利箭射中，背面是碎成两半的红心。

有一件帽衫名叫Cry(哭泣)。蓝灰色柔软布料，松松垮垮的造型。心情不好的时候，把大帽子往头上一拉，眼睛遮个严严实实，流泪不会难堪。背后是一个嘴唇的漫画图形，上面打个大叉子。所有人请闭嘴，不要打扰这个想哭的人。

当那只陪他度过整个孤独童年的猫毫无征兆地消失时，他欲哭无泪，亲手做了一件T恤，胸口画着抽象的猫脸，用银丝线缝了逼真的胡子。腰际开了两个衣兜，里面各藏一只绒布做的猫爪。平时，猫爪暖暖地贴着他的肚皮。伤心的时候，他就把爪子揪出来，在手里拉扯。

初二的暑假，他跟一个女孩约定在广场放风筝。他绞尽脑汁也想不出该穿什么赴约，总不能穿校服吧。他找出一件白T恤，用炭笔在正面画了双炯炯有神的眼睛，背面则是一双紧闭的双眼。当他走向女孩的时候，他的眼里只有她，对其他人都闭上眼睛。

大学时代，他曾包揽了学校一个摇滚乐队五个成员演出服的设计，在艺术节上大出风头。主唱穿着千疮百孔的骷髅衫，露出性感的肌肉，妖娆的吉他手穿了一袭哥特式裙装，敦实的键盘手打扮成大棕熊，前襟上布满白森森的牙齿，贝斯手光身穿着红皮马甲和荧光喇叭裤。鼓手浑身挂满金色的小刀小叉。他们在台上摆出诡异的造型，灯光一闪，全场沸腾。

大家静静地听着苏枕的叙述。张月影听得入迷，甚至偶尔忘记串词，不得不中断录像。

秦伊诺泪光闪闪，遗憾认识苏枕太晚了，没能与他分享更多美丽的时光。

在节目的尾声，苏枕从衣橱最里侧拿出一件淡粉色的连衣裙，堪称得意之作。张月影自告奋勇换上它，在客厅里漫步，睡莲般的裙摆摇摇曳曳。苏枕说就喜欢这种恬淡而略显慵懒的气质。张月影逼问他这件裙子是不是为梦中情人设计的。苏枕微微一笑，默许了。张月影眯起眼睛反问："为何我穿上这么合身？"节目在笑声中录完了。

摄制组呼啦啦离去，伊诺说还有后续工作，跟张月影走了。屋子一片狼藉。苏枕和尘宇赶紧收拾，窦可和孟小吟也加入了大扫除。

苏枕进到卧室，见小吟正在帮他叠衣服。她从床头上拿起那条粉色连衣裙，偷偷对着镜子比了比。

6

这天，苏枕接到张月影的电话。她说刚布置了新房，周五想组织一场小型同学聚会，请他参加。苏枕问都谁去。她说了一串高中同学的名字，还让他叫上陆尘宇。

周五晚上，尘宇要加班。苏枕独自上了开往西山的大巴，到站后张月影开车来接他。苏枕说伊诺老提起你的宝马，今儿终于骑上了。张月影问苏枕为何没带伊诺。苏枕说这也太狡猾了吧，伊诺成天跟着你，我应该跟你要人才对。张月影笑笑，加大油门。两侧的绿树向后飞去，清凉的风拍打着面颊。

他们绕过森林公园，苏枕远远看见一片围着栅栏的花园，里面有幢童话般的木房子，绿屋檐，圆形窗户。张月影说："眼熟吧。你以前说过，要是自己盖房子，屋顶上一定要有爬山虎，窗户做成圆形的。"

张月影带苏枕进了宅子。透过窗户，可以望见毗邻的高尔夫球场和远处的群山。屋里空荡荡，静悄悄，只有他们两个人。

苏枕说："一上你的车，我就知道上贼船了。"

张月影："打着同学聚会的名义，伊诺才肯放你呀。"她从冰箱里端出蛋糕和沙拉，开了一瓶香槟酒。

苏枕说："今天什么日子？还没到你生日呢。"

张月影说："比我生日还重要。十年前的今天，你在化学实验室传纸条给我，说我们毕业就私奔。"

苏枕不得不佩服女人的记忆力。

他们聊了很多。张月影卸下公众眼中的光艳面具，显得天真而脆弱。苏枕得知她这些年并不容易。她高二转学以后，父母就离婚了。她勉强考上三流大学的营销专业，课余到处打工，推销化妆品，在时尚杂志社做编辑，当业余模特。毕业后，她去一家小公司当行政助理，半年后跳到某外企做销售。因为与上司关系暧昧，一年后她被迫离职，闲晃数月，被以前的客户拉进另一家公司做公关。她自已租房子，吃粗茶淡饭，买漂亮衣服，生活艰辛而混乱，直到她遇见一位著名的电视制片人，才有机会进入电视台。

张月影说要去打个电话，让苏枕在沙发上坐一会儿。他看见茶几上摆着一张封面雅致的CD，把它放进碟机，悠扬的恋人浪漫曲充满客厅。突然，屋内所有的灯光都熄灭了。一个倩影从卧室里慢慢走出来，带着青苹果香气。走近了，苏枕才发现张月影穿着学生气十足的白衬衫，格子短裙，露着两条性感的腿。他的小腹有点发紧。

她伏在他面前，解他的皮带。他捏住她的双手，无声地拒绝。她立起身子，随着旋律轻轻摇晃，她轻轻撩起裙子，白色三角内裤底部竟然绣着一只鲜艳的草莓。时光流转。这是十年前那个胆大包天的另类少女么？是令全校男生想入非非的拉拉队队长么？是他曾经爱抚、探索，并让他为之战栗为之沉迷的小草莓么？他似乎听到雷雨轰鸣，体内的岩浆迅速翻滚。她顺势跨上他的腿，吸住他的嘴唇。

苏枕在丧失最后一丝理智之前，推开了张月影。她再次像蛇一样缠住他的身体，渴望重温那旋风般的快感。可他温柔而坚决地把她从身上剥离了。

她的体温渐渐冷却下来，在茶几上摸索出一盒香烟和打火机："怕什么？我只占用你半晚上，不妨碍你回家当个好丈夫。"张月影吸进去一口烟，拢了拢头发。

"时过境迁了，影子。"苏枕的平静里透着伤感。

他们面对面静默地坐着。一支烟抽完。苏枕起身握住她的手。她没有动，垂下眼睑，一滴泪珠掉在他手背上。

苏枕走出张月影的房子，天已经完全黑了。他沿着来时的林荫路走了很远，才搭上出租车。

7

迟到是张月影最大的毛病。如果是私人约会，晚点露面也就算了，公事她也敢拖延！有家法国公司出资举办一场双语文艺晚会，邀请张月影做主持人。

约好今天排练，秦伊诺早早赶来，晚会总导演、主办方负责人都齐了，唯独不见张月影的影子。

张月影的手机关闭，家里座机也没人接。伊诺给单位打了几个电话，没人知道张月影在哪里。男主持是法国人，个子高高的，有双漂亮的绿眼睛。他看到秦伊诺，跟旁边的人嘀咕了几句，问："这是我的搭档么？好性感！"伊诺直接用法文跟他说："谢谢，很遗憾不能跟你做搭档，我是张月影小姐的助理。"

法国人用中文叫道："你会说法语！"原来，他是个留学生，在外语学院学汉语。伊诺跟他聊起来，一会儿说中文，一会儿说法文。他问伊诺发音为何那么标准，是不是法语专业出身。伊诺说她上过两年法语课，平时最喜欢法国电影。

主办方负责人一开始就注意到伊诺的容貌和气质不俗，又发现她能讲流利的法语，跟男主持人特别登对。他把伊诺叫过来，悄悄问她："你主持过节目么？"伊诺说："我学的是播音专业，在学校经常主持节目，进电视台以后偏重节目策划了。"负责人说："能不能展示一下你的声音？"

伊诺心里有点打鼓，但她保持镇定："当然。"

负责人在空中响亮击掌："请大家注意！在排练之前，由秦伊诺小姐给大家表演一个小节目！"

伊诺拿起麦克风，走到舞台中央，声情并茂地朗诵了一首法国诗人加马拉的作品。那位法国主持人兴奋地跳上舞台，把诗句译成中文念给大家。大家还没来得及鼓掌呢，伊诺就趁势讲出晚会的开场白。负责人很惊讶："你能把张月影的台词一字不落地记下来？"伊诺笑道："我陪她练过串词。"

彩排由此拉开序幕。

第二天，文艺部孙主任让秦伊诺代替张月影主持这场晚会。他没提主办方强烈要求更换主持人，只说张月影最近身体不适。

伊诺知道这个差事本是孙主任为张月影联络的，便低眉顺眼地说："那我临时做替补，等她回来就退出。"

孙主任说："晚会她肯定来不了，你没上过大场面，得好好准备，我找个师傅指导你。"

伊诺连连点头，心中不服，为何她遇到的领导都有眼无珠？

失踪数日后，张月影出现在演播厅，准备录一期娱乐节目。伊诺火速赶去，又给她倒茶，又帮她整理稿子，生怕跟她疏远了。

张月影抬起略微浮肿的眼睛，仔细打量着伊诺——一个她从来没有真正在意过的角色。她以为苏枕只是玩累了，要找个乖巧的小女人过日子，坚信自己才是他刻骨铭心的唯一。他们有过那般如胶似漆的甜蜜，那般痛彻心扉的分离，青春和记忆交织一起，到死也理不清！无论多少年不相见，只要她回眸一笑，他应当不顾一切地奔向她。然而，眼前这个女人不知用了什么魔法，竟然把她从苏枕心里连根拔除了。

伊诺看张月影神色不对劲，将自己近日的言行反思一番，没什么闪失啊，肯定是因为晚会的事。伊诺半蹲在张月影身边，说："孙主任让我做晚会的替补主持，我没敢接，以你的意见为重。"

这句话提醒了张月影，秦伊诺不仅抢走她的男人，还想抢她的饭碗，野心真不小！张月影深吸了口气，温柔地对伊诺说："我妈中风了，这几天焦头烂额的。多亏你帮我顶上。"

第十章　绽放

1

三男三女聚在尘宇家，兴奋地等待《秀吧》节目开播。时间一分一秒临近，每逢广告结束，大家都会紧张地盯住电视屏幕。

秦伊诺原本不想来陆尘宇家。尘宇再三邀请，苏枕也执意过来，伊诺怕他扫兴，只好同意。她不明白，大家关心苏枕，就在自家看节目呗，干吗非得聚在一起？她觉得苏枕跟朋友过于黏糊，都没有自己的空间了。

孟小吟坐在秦伊诺旁边，总忍不住偷看她——的确是个不折不扣的大美人，举止打扮那么有女人味，苏枕能不喜欢么？不像自己，一看就是没熟透的青果子。小吟认为好色是男人的天性，她曾经试探性地问过尘宇，秦伊诺是不是很迷人。尘宇说没感觉，不喜欢那个类型。她笑他吃不着葡萄说葡萄酸。

五彩缤纷的片头闪现，伴着张月影的娇媚的声音："月光舞台，你是主角——秀出平凡生活的华丽瞬间！"

大家扔下手里的瓜子和水果，停止咀嚼。窦可激动得嗷嗷直叫。苏枕拿起沙发垫挡在眼前："老天，让全城突然断电吧，丢不起人哪！"

"大家好，我是张月影。本期节目，我将带您走进苏枕的密室，撬开他的衣橱。这里所有的衣服都是独一无二的。不要问我，苏枕是谁。我只知道，橱柜里藏着一个男孩成长的秘密和故事。"

孟小吟听着被张月影嗲化的台词，发出咯咯的笑声。

窦可说："名人只适合生活在屏幕里。那天近距离看张月影补妆，真惊悚。"

陆尘宇叫道："快看咱家！"

镜头追随张月影走进尘宇的房子，客厅显得优雅大气。男女主角同时现身：苏枕从卧室里走出来迎接张月影，穿一件米色T恤，深蓝色牛仔裤。他胸前有个银灰色鸟笼图案，笼门敞开。张月影说："哇，看到你这件衣服，我想到一句诗：心像一只鸟笼，鸟儿已经飞走。"

苏枕说："只要虔诚等待，倦鸟归巢终有时。"

话音未落，张月影已经绕到他身后，捕捉到另一番风景。T恤的背面竟然是蓝色天空，后肩右侧有一只展翅高飞的小鸟。

苏枕看着自己的影像，自言自语："好傻呀。"

陆尘宇问：“节目傻，还是你傻？”

“都傻。”苏枕仰到沙发上，再次用垫子蒙住脸。

乐其萱笑道：“以前真没发现，你还有点明星范儿，比偶像剧里那些二逼男主角强多了。”

前几天录节目的时候，孟小吟只顾着看苏枕，并没有注意张月影。而现在看屏幕，张月影跟苏枕对话的神情让孟小吟心惊。张月影的一颦一笑，都洋溢着爱的痛苦和喜悦。她看苏枕的目光，是包容和独占的，就像海水要吞没小舟。那种根深蒂固的欲望，无论藏得多么深，都能在不经意间喷出火花。

孟小吟正胡思乱想，只听窦可埋怨：“剪辑谁做的？真他妈脑残！把调情的精彩片断都删了。”

“胡说，谁调情了？”苏枕有点不自在，偷瞟秦伊诺。

窦可毫无顾忌：“你给张月影戴手链那段儿，张月影帮你整衣领那段儿，还有她给你抛媚眼……都被剪掉啦！”

大家哄笑。窦可从背包里取出自己的微型笔记本，边开机边说：“我的博客有爆料了——苏枕的衣橱！”

2

苏枕一到单位，就被几个同事围住，问题子弹般飞来：“张月影采访你啦？”

“你上《秀吧》怎么不提前通知一声！”

“你认识张月影么？”

苏枕应接不暇，小曹送给他一个甜美的微笑：“那些衣服都是你亲手设计的？苏枕，你是个天才！”

苏枕以为只有年轻人才看这类节目，而且调侃一下也就过去了，不料江总监也听到风声，问了问他Instant项目的推进情况，还加上一句：“老吴常说你的心思百分之百用在广告设计上，看来另有雅趣呀。”苏枕有点尴尬。

下午，苏枕找吴副总监汇报工作，还没开口呢，他哈哈大笑，说：“别人的广告你没做成，自己倒变成广告了。”

苏枕发窘：“难道您也看了？”

副总监说：“娱乐访谈节目我一概不看。这不，有时尚杂志打电话到公司找你，想给你做个专访。”

苏枕说：“啊，他们怎么知道我在迪亚兹？我在节目里并没有公布个人信息。”

副总监说：“网络时代呀，别人连你屋里苍蝇翅膀上的纹路都能搜出来。

这样也好，你先把自己推销出去了，再做广告也容易。”

苏枕说：“您再这么说，我就无地自容了。做节目是伊诺的主意，我录完就后悔了。”

副总监说：“广告人须有几分张扬和狂气，你太拘谨了。”

苏枕说：“那些衣服都是自己胡乱做着玩的，不算艺术，更不算事业，实在没必要拿到公众面前显摆。”

副总监反问：“如果它可以成为事业呢？”

苏枕不敢相信自己的耳朵。

副总监说：“我早就发现你在人物形象设计上很有天分，特别是服装这一块。迪亚兹的舞台不适合你，等时机成熟了，你可以开个服装工作室。”

苏枕想，那只是个遥远的梦呵。

下班之前，苏枕接到两个电话。有家小服装公司想挖他做设计师，还有一个网店想买他的T恤图样。他的手机号已经莫名其妙地泄露了。

窦可跑到公司来接苏枕，一照面就嚷：“那篇博客破纪录了，点击率百万！我把你捧红啦！”

窦可大小算个网络名人，他的博文一直很受追捧。

窦可把苏枕拉进楼下的咖啡厅，从挎包里掏出电脑，打开搜索主页，让苏枕输入自己的名字。

苏枕说：“同名同姓的多了，我又不是自恋狂。”

窦可说：“你丫忒腐朽，简直没有包装的价值。”说罢，噼里啪啦敲键盘。苏枕在瞬间看到成百上千个跟自己名字相关的搜索项，他的作品、他的照片、他的视频、他的评论、他被杜撰的家世和感情……铺天盖地，感觉像被口水淹没了。

窦可给他当讲解员：“这是你的个人网页‘孤枕难眠’，你有粉丝团了，知道么，号称枕头，目前注册两千多人。有傻帽儿冒充你开微博，我率枕头们给丫毙了，你赶紧出面澄清吧。”

苏枕糊里糊涂地滑动着鼠标，要不是有照片作证，他难以想象这些花花绿绿的信息跟自己有什么关系。除了《秀吧》中的截图，他看到好几张自己的生活照，紧张起来：“糟糕，我的电脑被黑了。”

窦可笑喷了：“那是我上传的，图文并茂才吸引眼球嘛。”

苏枕说：“你连我高中毕业照都出卖了？”

窦可说：“没办法，女粉丝跪求你的清纯相。”

苏枕闷声不语。

窦可说："你以前有个博客叫枕流是吧，我怎么搜不出来？"

苏枕说："孟小吟要帮我出画集，我就把博客关了，图片保密。"

窦可拍腿叫："赶快让她出，趁你人气暴涨，麻利儿的!"

"不许你再发布关于我的信息。"苏枕用警告的口吻说。

窦可一脸惊愕。

苏枕把网页全部关闭，合上电脑，逃回现实世界。音乐轻柔，咖啡的香味浓郁。他还是原来的自己，安安静静，与虚拟世界的狂欢无关。他心里轻松多了。

3

张月影在电话里告诉秦伊诺，今晚参加的私人派对肯定是她从未领略过的风格，让她打扮得漂亮点。秦伊诺提前租好晚装，还跟朋友借了名牌手包。她最发愁的是车。每次参加活动，门口都停满豪车，她那辆小坐骑就成了破铜烂铁。所以，她尽量搭张月影的车子。偏偏这次张月影要从机场直接赶过去，没法接她。晚上九点，她按照张月影发来的信息，乘出租车来到金流苏会馆门口。

欧式白色廊柱，雕花铁艺栏杆，月牙形门灯。门口静悄悄的，竟然一辆车子也没有，只立着一位蓝衣侍者。秦伊诺提着裙子走到他身边，自报姓名。侍者打开一本金皮名册，仔细浏览之后，说："抱歉，您不在名单上。"

伊诺问："张月影是不是进去了？我是她朋友。"侍者："是的，但名册上的客人才容许进入。"

伊诺给张月影打手机，竟然不在服务区。她让侍者带她进去，说找到张月影就可以验明身份了。侍者摇头。伊诺又让侍者帮忙把张月影叫出来，也被拒绝了。一个小小的门卫，竟然这么傲慢。伊诺珠光宝气地在门口站了半天，又气又急，夜风吹凉她裸露的脊背。

突然，伊诺脑子里闪过一个人，一个自称愿意随时为她效劳的人。她抱着一线希望拨通了徐昌郡的电话，向他求助。

很快，一位年长的侍者走出大门，对她鞠躬致歉，然后指引她走进会馆。

第二天，秦伊诺和往常一样，给张月影端盒饭，递稿子。张月影说："昨晚我本想等你的，结果八点就到会馆了，只好先进去。谁知那鬼地方没信号。"

伊诺说："我到门口还担心进不去，一提你的名字，他们就放行了。"张月影盯着她，笑了。

伊诺心想，昨晚多亏了徐昌郡，这男人果真神通广大，没有他不认识的人，没有他搞不定的事儿。趁着张月影录节目，秦伊诺跑到楼下给徐昌郡打电话道谢。

徐昌郡说："会馆的主人碰巧是我朋友。以后你有活动就给我发令，我来保驾护航。"

伊诺心里美滋滋的。

徐昌郡又说："我想跟你谈谈苏枕的事。"

伊诺大惊，她并不想这么早让徐昌郡知道自己有个未婚夫。她料定是张月影说出去的。

"苏枕上了《秀吧》之后，人气很旺啊。我看设计并不是他最主要的天赋，他是个出色的表演者。"

"开玩笑。他从不喜欢出风头，甚至有点自闭呢。"

"那是因为他没发现自己的潜力。你看网上对他的评价了么：'唯美主义气质和后现代的破碎感，都凝聚在他忧郁的一瞥，能够在瞬间激发女人的爱欲。'而且他很适应镜头，自如到看不出表演的痕迹。我们天石集团旗下有家影视公司想跟他签约，你可以先跟他透透风。"

伊诺听得快要窒息了，半晌才挤出一句："真的么？你是说他比我更适合演艺圈？"

徐昌郡哈哈大笑："我不想让那么多人看到你的稀世容颜，我想把它留给我自己。所以我宁愿你做个电台主持人。"

伊诺说："美言不信，信言不美。你尽忽悠我，没个正经儿。"

"我们吃个饭吧，我拿出百分之百的诚意邀请你。"

从徐昌郡的声音里，伊诺听出一个男人对女人本能的渴望。她知道单独约会意味着什么，一道金光闪闪的大门向她开启，前方也许是深渊，也许是天堂。她迟疑着，对苏枕的依恋像无形的绳索拦截了她的步伐。

4

初夏的第一场雨来得有点突兀。天空昏沉沉的，雨点撞击建筑物的声音越来越急促，大地享受着粗暴的浇灌，树木随狂风兴奋地震颤。

卧室没有开灯，暗如黑夜。孟小吟歪在床上，看粗壮的雨柱在窗台上砸出朵朵水花，浮想联翩。在悠闲的时候，或者当她的心受到某种触动，她的脑子就会变成一部放映机，流出连绵不断的画面。有时是回忆，有时是幻想。幻想中的人物非常真切，仿佛近在咫尺。她的情绪随他们的命运跌宕起伏。时间悄无声息地流过，她完全沉浸在自己的小世界里。这是她的习惯，也是一种喜好。

此时，故事的主角是两个高中生。男孩瘦瘦的，不爱讲话，坐在教室最后一排。他头发的长度总是挑战校规，上课的时候喜欢在书上乱画。女孩是校花级人物，宽大的校服挡不住她火辣的身材。她主持晚会、参加歌唱比赛、当拉拉队队长，所到之处，众目聚焦。有男生追她，有的骂她，有的假装忽视她，无论怎样，他们的梦里少不了她。

男孩和女孩不在一个班，看上去也没什么关系。谁都不知道，他们每时每刻都在寻找对方的味道。迫不及待，就像突如其来的暴风雨。在体育器械室，在存放自行车的地下室，在小树林，两个青涩的身体相互试探着，继而碰撞、交融。

女孩担任文艺委员，掌管舞蹈大厅的钥匙。白天，一拨拨师生在这里做操、跳舞，把腿搭在美体杠上，对着镜子欣赏自己的体形。没什么异样，只不过，偶有爱欲的味道飘过。晚上，那地方显得无比空旷，四壁的巨型镜面像个卦阵。一点灯光从高处的小窗户透进来，两个人便拥有了无数的影子。躺在厚厚的红地毯上，比堆满枯枝烂叶的土地惬意多了，可以尽情翻滚到天旋地转。

舞蹈大厅无疑是男孩和女孩最钟爱的约会场所。有一次，女孩给男孩表演芭蕾舞。他躺在地毯上，她离他一米远，穿着紧身衣，深吸了口气，左脚掌提到右膝，同时踮起右脚尖，双臂大大张开，双腿笔直修长。他被她迷住了，以至于没看到窗台上遗落了一双白舞鞋。

丢了舞鞋的女生那天数学考试没及格，在学校拖到很晚不敢回家。路过舞蹈大厅，她看到窗户半开着，想把鞋子取回来。当她爬到窗口，并没有伸手拿鞋，而是大大地张开了嘴巴。如果看到别的同学偷情，她也就当个乐子。然而，这个跳芭蕾的女孩让她深恶痛绝。那高昂的头颅，飞扬的眼角，丰满的胸脯，迷住了自己暗恋已久的灌篮高手。女生大气不出，悄悄爬下树，一路狂奔回教学楼，生怕猎物逃脱。她知道，年级组长还在值班。

后来，就没有后来了。在学校、家长一阵狂风暴雨过后，男孩和女孩都认为，他们再也见不到彼此……

那天录完节目，孟小吟就一直缠着陆尘宇，问苏枕和张月影是不是很久以前就认识。陆尘宇一口否认，不过他说谎的时候耳朵会发红。孟小吟自我感觉有点八卦，但她实在太好奇了，想验证一下自己的直觉。陆尘宇拗不过她，让她千万要保密，说这事儿连窦可都不知道。

尘宇告诉她，那段炽烈而残酷的初恋，在黑暗的角落持续了一年，以闪电的速度告终。

“事发第二天，张月影就没影了。我们发疯地找她，结果她悄悄地搬家转学了，竟然没跟苏枕打声招呼。苏枕背了处分，老师对他冷嘲热讽，同学们也指指戳戳。他几个月都不说一句话，我真担心他会崩溃！老天呀，那些日子总算熬过去了，但那事儿对苏枕的影响太大了，我们都以为他没法再认真地恋爱了。所以，秦伊诺的出现是个奇迹，虽说我不待见她。”陆尘宇一脸愤懑。

孟小吟听到最后一句，笑道：“咦，人家伊诺没招你没惹你的，干吗这么大意见？”

“看她那刁样儿，就不是踏实过日子的人。苏枕是桃花命，总摊上美女，但遇不到好女人。”

“好女人被你半道儿劫走了呀！”

陆尘宇搂住孟小吟，连连称是，问她晚饭想吃日本料理还是烤牛排。他就是这样，情绪来得快，去得也快，刚才还在为苏枕难过，转眼就乐呵了。

孟小吟却久久不能平静，满脑子都是苏枕的故事。其实陆尘宇给她讲得很粗，点到为止，一笔带过。她用丰富的想象力，把空缺的细节全部填满。高中时代的苏枕在她心里完全复活了。她能看到他眼底的忧伤，听到他狂野的心跳，甚至能够跟他窃窃私语。她不止一次穿越时空问他，问那个穿着校服独来独往的清瘦男孩：你是怎么熬过来的？

孟小吟回忆起自己的高中时代，无尽的补课、作业和卷子，几乎没有其他内容。能够在睡前安安静静地听几首情歌，都是一种奢侈。她懵懵懂懂地上了大学，有男孩喜欢她，追逐她，但她没有心跳的感觉，在恋爱的季节没有任何收获。她相信，真正的爱情与痛苦是孪生兄弟，让人亦生亦死。

她终于明白，为什么苏枕身上有种超越年龄的沉稳，为什么他的激情里隐含着落寞。而且，他对女人似乎游刃有余，亲密却不失距离感，不像有些坠入爱河的毛头小子那样疯狂。因为他爱过、痛过、忘过，他的迷梦被世俗践踏了，他的心过早地被爱情撕碎了。

有件事她怎么也想不通。在录节目的时候，张月影对苏枕含情脉脉，可苏枕的眼神是平静而超脱的，仿佛透过她望着很远的地方，望着很多陌生人。如果苏枕在巧妙掩藏自己的感情，他的表演功底也不可能胜过资深主持人！难道说，张月影在他心里已经激不起半点涟漪？难道失去的恋人不像是一颗被拔掉的牙齿，留下永久的空洞？

孟小吟断定，苏枕不爱张月影了。爱情这东西，竟然可以凭空消失，像一缕散去的烟，带走所有的回忆和伤痛。那置人于死地的魔咒，竟然会在某一刻自动解除。如此说来，苏枕现在爱着秦伊诺，会不会也有不爱的那一天？孟小吟心里再次泛起隐秘的期望，随之而来的是深深的羞惭和负罪感。她又开始迷失方向了。

雨停了，艳阳高照，树木在洗礼之后越发茂盛了。空气这么好，该去哪儿转转呢？孟小吟瞟见写字台上的出版合同书，爬下床，换上一条新裙子，出门了。

5

尽管好几家出版社都认为苏枕的画稿不错，但一谈到正式签约，人家就一句话：内容越好，越没市场，实在没把握呀。孟小吟下定决心，哪怕自费也要出这本书。从封面设计、排版校对到宣传策划，孟小吟全程操劳奔波。她没有对苏枕讲过丝毫的困难，一直努力让他相信自己是个天才。

就在孟小吟准备跟苏枕谈签约之事的时候，他上了电视，莫名其妙地红了，戏剧化的事情就跟着来了。原先拒绝出书的出版社主动找上门来请求合作，还打算把印数加到两万。孟小吟为苏枕而骄傲，同时又为出版商的盲目感到无奈。

孟小吟约苏枕在咖啡馆见面，没想到他请她去公寓小坐。推开门，他正在阳台上画画，穿了件长款旧衬衫，衣襟上有颜料污渍。画布上是个年轻女子的轮廓。

苏枕看看小吟，又看看画。他本来打算给秦伊诺画肖像的，可是越画越不像她。今天这么一比，画中人的体态和气质跟小吟倒十分神似。

孟小吟坐到沙发上，掏出合同书，一式两份。苏枕接过来，挥笔签上大名。

孟小吟问："你都不看一眼？"

"就算是卖身契，我也认啦。"

"我坚持用你画的那幅猫的背影做封面，但出版社给书加上了恶俗的腰封，写着什么美男设计师之魔幻猫妖、月亮女神独家专访。他们不信你，只信市场。我争了半天，也妥协了，因为我承认书是要卖的。"

"你看准了就好。这些日子真乱乎，窦可为几篇博客跟我吵翻了。伊诺让我给一家服装公司作代言，我不去，她生了一通气。大家都不认得我了么？我只是个没日没夜画图养家糊口的小人物而已。"

孟小吟笑了："你选了一份最不适合你的职业——广而告之！你像个海蚌，藏在壳子里，连你做的广告都是内敛的。"

苏枕陷入沉思。他设计出来的作品，经常被上司和客户评价为：很美，但冲击力不够。因为他根本没想过要冲击谁！就算嘴里念叨着客户和受众，但他的思绪会不由自主地倾注在线条和色彩中。

他们正聊着，陆尘宇给小吟打来电话，问她在哪儿。她随口说在蓝心园散步呢。蓝心园是苏枕公寓附近的一个小公园。陆尘宇说这就过来找她。孟小吟不知道自己为何要撒谎，顿时脸就红了。

陆尘宇走出家门，上了车，还没坐稳，有人猛地拉开车门，蹿到了他的副驾上。尘宇吓了一跳，定睛一看，是辣舞女郎。她穿红色吊带背心，卡其布热裤，两条长腿美极了。

“打劫怎么着？”尘宇嚷。

“劫色。”她摘下墨镜，冲他吹了声口哨。

在炎炎烈日被一位陌生美女截住，是所有男人的梦想，是电影里才有的情景。尘宇有点心旷神怡。可她怎么知道他家住在这儿，他现在要出门？她难道是个间谍，随时在监视他的行踪。

“我们去兜风吧。”她说。

尘宇的确被这场突如其来的艳遇搞蒙了，该怎么回答呢？他故作镇定：“我约了朋友，可以捎你一段，去哪儿？”

她用指尖在他胸口画了个圈，用力戳一下他的心脏：“去这里。”

尘宇的下身就像被施了魔法，不听话了。他一声不响地发动了车子，直视前方，不看她的大腿，也不看她的胸，但她身上的野性味道，一浪又一浪地袭向他。

第十一章　冷战

1

陆尘宇让窦可帮他调查辣舞女郎，不到半天，窦可就回话了："姐们儿也算一京城名媛，叫罗卡，25岁，常出没于夜店，以攀岩和劲舞著称。她跟瑞典男友开过一家极限运动俱乐部。"

"她有男友？"尘宇问。

"Ex（前男友），那哥们儿三年前回国了，她一直单身，跟众多追求者若即若离。有传闻说她是lesbian（女同性恋）。哎，你干吗打听她？共舞一曲念念不忘？"

"昨天她突然跳上我的车。"

窦可笑得直打滚："你丫想女人想疯了，癔症了。"

"你去打听她今晚在哪儿，只要我一现身，她保准跟口香糖似的黏上我。"

晚上，窦可把陆尘宇拉到蓝兕，说罗卡很可能十点秀舞。尘宇说："不会吧，这儿可是咱的老据点，从没见过她的影儿。"

窦可说："给你透点内部消息，蓝兕老板出重金邀请过罗卡N次，都被拒了。她脾气挺怪的，从不跟迪厅签约，跳舞只凭心情。今儿她破天荒答应过来。"

尘宇喝了口苏打水，环视四周："很久没这么自在过了，漂亮姑娘真多。"

"可不，自从有了女人，我就戴上了枷锁。其萱不喜欢我自个儿出去跳舞、打牌、喝酒，一句话，我窝在家里她才踏实。这囚犯还得放风狗还得溜腿呢，想管住男人，纯属自寻烦恼。"

"小吟不怎么管我，可我压力更大，生怕她受了委屈憋在心里。她的法宝就是不理我。"

"这是看不见的手啊，不管比管还厉害。女人挺有趣的，她希望你老老实实在她身边待着。等你真的成了足不出户的宅男，她又瞧不起你，埋怨你：天天抱着电脑，也不知道带我去活动活动！殊不知，男人出去玩是为了看别的女人。与其带老婆出门，还不如在家窝着呢。"

"应该把苏枕叫来。"尘宇要拨电话。

"别提他！俗人一个，偏要装出不食人间烟火的样子。要不是我捧他，谁吃饱了撑的会买他的书？你知道么，我设计了一个网页，专门推销他的设计，点击率噌噌的，这是开工作室的绝好时机呀！他竟然跟我说什么不准再发布跟他有关的信息，不准再碰他的照片侵犯他的隐私。那口气就像在教训小报的狗仔队，架子比好莱坞巨星还大呢。”

尘宇见窦可在气头上，没多解释，说了句“他不是你想象的那样”。只有他了解，苏枕的外形和才气很招摇，但本性非常沉静，甚至有些压抑。他没有完整的家庭，过早失去双亲的呵护，外界对他来说是纷繁而冷漠的，他习惯把自己的心深深包藏起来。

伴着震耳欲聋的鼓点，十点钟的激情炫舞开始了，罗卡并没有出现。陆尘宇和窦可干等一个小时，连跳舞的心思都没了。窦可出去打了几通电话，回来拉起尘宇：“快转移阵地，不信逮不着那妞儿！”

尘宇在窦可的指挥下，把车子开到南五环的一条小街上，七绕八拐来到一家名为“bigtree”的地下小酒馆。客人很少，桌椅都是树墩，有个黑人坐在鲜花垒成的台子上吹着悠扬的萨克斯。

窦可点了茶，侍者端上来，茶壶是一只栩栩如生的鸟，茶杯形如鸟蛋。尘宇说：“你比老鼠还厉害，连这种鬼地方也能找到。”

窦可说：“我的眼线布满京城，少安毋躁，守株待兔。”

尘宇说：“我一哥们儿住附近，叫他过来成么？”

窦可说：“叫呗，我请客！”

话音未落，苏枕从后面冒出来，坐到窦可身边。

窦可对尘宇说：“不带这么玩人的。”

苏枕给窦可加满茶水，说：“你是我的摇钱树啊，后半生就指着跟你卖衣服了。”

窦可说：“别介，您是名人，我不敢惹，损坏了名誉要招官司的。”

尘宇骂窦可：“别叽歪了，你怎么跟娘儿们似的。”

苏枕搂住窦可：“我又画了几件T恤小样，想不想看看？”

窦可说：“你真正的长项是女装，看你画本里那些图样，随便做出一件都能上时装杂志。”

苏枕说：“前天跟孟小吟聊了聊，我越发觉得自己不适合做广告，真想把工作辞了，专门做服装设计。我得在奔三之前找到方向。”

尘宇纳闷地问：“你啥时候跟小吟聊了？”

苏枕正不知如何圆场，窦可突然叫道：“那是不是罗卡？”

尘宇顺着窦可手指的方向，看到了熟悉的身影，心潮澎湃。她戴着蓝色蓬蓬短发套，穿金色短裙，整个后背一览无余。不过尘宇很快皱起眉头，因为她正抱着一个男人慢慢地跳舞，两手交叉在他颈后，蓝色指甲亮晶晶的。尘宇坐直身子，希望她能看到他。她旋转的时候，脸转向他，眼皮微微一抬，但是没有任何反应。

苏枕说："这就是传说中的辣舞女郎？身材还行，脸部线条硬了点。另外，她的发型和裙子不搭。"

窦可说："尘宇已经为她神魂颠倒了。看样子，她早就记不得尘宇了。"

"呸，我倒要让你们瞧瞧，谁为谁神魂颠倒。"尘宇腾地站起来，走进舞池，杵在罗卡身边，可她依然对他视而不见。尘宇攥住她的胳膊，用几近暴力的手法把她跟舞伴分开了。舞伴满目凶光，拳头攥得咯咯响。苏枕和窦可紧张地站起身。只见罗卡伏在舞伴耳边，轻语了几句，他就乖乖地走了。

罗卡攀住尘宇的脖子，若无其事地继续跟他跳舞。她仰起脸看他，带着心满意足的笑容。尘宇比她还要得意，打算跳完一曲就推开她，潇洒离去。不料罗卡猛地贴近他，吻住他的嘴唇。

窦可的眼珠都快掉出来了，还不忘拿出手机抓拍。

尘宇浑身一紧，知道自己玩过火了，但他的身体不听使唤，失控地搂紧她，吸住她那狡猾的舌头。

2

这天下班后，张月影叫住秦伊诺："还记得摄影师詹姆斯吧，他明天回美国，我要请他吃饭，还有几个影视圈的朋友，你去么？"

秦伊诺巴不得多认识几个人物，爽快地答应了。

张月影带伊诺打车直奔海鲜城，进了包间，人都齐了。詹姆斯是熟脸，张月影介绍伊诺认识了一位导演，还有两个电影学院的学生。

导演拍过三部电影和两部历史剧，伊诺都没听说过。两个学生对他崇拜得五体投地，敬酒时身子弯得很低。

张月影挨着詹姆斯坐，搂住他的肩嗲声说："你走得太急了，还没帮我拍写真呢。"

"身不由己。"詹姆斯点了支烟。

伊诺附和道："我也想请大师拍照，我都没有一张像样的照片。"

张月影笑道："伊诺，你知道詹姆斯的价位么，说出来吓死你！"

导演说："价格是一回事，问题是詹姆斯的预约排得满满的，我想请他拍几张新片宣传照，拖了半年还没轮着呢。”

伊诺说：“我不知深浅，造次了。”

詹姆斯看着秦伊诺：“如果世上没有你这样的绝代佳丽，我的设备就是一堆废品。”

“哎哟，从没听詹姆斯这么夸过人！”张月影拍桌叫道，“服务生，给我端碗醋来！”两个学生也跟着起哄。

秦伊诺赶紧起身给詹姆斯敬酒。他掐掉烟，示意她坐下：“你应该有一张半身照，黑白的，左侧面，仰视25度，优雅的眼神隐含着希冀。你的左脸比右脸更美，如果我能找到一个微妙的角度，惊世之作就会诞生。”

“就像梦露按压飞舞的裙子，丽塔·海华斯慵懒地举起烟斗，瞬间变作永恒。詹姆斯拍过的女人，能留下一生中最美的时刻。”导演说。

“秦小姐的气质接近格蕾丝·凯利，高贵纯净，对光线的要求太高了。我要把空气里所有的杂质都过滤，让所有的尘埃都静止。”詹姆斯说。

张月影撇嘴：“说得跟真的似的，你明儿就飞了，害我们伊诺做白日梦呀。”

詹姆斯说：“我说一不二，今晚就拍。”

导演说：“爽快，摄影棚是现成的，化妆师也在，我那儿有服装，随便挑。”

伊诺惊喜交加，又给詹姆斯敬了满满一杯酒。

张月影对她说：“詹姆斯的犟劲儿一上来，拍不出理想的效果不罢休，快跟你老公请假吧！”

伊诺说：“不用，他加班比我晚。”

酒足饭饱后，一帮人杀到摄影棚。导演拉张月影到工作室喝茶，詹姆斯选了几件衣服，让伊诺去更衣室换。伊诺对着镜子比了比，觉得过于袒露妖艳。她打开门刚要出去，詹姆斯猛然堵在门口，对她喷着酒气：“头发，要散开！”伊诺本能地往后一闪，用手挡住乳沟。詹姆斯一把攥住她的手腕，凑近她的脸颊：“你怕我？摄影师和模特合为一体才能拍出好照片！不要让美丽的眼睛满含恐惧……”伊诺大叫挣扎，他却越攥越紧。她在他手背上狠咬一口，逃命般奔出摄影棚，一直冲到大街上。

上了出租车，伊诺全身还在不住地打战。既然张月影跟詹姆斯交往多年，肯定了解他的品行，为什么还要介绍他们认识，让她跟他去拍照？

伊诺觉得自己太天真了，竟然百分之百地相信张月影，竟然忘记了至理名言，女人之间怀有天然的仇恨，特别是美女之间。她比张月影漂亮，学历高，音色好，站在身边就是个威胁！她抢了张月影的双语晚会主持机会，而且大获成功。那天张月影请她去金流苏会馆，却任她被拒之门外，也许就是想给她点教训。没想到她顺利闯关，想必张月影恨她恨得牙根痒呢。

3

苏枕深夜回到家，怕吵醒伊诺，便悄悄躺在沙发上，满脑子都是广告图。Instant项目已进入第三阶段，就要揭开神秘大结局。胜利的曙光并未减轻他的压力，他觉得很累很累。自从揽下这个项目，他心头如同压上千斤巨石。客户变化多端的需求，恐怕一个团队都很难应付，而他自己生生地扛下来了。他知道江总监以及创意部的很多人都对项目持观望和审视的态度，甚至等着看他落败的下场。他想给吴副总监争口气，也想证明一下自己的实力。

说实在的，他并不厌烦这套连环画，相反，他时常沉迷其中，忘情地倾洒心血。可广告设计毕竟不是个人创作，他总要在别人的意见和自己的审美中艰难地寻找平衡。有时他也会自我提醒，别那么较真儿，人家怎么说就怎么改呗，可是他很难忍受商业元素对美神的侵扰。他受唯美主义的影响太深了，相信艺术高于生活且毫无用处。他用画笔构建着自己的小王国，给人物设计形象和命运，编织美丽的故事。一投入创作，除了美感，他什么都不在乎了。客户偏偏把他的作品任意肢解，分析出一个个鲜明的冲击点。他们说，这幅图把艾拉的发髻改成披肩发吧，要散乱，风把裙子高高地掀起，嘴唇加厚加深，还有胸部！记住，你的人物永远不够性感！

改完之后，那个离群失所、迷茫多愁，对植物异常敏感的艾拉就不存在了，剩下一个不伦不类的应召女郎。是的，广告就是不遗余力地强暴观众的眼睛和心灵，迫使人们认同另外一种生活方式，对不属于自己的东西产生强烈的渴求。就像妓女在搔首弄姿地暗示，她非你莫属，毫不犹豫地拿下吧！注射迷幻剂，打消理智，让人们发疯失控，把改变生活的希望寄托在某件商品上，广告就达到目的了。如果你拒绝被征服，那么，铺天盖地的广告和时尚资讯会发出无情的宣判：你出局了。

这就是他所扮演的角色，基本上跟他为人处世的原则背道而驰。可要想在这个世界上生存，怎么可能避免自我推销自我出卖呢？孟小吟帮他出的那本画集看似清雅，也得拼命打广告才不至于变成仓库里的一堆废纸。

想到小吟，就难免想起那天晚上陆尘宇在小酒馆的所作所为。当尘宇和罗卡激情拥吻，苏枕的第一个念头就是：小吟该怎么办？事后，尘宇解释说他喝多了，没招架住罗卡的突然袭击，并发誓绝不再跟她来往。苏枕还是非常担心，因为他意识到罗卡的性感让尘宇难以抵御。尘宇几次跟他抱怨过，小吟太保守了，碰也碰不得，白白耗费了他的激情。而性爱对于男人来说，跟空气和水差不多重要。

苏枕正在神游，突然接到张月影的电话，问他伊诺回来没有。苏枕莫名其妙，到卧室门口一瞅，床上竟然没人！张月影说："晚上我们吃饭时遇到一个摄影师，伊诺吃完就跟他拍照去了。听说那摄影师四海为家，风流成性，我有些担心呢！"

苏枕赶紧给伊诺打电话，电话没人接，门却开了。伊诺缓缓走进屋，神色有几分恍惚。

苏枕扶住她："出什么事了？"

伊诺摇摇头，把头扎进他怀里："我有点累。"

"我也累，忙得魂都快丢了。等我交了项目，咱去海边度假吧。"

"度假是短暂的逃避，回来又是一样的生活。"

"如果工作没意思，就别干了。"

"我们没有随心所欲的资本。"伊诺的声音冷冷的。

"要什么资本？不爽就跳槽呗。我发现你最近总是不开心。你到底期盼什么样的生活？"

伊诺沉默了一阵，说："其实我的要求一点儿也不夸张。事业有点起色，有套舒适的房子，开个像样的车，去商场试衣服之前不用先看价签，周末能去郊区玩玩，每年到国外度度假。"

"你用词很模糊，什么叫有点起色？什么叫像样的车？宝马还是凯迪拉克？"

"你故意抬杠么？很多年纪跟我们相仿的人已经过上这样的生活了，比如陆尘宇！我只希望我们通过努力，数年以后也能像他们一样。"

"我不像尘宇，父亲是外交官，母亲是跨国公司的财务总监，生下来就住大房子，从不担心没饭吃。我不像他那么聪明，能考上名牌大学金融系，毕业到银行赚高薪。那是他的生活，他的命运，他之所以如此那是必然！"

伊诺变了脸色："这么说我们就活该受穷？你太宿命了，等于自暴自弃。为什么不试着改变命运呢？"

苏枕冷笑一声："对呀，你本可以找个有钱人改变命运，干吗跟着我受穷？"

伊诺抄起床头柜上的花瓶摔在地上。

苏枕说："你嫌我没出息没能耐，你自己不也是小姐身子丫鬟命，成天给人家当跟屁虫！"

提起张月影，所有的屈辱和怨气涌上心头。她发疯般扑向苏枕，扯他的睡衣抓他的脸。

苏枕捏住她的手腕，把她推倒在床，拎起自己的电脑和挎包，摔门而去，任伊诺伏在床上恸哭不止。

半夜三更走出家门，苏枕没了方向。回奶奶家，怕惊扰老人。去姑姑家更不靠谱。闯到尘宇家也不合适，毕竟他已经搬出来了。他真像一只无家可归的流浪猫。他很伤心，也后悔对伊诺说了那些狠话。伊诺心情不好，他不但没有开导她，反而火上浇油。可他实在无法忍受伊诺对他的轻视。对于男人来说，不能满足心爱的女人是奇耻大辱。他承认他过于敏感，特别是面对身世的问题，从小自卑惯了。尽管他跟尘宇一起长大，依赖尘宇胜过任何亲人，可他从来没想过这份情谊里是否藏有忌妒。今天，伊诺把他的忌妒逼出来了。他忌妒尘宇的简单快乐。大家对尘宇的评价无一例外是阳光，因为他从小无忧无虑，被爱包围，受了伤也有地儿栖息。而自己就像黑夜之子，阳光很难照进内心深处。

苏枕意识到，孟小吟跟尘宇是一个类型，很少被物质欲望所折磨。所以她的心纯真而透明，笑容毫无保留。伊诺就不同了，从她踏上开往北京的列车那一瞬，梦想已经在心中点燃。不管吃多少苦，她都会在此扎根，拼命攫取养分。不混出名堂，不出人头地，她是不会甘心的。苏枕想，当初真不应该把张月影介绍给伊诺。本来伊诺心气就高，这些日子跟张月影混在一起，难免被花天酒地的生活所刺激，物欲更加膨胀。

苏枕走进一家亮着灯的小饭馆，要了杯啤酒，两碟小菜，熬到天亮。

4

第二天下班后，苏枕拉不下脸去跟秦伊诺和解，就给窦可打电话。窦可是万事通，或许能帮他找个住处。果然，窦可说有个朋友调到上海工作了，正托他出租房子呢，让苏枕先去住。

房子在西城，两室一厅，虽然格局比较旧，但装修得整洁大方。窦可带苏枕走进南面的卧室："瞧，床我都给你铺好了。"

苏枕往另一间卧室瞅了瞅，发现布置得十分温馨，桌上还摆着乐其萱的靓照，问："你和其萱已经栖息在这儿了？"

窦可说："上周末刚搬来。我俩都是无房户，住我家吧，她嫌我妈唠叨，可她家房子才巴掌大，还跟姥爷姥姥挤着。等我哥们儿一走，鸠占鹊巢！本来我打算出租一间屋呢。"

苏枕说："肥水不流外人田，租给我吧。"

窦可双目圆睁："你跟伊诺分了？"

苏枕叹了口气："不分也是元气大伤。"

窦可问："你怎么没回尘宇那儿？"

苏枕说："我想去一个秦伊诺找不到的地方。"他嘴上这么说，心里其实有些自卑，因为伊诺曾对他说，别动不动就往尘宇那儿跑，房子再好也是人家的！

不一会儿，乐其萱下班回来了，咖啡色职业套装，高跟鞋，背个小皮包，原先的学生气全没了，俨然一个小白领。窦可对她说："我找到合租人啦！"

乐其萱看了看苏枕，警觉地问："秦伊诺也要搬来？"从她的眼神和口气里，苏枕敏锐地感到她不喜欢伊诺。女人的心思真难解，她们总共也就见过两三面而已。

听到苏枕和秦伊诺冷战的消息，乐其萱放心地去做饭了。忙乎了半天，她端出一盘凉拌茄子和几根黄瓜，开了瓶黄豆酱。窦可只顾玩电脑。苏枕看不过去，到厨房帮其萱炒辣子鸡丁，还做了紫菜豆腐汤。

饭后，窦可又回到电脑桌前，其萱坐到他腿上，跟他一起看美剧。两人笑得前仰后合，其萱甩着两条长腿，揪他的耳朵捏他的鼻子。窦可则不时在她脸上响亮地亲上一口。

苏枕在一旁看着他们，有几分羡慕。同样没有高薪，同样买不起房子，况且窦可是个自由职业者，其萱却完完全全地包容他，爱慕他。什么样的日子都是人过的，只要开心。如果一份感情的维持需要太多附加条件，是否意味着爱情本身脆弱不堪？

晚上，苏枕又失眠了。他想到伊诺一个人在家里伤心，忍不住给她打电话。

秦伊诺一看来电显示是苏枕，果断地挂了。昨晚他走后，委屈和苦恼潮水般吞没了她。跟苏枕相处得越久，她就越失望。他每天就知道埋头画画，不跟上司套近乎，也不跟客户拉关系。项目做好了，没多少提成，做不好却独揽责任。好不容易上了回电视，反响热烈，她觉得他该转运了。没想到，什么采访邀请签约，他一概拒绝，像个蜗牛缩在壳子里，快把她气疯了。如果她有这样的机遇，肯定乘胜追击。做什么都是次要的，先折腾出名气再说。

她所梦寐以求的东西，似乎对他毫无价值。他拙于理财，而且丝毫没有钻营的能力。他心里到底在想什么？那双空灵的眼睛在看什么？这么年轻就没有欲望没有追求了么？她担心他不是合适的结婚对象，跟着他会慢慢习惯平庸，埋没才华，这辈子就草草地打发了。母亲一直反对他们在一起，还说过苏枕是个简单的人，不会有大出息。而从小到大，母亲确实把她当做公主来培养的，琴棋书画歌舞一样也不差。说到底，就是希望她嫁个好男人。就算不是富二代，也得是个潜力股。

怒其不争，却又难以割舍。伊诺万般纠结，哭了整整一夜，眼睛都肿了，就没去上班。她想，他早上一定会打电话给她。等到中午，毫无音讯。那下午他肯定会早早回家的。等到晚上，仍不见影。她心里的底线是十点钟，如果过了十点，她决意不再接他的电话了。现在已经快十二点了，他不知在哪儿胡吃海喝，玩够了才想起她！

挂掉电话之后，屋子又陷入沉寂。她蜷在沙发上，有点害怕，隐隐盼着铃声再响。突然，她的手机一闪，来了条短信。她打算拖久一点再回复，不能显出过快地原谅了他。但短信不是苏枕发来的，是徐昌郡。

“作为一个真诚的朋友，我向你坦白：刚才我在想你，大约持续了7分钟。”

秦伊诺有几分恍惚。她跟徐昌郡已经好几个月没见面了，而且极少跟他联络。他真的会在深夜想起她么？他跟她说过的那些暧昧之语，是逢场作戏，还是情不自禁？他是娱乐公司的老总，身边美女如云，不至于三番五次花费精力逗弄她。难道她有什么独特之处打动了他？如果有这样一位强大的男人呵护着她，她在事业上也许会少走很多弯路，用不着低三下四地伺候张月影，也就不会上当受骗。

秦伊诺反复思量，给他回了条信息：“下一个准备想谁？”

这个问题好像把他难住了。过了几分钟，他才回复：“我要去梦里跟你幽会。”

秦伊诺的耳根发热，鼓起勇气写道：“听说你是实干家，不是梦想家。”

第十二章　火花

1

一晃过了好几天，苏枕和秦伊诺谁也没理谁。苏枕想，既然她挂我的电话，说明还没消气，冷静两天再说。秦伊诺想，打一个电话就没音了，还赌气不着家，没见过这么小心眼儿的男人。

这周六是苏枕的生日。他们心里都明白，这是和解的最好时机。

陆尘宇提议在家给苏枕办生日party，大家狂玩通宵。周五晚上，苏枕拨通了伊诺的电话，感觉有些生分，一时竟不知怎么开口。他想问她这几天过得怎么样，又觉得这问题太傻，就直截了当地问她明天是否有空。

“目前没安排。”

“他们想给我过生日，你也过来吧。”

伊诺没好气：“又去尘宇家？我以为你的生日会单独和我度过。”

苏枕说：“盛情难却……就跟他们吃个饭，要么晚上我再带你出去浪漫一下？”

听到他妥协了，秦伊诺满意地“嗯”了一声。

周六，苏枕很早就醒了。今天他27岁，离而立之年不远了。父亲去世已有21年，母亲离家整整20年。他跌跌撞撞地走过这些岁月，依然清晰地记得父母一起给他过4岁生日的情景。父亲买了一只花皮球，陪他在院子门口玩到黄昏。母亲拉着手风琴把他们招回屋子，桌上魔术般冒出个方形的小蛋糕，四角各插一支红蜡烛。吹灭蜡烛的瞬间，父母同时在他的脸颊留下亲吻。他还没来得及领会幸福的含义，幸福就悄悄地离他远去了。之后，父亲卧病在床，母亲很少回家，屋子的灯光昏暗，窗台上积满尘土。奶奶守在厨房，用一只小沙锅熬药。干枯的草叶化为棕黑色的液体，药味儿绵绵不断，就像他无穷无尽的寂寞和不安。

苏枕走到客厅，窦可和其萱还在闷头大睡，屋门紧闭。他为他们准备好早餐就出门了，坐地铁回到奶奶家。奶奶给他煮了两个红皮鸡蛋，爷爷拿来早晨刚刚收到的邮包。那是母亲送给他的第二十件生日礼物，收件人没写“苏枕”，写的是“儿子”。苏枕心里微微一颤。再看邮戳，邮件来自尼斯，可去年是从马赛寄来的。她搬家了么，还是在旅行？拆开包裹，是一个精致的檀木盒子，珍珠卡扣。晃一晃，里面也没有声响。他按捺住好奇心，把盒子放进自己的背包。要想得到下件礼物，再次获得她微妙的信息，还需要等整整一年。他打算让盒子里的秘密保持得久些。

苏枕到超市买了些菜，中午和奶奶一起剁馅儿包饺子。饭后，他打扫卫生，清洗灶台，更换床单被罩，还找人修好了罢工多日的空调。

傍晚，苏枕来到尘宇家。尘宇和窦可出去采购了，孟小吟在布置屋子。鲜花，气球，彩灯，营造出浪漫的氛围。苏枕要给小吟帮忙，被她按在沙发上："你是寿星，今天什么都不许干，乖乖歇着。"她穿着一条玫瑰色的裙子转来转去，十分可爱。

"今年阿姨给你什么礼物？"小吟问他。

苏枕从包里掏出木盒，招呼她过来。小吟把手擦净，坐到他身边，好奇地盯着盒子。苏枕虔诚地揭开盒盖，里面静静地躺着一个蓝色刺绣布袋，散发幽香。他拿起布袋，用轻颤的手指撑开松紧口——掏出一缕头发。发泽细润微黄，用一枚淡紫色的皮筋打了个结。

苏枕的手僵住了，脸色发白。他拿起信封仔细看了看，没错，是母亲的笔迹。她寄这份邮件时应该健在。断发表示什么？断情？难道这是她给他的最后一份礼物？她不想认他了么，那寄件人为什么要写"儿子"？

孟小吟也大吃一惊，心里隐隐感到不测，更为苏枕担心。苏枕转过脸，求救般地问她："你想象一下，女人寄出自己的头发，是什么用意？"小吟说："我猜是她太想念你了，选不出可以代表她心情的礼物，于是把她身体的一部分寄给你，留作永久纪念。"

苏枕轻叹一声，把头发放回布袋，收进盒子，对小吟说："她不会想我，因为她根本不知道我现在的样子。她很会折磨人，不是么？折磨死她的丈夫，还不放过儿子！"

小吟说："你不了解女人。有时候女人会凭心情做出一些举动，并没有复杂的动机。"

苏枕说："她远走他乡，嫁了人，很可能又生了孩子。20年，她从来没想过回来看我一眼。她对我毫不眷恋，寄礼物只是为了让我不要忘记她。她可以心安理得地遗弃任何人，却不能忍受被抛弃。"他摆弄着盒子，垂下眼睑。

孟小吟知道言语安慰在此时没有作用，只将手轻轻地搭在他肩上。苏枕低下头，把脸埋在双手里。他们这样静默了许久。

直到楼道里传来脚步声和窦可的大嗓门，孟小吟才慌忙擦去眼角的泪滴，去开门。苏枕跑进自己的卧室，把木盒塞进五斗橱的底层抽屉。

陆尘宇和窦可捧回一大堆食物，酒就有五六种，香槟、啤酒、百利甜酒、波尔多葡萄酒，琳琅满目。乐其萱紧接着进了门，送给苏枕一只超大卡通猪抱枕。

大家七手八脚准备吃的。苏枕看看表，快六点了，秦伊诺还没到。尘宇看出了苏枕的心思，拿起车钥匙："走，咱俩接大小姐去。"话音刚落，苏枕的手机响了。

苏枕连说了三声"没事"，撂下手机，宣布："咱们开始吧，她有急事，九点以后才能到。"

客厅的灯光骤然熄灭，投影启动，屏幕上呈现出动画片头，几个憨态可掬的小动物放飞一只气球，气球在天空中爆炸，射出巨大的艺术字：枕枕，Happy Birthday!We love you!

这时，孟小吟从厨房里端出一个心形奶酪蛋糕，小心翼翼地放在餐桌上，七根蜡烛火苗跳跃。

苏枕一口气吹灭蜡烛，心已经融化在奶油中了。连着投影的电脑开始自动播放苏枕从小到大的照片。尘宇说："片头是可可一手策划的。"

苏枕说："牛，这个生日永生难忘。"

窦可说："我没你们有创意，去年给我来了个大变活人，把寿星差点吓进棺材，那才叫刺激！"

乐其萱问："魔术吗？"

尘宇笑道："我们给可可送了个大美女，活脱脱的芭比娃娃！"

乐其萱追问："你们到底干了什么见不得人的勾当？"

尘宇逗她："再说下去少儿不宜，这是哥仨儿单身时代的秘密。"

苏枕低头欣赏蛋糕："好漂亮，看雪地上的巧克力房子和玫瑰园，真想住进去。"

尘宇说："这是小吟的杰作。她跑了几家蛋糕店，嫌样子都不好看，最后自己设计的。"

苏枕看小吟，她正专心地给大家摆盘子，不看他。

2

秦伊诺在商场逛了一下午，给苏枕买了件阿玛尼衬衫作为生日礼物。根本用不着试，他是衣服架子，穿上肯定很帅气。她正要往外走，收到了徐昌郡的短信："明天我去瑞士，今晚想见你。实干家需要你的成全。"

商场里的音乐和杂声全都消失了，她陷入一个纯粹安静的时空，只能听见自己的心跳。她把短信读了又读，进退两难。

去，或者不去。放纵，或者压抑。

今天是苏枕的生日啊，她怎能背着他跟别的男人幽会？转念一想，苏枕跟她分居了一周，还不知道怎么在外鬼混呢。她跟徐昌郡见面是为了前途，并无杂念。况且，苏枕有那么多朋友陪着，今晚不会孤单。徐昌郡可是只老狐狸，明天一走就不知何年何月才能捉住。

于是，她跟徐昌郡约好七点在一家日式料理餐厅见面，然后给苏枕打电话说自己要加班。她暗自立下规矩，这次会面时间不能超过十点，不能沾酒，不能跟他有任何肢体接触。绝不能像叶蓓蓓那样赶着去献身，什么好处也捞不到。花心男人都是贱货，得不到的女人才会珍惜。

秦伊诺走到商场的迪奥专柜，补补妆，抹了点香水。她穿着一条素净的棉布连衣裙，不打算回家换了。不能显出过分在意这次约会。

日式餐厅设在酒店一层，装修得非常雅致。侍者是清一色日本艺伎装扮，艳丽的大开领和服，木屐，盘发，面若瓷偶。秦伊诺说徐先生订了位子，女侍者曲身轻步将她引向最里侧的包间，百合花裙摆在木地板上缓缓拖曳。拉开方格玻璃门，里面竟然还挡着一道屏风般的雕花木门。侍者对她做出请让的手势，就含笑退下了。如此私密的空间令伊诺心中一紧，她暗暗给自己打气：保持沉稳和清高，别像个没见过世面的小姑娘，让他白白占了便宜。

秦伊诺刚进门就疯了。茶桌对面的主儿正襟危坐，戴着石墨头盔，身着黑色盔甲和护臂手套，还夸张地裹着宽大的黑披风，一副气势雄壮的样子。她瞬间明白了，徐昌郡就是在假面舞会上与她共舞的蝙蝠侠！

曾乐此不疲地给她送花，在她办公桌上留言，压低声音给她打求爱电话，在龙光大厦的KTV握住她的肩膀……怪不得叶蓓蓓在化装舞会上争着跟他跳舞，怪不得他每次冲她笑的时候似乎都含着小小的阴谋，所有的谜团在这一刻解开了。他的高度，他的气息，还有他说话的方式，她早该猜到蝙蝠侠的身份。

秦伊诺坐到他对面的榻榻米上，忍着笑说：“大侠不去除暴安良，怎么有闲心在这儿品茶？”

“人们往往看到蝙蝠侠光明的一面，却没人关心他的精神创伤。如果找不到情感的归宿，大侠就要走向黑暗和彷徨了。”徐昌郡摘下头盔说，“这玩意儿忒沉，我一动不动等了你半天，脖子都快折了。”

“咦，你曾经全副武装翩翩起舞呢。”

“是啊，我跳得汗流浃背，你却临阵脱逃。”

木桌上摆着方茶盘，里面有一套青釉日式茶具。徐昌郡给她倒了杯茶："这家餐厅以服务闻名，但我没让'艺伎'进来，我要亲自为你斟酒。"

"跪式服务才够标准。"伊诺莞尔一笑。

"爬式、躺式、卧式、倒立通通可以，只要你满意。"

伊诺想，这个男人太会讨女人欢心了，可惜我不吃这套。

徐昌郡问她最近工作怎么样，戳到她的伤心处。她越来越讨厌张月影对她呼来喝去，可还要装作若无其事，强颜欢笑。她既没勇气辞职，又没法回到以前的部门，这样的日子实在难熬。她不习惯对外人诉苦，就说："老样子，忙忙叨叨，还在做节目策划。"

徐昌郡盯了她片刻，毫不留情地说："这儿不是化装舞会，没必要再伪装了。"

伊诺坦言："没法干了。"

"你跟张月影太不搭调了。她是什么人哪，上得了大雅之堂，也能练摊骂娘，必要时可以去站街。她在圈子里拼出血路的时候，你还在学校满腹诗书呢。你就像她手心里的一只小鸽子，随时可能被扭断脖子。当初我并不赞成你调动，可惜我无权干涉你的选择。"

伊诺想，张月影对男人很有手腕，在徐昌郡眼里却一钱不值，说不定她得罪过他。或者，她跟叶蓓蓓有仇。

侍者从门侧的上菜窗口陆续递进菜品、配料和清酒。徐昌郡亲自端上桌，一盘盘摆好。精巧的纯白餐具，鲜嫩的刺身和润泽的寿司让人充满食欲。徐昌郡说："我推荐鲑鱼和牡蛎。"

伊诺悠悠地说："我不怕劳碌，但惧怕迷茫。现在就像掉进了迷雾重重的山洞，不知道下一步往哪儿走。我开始怀疑我选错了专业，入错了行当，甚至怀疑自己的能力。我到底能干什么？"

徐昌郡给她夹了一块鱼糕。伊诺把鱼糕分成小片，放入口中，细嚼慢咽，自有一种楚楚动人的媚态。

徐昌郡看着她，忘了吃。伊诺暗自得意，不时抬头跟他深情对视，送他一个若隐若现的甜笑。

徐昌郡突然问她为什么想当主持人。

答案再简单不过了，她是为主持而生的，具备出众的外表和音色，敏锐的反应力，而且过目成诵。五岁在少年宫第一次主持儿童节目时，她就找到了属于自己的世界。她将是掌控话语权的女王，所有人的目光、听觉和思想都会臣服于她。

可是，徐昌郡期待什么样的答案呢？伊诺琢磨了片刻，说：“我想稀释别人的寂寞。”

徐昌郡的目光里闪出一丝好奇。

“多数人看电视是因为寂寞。我想通过我的声音，把时政要闻融入大众生活，把个体经历转化为共同体验。当人们的心灵发生共振，寂寞就会烟消云散。”

徐昌郡喝了口酒，笑道：“想法不错，但你有个问题。”

这下轮到伊诺好奇了。

“你缺乏亲和力。”他凝视着她，“我约了你这么多次才碰上面，更别说心灵共振了。”

3

半夜，孟小吟突然醒了，摸黑扭亮床头灯。她独自躺在尘宇的床上，四周堆满机械模型和电玩。她记得吃完生日蛋糕之后，他们唱歌、玩“三国杀”，胡侃恶搞，互相灌酒。喝到头晕，她就躲回卧室先睡了，他们四个还在打牌。

孟小吟趿着拖鞋，蹑手蹑脚地走到客厅。陆尘宇叉腿仰在沙发上打鼾。苏枕可怜兮兮地睡在地板上，头枕沙皮狗靠垫，他的卧室被窦可和其萱霸占了。小吟回屋找来两条毛巾被，先给陆尘宇盖上一条，然后走到苏枕身边。

洁白的月光洒进窗楹，他微蜷的身体侧卧在地，眉间微锁，头发遮住半个脸颊。多么美，她在心里轻叹，造物主造出这样的得意之作，为何忍心予以他多舛的命运？今天是他的生日，却收到一份来自生母的残忍礼物。他跟大家玩的时候一直在笑，只有她知道他把悲伤跟酒一起默默吞下了。而夜深人静时，他的忧伤在月光的抚慰下从呼吸中轻轻流泻，形成一层淡蓝色的光晕，笼罩在他的周身。她突然觉得他像个婴儿，爱怜之心油然而生。

她把毛巾被轻轻展开，屏息弯腰的瞬间，苏枕翻过身，攥住她的手。四目相对，他的眼睛清亮无比。她的血脉凝固了，那一刻在她的生命里成为永恒。他轻轻一拽，把她揽入怀中。他的气息像潮水般吞没了她，紧接着，是疯狂的亲吻。她的心翻江倒海，浑身像通了电流般震颤起来，每个细胞都迸发出欢歌。天堂就应该是这种滋味。

只有咫尺之遥的陆尘宇踢掉被子，停止了均匀的鼾声。苏枕和小吟僵住了，他们紧紧搂抱在一起，像对泥塑的恋人等待烈火的煅烧。短暂的惊惧之后是彻底的冷静，小吟想，就算此时死去也无所谓。然而，尘宇没醒，换了个姿势继续沉睡了。

小吟挣脱开苏枕的手，起身躲到阳台上去了。苏枕追上她，把阳台门轻轻拉住。小吟站在窗口，眼泪涓涓而流。苏枕拉她的胳膊，她慌乱地推他，他退缩了，她又想抓住他。两个人都不知道怎么办才好，拉扯了一番，又抱在一起，心跳押韵合拍。幸福到极点，绝望到谷底。

苏枕贴紧她细瘦的身体，贪婪地抚摸她的头发、肩膀、脊骨、腰肢，吮吸她散发出来的甜润气息。她让他发疯，隐形的迷恋日复一日地在他心里累积，终于爆发了。他灵魂深处的猛兽苏醒了，饥肠辘辘。他从来没有像此刻这样确定过，他想要这个女人。

夜色笼罩着小阳台，千家万户都在沉睡，只有他们在月光下缠绵。这情景曾出现在小吟的梦里，而且让她信以为真。可当真正得到他的拥抱时，她反而觉得飘忽如幻。这是真的么？难道天亮时他不会消失？

他们在阳台的角落里席地而坐。她靠在他怀里，就那么安安静静地坐到天微亮。她把滑落的连衣裙肩带拉正，抽身要走，他揪住她说："等尘宇醒来，我要告诉他。"

这是苏枕思考了半夜的结果，是锥心的抉择。他在感情上一向随遇而安，适时逮住出现在生命里的漂亮女人，失去了也不会极力挽留。张月影算是真正让他动过心的人，可随着年龄和阅历的增长，他觉得那份初恋里只有冲动，缺少感动。秦伊诺呢，他喜欢她的样子，喜欢和她做爱。但跟她生活在一起，也就那么回事儿。

而孟小吟不一样，她悄无声息地俘获了他的整个心灵。他昨晚才意识到她的魔力。她从他怀里逃脱，奔向阳台的时候，还有她刚刚起身要走的时候，他感觉自己整个人都要被掏空了。如果她就此离开他，他会空虚而死。尽管抢夺兄弟的女友是一件荒谬绝伦无耻透顶的事，但他还是决定向尘宇坦白。

八点多钟，乐其萱醒了，披头散发地洗漱完毕，把窦可揪起来，因为他答应带她去钓鱼。小吟帮他们烤面包、热牛奶。苏枕坐在一边发愣。

其萱捏了小吟一把："你眼睛肿啦。"

小吟揉揉眼睛："昨儿玩过点了，死活睡不着。"

窦可说："苏枕也很颓唐嘢。"

小吟有点慌了，好像每个人都知道昨晚发生了什么。没准尘宇在装睡，一直看着他们呢！

窦可去地下室拿渔竿，又翻箱倒柜找尘宇的车钥匙，其萱嘻嘻哈哈地去换衣服，把衣柜门撞得啪啪响。小吟一直紧盯着沙发上的尘宇，生怕他醒过来。

送走两个活宝，屋子陷入宁静。苏枕和小吟坐在客厅里，互相望着，等待被审判的时刻。生活就是这么戏剧化，一个夜晚过去，他们就脱胎换骨，偏离了轨道。

陆尘宇忽地从沙发上坐直身子，小吟的心脏差点跳出来。

“妈的，脖子疼。”尘宇迷迷糊糊地嘟囔了一句，抱着被子撞进卧室，倒头又睡。他看都没看他们一眼，小吟却投降了，她觉得尘宇像个率真的小孩，心里没有任何戒备和杂质。他只是安安稳稳地睡了一觉，怎会料到他最好的朋友会跟他的女友借机厮混，像两只阴沟里的老鼠。她没有权利伤害这个全心全意为她付出的男人，更没有理由屈服于一股混乱的欲望。

趁着头脑冷静，小吟对苏枕说：“什么都别说了，你快走。”她的声音低沉，但坚决如命令。

苏枕不动，小吟拿起他的背包往他怀里塞：“走啊，昨天喝多了……你还醉着么？”

苏枕攥住她的手腕：“我从来没有像现在这样清楚自己的选择！”

小吟反问：“当初为什么不选我？”

又回归到这个悲哀的问题。她曾在山间的农家院这样问过他，当时他感到惊讶，而且有趣，现在只有痛苦。苏枕说：“正因为当时选错了，现在才要改过来。”

“你没机会了。”她说，“我已经在心里把你处决了。”

“不要逼我，我现在就去找他！”苏枕要往卧室闯。

小吟死命扯他，情急之下指甲掐进他的手臂，留下殷红的印记：“他不是别人，是尘宇。”

苏枕觉得心里有个地方正在塌陷，抱着背包愣住了。

小吟打开门，冷冷地说：“秦伊诺应该在家等你了。”

4

苏枕失魂落魄地回到家，秦伊诺的确在等他。不过沙发上还坐着三个人，是他的堂弟威威和两个女中学生。威威刚叫了声哥，两个女生飞快地扑向苏枕，甜蜜地喊：“枕枕！”

苏枕吓得往后一闪：“谁呀？”

“当然是枕头啦！”威威得意扬扬地说，“她们整天对着你的照片发花痴，我说你是我哥，她们还不信！现在服了吧，各欠我一顿哈根达斯！”

“能见到枕枕，别说一顿，请你吃一辈子哈根达斯都行。反正你以后也得叫我嫂子！”戴蓝框眼镜的矮个女生说着，请苏枕在她的小本上签名。另一个高挑的女生则举着手机肆无忌惮地拍他的脸。

这时，秦伊诺起身进了卧室，把门啪地关上。

苏枕问威威：“你怎么找到这儿的？”

“打听呗。我答应她们今天就验货！你手机打不通，我就蹲点来了。”威威说。

“带你同学到外面来吧。”

“是网友！”威威说。

“枕枕，你博客里自称单身，竟然金屋藏娇，不怕被狗仔拍到吗？”高个女生说。

听到陌生女孩那样嗲声叫他的名字，苏枕浑身不自在。

眼镜女孩说：“艺术家天性风流，无可厚非，我忍了。枕枕，你说过会亲自为未来的新娘设计婚纱，我喜欢露背蛋糕裙，后面要拖好长好长的纱。”

苏枕把她们往门外引：“小朋友，我可以当你叔叔了。”

“大叔！”那女生两手交织在胸前，陶醉地说，“我愿意当你的小萝莉。”

这两个孩子的超级开放和高度自我把苏枕雷倒了。高挑的女生还趁机在他脸上亲了一口。

“说是看一眼，怎么上嘴了？我这经纪人还没批准呢！”威威不满地把她们拽走了。临出门前，他指着卧室对苏枕努努嘴：“我不喜欢秦某某，忒做作，比小吟姐差远了！”

苏枕心烦意乱地关上门，在客厅愣愣地站着。秦伊诺肯定被这些小毛孩儿惹恼了，他应该去哄她。可他满脑子都是孟小吟，不知道如何面对伊诺，也不知道以后的日子怎么过。

伊诺从卧室里飘出来，搂住苏枕的脖子：“你的粉丝这么嫩，我压力好大呀。”她打扮得花枝招展，还喷了香水，看起来心情不错。

事实上，这是伊诺到电视台工作以来心情最好的一天，因为昨晚她遇到了伯乐。徐昌郡真心欣赏她的才华，还给她透露了一个重要的信息。经济频道设立的新栏目，两个月后要公开选拔主持人，台里的青年才俊都可以报名。

做财经节目？她想都没想过这个陌生的领域。徐昌郡说：“你应当以知性取胜，千万不要局限自己，像张月影那种胸大无脑的肉蛋才会做没品的娱乐节目呢！”徐昌郡还把助理的电话留给她，说是要为她安排秘密培训，在最短的时间里挖掘出她的惊人潜力。伊诺提防的情绪渐渐化为感动，因为在整场聊天中，他没有任何轻浮的举动，而是无比真诚地注视着她，为她出谋划策，点燃她黑暗职场的启明灯。

秦伊诺用一条丝巾蒙住苏枕的眼睛，手指顺着他的脖颈下滑，解开他的衬衫扣子。苏枕并没心思干那事儿，却也不想扫她的兴。好在她脱去他的上衣后，没有解他的腰带，而是给他穿上一件新衬衣。她把他拉到卧室的穿衣镜前，摘下丝巾，兴冲冲地问："喜欢吗？"

经典冰蓝色竖纹，舒爽的亚麻布料，苏枕的心沉静下来。伊诺从身后环住他，温暖的胸部贴紧他的后背，秀丽的长发被一只竖琴形状的夹子松松地盘在脑后，面庞精致无瑕，眼里含着浓浓的笑意。

分居数日，他以为会遭到她的冷面冷语，没想到收获了一片春天。他突然明白，伊诺的感情极富弹性，可降至冰点，也能迅速升温。无论他让她多么生气和失望，她的热度竟然未减。相比之下，他太不宽容了。每次争吵带来的伤害都会默默累积在他心里，减损她在他心中的地位和吸引力，以至于让他移情别恋了。而婚姻的维持，恰恰需要两个人都具备强大的弹性和耐受力。

苏枕回头对伊诺说："谢谢。"

她的手抚在他两腿之间："那你可得卖点儿力。"

无话可说，性爱依然是他们交流的最好方式。他的确卖力，但状态始终不对劲儿，就像水即将烧到沸点时被断了电。他的激情憋在体内，动作也越来越机械。窗帘忘了拉，屋子亮堂堂的，他闭上双眼，不再注视伊诺那充满期待的表情。短暂的空白之后，一只瘦削的臂膀在他脑中闪过，竟让他热血沸腾。昨夜的情景穿插回播，小昑紧绷的身体，热乎乎的呼吸，被扒开的肩带让他迸发出前所未有的进攻欲，由此轻而易举地攀上了顶峰。

在伊诺欢愉的叫声中，他感到一阵深深的孤独。

第十三章 纠结

1

为了减少胡思乱想，苏枕连着几天都工作到半夜。筋疲力尽地倒在床上之后，他的意识依然是清醒的。他做深呼吸，强迫自己入睡，每每在他要睡去的时候，脑中总有根亢奋的神经把他拉回来。关于孟小吟的琐碎记忆像泉眼般接连冒出，汇成一股洪流，冲击着他的心。

他思索他是何时爱上她的。刚认识孟小吟时，他只觉得她很清新，谈不上喜欢，因为他的目标是秦伊诺。慢慢地，他和小吟熟悉起来。小吟关心他的画、他的梦想，他的身世。他欣赏她的天真和率直，喜欢听她说话，看她笑。偶尔的对视，会让他心旷神怡,如细雨绵绵，她无声无息地渗入他的心田。有了心事，他首先想到的倾诉对象不是伊诺，甚至不是尘宇，而是小吟。他曾经想过，小吟也许是他生命里唯一的异性知己，不掺杂一丝情欲色彩。因为超脱，所以永恒。这样一想，他就庆幸自己当初没有选择去跟小吟相亲，进而恋爱、结婚，过凡俗的生活。

可是那天晚上，他在似睡非睡的状态神游，感到一阵馨香临近。微微睁眼，孟小吟就立在他面前，月光笼罩着她娇小玲珑的身躯。他看不清她的脸，见她手里抱着一条粉色的毛巾被。他刚才好像梦见她了，她在跟他调笑，发梢不时触动他的脸颊。他的心痒痒的，不确定那是一个梦，还是他的幻想。而真实的她，也许已经在他身边站了很久。

一股焦渴的欲望从他胸中腾起，理智和意志被扫荡得无影无踪。他只想死死地抱住她，像婴儿抱住母亲的乳房，落水者抱住浮木，还杂糅着一种快感。光电从他的脊背冲向脑颅，极度兴奋到全身碎裂。

孟小吟无奈的拒绝，让他的爱欲囚禁在心里，像一只困兽撞击着四壁。他一阵阵感到绝望，怕自己永远都无法回归平静的生活。不能就这么完了，他想，她至少也应该以朋友的身份开导开导他。就算不能跟他相爱，好歹也让他了解一下她内心的感受。他给孟小吟打电话，她没有接。他发短信说要见她，她说没有时间。

只剩下一个办法。苏枕跟公司请了病假，跑到A大，站在宿舍楼门口等孟小吟。女生们进进出出，有的背着书包，有的拿着饭盒，有的提着暖水瓶。他坐在楼梯侧边的石台上，觉得自己像个傻子。等一个不知何时出现的女孩，甚至不确定她在不在学校，这不是他这把年纪应该做的事儿。

他从上午等到深夜，扑了空。第二天继续等。吴副总监还打来电话关切地询问，他说自己发烧了。是的，爱情不就是一场毫无缘由的热病么。太阳逐渐升高，忧伤无处可逃。如果不见她，他一定会疯掉。这样等下去，迟早也会疯。回去！他命令自己，可是腿脚不听使唤，像扎了根。欲望和理智的交战让他心力交瘁。太阳又落下去了，他第二天的炼狱快结束了。怕错过小吟，中午他只在楼旁的小摊买了个煎饼，晚上什么也没吃。胃里空空的，有种绞痛感。

最后一拨学生都从自习室回来了，他看看表，十一点，身体几乎僵硬了。在变成雕塑之前，他决意离开，以后再也不来了。

他站起身，顺着路灯走到林荫道上，向东门踱去。夜风拂过，他希望风再凉些猛些，吹醒他的意识。有两个女孩远远迎面而来，一个推着自行车，一个抱着书。抱书的女孩有点像孟小吟，瘦瘦小小，步调漫不经心。走近了，真像小吟，穿着黑白斑点裙，梳了个马尾辫。苏枕没叫她，因为在这种状态下，他可能把任何女孩看成小吟。他不相信自己的判断力。她淡淡地看了他一眼，和他擦肩而过。

苏枕不由自主地停下脚步，回过头。两个女孩在宿舍楼门口道了别，推车的女孩骑上车子走了。抱书的女孩上了两个台阶，又转过身，怔怔地看了他片刻，向他走来。这就是让他魂牵梦萦的女神么？混在校园里他竟认不出来。苏枕觉得自己已经眩晕了。

“我们去那边。”小吟指指不远处的小花园。

他以为再次会面时，他会失控地扑住她。但她的神态和语气神圣不可侵犯。他顺从地跟在她身后，走进小花园，在长椅上并排坐下，眼前有个小水池，漂着几朵浮萍。

孟小吟把两本厚书放在腿上。她的脸颊在月光下洁白无瑕。

苏枕问她这是不是写论文要用的书，她说：“论文写不下去了，借闲书解解闷。”

苏枕问她这几天过得怎么样。

“你是问我想不想你？”孟小吟转过脸望着他，“那我告诉你，每天每时每刻都在想，想得头痛欲裂。”

小吟的直白让苏枕心潮澎湃。他拉起她的手，手指冰凉，细如竹管。他说：“看来我们没有退路了。”

“你好像总是忘记陆尘宇和秦伊诺的存在。”

苏枕说：“我满心思都是你，想不起别人。我现在不算个人，是奴隶，是木偶，是你的附属品。现在我们在一起，还不用拆家，总比以后成了有妇之夫和有夫之妇好。”

小吟叹了口气，把手轻轻地抽回来：“这几天我一直在想，我们并不是真心相爱的。当爱情膨胀到责任和道义之外，就已经变质成欲望了。”

“爱和欲本来就密不可分。我们是在错误的时机相爱了，这都怪我，当初错过了你。”

“如果当时你选择跟我会面，事后发现秦伊诺那么漂亮，你会懊恼死的。我也一样，现在尘宇对我百依百顺，我反倒有点腻烦。如果我是你的女友，只能远远地看着他，说不定还会被他的酷劲儿吸引呢。正因为得不到，才会滋生出欲望和罪孽。”

“你这么一说，爱情就没意义了。我承认以前的选择有很强的偶然性，但现在我很清楚，无论能不能得到你，别人都无法代替你的位置。”

“耳朵是女人最脆弱的器官。你是靠着会说漂亮话，才在情场上如鱼得水吧。女人追求的终极目标，就是在爱人心里霸占王位。女人希望男人爱她，是由于她独一无二，具备别人无法比拟的魅力。其实男人呢，可能会爱上任何一个在恰当时机出现的女人，是谁无所谓，也没有高下之分。”

苏枕感到心寒：“你的意思是，我的感情不牢靠，会随随便便地爱上别人？我不是情窦初开的少年，也没有猎艳的兴趣。如果没有你，我就会跟伊诺安安稳稳地过下去。是你激活了我的梦想，让我重新思考生活和未来，做出最重要的选择。这一切，仅仅因为你！”

小吟反问：“你的激情能维持多久？张月影和秦伊诺也曾是你生命里最重要的选择么？”

苏枕被戳到痛处。小吟竟然知道他跟张月影的事儿，肯定是尘宇告诉她的。他沉默了一阵，对她说：“在每段感情开始时，都无法预知未来，只能悄悄盼望永恒。你可以轻视我，打击我，放弃我，但我今天必须把心里话说出来，我晃荡了小半辈子，有过几个女人，但从没体会过这么强烈的爱，也从没做过这么艰难的抉择。我甚至想到了死。”

小吟垂下脸：“人孤零零来到这个世界，孤零零地离去，找谁做伴儿都是暂时的。我们别再制造幻觉、自我欺骗了，回去继续过日子吧。我会尽量避免跟你见面。”

小吟抱起书，飞快地从苏枕身边跑掉了。她的裙裾掠过他的膝盖，带走了跟他的最后一丝关联，留下无穷无尽的空虚。风吹进骨头，冷得发抖。他盯着池塘的死水，独自在长椅上坐了很久。

2

孟小吟跑回宿舍，趴到床上大哭一场，枕巾都湿透了。她几乎天天在日记里写他，幻想跟他幽会的情景。她甚至想变成他的某种贴身物件，比如画笔、围巾，或剃须刀。如今苏枕真的爱上她了，梦想成真了，这是上天的眷顾。她还来不及体味幸福，就被恐惧和自责压倒了。

她心里攒了一万句情话，当真真切切地面对他时，却变得刻薄冷酷，每句话都像匕首那么锋利。她曾经答应过尘宇，要保守张月影和苏枕的秘密，可她刚才竟然失控地冲苏枕喊出那个名字。也许她过于爱他，反而生恨，嫉妒他生命里的漂亮女人，怕自己无法与她们抗衡。她怕他的激情消退，怕他另遇新欢，怕他背信弃义，怕他们之间的爱情和其他庸常的感情一样脆弱。她恨不得把这份爱扼死在摇篮里，以求永恒。

今晚一切都结束了。她把他彻底踢开了，丢弃了。以后尘宇组织活动，只要苏枕露面，她就绝不出现。他们不再发短信、打电话和彼此关怀。他们无权再获取对方的消息，也没有任何惦念的必要。缘分到此为止。时间对于她只有一个作用，就是忘记苏枕。

小吟把自己哭干了，眼睛生疼。讽刺的是，明天她还要去尘宇家吃饭，拜见未来的公婆。她洗了把脸，从室友的抽屉里找出一粒安眠药，吃了睡下。药性毫无作用，苏枕在她的脑海里周游。她干躺到天亮。

第二天，她没有出宿舍，窝在床上看悬疑小说。她频频忘记人物的名字和故事线索，不得不翻到前面重读。中午，她啃了两口饼干，胃里像塞了块石头。五点钟，她换好衣服，一照镜子，吓坏了。她的眼睛红红的，眼袋浮肿微青，看起来惨兮兮的。

尘宇的车已经停在楼下，她磨磨蹭蹭地走下去，上了车也没敢正视他。尘宇破天荒穿了件深红色的衬衫，神采飞扬。

“让我看看漂不漂亮！”他捏起她的脸，“咦，没精神呀。”

“昨天咖啡喝多了，失眠了。”小吟从包里掏出墨镜戴上，问，“我能不能改天再去你家？”

“开玩笑，他们都等不及啦！前天一下飞机就要见你，我说你准备论文答辩呢，推到今天。二老一大早就出去采购，亲自下厨给你设宴呢！”

“可我肿眼泡……”

“嗨，他们又不审你，是要认你。天底下哪有父母会嫌自己的女儿不好看呢？”

小吟不吭声了。

陆尘宇的父亲个子不高，气质儒雅。他的母亲很高挑，留着干练的短发，有双敏锐的大眼睛。他们跟小吟握手，把她请进餐厅。晚餐果然很丰富。尘宇笑嘻嘻地给她倒果汁。

他们跟小吟聊了几句，就问她是不是打算去香港读博。

“不出意外的话，10月去报到。不过尘宇还没批准呢。”小吟说。

陆父说：“我们跟尘宇谈过了，感情不能成为双方事业的绊脚石。如果感情经得住考验，相隔万里也不成问题。当年我长驻德国，把你阿姨一人丢在国内，连尘宇出生的时候我都不在身边。你们现在条件比我们那时候好多了，你寒暑假都可以回来，不碍事的。”

小吟点头，慢慢用勺子搅动蔬菜汤。

陆母对她说：“不是我吹牛，尘宇从小就很招女孩子，上学的时候老有女生往家里打电话。可这小子不开窍，不愿意跟女孩玩。一晃都快三十了，从来没交过女朋友，亲朋好友都张罗着给他介绍对象，他一概不答理。我和他爸常年不在家，一打电话催他，他就说没合适的，真急死人了。所以，当他宣布选定了未婚妻，我激动得两天没合眼。公司的项目、合同统统不重要了，我拉着他爸就往家里赶！”

尘宇笑道：“妈你真不着调，我哪里招女孩子？我又不是苏枕。”

提起苏枕，小吟的心发颤，极力用笑容来掩遮内心的不安。

“初次见面，我也不知道你喜欢什么，给你带了件小礼物。”陆母进了卧室，拿出一个精致的首饰盒。她坐到小吟身边，打开盒子：一只紫罗兰玉镯，晶莹透彻，纹络如丝。

“尘宇说你很瘦，我挑了个小号，看看合适不。”陆母给小吟戴上镯子，冰凉凉，沉甸甸。小吟愣了愣，连声道谢。她试图表现得活泼点儿，但嗓子发哑，打不起精神。

好不容易吃完饭，小吟在客厅坐了一会儿，就起身告辞了。尘宇去拿车钥匙，陆母说：“帮小吟叫辆出租车吧，一会儿你陈伯伯全家要来做客。”

3

尘宇把孟小吟送走，回来问母亲："你啥时候邀请陈伯伯了？"

陆母话题一转："以后我要对你的话打折扣。你说孟小吟热情大方，我怎么一点都没看出来？"

"跟你说了，她最近忙论文，老熬夜。"尘宇不平。

"这女孩看起来挺老实的，就是个子太小，站在你身边像只小鸡。"陆父发话了。

"我就喜欢小鸟依人的感觉。"尘宇说。

陆母见尘宇处处护着小吟，更来气了："我不求你能找个名门闺秀，但至少要善良体贴。她在家肯定被惯坏了，没眼色，连我手上的伤都看不见。"

尘宇这才发现，母亲的左手拇指上缠着创可贴，忙问："怎么了妈？"

"洗鱼时扎了一下。"陆母撕掉胶布，一脸不快，"我亲自给她戴镯子，她都没发现我手破了，可见有多粗心。吃完饭，至少应该帮我收收碗。我就客气了一句，她还真去沙发上歇着了。"

"就因为这个，你不让我送小吟回家？您老儿有什么要求就直说，小吟性子直爽，不会拐弯抹角。"尘宇说。

"她不像个爽快人，我看这孩子有点忧郁，也不好好吃饭，身体该不会有什么问题吧？"陆父说。

"好像我们都欠她似的。"陆母添了一句。

"够啦！"尘宇嚷，"口口声声说我喜欢的，你们一定会喜欢。事实上，你们根本没耐心去接近她了解她，还乱议论。小吟是什么样的人，我最清楚！就算你们不待见，她也是我老婆！"

陆母连连摇头："天啦，下辈子我一定要生女儿。儿子是给别人生的，辛辛苦苦养了几十年，还不如人家抛个媚眼儿。"

尘宇憋着一肚子火钻进卧室，把门关上。小吟多乖呀，他以为父母见了她会喜欢死的，没想到他们鸡蛋里挑骨头。母亲一向温和大度，这次表现太反常了，难道因为多年分离，母子已经产生了隔阂？看来，婆媳天生是冤家，找谁都不会满意。

电话响了，尘宇以为小吟到家了，接起来却不是小吟。一个似曾相识的女声说："我在你家楼下。"

"打错了吧。"

"陆尘宇，少装孙子，快滚下来！"那边挂掉电话。

他想起来了，是罗卡的声音。陆尘宇凑到窗前向下张望，没见人。她在玩他么？她怎么会知道他家的电话号码？尘宇干坐了几分钟，按捺不住躁动的心，出门了。

他在院子里转了一大圈，树下、石凳、小亭子、健身区，到处都是普普通通的居民，没有罗卡招摇的身姿。想起那个夜晚在舞池里与她热吻，他喉咙发干，呼吸急促。

转了一圈，尘宇回到楼里，刚要按电梯，一双手臂从背后紧紧地环住他的腰。他猛地回身，撞上了罗卡柔软而富有弹性的乳房。她穿一条低胸裙子，戴两只粉色羽毛耳环。身体一通电，脑子就空白了，他本能地低头去吻她。她灵巧地从他怀里闪开了。

"最近死哪儿去了，蓝咒、斯人、bigtree都没你的影儿。"罗卡靠在墙上，埋怨中有几分撒娇。

"我早就不跳舞了，没劲。"

"那什么有劲？"

"干点儿正事。"

"你不会要娶妻生子了吧。"罗卡冷笑。

"还真是，我快结婚了。"

罗卡的笑容凝结了："真要娶那个没发育的小丫头？"

尘宇绷起脸："你嘴巴干净点，否则连朋友都没得做了。"

"谁他妈是你朋友？"她的眼睛蹿出两道火苗。

尘宇愣了愣，笑道："我明白了，不过我现在还不打算找情人，等七年之痒的时候再说吧。"

"看着我。"罗卡用双手掰住他的脸，凝视他，"你想要的都在我这儿，别人给不了。"

尘宇热得发狂，抱住她："今儿我就成全你！"

话没说完，尘宇脸上就重重地挨了一巴掌。她的力量超乎他的想象，他的半边脸生疼火烫，下巴磕都好像错位了。

她转过身，一脚踢开楼门，消失在他的视野。

4

秦伊诺以为徐昌郡的助理应该是个美女，电话打过去，却是一个声音成熟的男人。他们约好下班以后见面。五点钟，一辆奥迪准时停在电视台楼下。伊诺刚出来，于助理便彬彬有礼地为她打开车门。

于助理看上去五十岁左右，身骨笔挺，气质非凡，就像电影里那些大豪门的管家。伊诺坐定，问："于先生，您怎么认出我的？"

"徐总说，最炫目的那位就是秦小姐。"他发动了车子。

伊诺傻乎乎地问："昌郡呢？"

"出差了，他9月之前都没有空当。请您先看一下课程。"他递给她一份培训科目表。

每周一、三、五晚上7点到9点是业务讲座，周六全天实战训练，课程足足排了两个月，什么播音技巧、采访心理学、主持艺术、节目策划、形象塑造……还有财经知识大充电！再看授课教师的名字，清一色业内专家，竟然包括几个名主播。平时，她连跟他们见面的机会都没有！伊诺傻了："这个培训班多少人？"

"为你量身定制。"

老天，这得花多少钱，动用多少人脉？莫非徐昌郡真的相中她了，要全力把她打造成一块美玉，再据为己有？伊诺心中疑惑，但更多的是无法抵抗的兴奋。管他呢，机不可失，先把课上完再说。

于助理陪秦伊诺吃过晚饭，把她送到城西的一间小公寓，递给她一把钥匙，说九点过来接她。伊诺说："已经给您添了很多麻烦，不用接，我自己打车回家。"于助理说："这是我的工作，也是荣幸。"伊诺莞尔一笑："是昌郡怕我逃课吧？"

公寓的客厅像个教室，投影仪、书写板一应俱全，阳台被布置成小型谈话节目演播室。伊诺坐在白色圆形转椅上，跷起秀美的腿，清清嗓子，说："亲爱的观众朋友，欢迎收看本期财经风云，我是秦伊诺。"

门铃作响。第一节课的老师到了，是赫赫有名的A大传媒系主任，曾经到伊诺的学校做过讲座。伊诺做梦也想不到有机会跟他一对一近距离接触，冲他深深鞠了个躬。

一周过去，伊诺仿佛又回到活力四射的学生时代，对未来抱有无限憧憬。她拼命学习，抓紧每分钟训练自己的谈吐和气质。她把工作当成一种艰难的蜕变，相信化蝶的日子不再遥远，再卑微的事情都会笑着去做。连张月影都觉得她奇怪。

伊诺跟苏枕说这几个月比较忙，要加班做项目，周六还得参加播音辅导。苏枕没说什么，只是嘱咐她别累着。她发现他最近情绪不高，到家后就一个人在书桌前闷坐。而且他们已经两周没有做爱了，她都不知道每天晚上他什么时候上的床。她没有时间听他倾诉，也不想让负面情绪破坏自己的最佳状态。

可这天苏枕太反常了。伊诺练朗诵练得口干舌燥，叫他去烧点开水。他陷在沙发里一动不动，目光透过窗户，飘移到很远的地方。伊诺叫："苏枕！"他慢慢回过头，茫然若失地看着她。那一刻，伊诺感到有点恐惧。这个快成为她丈夫的男人，她好像并不熟悉。

"糟透了。"苏枕轻声说。

伊诺的书从手里滑落："你是说我，还是我们之间？"

"我的设计被偷了。"

原来，苏枕上午参加了蝶舞模特经纪公司的开业庆典。那是迪亚兹的新客户，从公司形象包装到广告宣传，由同事杰瑞一手负责。一向吝于夸赞别人的江总监曾当众宣布这是公司今年最漂亮的项目，有望在迪亚兹集团年度设计大赛上获奖。创意部传得沸沸扬扬，说杰瑞迸发出惊人的灵感，一举成为最有潜力的设计师。

进入庆典展厅，苏枕被迎面而来的巨幅广告画震慑了。无边无际的酒红色纱丽透出曼妙的曲线，高扬如天鹅般的头颅，奔放的双臂。这不是原野上的艾拉么！怎么变成了海边微眯双眼的黑发模特？他往里走，越发感到天旋地转。"秦汉明月"、"梦幻哥特"、"乡野清荷"，所有的造型无不从他的人物和服装设计图衍生而来，只不过微微做了改动。鱼尾晚装的闪耀亮片变为金属铆钉，迷你裙上的立体花朵换成珍珠装饰。

香艳的模特轮流踏上小型T台秀场，熟悉的时尚元素向苏枕发出召唤，造成一种错觉：他自己的服装公司开业了！是谁监控着他的思维，盗取了他的梦境？

杰瑞自然是焦点人物，穿着亮晶晶的西装，头发梳得一丝不乱，微笑着听取大家的赞叹。苏枕走到他身边，问："你的灵感从何而来？"

杰瑞递给苏枕一杯香槟酒，大大方方地说："我对服装设计一直很感兴趣，听说你是内行，还上过电视节目，有机会我们切磋……"

伊诺听到这里，大叫："还等什么，告他呀！我有个朋友的老公是律师。"

苏枕说："关键是我的那些设计图从来没公开过，无法证明是我的原创。"

"那杰瑞怎么会看到？"

苏枕说："我也想不通，电脑设了指纹密码，U盘随身携带，我跟他还不在一个办公室，按理说他没机会下手。最糟糕的是，Instant第二期项目的主要服饰造型都被他用了，想在交工前更换已经来不及了。"

伊诺气得咬牙："这么说，你要是原封不动地交了工，他反倒可以告你剽窃？真没天理了！"

苏枕长叹一声，按住了涨痛的太阳穴。

5

办公室弥漫着浓重的烟雾。吴副总监把最后一只烟头狠狠地掐灭在烟缸里，打破了沉默："这不是简单的剽窃。他们想毁掉Instant项目，让咱们功亏一篑。"

"他们？"苏枕压低声音，"你是说，江总监知道这事儿？"

"说不定他就是幕后操盘者。杰瑞一向恃才自傲，不大可能全盘照搬你的设计。"

"他们应该是今年冬天下的手，春节以后的设计图样还没被偷。"

"怪我。自从接了东冉地产的项目，我就很少关心Instant。如果去打官司，我是个空口无凭的证人。"

苏枕一脸茫然："看来这场灾难躲不过去了。我觉得心寒，才来迪亚兹半年，又该换地方了。"

"没有不留破绽的作案。只要我们不放弃，肯定能查个水落石出。再过21天Instant第二期项目就该交稿了，被杰瑞盗用的服饰设计你必须删改，不然他们会反咬一口。"

苏枕面露难色："Instant的负责人专门找我谈过，说服饰要作为本期项目的最大亮点，因为集团总部想收购两家法国服装公司。在中国市场的前期宣传中，他们希望带来全方位的时尚理念冲击，而不是仅仅停留在化妆品的推介层面。"

吴副总监摇摇头："事到如今，顾不得客户满意度了，得想法子绝处逢生。"

苏枕十分压抑，完美主义的秉性又开始作怪。要么全有，要么全无，如果注定要交上一份令人失望的答卷，他宁可弃考。

明知道时间根本不够用，他却怠于行动，对着自己的图稿发呆。每个姿势、每件衣服、每双鞋子，甚至小到一枚耳钉，都是他精心设计搭配的，与故事的发展和人物的心境丝丝相扣。改动任何一个地方都让他心疼。

晚上回到家，冰锅冷灶。苏枕没有开灯，独自坐在沙发上，只有钟表的滴答和他的心跳相呼应。孤独感像冷水般淹没了他，仿佛又回到无声的童年。父亲撒手人寰，在床头留下一丝淡淡的药味儿，母亲远走高飞，留下一个拎着小皮箱的瘦削背影。那时候，他就对自身的存在产生了质疑：为什么非得忍受生活呢？为什么无味的时光要没完没了地从他身上碾过？

咚咚咚。

敲门声第二次响起，苏枕才回过神儿来。伊诺回来了？他打开门，竟是孟小吟立在他面前，温柔的眼神里透着无畏的光彩。

苏枕担心这是他的幻觉，而小吟张开双臂，紧紧环住他，给他冰凉的身体注入暖流。

“伊诺在屋里呢。”他吓唬她。

“胡说，她的拖鞋在门口。”

苏枕抬起小吟的下巴，笑道：“你有偷情的潜质。”

小吟把头扎进他怀里：“死到临头还嘴硬。听说你的项目被黑了，我担心得要死。”

“因为这个，你来看我？”苏枕搂紧她，“那我情愿他们夺走我所有的画儿，把电脑砸烂，毁掉我的整个世界，只要你回到我身边。”

第十四章 炽欲

1

苏枕请假一周，在家赶活儿。每天早晨秦伊诺出门后，孟小吟就来陪他，还带来许多零食。他专心作画，她把苹果切成小块，喂进他嘴里。中午，小吟不准他下厨，亲自为他煮面条、煲鸡汤，像个贤惠的小妻子。她奇迹般激起了他的灵感和热忱，他连续工作六七个小时也不感到疲倦。

苏枕遇到难题就跟小吟叨叨，并不期望得到什么答案，只是喜欢听她的宽慰，而小吟的只言片语往往能拨云见日。

杰瑞抢走了"秦汉明月"，苏枕得亲手剔除图稿里那些精心调配的中国元素，就像割肉一样。

小吟说："'秦汉明月'没了，就来'大唐风韵'吧。我想，艾拉穿唐装肯定很神气。"

"可其他的呢？哥特系列是第二期项目的高潮，应该最能让读者热血沸腾、浮想联翩。可惜呀！"苏枕叹道。

"我跟你意见相反，我觉得'梦幻哥特'是整部漫画的败笔，破坏了清新自然的风格。以艾拉的性格，参加化装舞会都不会选这种嚣张乖戾的服饰。Instant的主旨应该是回归，回到乡间，回到泥土，回到空气里。"

"我也想回归呀，但客户没完没了地要求性感、时尚！"

"我看过一篇文章，大意是说在人烟稀少的乡间路上，如果突然出现一个美丽的女人，大家会觉得她很性感。而在灯红酒绿的大都市，成群的珠光宝气的美女也很难让人心动。也许真正的性感，与穿着打扮无关，是一种原始的味道吧。"

苏枕眼前一亮。原始、本能、自然。当人流露出动物性的一面，就是性感的时刻。何不从非洲图腾里找找灵感！

小吟不懂广告设计的原理和画图工具的操作，也不清楚项目定位和客户要求，但她知道什么是美。她帮他挑素材、选样式、定颜色，一拍即合，他们之间有种惊人的默契。小吟还兼任他的模特。他拿不准衣服的流线和皱褶时，她就披着绸缎站在床上让他画。

一到下午六点，孟小吟就匆忙离去。苏枕说伊诺九十点钟才回来，她却不肯久留。小吟一走，他的心就空了。他们这算是情人关系么？念头一出，苏枕便觉得自己很猥琐。应该说，他从来没遇到过小吟这么慷慨的女孩，不索取不计较，默默陪伴他度过最低落的日子。

21天过去了，苏枕如期交上Instant第二期图稿。吴副总监感慨不已："你完全超出了我的预期。在短时间内爆发潜力也是透支体力的过程，你马上去休年假，踏踏实实地睡几天。"

江总监看了图稿，嘴上没说什么，眼里却流露出难以置信的神色。

下午创意室开会，江总监给大家播放蝶舞模特公司开业庆典录像，还宣读了一家媒体对杰瑞的评论："常言道，人不要成功得太早，年轻的时候应该多吃点苦，但杰瑞的才华可管不了这么多，简直是喷涌而出！"

大家啧啧称赞。

江总监望着杰瑞，语重心长："灵感有竭，勤勉无尽。希望你再接再厉，虚心向其他设计师学习。特别要学习苏枕的毅力，Instant项目拖了那么久，改了那么多次，可他撑下来了。"

吴副总监起身向门外走去。平时开会，有人出去接个电话透个风也算正常，而这一次，江总监发话了："老吴，会还没结束。"

"去抽根烟，降降血压。"

"少安毋躁。"江总监笑道，"正要宣布你的喜讯。"

"谈不上喜讯。"吴副总监转过脸，环视大家，"诸位，我要调到迪亚兹澳洲区工作，下个月启程。感谢两年来大家对我的支持。"说罢，他向大家鞠了一躬。

"吴先生将担任策划总监，成为澳洲区的首位华人高管，我们向他表示祝贺！"江总监说罢，带头鼓掌。

吴副总监头也不回地走出会议室。苏枕失神将手里的笔掉在地上。这么大的变动，吴副总监竟然没有告诉他，是为了让他安心作画么？这个亲如父兄的人一走，他在公司就没有贴心人了。

会议继续进行。苏枕弯腰去捡笔，无意中看到戏剧化的一幕：有只手在小曹的大腿上亲昵地摸索，指尖慢慢滑进她的裙子。苏枕抬起身，看见小曹面平如镜地敲着笔记本电脑，她身边坐的是杰瑞，一本正经地望着江总监。他俩怎么无声无息地好上了？平日在公司看不出丝毫迹象。苏枕一直觉得小曹是个单纯的姑娘，没想到她偷情的样子很老到。

小曹跟苏枕在一个办公室，座位相邻，关系不错。她喜欢冲他撒娇，上次喝醉酒还往他怀里扑，差点让他误会了。蓦然，苏枕忆起一个细节，脊背闪过凉意。当时他去卫生间洗衬衫，出来以后，原本躺在床上的小曹神差鬼使地坐到了书桌前。她的电脑就摆在桌上，好像还是开机状态……难道是她趁机拿走他的U盘，把他的设计图拷给杰瑞？那天她真的醉了，还是故意把牛奶吐到他的身上？

2

孟小吟一直想为苏枕的画册《猫爪里的童年》开个小型发布会。九月是图书销售旺季，苏枕又刚交了工，身心轻松。孟小吟便把活动时间定在周六，地点是依筠书吧。

依筠书吧是间条形木房子，藏在城北一片茂密的竹林里，以清幽雅致著称。门口的院子很大，草地上摆着七八个圆木桌和数十把竹椅，时常举行艺术沙龙。苏枕只带孟小吟来过一次，她就深深地迷上这里了。

苏枕穿了件干净的白衬衫，寻着书卷的清香徐徐走来。孟小吟站在院子门口等他，宝蓝色的裙子在阳光下十分耀眼。

“伊诺呢？”小吟问他。

“她稍后到。”苏枕说，“我不用演讲吧，通知太突然，我什么都没准备。”

小吟乐了：“不用准备，你畅所欲言，越自然越好。”

孟小吟请到几位美术教授和书评人，窦可召集一帮报社记者捧场，还在网上发帖吸引苏枕的粉丝。来宾远远超过预期，椅子不够用，大家就围坐在草地上。

在热烈的掌声中，苏枕走到院子中央，坐在小木桌前。孟小吟把麦克风递给他，让他谈谈《猫爪里的童年》的创作历程。陆尘宇举着DV，蹲下身子对准他的脸。

苏枕从桌上拿起新书：“一年前，我和朋友在她家楼下看流浪猫。她说喜欢我在博客上画的猫，鼓励我出本画集。我答应了她，并不是我相信自己有那个能耐，而是她的表情太认真太单纯，足以点燃我的梦想。从选稿、策划到文字编辑，她付出了很多，连书名都是她想出来的。今天的发布会，也是她精心筹划的。她比书里那只猫更懂我。所以，请容许我把这部处女作郑重地献给她——亲爱的孟小吟。”

大家开始欢呼。孟小吟被几个朋友推到苏枕身边，两颊泛红。

苏枕把书递到她手里，深情地注视着她，粉丝们嗷嗷地起哄。陆尘宇乐呵呵地把镜头转向小吟。

小吟说："我拿着画稿去找出版社时，有位编辑曾惊讶地问我，这就是你最想出的书？画风青涩笨拙，通篇讲一个小男孩的一只小猫？我什么也没说。我知道世上有太多精彩和热闹的选题，但真正能够抚慰心灵、触动灵魂的作品少之又少。苏枕的画儿能唤起童年的温柔记忆，还有谁也无法逃脱的荒诞和孤独感。就像他说的，在孤独中邂逅，是生存的意义。"

不知谁在底下喊了一句："真是郎才女貌啊！"

接下来是自由提问环节。一个女孩举手发问："苏老师，你看过一部叫《狗脸岁月》的电影么？感觉《猫爪里的童年》这个名字有点像它。"

苏枕说："那部电影我很喜欢。主人公英格玛小时候被父亲抛弃，跟体弱多病的母亲一起生活。他有条心爱的狗，可惜死去了。是谁说的，当人初次意识到死亡存在时，童年就结束了。那么我的童年在六岁就戛然而止。我的遭遇跟英格玛差不多，他有条狗做伴，我有只猫。我跟猫说话、捉迷藏、挠痒痒，逮蛐蛐喂它，晚上抱它睡觉。它陪我写作业、接送我上下学，是我的帽子、围脖和脚垫。每天早晨，它在我身上走来走去，梅花脚掌软软地踩着皮肤，那是一种非常幸福的感觉。它使我淡忘了忧虑和死亡，奄奄一息的童年从猫爪里慢慢复苏了。"

有个记者问："书里没有明确交代结局，你的猫最后怎样了？"

苏枕说："丢了。它陪了我整整六年，从奄奄一息的小猫变成一只壮实的'豹子'。记得那天我领到重点中学的录取通知书，兴冲冲地跑回家，猫没有像往常一样蹲在院子门口等我。爷爷奶奶说上午就没看见它。我冲进屋子，它的食盘里还剩了半条鱼。我找了所有能找的地方，却不见它的影子。也许它是上帝派来的，陪我度过最孤独的时光，也就完成了它的使命。"

气氛变得有些伤感，粉丝们开始排队签名。苏枕跟每个粉丝都聊几句，还在扉页画个小图，因人而异，各具特色。

签了几十本后，一本书沉稳地铺在他面前，带着熟悉的气息。苏枕抬头，吴副总监冲他微笑："出书也不告诉我，多亏伊诺透露消息，我才赶上了签售会。"

苏枕站起身，激动不已："都是好久以前的画儿，实在不好意思给您看。这也算不上签售会，就是知心朋友一起聚聚。"

吴副总监抚着画册："刚才我细看了一遍，真好。你是个艺术家，做广告亏了。"

"您总能给我力量。"苏枕在扉页上认真地画了个小太阳，"不过您的调令太突然，我都接受不了。是不是跟江总监有关？"

吴副总监摇摇头："是我自己竞聘的岗位，想换个环境，找点乐子。"

"真羡慕你，可以潇洒地跟着感觉走，从不担心未来。"

"这话应该我对你说，你年轻，有时间去尝试更多的活法。生活本来就像流水一样自然，做些开心的事儿，比如出这本书。"吴副总监说着，向两侧看看，"咦，我们的大美人呢？"

苏枕这才想起来，秦伊诺还没有到场。

本来伊诺要担任这次活动的主持人，不料又出了岔子。周五上完课，于助理送她回家，路上突然说："明天早上秦小姐如果没有其他安排，要不要跟我去机场接徐总？"

秦伊诺刚要回绝，转念一想，也许这是徐昌郡的提议，说明他下飞机第一个想见的女人就是她！连叶蓓蓓都没有这么高的待遇。如果她不去，他会失望的，说不定以后就不管她了。至于新书发布会，可以接完徐昌郡再赶过去嘛。

飞机晚点两个多小时。秦伊诺站在候机楼里，眼睁睁地看着表针走过十一点。上次苏枕的生日聚会，她也没有参加，而且都是因为徐昌郡。伊诺感到内疚和不安，以至于徐昌郡出现在她面前时，她还有点木然。

"魔鬼课程起作用啦，所有的人都在看你！"徐昌郡笑道。

"秦小姐天生丽质，培训是锦上添花。"于助理接过他的手提包。

他们走到停车场。徐昌郡为伊诺打开后门，又转到另一边，上车坐到她身边："飞机上的饭难以下咽，陪我吃顿午餐吧。"

伊诺点头，偷偷看表。

"不方便？"他明察秋毫。

"有个朋友在青竹路搞活动，我答应他露面……"伊诺不敢提苏枕的名字。

徐昌郡让于助理改变路线。伊诺不好意思了："下次我请你吃饭。"

徐昌郡轻轻拍了拍她的肩膀。

到了青竹路，伊诺让车停在路口，跟徐昌郡道了别，匆匆奔向竹园。草高树密，曲径幽深，她恨不得脱了高跟鞋，光脚跑过去。终于找到依筠书吧，院子里空荡荡的，只有两个店员在打扫卫生。中间的木桌上，还摆着几本来不及收走的画册。

3

苏枕休假了，突然闲下来，有点无所事事。他忍不住打电话给孟小吟。她被学校保送读博，也是个闲人。他约她去郊区走走，她迟疑了片刻，答应了。

苏枕租了辆车，带小吟来到红螺寺。初秋的阳光明媚，漫山遍野的苍翠绿叶，挑染火红、鹅黄和银白色，如碎金撒地，美如仙境。他们爬到山顶，逛遍了每间庙宇。小吟有点拘谨，离苏枕不远不近。到了五百罗汉园，她被栩栩如生的雕塑逗乐了，边跑边模仿各种姿势。苏枕远远看她被风吹乱的头发，雪白透亮的脸颊，感到自己的心沦陷得更深了。

傍晚，他们到农家院吃烤虹鳟鱼、鲜磨豆腐和香椿炒蛋，喝啤酒。逛饿了，他们吃得格外香，但没怎么说话。小吟心里一直七上八下的，她应该乖乖待在家里等尘宇下班，怎么会单独跟苏枕跑到这么远的地方？郊外的太阳落得早，放眼望去，层层山峦黑漆漆的，灯火依稀闪烁。

小吟问："山上有人住？"

"山上建了很多木房子，就像童话小屋。"

她握着温热的茶杯，不敢跟他对视。

"今晚可以不回去么？"苏枕问。

小吟抬起头，他的眼睛已经探入她的心底。她没有任何抵御的能力。

苏枕带小吟来到附近的度假村，在前台拿到了预约的木屋钥匙。看来他蓄谋已久，小吟感到一阵不安的甜蜜。她跟着他，顺山路拾级而上，苍云如墨，一轮金黄的月亮在头顶缓缓移动。路过几幢木屋，里面传出嬉笑声。苏枕停下步子，回头向小吟伸出手。她把冰凉的小手交给他，心跳加快，腿脚绵软。

他们来到高处的17号木屋。"到家了。"苏枕跟她说，打开门，按亮灯。两扇木窗，夸张的大床几乎占据了整个屋子，床前的柜子上有台电视。侧面是个小小的卫生间。苏枕打开窗户透气。

小吟躲进卫生间，用清冽的水洗了把脸，对着镜子捏捏自己发热的脸蛋。她对接下来要发生的事情毫无把握，磨磨蹭蹭地走出来，她发现顶灯关了，窗帘也拉严了，只有床头灯发出一圈柔和的暖光。

他在黑暗中迎接她。小吟一步步走近他，像泉水默默纳入大海。他们近到不能再近，贪婪地吸入对方的气息。他脱去她的外衣、衬衫和裤子。她只剩一身粉红色的内衣，鸟骨蜂腰。

他压在她身上，像阳光覆盖了大地。他们如痴如醉地亲吻，交缠着不知疲倦的舌尖。她不由自主地轻颤起来，两手抵住他的腹部。他突然停止进攻，平静地躺在她身边。

"对不起，我不开窍。"小吟难为情地拉严被子，担心自己的笨拙损伤了他的兴致。

苏枕将她揽进臂弯："把它当成一场探险，带着好奇心去探索你体内的神秘岛。你会发现，人生的极乐至福根本不在外界，就藏在本体。忘了呼吸，忘了心跳，忘了存在，那一刻，我们和宇宙融合，接近永恒。"

"真是实践出真知呀。"小吟翻过身，额头贴住他的下巴，既天真又戏谑地问，"你睡过几个女人？"

苏枕想了想，说："四个。"

"你也曾这样抱着她们么，缠绵之后毫不留情地忘记她们？"

"不去想，不代表忘记。"

他们陷入沉默。

这个女孩真的不一样，让他的幸福感中掺杂着难以名状的悲伤。他太想拥有她了，反而不急于入侵。他只是渴望永远永远和她这样躺在一起，传递着共同的体温。

热烈的爱抚之后，苏枕还是放过了小吟。他轻抚她粉润的脸颊，指尖停在她的左耳上："你耳垂上有颗小红痣。"

"耳朵平时藏在头发里，发现它的人不多。"

"是相思痣么？"

"不，我不要再受相思之苦，我想跟你私奔！"小吟用双手紧紧扣住他的脖子。

她暗自作出决定，不去香港读书了，守在他身边。

4

再美好的夜晚也会毫不留情地逝去。在明灿灿的阳光下，苏枕和孟小吟闷声不语地踏上回城之路。他们像两颗被逼到死角的棋子，思忖着下一步该怎么走。

苏枕想摊牌，直截了当地告诉尘宇和伊诺，他和小吟相爱了。他认为欺骗是头等罪恶。

小吟不同意，她无法想象这激烈的举动会给尘宇带来多么大的耻辱和伤害，更不忍看到两个亲如弟兄的男人为她反目成仇。但她心里跟定了苏枕，就想了个不是办法的办法，慢慢地疏远尘宇，表现出冷漠和不讲情理，让他厌倦她。

苏枕说长痛不如短痛。小吟让他给她充分的时间去处理这份感情，还丢下一句："我和尘宇之间的事，你没资格插手。"

苏枕回到家，伊诺刚洗完衣服，把他的衬衫晾在凉台上，捋得平平整整，娇声问："老公，玩美了吧？"之前，苏枕跟她说的是跟几个同学去郊游。

苏枕被这个新称号吓了一跳，他跟伊诺从来都是直呼姓名，而且他们一致认为互称“老公老婆”庸俗不堪。她给他倒了杯水，又温情脉脉地帮他按摩肩膀，叨叨家里的一些小破事儿，什么灯管不亮啦，水费还没交，橱柜里有股怪味儿。

苏枕突然发现“摊牌”的想法很幼稚。伊诺纵然有点任性和自私，但毕竟没有什么大问题，把家布置得井井有条，乖乖地等着跟他结婚。说到自私，这是人的本性。他放纵自己爱上小吟，背弃未婚妻，难道不是超级自私的行为？

“受够租房的日子了，真想赶紧搬走。我们去看看新房吧，装修是个大工程，得提前筹划。”伊诺说着，把削好的苹果给他。

苏枕“嗯”了一声。爷爷家的祖房要拆迁了，新楼已经盖好，旧房的面积能换来两套两居室。

这对伊诺来说是个天大的好消息。尽管她不是很喜欢古清小区那地段，但做梦都想拥有自己的房子，在北京扎根落脚。她心里还打了个小算盘，苏枕的爷爷奶奶都快八十了，能有几年光景？到时候，她的父母就可以如愿以偿地住过来了。

苏枕对搬迁提不起兴趣，因为他留恋老房子。那结实的砖墙、小小的院落承载着祖辈的记忆以及一个家族所有的悲欢离合。他相信，父亲的身体虽然被抬走了，但亡灵并没有离开。如果母亲有朝一日重返故里，还会迈着优雅的脚步踏入那弯弯曲曲的巷子。

秦伊诺每次跟徐昌郡见面后，就会对苏枕百倍殷勤。她在心里不住地自我安慰：我没出轨，只是为了我梦寐以求的事业。

周六伊诺上完课，车子像往常一样在门口等候。她上了车，司机不是于助理，而是徐昌郡。他说：“晚上有个派对，来放松一下吧。”

伊诺说：“现在？我连衣服都没得换。”

徐昌郡指指后座，礼服和鞋子早就为她准备好了。

车子直接开到天津。派对在海边的一艘豪华游船上举行。伊诺打扮好，从更衣室出来，就找不到徐昌郡了。她谁也不认识，硬着头皮跟那些陌生人微笑寒暄。绕到甲板上，伊诺看见徐昌郡在跟几位男士高谈阔论，而他身边是娉娉婷婷的叶蓓蓓。他温柔地搂着她的腰，她笑得明媚性感，就像一对名流夫妇。

叶蓓蓓往这边一瞥，伊诺吓得背过身子，不知道往哪儿躲。叶蓓蓓偏偏跟过来，在她肩上拍了一把：“好久不见哇，我让阿郡请你来的，咱们去吃生鱼片吧。”

伊诺跟着叶蓓蓓来到餐区，浑身上下不自在，一口也吃不下。不一会儿，徐昌郡拿瓶红酒过来了，若无其事地给两位女士倒酒。伊诺郁郁地盯着他，他露出惯有的狡黠笑容。叶蓓蓓问伊诺鱼片味道如何，晚上要不要住下，语气里有种女主人的优越感。伊诺推说有事要走。

“在船上过夜吧，凌晨他们还要放烟花呢。”叶蓓蓓转向徐昌郡，柔声细气地说，“给伊诺开个房间吧。”

“你们玩，我先走一步。”伊诺起身就走。

徐昌郡说：“让于助理送你吧。”

“不用。”伊诺甩下他们，冲出游船。四面漆黑，凉风习习，徐昌郡并没有出来追她。她打着寒战，半天才拦了辆出租车，委屈地流下眼泪。

5

秦伊诺病了，头疼，低烧，四肢乏力。她不肯去医院，苏枕给她找了些药，吃了也不见好。她自己清楚，这是心病。她以为徐昌郡真心喜欢她，这个信念支撑着她留在台里苦干，给了她面对张月影的勇气，也给了她模糊而美妙的希望：总有一天，她会出人头地。没想到，她只是他的小玩具，心血来潮就摆弄一下。

想起派对上叶蓓蓓那得意的神色，她心里火烧火燎的。徐昌郡为什么要请她去呢，难道为了羞辱她，证明叶蓓蓓是他的“正室”？伊诺突然想到，徐昌郡从来都不跟她在公共场合双入双出。秘密约会、秘密培训、秘密电话，她是个见不得人的地下小三儿，说不定是小四、小五、小六。伊诺踢翻被子，用枕头压住要炸开的脑袋。

苏枕抱住伊诺软软的身体，想到即将离开这个同床共枕一年之久的女人，于心不忍：“要是我不在，你可不能这么作践自己。”

“你哪儿也不许去……我就只有你了。”

“认识我之前，你还不是一个人过来的。”

“现在我只是半个人，没你没法儿过。”

苏枕捧起她的脸，试探性地问：“如果我陪不了你呢？”

伊诺冷笑了一声，转而望着窗口，一滴泪珠还挂在睫毛上。她幽幽地说：“那我就从这飞出去，在空中悠扬地跳个舞……”

苏枕一怔，说：“你烧糊涂了，胡说八道。一流主持人的辉煌人生还没开始呢。”

伊诺歪在他怀里，想起昨晚受冷落的情景："什么成功事业、辉煌人生，统统瞎扯，没有人会真正关心我。"

苏枕在心里感叹了一下。伊诺比他想象的更脆弱，更需要他。

歇了两天，伊诺强打起精神去上班。周三晚上的培训她没去。于助理打电话问她，她说："请转告徐总，以后的课我都放弃了。"她的语气坚决，其实心里在打鼓。她很可能因此与徐昌郡决裂，失去唯一的靠山。她要赌一把，看他是不是真的在乎她。

即使不去上课，伊诺依然严格按照老师的要求去练习播音，疯狂地吸纳知识。她不但没有放弃竞聘经济频道主持人的目标，成功的欲望反而更加强烈。自从替张月影主持了那场双语晚会之后，文艺部孙主任已经注意到她的才华，其他部门还有领导打听过她呢。抓住每个机会展示自己，说不定命运之神哪天就会眷顾她。

一周之后，秦伊诺在办公室接到电话，说一层会客厅有人找她。她下楼，隔着玻璃门看到徐昌郡坐在沙发上翻杂志。她窃喜，拢拢头发走进去。

他放下杂志，盯着她："我理想中的主持人具备的首要素质是理性。你爱耍小性子，就成不了气候。"

伊诺故意不看他，微抿下唇，半垂眼睑，轻声说："我病了。"她自知这表情十分惹人怜爱。

徐昌郡果然表示关切："那天在船上着凉了？我要送你，你不肯。"

"我恨不得投海自尽。"

"好吃好喝好玩的，谁招惹你了？"

"你明知故问。你不向我介绍客人，也不介绍我。我像个傻子似的转来转去，都不知道派对是谁搞的。"

"自我介绍喽。优秀主持人的第二大品质：擅长自我推销。"

"可你到处跟人介绍叶蓓蓓！好歹我是你带去的，就算带条狗也不能扔了不管呀。别打着主持人的幌子拿我寻开心，我的梦想八百年前就碎了。我去听课是因为心存感激，想着付出全部努力才能对得起你的期许。现在看来，你眼里只有叶蓓蓓，让她去培训好啦。"

徐昌郡微微蹙眉："秦小姐，你让我困惑了。你希望我对你和叶蓓蓓一视同仁，甚至你得到更多优待，但别忘了她是我女友。你是别人的未婚妻，我只好断了念想。"

伊诺没词了。她不敢跟徐昌郡确立关系，却又渴望得到他的恩宠。

徐昌郡凑近她："叶蓓蓓怎能和你相提并论？我做梦都想搂着你赴宴，大大方方地把你介绍给朋友，你肯么？"

他的眼神像旋涡般深深地吸住她，以至于让她窒息了。

不等她回答，他的手蓦然搭在她手上，用力攥住。伊诺觉得整个身体似乎都被他压住了，动弹不得。她担心玻璃门外有人看到，但他全然不顾，仿佛世界上只剩他俩。

这个狡猾的男人跟她周旋了这么久，终于敞开心扉了。如果叶蓓蓓撞见这一幕，肯定会气瘫的。伊诺的不安渐渐被满足感所代替。当然，有魅力的女人需禁得住多重情感的考验。她既要牢牢地抓住徐昌郡的心，还得百分之百地瞒住苏枕。

伊诺用另一只手温柔地抚弄徐昌郡的手背，说："你是有头脸的人物，一举一动都有人盯着呢，不能因为我坏了名誉，私下里想着我就好。我再也不无理取闹了。"

第十五章　伤痕

1

从郊区回来以后，孟小吟就一直恍恍惚惚的，成千上万次回忆她跟苏枕每个亲昵的细节。后半夜，他入睡了，而她一眼未合，全神贯注地望着他。一阵欢喜，一阵忧伤，想拥抱他，又怕惊醒他。梦境像蝴蝶般掠过，他的眼皮微微跳动了一下，她的心弦也随之波动。她默默地把他皮肤上的每条纹理都刻在心里，绘成地图，用来生生世世寻觅他。

现在小吟看不到苏枕，他似乎依然跟她贴在一起，呼吸交融。她不禁感到困惑，真的能够这样想念一个人么？想到心抽筋。她嘲弄自己是个废人，除去爱他，什么都做不了。

在导师惋惜的叹息中，小吟毅然放弃了保博的机会。她告诉父母，今年没有外国文学专业的交换生名额，去香港读书的事黄了。

母亲的反应很激烈："这事儿早就敲定了呀！是整个文学院都没名额，还是单单你的专业没有？你干等着保送，没找工作也没考博，前途都毁啦！让导师想想办法！"

小吟说："其实早没戏了，怕你们失望就没说，我留在出版社工作好了。"

母亲气冲冲地转向父亲："托人找李教授，不，找他们院长问清楚，就算去不成香港也要直博本校！"

父亲是B大历史系教授，找A大的老师打探情况还是很容易的。小吟只好老实招供："谁也不用找，我读书读腻了，想到社会上晃两年再说。"

母亲摇摇头，一脸痛惜："真不知好歹呀……"

陆尘宇听到这个消息很开心，连声说："就是就是，女孩子读到硕士就够了。"

不过接下来小吟给了他当头一棒。她平静地说："既然我不去香港了，订婚的事就先放放。"深思熟虑的结果，不容置疑的口气。

尘宇急了："放到什么时候？我爸妈为了订婚仪式专程从德国赶回来，你让我怎么跟他们交代？出什么问题啦？！"

小吟的沉默加深了他的愤怒。他在桌上重击一掌，差点震碎杯子。服务生闻声而来，他转身走了，把她独自丢在咖啡厅里。

尘宇冲到大街上，连红绿灯的颜色都分辨不清了，车鸣震耳欲聋，心脏在胸口打拳击。别的女孩都是催着男友结婚，小吟怎么一点都不情愿呢。他冲她咆哮时心里很痛苦，但她好像并不在乎，脸上笼罩着一丝寒意，把他们的距离拉得很远。

尘宇不知不觉走到猛男俱乐部，给苏枕和窦可发出紧急信号。他们仨有协议，只要收到三个星号组成的短信，就必须在第一时间聚拢。窦可还发明过很多暗语，吃饭、洗澡、自习、打球、点名、考试、泡妞……都有专用符号，毕业之后慢慢丢弃了，只有三星紧急信号沿用下来。

两人火速赶来，陪他狂打一局保龄球。尘宇连着打了五个满贯，脱去T恤，只剩件背心，露出健美的肌肉。

窦可挤眉弄眼地凑过来："旁道上那俩女的一直盯着你，口水流了一地。"

尘宇没看他，也没往旁边看，直愣愣地冒出一句："小吟不肯嫁给我。"

窦可拉尘宇坐下，认真地问："你还没上她吧？"

尘宇摇摇头，眼神依旧缥缈。

窦可旁若无人地说："这就是症结。你们谈了一年多，再谈下去就成陌生人了。趁着激情把她睡了，她的心才能归顺于你。"

尘宇说："激情已经没了。"

窦可说："小吟这种女孩比较难搞，书读多了，满脑子不切实际的幻想。你得不断制造浪漫惊喜，才能维护在她心中的白马形象。带她出去玩玩吧，花前月下深情告白，在她迷醉时把握机会，把她变成真正的女人。"

苏枕觉得很刺耳，一个人闷闷地丢球。窦可叫他："大情圣，过来给尘宇支支招！"

"别招苏枕，他比我还郁闷。"尘宇跟窦可说起苏枕的设计遭窃的事儿。

窦可跳起来："什么时候？怎么没告诉我？"

苏枕叹道："说起来闹心，谁也帮不了我。"

窦可说："你忒不拿我当回事，心寒了，绝交。"

尘宇说："就算打不赢官司，也得收拾一下杰瑞那小子，先人肉后鱼肉，废了丫。"

窦可说："我有哥们专门开'整人'公司的，连丫祖坟都能刨了。"

苏枕说："没用的，设计图拿不回来。"

"你的智商跟尘宇的情商一样无可救药。"窦可无比同情地望着苏枕，双手合十在胸前，"上帝呀，您老人家是派我来拯救他俩的么？"

2

吴副总监把苏枕叫到办公室，关上门。屋里收拾得干干净净，桌上的文件和画册都已清空，只放着一份机票行程单，后天早晨飞往墨尔本。

吴副总监走到书柜侧面，移开屏风，里面竟然有一席私密空间。他让苏枕走进去，说了句“别出声”，把屏风重新合拢。

苏枕不知道他葫芦里卖的什么药，静静站着，肩膀紧贴柜壁，木头夹杂着樟脑味儿冲进鼻子。他突然想起中学时代的体育器械室，日复一日，在黑暗的霉雾中等待恋人灼热的身体。

开门声。有人进屋了，说：“吴总，您找我。”

苏枕听出那是杰瑞的声音。

吴副总监让杰瑞坐下，说：“在我离开之前，想跟你坦诚地聊聊。”

杰瑞谦恭地说：“坦诚是我为人的原则，吴总又是我非常敬重的前辈，很高兴有机会跟您交心。”

吴副总监说：“蝶舞公司的开业庆典我去了，有些困惑。因为几个月前，苏枕在杂志上发表了几张复古风格的服装设计图，跟庆典上的‘秦汉明月’造型相差无几。”

苏枕知道吴副总监在试探杰瑞，屏住呼吸。

“什么杂志，第几期？我能看看么？”杰瑞紧张地问。

“我这里没有，但是印象特别深，金属线、铆钉扣、盾牌花纹……这些元素你竟然都用了。”

杰瑞冷笑一声：“首先，蝶舞庆典是我一手策划的，耗费多年心血，百分之百原创。第二，我把部分设计草图存到了资源共享文件夹，创意部人员都能参考。第三，我还没见着你说的那本杂志，如果苏枕敢剽窃我的设计，绝不姑息！”

苏枕差点背过气去。

吴副总监说：“你今年二月才接手蝶舞公司的项目，怎么说耗时多年？还有，你为什么要把设计草图公开呢？”

杰瑞说：“我来迪亚兹之前曾做过服装设计师，积累了很多素材，不然哪敢给模特公司做广告？‘秦汉明月’系列前年就有雏形了，乡野清荷更早，是我上学的时候为女友设计的。吴总，其实我能理解苏枕的心思。他喜欢服装设计，也有天分，当时很想尝试蝶舞的项目，但江总把项目交给我了，他对我的作品自然格外关注。您没看见，他在庆典上丢了魂一样晃来晃去，直勾勾地盯着我问灵感从何而来。我们搞艺术的都有过类似的体验，看到一幅动人的画儿，或是读到一篇妙文，又惊又悲，觉得它撞到心坎里去了，不由得感叹它本应是自己的作品！俗话说，艺术家必然善妒嘛。在公司，没有人知道我以前搞过服装设计，所以大家被这次庆典震撼了，都来问我这些绝美的服装是从哪儿冒出来的，我就把一些设计草图公开了。我不介意和我的团队分享经验，但借鉴也要把握个分寸，不是么？”

话说到这份儿上，苏枕不生气了，只想笑。杰瑞是他见过的最好的演员，可惜入错行了。

吴副总监说：“有道理——但老江似乎不是这样想的。”

“江总？”杰瑞的声音明显渗入焦虑和不安，“什么意思？”

“你可能想不到，那本杂志正是老江拿给我看的。杂志主编是他的老同学，跟他约过稿。老江发现苏枕对服装设计很拿手，就跟他要了几篇画稿发表了。话说回来，当我在庆典上看到似曾相识的‘秦汉明月’，以为老江会跟我一样吃惊，但他似乎很平静，奇怪。他没问过你么？”

“……您还记得杂志的名字吧？”杰瑞问。

“香港出的，叫什么风尚还是风情来着，你去问老江吧。我要走了，你们的事也不掺和，管他谁借鉴谁呢。都说天下文章一大抄，我看是天下设计一大仿，就看谁出手快、准、狠！广告公司像个假面舞会，人人都会说谎。我跟老江共事四年了，依然摸不清他的性子。不过他很器重你的，逢人便夸。年轻人，前途无量啊！”

苏枕听见吴副总监在杰瑞的肩上拍了拍，但没听见杰瑞吭气，眼前不由得浮现出他不知所措的神态。

杰瑞走了。吴副总监移开屏风，苏枕出来便笑：“您也太能忽悠了。”

“听出来了吧，剽窃事件跟老江无关。这小子贼胆包天，刚才眼神里却有畏惧了。”吴副总监说，“可惜你只顾埋头苦画，作品也没发表过。我们只能吓唬杰瑞，但没有证据扳倒他。”

3

孟小吟跟尘宇吵完架，在家窝了好几天。确切说，是尘宇冲她吼，她无动于衷地听着。她内心很压抑，但没话可说。她想，跟尘宇的感情算怎么回事呢？以欺骗开始，以背叛结束，即使中间穿插了很多浪漫和温馨，她到底没有把心掏给过他。这样对待一个深爱自己的男人，是不是会遭报应？

孟小吟的父亲刚刚参加完一个学术研讨会，这几天没有课，在家写论文。在生活细节上，父亲对她的照料远远不及母亲，但父亲是最懂她的人。他们不常聊天，一聊就很深入。

这天吃完午饭，小吟正要收拾碗筷，父亲示意她坐下，开门见山地问：“你喜欢别人了？”

小吟愕然，随之点点头。

父亲问那个人什么情况，她没敢提苏枕的名字，只说他有女朋友。

若母亲听到这话肯定会发作，父亲却十分平静：“好了多长时间？”

“没有真正好过，我们不知道该怎么办。要拆就得拆两对儿，还不确定我们在一起能不能幸福。”

“如果结婚的话，最好别找这么让你失魂落魄的人。”

“失魂落魄？”孟小吟觉得父亲用了一个严重的词。

“这些日子你忧郁得不成样儿，我就知道你遇上克星了。你跟尘宇在一起很开心，为什么不过轻松的日子？婚姻不是生活的全部，你可以在心里留一块秘密空间。”父亲说。

“可秘密空间会无限膨胀的，我还是痛苦。”

“任何痛苦都会消退，否则人类没法繁衍了。等你结了婚，责任、事业、孩子、家庭琐事一起缠上来，对痛苦的感知就没有现在敏锐了。”

“爸爸，换做是你，你能做到娶一个并不很爱的女人，而在心里给妈妈留块空间么？”

父亲说：“当然。皇上贵为天子，往往都无法与心爱的女人厮守。有庸常的生活打底，才能衬出爱情的珍贵来。爱只存在于对爱的憧憬之中。”

下午，小吟收到陆尘宇的短信：我爸妈回德国了，家里空落落的。

小吟内疚不已。婚没订成，害得尘宇父母白跑一趟，空欢喜一场，不知道尘宇是怎么跟他们解释的。她换上一件可爱的杧果图案长衫，去了尘宇家。

尘宇刚洗完澡，披着天蓝色浴巾，头发湿漉漉的。以往几日不见，尘宇肯定会迫不及待地拥抱她。而这次，他很淡然：“坐吧，冰箱里有果汁。”说罢进卧室了。

孟小吟跟到卧室门口。尘宇把浴巾丢在床上，打开柜子找衣服。他雄健的背部有一道深深的伤疤，从左肩斜至腰椎，触目惊心。小吟抱他的时候，能隔着衣服触到凹凸，但从未在阳光下正视过这痛苦的印记。

“谁会下这么狠的手，刀子一定很长。”小吟说。

尘宇把背心套在脖子上：“靠，十几口子砍两人，我和苏枕把命捡回来就不错。”

“苏枕？”

“我给你讲过高中那些破事儿，苏枕和张月影不是被教导主任抓了么，后来张月影就消失了，不过她表哥冒出来了。丫是Z中的痞子头，有天晚上带了一帮小喽啰把我和苏枕堵在胡同口。丫往地上啐了一口，让我滚。我嘴欠，说你妹我也上过。结果那帮人刷刷亮出家伙，木棒、板砖，还有半米长的刀子！我提起山地车，把月影她哥撞了个跟头，杀出一条血路，但苏枕被三个人摁住了，月影她哥喊废了他！一光头举着刀子就过去了，我扑上去一挡……那滋味儿一辈子都忘不了，感觉身子被劈成两半，四周就像在放默片，月亮踩到脚底下，我都不知道自个儿是谁了，要么还没出生，要么就是死了。”

“如果你没去挡，被砍的就是苏枕，对不对？”小吟傻傻地问。

“可不，他那小身子骨可就玩完了。亏得有人报警，那帮孙子四散而逃。我和苏枕依偎在脏兮兮的墙角，救护车在老远叫唤，亮锃锃的刀子横在血泊里。不知咋的，我突然有点兴奋，跟苏枕说你看我的骨头多硬啊，刀刃都卷了。他用沾满血的手扳着我的脸，一个劲儿哭号，跟送葬似的。然后我就没知觉了。”

孟小吟的心被结结实实地砍了一刀。

尘宇安慰她：“八百年前的事儿了，我又没死。”

“为什么要管他？他跟你非亲非故，自作孽，不可恕！”

“这是什么话？”尘宇说，“我跟苏枕拜过把子，他要是有个三长两短，我哪有脸活？”

小吟的眼睛湿润了。

尘宇把她拉进怀里：“既然心疼我，干吗气我？这比挨十刀还难受呢。”

小吟说了一连串对不起。

“我想通了，没什么大不了的。你不想结婚，那就不结，留在我身边就行。我最担心你跟我分手，还好你没提，没判我死刑。”

“不要赋予我那么大权力。”小吟捂着脸，“尘宇，有时候我特别痛恨自己。”

“是么，我从没烦过你，更不会恨你，就是跟你吵架的时候，也特想亲你的嘴。”

4

尘宇跟小昑和好了，像从前一样，一起吃饭、逛街、看电影、打球，只是谁都不再提结婚二字。

有个人时不时会在尘宇的心里底冒出来，就是罗卡。他承认她漂亮性感，对他有超凡的吸引力，但他认定她是个完全不靠谱的疯丫头，所以从不把她当回事儿。碰上了，就逗弄一下，像偷喝了烈酒般爽快。可是，上次罗卡突然跑到他家找他，没说几句就甩他一巴掌，好像受了多大委屈似的。她似乎不能接受他订婚的事实，可他们之间没什么关系，除了一个迷乱的热吻。

罗卡的暴怒激起尘宇的好奇心，而好奇心得不到满足时就会演变成折磨人的欲望。他思忖再三，从来电显示里找到罗卡的号码，拨回去，停机了。折磨在加剧。他只好再次通过窦可打听罗卡的消息，还尽量表现出玩世不恭：“那疯丫头不知在哪儿飘着呢，有几个哥们儿天天泡斯人，也没见她的影儿。”

“喔？”窦可冲他挤挤眼，“婚前最后的挣扎，青春最后的沦陷——我成全你！”

窦可说到做到，当晚就发给尘宇一个俱乐部地址，让他速去。陆尘宇反倒踌躇了。他到底想做什么呢？这不是在创造出轨的机会么？转念一想，罗卡不一定在那里，在也不一定理他，理他也不一定就要跟他发生什么。况且，孟小昑不会知道他去找罗卡。这次秘密行动对谁都没坏处，还能解开他的心结。

那是个高档台球俱乐部，厚地毯，水晶灯，进口球桌，穿西服戴白手套的侍者彬彬有礼地为零星的几个客人服务。陆尘宇背着自己的专业台球杆，穿过吧台区，在最里侧的球桌边找到罗卡。

罗卡独自打斯诺克，黑色铅笔裤，银色宽袖衫，头戴皮帽。她姿态优雅，下手精准果断，有种不灭球不罢休的霸气。她侧颊阴柔，低垂的睫毛楚楚动人，神情却像沉思的男人般严肃，反衬出独特的美感。

她看到陆尘宇，神色没有明显变化，俯身将一红球打入底袋，母球紧贴球桌侧沿停下，乱局中显然任何一个分球都希望渺茫。罗卡仰起脸，冲尘宇挑了挑眉，做出邀请的手势。

陆尘宇不慌不忙地解开背包，把球杆接好，沿球桌绕了一圈，瞄准位置。他的下巴贴近球杆，屏住呼吸，将全部意念集中在那只若隐若现的蓝球上，稳健打了个高杆。母球就像被施了魔法，乖乖地绕过黑球，在球台边沿反弹回来，以分毫不差的角度旋转着擦到蓝球，蓝球缓缓滑入中袋，但黑球似乎微微颤动了一下。

“你犯规了。”罗卡说，“要结婚了还寻花问柳。”

“谁说我结婚了？”尘宇说罢，才发觉自己在急于辩解。

罗卡笑笑，到吧台要了两小瓶伏特加，递给尘宇一瓶。尘宇喝了一口，浓烈的酒精让他的食道滚烫不堪。罗卡却像品茶般面不改色。

一瓶下肚，尘宇感到吊灯的光晕在轻轻晃动。他没吃晚饭，喝得太猛，胃里翻江倒海的，连球杆都握不住了。

罗卡见他脸色不对劲儿，抢过他的酒瓶晃了晃：“你喝光了？”尘宇说：“你刚才说……干杯。”

“你这么听话，我喜欢。”罗卡走近他，冷香袭人。

她漂亮的面孔压迫着他。迷醉、陌生，又似乎在他的思绪里出现过多次。更有力量的是她的酥胸，那绝妙的曲线让他的腹部骤然勒紧。他站不住，也不想坐，只想躺下。最好躺在冰凉的土地上，身心解放。

而等待他的是一张巨大的暖床。床垫一沉，罗卡扑到他身边，她一手托腮作清纯相，另一只手却娇蛮地拉开了他的裤子拉链。尘宇把双手枕在脑后，舒舒坦坦地等待她大显身手。

罗卡用指尖轻轻挑逗了他几下，突然爬到他身上，与他鼻尖紧贴，嘴唇相对。“尘宇，”她第一次这般温柔地叫他的名字，“你想过要我么？”

“是个正常男人，都想要你。”

“我是说。”罗卡欲言又止，呵气般吐出两个字，“娶我。”

尘宇的酒一下醒了八分，实事求是地摇摇头。他感到罗卡的身体轻轻颤动了一下。

她从他身上滑下来，背冲他坐了一会儿，说：“你诚实得有点残忍，不过，也许这恰恰是我爱你的原因。”

尘宇听到一个好陌生的字眼。在这个年代，谁还愿意轻易承认爱上了别人？从罗卡的嘴里吐出这个字，就更奇怪了。他凝视她的背影，悄然涌起一股爱怜之情。她不是艳光四射的舞女，不是打台球喝烈酒的假小子，不是凹凸有致的性幻想对象，她也是个渴望爱情、需要呵护的平凡女孩。他伸手拉她，她突然闪开，一溜烟跑出屋子。

尘宇干躺了一阵，有点心烦意乱。他怎么会烂醉如泥，衣冠不整地睡在别的女孩家？从正式向孟小吟表白开始，他就发誓全心全意对她，才过了一年多，他便勾搭上罗卡了，以后会不会与更多的女人有染？归根到底，怪孟小吟不肯跟他结婚，剥夺了他对她的责任感。更要命的是，孟小吟和他的亲热是有限度的，只要他的手触到她腰际之下，她便显出紧张和不安的神色，紧绷的身体无言地抵抗着他的爱抚。他知道她是第一次交男朋友，保守点儿也算正常。可三番五次被拒之后，他不由得怀疑她是性冷淡。这念头太恐怖，他只好安慰自己说，结了婚就好了，他有大把的时间调教她。可她不肯结！

尘宇决定今晚豁出去了。一个爱慕他的性感女人送上门来，不碰她才算不上真正的男人呢。“罗卡，罗卡，我要你！”他粗野的嗓音回荡在空空的房间里。

尘宇一骨碌爬起来，头晕目眩，踉踉跄跄地走出卧室，找遍了每个角落。罗卡不见了。他最想见她的时候，总是扑空！刚才没有及时追出去，他真是蠢透了。茫然若失地走下楼，他彻底失去了方向感，扶着铁栏杆，搜肠刮肚地吐了一地。

5

送走吴副总监，苏枕乘出租车从机场返回，突然有一种前所未有的悲怆。相识两年，吴总在他心里占据着比父亲还重要的位置。除了事业的扶助，他对他的生活也关爱有加。

老吴在登机前跟他握手，最后一句话竟是：“等着喝你和伊诺的喜酒。”苏枕无话可说，机械地笑笑。有几次，他想把感情的变故告诉吴总，话到嘴边却没好意思说。这个亲如父亲的人，到现在都不知道孟小吟的存在。

苏枕突然对小吟涌起一股不可遏制的思念，仿佛世界上只剩下他们两个人。找到她，才算找到同类，才能拥有赖以生存的安全感。他拨通小吟的电话，一听到她的声音便酥倒在后座，仰视车窗外深秋的朝阳和树梢。

小吟“喂”了两声。

苏枕说：“亲爱的，窗外掠过一排红色的树。我想你。”

“路路呀，我下午正好回学校，把书卡带给你好了。”

驴唇不对马嘴。陆尘宇肯定在她身边呢。苏枕顺水推舟：“图书馆门口见。”

“好，2点见。”小吟的声音脆脆的，爽快地挂断电话。

想念她的时候，见不着面，连声音都听不了。如果不能光明正大地在一起，他和小吟就得这样伪装到老，逃避到死。苏枕疲惫地闭上双眼。

回到公司，苏枕在电梯口碰见了杰瑞。杰瑞的眼神有点躲闪，潦草地冲他点点头就走了。不一会儿，小曹抱着一摞材料从文印室里出来，也往这个方向走，跟苏枕撞了个满怀。看得出她的裙子有点不整，脸颊上的红潮还未褪去，下巴蹭上了一点唇彩。她倒是落落大方地跟他打了招呼，还约他中午一起去餐厅。

吃饭时，小曹点了苏枕最爱吃的香煎鲫鱼，还不停地给他夹菜。

苏枕说："这么高的待遇，我都惶恐了。"

小曹说："你是我的偶像啊。自从看了那期《秀吧》，我满脑子都是你设计的衣服。现在得好好巴结你，等你成了世界顶级设计师，就没工夫接见我啦。"

苏枕说："过奖了，跟杰瑞一比，我那些都是雕虫小技。"

小曹说："他的风格太华丽，我还是比较喜欢你那种草根式的自然美。我平时爱看服装杂志，却没见过你那么动人的设计。你应该在杂志上开个专栏，每期一个主题，做好了会有服装公司找你签约的！"

苏枕笑而不语。

小曹追问："难道你从没想过给服装杂志投稿？你那期节目多火暴啊，应该乘胜追击，把以前的设计图都公之于世！"

小曹显然在帮杰瑞套话。看来，老吴安排的那次私密谈话真把杰瑞给忽悠了。苏枕对她说："没想过，因为我太累了。你有过感觉很累的时候么？"

小曹眨眨眼："会有啊。不过活着才有资格受累。不累的时候，人就死了。"

让苏枕更郁闷的事情在后面。江总监让他接手一家建材公司的宣传策划，而且是给王指导打下手。那家公司信誉很烂、要求很高，已经踹过好几个广告合作者了。王指导的自负和固执在创意室又是出了名的，连小曹这样圆滑的姑娘都时常被他气哭。

分配任务时，江总监还甩了句："Instant到了收尾阶段，已经没什么实质性任务了。你又刚休完年假，该干点正事了。"

苏枕气蒙了，在心里狠狠地骂道：靠！难道他拼死拼活干的都是些歪事儿？当时，整个创意部没人敢接Instant项目，眼看就要违约了，他硬扛下来。为了这三期连环画，他差点把命搭进去。现在，又把史上最变态的活儿派给他，还教训他不务正业？

但他动了动嘴唇，什么也没说。毕竟，他还没打算辞职，他的饭碗和前途依然掌握在江总监手里。吴总刚走，江总监正是春风得意时，总得找人发发淫威吧。

6

秦伊诺对新房装修的热情远远超过了苏枕的预期。他做了一张室内设计图，伊诺嫌太简单，又找了几家装修公司同时拿方案，反复比较。稍有空闲，她就拉他去逛家居市场，收集了满满一抽屉建材和家具的宣传册。她下了订单，又退掉，定完方案，又要改，便宜的看不上，昂贵的买不起，一切总是不完美。

苏枕日益感到不安。伊诺对未来小家庭倾注的心血越多，就越难以承受分手的打击。不能再拖了。

这天逛完沙发店，秦伊诺提议回家吃速冻饺子，苏枕却把她带到两人曾经约过会的一家泰国餐厅。苏枕喜欢它古香古色的风格，伊诺则对这里的刺身和辣椒酱情有独钟。

“亲爱的，好久没出来吃大餐了，今儿是什么好日子？”伊诺兴奋地翻菜单。

“不一定非得是什么日子，想来就可以来。”苏枕琢磨着怎么跟伊诺开口。不能提孟小吟。那么，就说跟她一起生活了这些日子，感觉两人的价值观相差太远，感情也因为事业的劳顿而淡漠了……这理由站得住脚么？伊诺肯定会刨根问底的。

“是啊，对恋爱中的人来说，每天都是节日，约会不需要理由。我承认我有点野心，不够贤惠。但你要相信，我所付出的努力不只为了实现自己的价值，更是为了分担你的压力，让我们过上像样的日子。”伊诺说。

“你没有对不住我。我从小就没什么野心，随遇而安，散漫惯了，难免拖累你奋斗的步伐。”

秦伊诺突然伸手按住了苏枕的嘴唇：“别这么说，你已经给了我太多。当我一遍遍修改那些白痴台词，给节目组跑腿送盒饭，被二百五上司无端指责，早上五点半爬起练嗓子，下班后赶去培训，周末也不能喘口气……有时真觉得自己要疯了，垮了。但一想起你说过要为我布置最温馨的爱巢，说永远陪在我身边，让我放心去闯，我的潜能就被激发出来了。我快三十了，梦想显得有些奢侈，请容许我最后一搏！亲爱的，我报名参加了经济频道主持人竞聘，下个月考试。”

苏枕低下头。盘中的三文鱼慢慢塌陷在芥末汁里。

第十六章　背叛

1

秦伊诺没想到，台里有二十多人报名参加经济频道主播竞聘，且各个身怀绝技，背景扑朔。平时的潜伏者一夜之间冒出头角，都想抓住这次改变命运的机会。伊诺打听了每位对手的底细，有两人威胁最大。一个是资深海归，具备伊诺无可比拟的性别优势，主持过法制纵横和股市沙龙节目。另一个就是死对头叶蓓蓓，她经济学出身，做过财经报记者。更重要的是，她是徐昌郡的“元配”，颇受台领导赏识，人气一向很旺。

张月影得知伊诺要去竞聘，逢人便说：“你们信不信，伊诺不鸣则已，一鸣惊人。赶明儿她成了台里的金凤凰，我给人家提鞋人家都看不上眼呢！”弄得伊诺下不来台。

眼看考试临近，张月影把好几期节目都压在这两周录制，忙得伊诺晕头转向。而且张月影有事没事便使唤她，试衣服让她陪，连打电话都让她来查通讯簿。伊诺实在受不了，跟她理论：“我是你的业务助理，不是佣人。”张月影没说什么，冷笑了一声。

第二天，伊诺就被文艺部孙主任叫去谈话。他脸板得像个木鱼：“你借调过来的时候应该知道，我们部门满员，根本没编制。张月影三番五次向我推荐你，我考虑到她确实太忙，就请示领导，专门把你调来协助她。听说你有想法？”

伊诺说：“主任，我调来以后兢兢业业，丝毫不敢懈怠，是张月影欺人太甚。她让我横跨半个北京城买一碗她碰都不碰的皮蛋瘦肉粥，三更半夜把我召回办公室查找一段八百年前的视频文件！”

主任说：“大小都是活儿，你不愿意干，有的是人抢着干。我这儿没那么多好职位，要是委屈了你，哪儿来哪儿去吧。”

伊诺一听，五雷轰顶。回原部门还不如辞职！她软了：“主任，千万别赶我走，我硕士读的是编导专业，可以让我做节目策划么？”

主任说：“学校学的那点儿东西跟工作两码事。你原来在生活频道编导室做编辑，但是没有独立策划过一期节目，连选题都没报过，顶多做做采访，写写文案稿。你初来乍到，我能给你派什么活儿？其实，给张月影当助理是个很好的机会，可以在短时间接触到时尚节目的核心。”

伊诺走出办公室，躲进洗手间哭了一鼻子。孙主任出席了她主持的那场中法双语晚会后，赞不绝口，还说要在合适的时机推荐她当主持人。她以为自己在孙主任心中已经博得一席之地，现在明白了，她跟张月影比起来是只小虫子。孙主任力挺张月影，李主任罩着叶蓓蓓，有谁欣赏她秦伊诺？有谁真正在意她的才干？伊诺洗净脸，对着镜子想，她只有最后一张牌了。

伊诺不敢轻易动徐昌郡这张牌，因为她太清楚事态的走向了。尽管野心勃勃，她骨子里还是保守的，总觉得迈出那一步之后，就不再是完整的自我了。她的身体也很诚实，不愿意接纳苏枕以外的任何男人，仅仅是那种念头就会令她作呕。

现在没路可走了，她要挑战内心的原则和身体的极限。她主动给徐昌郡打电话约他见面，他答应等她上完课以后来接她。她下午索性没去上班，洗澡，香薰，刮腋毛，做面膜，修眉毛，涂指甲，换上黑色蕾丝内衣。这一系列程序让她越发觉得自己像一件祭品，以最华丽的姿态为梦想献祭。她的指尖轻轻抚摸周身光滑的皮肤，体温渐渐变凉，如同一个慢慢被海水淹没的人，心里充满奇异的忧伤。

培训课程自然听不进去。伊诺环视着公寓，想这是个偷情的好场所，狭窄的旋转楼梯通向卧室，温馨，私密。

挨到下课，天已经完全黑了。伊诺走出公寓，徐昌郡的车停在门口。她打开车门，等着他拥抱和热吻。而他一言不发地发动了车子。不去酒店，也没有夜宵，熟悉的归家之路让伊诺不安起来。徐昌郡平日对她甜言蜜语的，今儿怎么成了闷葫芦？

她刚刚臣服于他，他就开始厌倦了么。她开始胡思乱想。徐昌郡是开娱乐公司的呀，美女比苍蝇还多呢。而且她们又嗲又浪，不像她这般冷若冰霜。他对她发生兴趣少说也有半年了吧，一丝甜头也没尝着，不厌倦才怪呢。想到这里，伊诺不禁手脚发凉。手中若没了王牌，她便全盘皆输。

徐昌郡把伊诺送到家，终于开口："晚上别看书了，好好睡一觉。"

伊诺凑近他，鼻尖贴住他的耳朵，用最蛊惑的声音说："蝙蝠侠，没有你我怎么睡得着？"

这一招果然奏效，徐昌郡伸开胳膊，将她搂在怀里。她乖顺地闭上眼，做好接吻的准备，而他猛地将她向后一推。她全身凌空，仰倒在不知何时被他放平的椅背上，发出一声低吟。他闪电般脱去西服外套，跨过变速器，伏到她身上。突如其来的重量和热度让她的心跳骤停。他一手潜入她的后背，熟练地解开胸衣，一边用膝盖顶开她的双腿。

伊诺环住他的腰，娇声说："我就快凋谢了。"

他迷醉地吻她："怎么可能？我会让你怒放。"

伊诺无比伤感地说："真的，我快完了，甚至撑不到考试。"

"为什么？"徐昌郡移开身体，燃烧的双眸重归安然。

伊诺说："对手太强大。你知道的，叶蓓蓓也报名了，她比我更适合那个职位。"

徐昌郡轻笑一声："没有人比你更适合，记住。"

2

准备开饭时，苏枕的手机响了，来电显示是孟小吟。他喊秦伊诺来盛饭，握着手机溜到阳台上。

"你怎么不守约？"小吟在电话里气冲冲的。

苏枕摸不着头脑，低声问："什么约？"

"前天说好2点在图书馆门口见，我等了一下午，都冻感冒了。"小吟的鼻音的确有点重。

苏枕猛然想起他在出租车上给小吟打过电话，哭笑不得："你叫我路路，我以为你不方便说话，没领悟暗示。"

"没默契了……"

"对不起，改天我赔罪。"

"现在。蓝心园。"

"现在？"

"来不了就算了。"

苏枕压低声音："等我。"

他走回客厅。伊诺瞟了他一眼："接个电话跑那么远？"

"信号不好。"苏枕拿起外套，"我得去公司一趟。"

伊诺撂下筷子："什么催命的事儿，连饭都不吃了？"

"新接手的项目，时间紧，王指导又是个工作狂。"苏枕在伊诺沉郁的脸颊上吻了一下，走出门。

电梯停在顶层不动，苏枕直接奔进楼道，像只鸟俯冲而下。从来没有这般急迫想见一个人，似乎晚一秒就见不到了。

天黑了，公园里的人陆续散去。苏枕翻过小山坡，走进梅花园，看见孟小吟孤零零地歪在秋千架上，晃着两条细腿。苏枕脱下大衣，给她裹上，她顺势扑进他怀里。梅花未开，只有弯曲交错的枝杈，但苏枕似乎闻到扑鼻的清香。

小吟说："我跟父亲说了咱俩的事儿，他建议我不要嫁给你，还说相思的痛苦可以升华为幸福，而厮守的幸福只会沦为麻木。"

"相思的痛苦只会让我沦陷。"苏枕说，"小吟，我们必须在一起。那天从红螺寺回来，我真想快刀斩乱麻，你却下不了决心。"

"说得轻巧，你不也跟伊诺拉扯到现在？"

"她下周有个考试，等考完就跟她谈。"

小吟冷笑："你真体贴。她若考坏了，你要分担她的痛苦。还有身体不适、职场苦恼、家庭矛盾……她没有不需要你的时候。"

"小吟，你不该嫉妒伊诺，她已经失去我了。我对她不像你对尘宇那么留恋。"

小吟推开苏枕，从秋千架上跳下来："要不是顾及你跟尘宇的关系，我哪来这么多苦恼？你都不在乎，我还在乎什么？我们现在就去找他！"

苏枕不动，小吟死命拽他："怎么怂了？你在生日Party上不就想跟尘宇摊牌么？走啊，亲口告诉尘宇，告诉那个为你挨过刀子的兄弟——你爱上了他的女人！"

苏枕面色如死。

小吟说完就后悔了。她抓着苏枕的胳膊，哀求般地摇动，道歉之语却如鲠在喉。他一点反应也没有，像是被抽走了魂儿。

夜色如墨，冷风拂面。小吟一阵战栗。面前这个男人到底是谁？她怎么会爱上他？究竟是怎样的前世纠葛，让他们在这个空寂的梅园里相对垂泪。如果一切都是虚境，心里的痛感为何如此强烈和真实？

3

苏枕把孟小吟送上地铁。两扇车门紧紧关闭，她的身影随着呼啸声迅速消失。他在原地站了很久，感觉这是最后一次跟她单独会面。明天该怎样度过？以后的日子有什么意思？他不敢去想，眼下也只能在空虚中一点点下坠。

小吟的话像锥子一样扎进他的心，唤起了那个遥远的黑夜。17岁的尘宇倒在他怀里，血如泉涌，从他紧压在伤口的指间毅然冒出，染黑了两个人的校服。冷冷的风，孤零零的街角，对面是一只无动于衷的垃圾箱。他的哭声很单薄，昏黄的月亮大得出奇，好像快要砸下来了。

他跟尘宇是死过一回的。

苏枕想过，如果没有尘宇，他肯定活不到现在。即使逃过那个夜晚，他说不定也会因为抑郁而自杀。

整个童年都灰蒙蒙的。考进最好的中学，并没有给他带来多少快乐。和同龄人相比，他太沉闷，从不参加集体活动，就像一只悄无声息的猫在校园里穿梭。直到某个恹恹欲睡的午后，陆尘宇冲进教室，将怀中的篮球高高抛起，用食指顶着它飞速旋转。

球重重地砸在他的课桌上。他抬起头，看见带汗味儿的笑容，吸足阳光的强健四肢，风和尘土的气息，青春应拥有的一切。他骨子里深深渴望的一切。

苏枕曾经问过尘宇，为什么会选择跟他一起玩，难道不觉得闷？尘宇说，不知道，没准儿我体内能量太旺，得分给你一些。

于是，苏枕到尘宇家里写作业、吃饭、看影碟、打游戏。寒暑假两人整日混在一起。尘宇的父亲常驻德国。陆母买文具、手套、袜子什么的都习惯要双份，俨然把苏枕当成了自己的儿子。三个人融融乐乐。

上大学以后，陆母也去德国工作了，把二百平方米的大房子丢给他俩。于是苏枕有了自己的卧室，一个可以按他心愿布置的秘密空间。

窦可是尘宇的大学同学。他见苏枕第一面时说，尘宇老把你挂在嘴上，我还以为你是个女的。苏枕想，不是每个人都能遇到尘宇这样的朋友。老天还是公正的，剥夺了他的父爱母爱，却让他在家庭之外获得了骨肉情。

这样的兄弟，竟然遭到他的背叛！苏枕怔怔地望着沟壑里的地铁轨道，不寒而栗。在汹涌的感情面前，道义就像沙堡那样不堪一击。他掏出手机，打开通讯录，找到孟小吟，删掉了这个早已刻在心里的号码。

4

孟小吟在地铁环线上绕了三圈，靠着椅背不想动。时间仿佛停止了，窗外是周而复始的隧道和一闪而过的荧光广告屏。车厢里的人越来越少。她对面坐着一对情侣，阖着眼，手拉手，悠闲而安然。

小吟想，我和苏枕没有缘分成为情侣，心灵的撕扯早已取代了爱情的甜蜜。有一个最好的解决办法，就是浇灭自己的情欲。可是只要一动分手的念头，她的胸口就疼得厉害。她想起苏枕在微博里写过一句话：戒掉一个人，不会比戒烟更难。他带给她的杀伤力，也许跟毒品差不多。可世界上没有情感戒毒所！

末班地铁到达终点站。孟小吟走上站台，望着四个陌生的出站口发呆。以前有了烦恼，她会找乐其萱倾诉。现在其萱恋爱了，也工作了，不像在学校跟她那么亲密无间。她试探性地给其萱发了个短信，问她睡了没。其萱立即回了电话，追问她在哪儿，让她去地铁站旁边一家24小时营业的茶餐厅等她。

不到半小时，其萱火速赶来，劈头就问："陆尘宇惹你啦？"

孟小吟无力地摇摇头，说："萱萱，你告诉我，你当初为什么有勇气跟洛鹏分手，告别三年的感情？"

"很简单呀，窦可出现了。我们讨论过这个问题。我性子直，爱了就爱了，不爱就不爱，敢作敢当。"

"可是，你和洛鹏在电话里纠缠了好久，他后来又找过你几次，他那么痛苦，你都没有一丝动摇和不舍？"

"我决定的事儿，八匹马都拉不回来。记得苏格拉底说失恋的那篇文章吗，还是你推荐我看的，说你不爱一个人的时候，就不能再欺骗他，应该迅速离开他，这才是对他的忠诚。如果他真心爱我，也应该允许我离开，因为对于我来说，离开他是一种幸福。"

"我羡慕你。"孟小吟说，"我是个软弱、彷徨、分裂的孬种，永远不能像你那样敢作敢当。"

乐其萱的眼神警觉起来："难道你想跟尘宇分手？"

"我甚至不敢承认我想分手。我就是这么没用。"

"小吟！那个人是谁？"乐其萱突然明白了什么，攥住她的双手，指甲掐疼了她的手心。

小吟沉默了一阵，说："你认识他。"

乐其萱捂住嘴巴，瞪大眼睛："天啦！不会是……真的是苏枕？"

这个名字让小吟瘫软了，没有力量作任何解释。

"听可可说你跟尘宇闹了几回别扭，不肯跟他结婚，原来是苏枕在搞鬼。他怎么把你骗到手的？不要他的小娇妻了？"乐其萱连连叹气，"其实我早该料到的。咱们那次去爬灵山，你刚认识苏枕，晚上跟我提起他，眼睛里就有火焰，那是一种危险的信号。你对他一见钟情！"

"几见钟情我已经搞不清楚了，反正现在一塌糊涂。我没法跟尘宇好下去，也不敢想我能跟苏枕在一起。我完了！"

"我知道你现在什么都听不进去。要是真拿我当姐们儿，就想想我这几句掏心话：苏枕有点小才华，长得也不赖，但是心理阴暗，邪气太重。看看他的家庭和成长环境就知道了，他缺爱，根本不懂什么是爱，只会疯狂地索取，好像全世界都欠他的。可可说他以前换过好几个女人，都是超有姿色的。他得到秦伊诺还不满意，又盯上你！你是谁呀？他连兄弟的女友都抢，还算个男人么，连人都不算！”

“你不了解他……他就像个单纯的小孩子，我从心底里疼爱他。”

“就因为他当初没跟你相亲，你不甘心，觉得他很神秘，不由自主地在他身上编织光环，但这不是爱情！天啦，我怎么才能让你清醒过来？”

“管他妈什么爱情！空虚的道理和概念我统统管不着！我心里只有痛苦，结结实实的痛苦，火烧火燎的痛苦，时时刻刻缠绕的痛苦。我想苏枕，想紧紧抱着他，死也不撒手。”

“小吟，我以为你是个聪明人。唉，聪明如张爱玲，还不是栽在胡兰成手里？聪明如王尔德，还不是为了波西身败名裂？是祸躲不过呀，苏枕是你命中一劫。你要是想出来，我就拉你一把，不然你就溺死在痛苦里吧。我只觉得尘宇好可怜，不知不觉就成了你伟大爱情的陪葬品。”

小吟闷闷地趴在桌上不动了。乐其萱束手无策地看着她。

过了好一阵，小吟坐起身，点了杯杧果西米露：“对不起，我太自私，太矫情了。痛苦这种东西，聚焦以后就会成倍扩大。我听你的，要慢慢走出来。不谈苏枕了。咱俩好几个月没见了，你和窦可的小日子不错吧？”

“哟，甭提了。我还没结婚，都快变成老妈子了。那家伙忒懒，跟件家具似的。最夸张的一次，他抱着电脑几天几夜都不动弹，还不让我出声儿，说干扰他思路。多少次我筋疲力尽地下班回来，他还穿着睡衣窝在床上，把家里能吃的都吃了，连我养的芦荟叶子都揪下来啃！”

“呵，极品宅男呀。是不是经常把你气跑？”

“要是跟他置气，我早气死了，不能拿正常人的标准衡量他。别人当威客，都是应征自己擅长做的事儿。他倒好，什么活儿都敢揽，给别人做毕业论文、做项目策划、做实验、做模型、做剪辑、当语伴儿、当家教、当司仪、当枪手……上回竟然帮别人训练宠物，搞回家一只长尾蜥蜴和两只魔王大松鼠，我都疯了！他聪明绝顶，可惜玩心太重，不上正道儿。有时，我觉得他无所不能，有时却一无是处。我爸妈瞧不上他，跟我吵过八百回了。我赌气搬出家跟他同居，我妈到现在都不肯接我电话。可他还是那么没心没肺，跟我说，你爸妈不就嫌我没钱么，年底拍给他们30万还不成？我说，你今年能赚30万，怎么保证每年都有稳定收入？我一动员他找工作，他就跟我急，说笨人才用单调的职业填补苍白人生，他要体验自由生活的无限种可能性，还说当初找我是因为看我不俗，哪知道我忒俗！他奶奶的，我心里憋屈找谁说去？”

“我还以为你过得很开心呢。”小吟无比惆怅。

5

苏枕和秦伊诺交往了这么长时间，却没带她见过姑妈。起先姑妈误以为孟小吟是他女朋友，真相大白之后很不痛快。后来姑妈也跟他提过有空带伊诺来家里坐坐。苏枕觉得时候未到，想等谈婚论嫁时再说。再后来，他爱上孟小吟，就更没心思张罗这事儿了。

就在苏枕去蓝心园跟孟小吟幽会时，伊诺跟他姑妈不期而遇了。那天伊诺一个人吃完饭，想去新房测测客厅宽度，赶着元旦的优惠活动把看中的进口沙发订下来。她开车到古清小区，坐电梯到九层，刚走到门口就听见有人在里面议论，说爸妈住这儿还挺宽敞。原来，苏枕的姑妈姑父也来看房。

不是说好了苏枕要九层这套房子，爷爷奶奶住一楼么？伊诺的心一提，推门而入。

姑父看伊诺的眼神是好奇而愉悦的。姑妈就不一样了，她怀着女人对美女天然的戒备感上下打量着伊诺。伊诺自我介绍之后，姑妈问苏枕呢。伊诺说苏枕忙，装房子都得她一手操办。姑妈说她跟苏枕商量过了，让老人住这套房，阳光充足。

伊诺搓火了，不只是阴面阳面的问题，虽说都是两居室，一楼那套房子的客厅是个窄条儿，根本没法利用，卧室也小，整体面积少十多平方米呢。而且一楼人来人往的，多吵多脏啊。于是，伊诺说自己不知道换房的事，连图纸都设计好了。

姑妈说不妨事，设计可以改嘛。伊诺正要反驳，姑妈宣布了更让她震惊的决定。老房换新房，折算以后再加两个车位，还需要交13万。姑妈说苏枕手头紧，她来出这笔钱，装修也由她包工包料，两套房子一起开工。

伊诺冷声说：“不可能。”

姑妈盯紧她问：“什么不可能？”

伊诺脱口而出：“那户主写谁？”

姑妈顿时拉下脸，说：“这好像是我们苏家应该讨论的问题。”

空气凝固了，三个人干立了一阵儿，姑妈拽着姑父转身进阳台了，继续讨论遮光帘怎么装，摇椅放哪儿，把伊诺晾在一边，仿佛她不存在。

如果不是姑妈打来电话，苏枕还在地铁站愣着呢。姑妈让他迅速回家，说有重大问题商议。她口气严肃、紧迫，透着火药味儿。

苏枕到了姑妈家，威威已经睡了，姑父坐在沙发上翻杂志。姑妈给苏枕生动描述了刚才跟伊诺会面的情景，连叹三声："我没管你，你怎么找了这样一个女人哪？"

苏枕说："我还没告诉她我们改住一楼了。您就事论事嘛，不要否定她这个人。"

姑妈的火气终于喷出来，说秦伊诺还没过门就想抢房产，心机太重！姑父冲她打个手势，示意不要吵醒威威。姑妈压低嗓子骂："这外地小市民太鸡贼了，冲你有房才跟你，还想把你一家子都撵走！"

这时，伊诺正给苏枕打来电话诉苦，苏枕跟她说："房子的事可以商量，你不该顶撞长辈。"

伊诺的声音从话筒里冒出来："我怎么顶撞长辈了？是你姑先告歪状！你口口声声说她像你亲妈，没看出她处处算计你？她借老人名义占好房子就不说了，还抢着补款抢着装修，怎么着，两套都想要，让咱睡大街呀！你姑父堂堂一个师长，住着四室两厅，在海南还买了房，你姑竟然还要跟她无依无靠的侄子争住所？怎么对得起她死去的哥哥？"

姑妈在一旁跳脚道："苏枕你今晚不准走，不许找那个烂女人！"

伊诺也不示弱，在电话那边嚷："今晚你要是不回来，我们就完了，完了！"

挂掉电话，苏枕疲惫不堪，想找个安静的洞穴躲起来。

"你十二岁以后就跟爷爷奶奶过了，我没把你照顾好，心里一直觉得亏欠。一晃你就长大了，该娶媳妇儿了，我想亲自给你布置新房。媳妇儿漂不漂亮，学历多高，家里条件怎么样，我都没要求。但是最起码，她得孝顺、心眼儿好。爷爷奶奶岁数大了，住几年阳面房有什么不对？你是苏家独子，将来房子不给你给谁？为这个问题吵架，真让我伤心……"姑妈开始擦眼睛。

姑父对苏枕发话了："你不是小孩了，去留随意，婚事自己做主。说句老实话，你这个女朋友乍看挺唬人的，一张嘴就完蛋。私心谁都有，让人看出来就不高明了。"

苏枕没留在姑妈家过夜，也没回秦伊诺那里。他去了公司，在空无一人的办公室里玩了会儿电脑游戏，就靠在椅背上睡去了。手机似乎响过几声，他也不理会。

早上，苏枕被小曹叫醒的时候，连腰都直不起来了。小曹递给他一杯热豆浆，告诉他一个喜讯，公司向集团总部推荐了三个项目参评年度"迪亚兹飓风”创意大奖，其中有他的“instant”连环画。不过，还有杰瑞名下的“蝶舞公司”庆典展览。

6

苏枕连续几天都没回家，秦伊诺也没有再给他打电话。就像回到了认识苏枕之前，她一个人吃饭、看书、睡觉。她不容许自己生气，不容许自己分心，带着一股子狠劲儿冲刺备考。

笔试在大会议室进行。发卷子时，叶蓓蓓才匆匆忙忙冲进考场，面白如纸，眼皮肿得透亮，脂粉掩不住黑眼圈。伊诺吃了一惊，但她没工夫猜想发生了什么，埋下头一门心思答题。英语测验对她来说小菜一碟，专业考试下笔如行云流水，仿佛又回到战无不胜的学生时代。

中午统一吃盒饭，没午休，直接开始面试。先单面，后群面，堪称史上最变态的竞聘。有两个同事脑力不支，逃走了。秦伊诺抽到1号，昂首挺胸进了考场。面试官阵容强大，两边是经济频道的主管和制片人，中间竟然坐着副台长。望着他的光脑门儿，伊诺想起去年化妆舞会上的海盗，莞尔一笑。新闻播报、访谈设计、即兴问答，这些训练她做的太多了，挥洒自如。面试官的目光汇拢在她身上，被她想象成千万观众的热切注视。

群面分两组同时进行，每组10人，围坐圆桌。伊诺和叶蓓蓓在一组，位子又挨着，真是冤家路窄。

面试官宣布考题：小组成员共同策划一期关于人民币国际化的专题节目，最后由组长作汇报，限时30分钟。

叶蓓蓓不愧为女中豪杰，刚开场便夺得leader（领导者）角色，憔悴的神色中透出一股强韧。她制订了游戏规则，说从她左边的成员开始依次发言，每人不得超过2分钟。

伊诺坐在叶蓓蓓右边，只能最后一个发言。要命的是，前面的同事太有才了，把她想说的都说了。刚想出个点子，就被抢去了，仿佛别人都有读心术。轮到她，只好对几个印象深刻的观点作了评论。叶蓓蓓微笑着对她说：“谢谢你的小结，还有独到见解么？如果没有，我们就开始下一轮讨论。”她的声音跟以前一样温柔，杀人不见血。

在自由讨论环节，大家唇枪舌剑，互不服气。叶蓓蓓发话了：“我们光顾着讨论节目形式，忽略了精神内涵，我们的舆论导向是什么？”她的声音不高，却充满震慑力，全场立即安静了。伊诺想，难道这就是所谓的气场？

伊诺一不留神儿，叶蓓蓓又抛给她一个刺球，让她归纳刚才大家提到的学者专家，并根据他们的研究方向和国际影响力，提出节目访谈嘉宾的最佳人选。伊诺想说，这是主持人竞聘，何必摆出你节目编导的臭架子！但她不能给面试官留下负面印象，只得客客气气地说："时间太紧，我们的方案没必要细化到这一步吧。"叶蓓蓓满眼同情地望着她说："那这个任务交给其他组员吧，你的时间观念还挺强，当我们的Time-keeper（计时员）好么？"

时间稀里糊涂地过去了。等叶蓓蓓开始声情并茂地作总结时，伊诺才发现自己在这场群面中显得多余而可笑，而且已没有机会再展露才能。

第十七章　约定

1

苏枕晃了两天，回到公寓，准备跟秦伊诺谈谈房子的事儿。她对财产的过度敏感让他难以忍受。如果这次她不肯妥协，他便打算跟她分手。

苏枕刚提起爷爷奶奶，就被伊诺捂住了嘴。她说老人家当然应该住南房，那天是她不对，下回要当面向姑妈道歉，还说只要能跟他在一起，住哪儿都无所谓。她就像换了个人，变得温柔而善解人意。

苏枕逗她，住山洞里也行么？伊诺骑到他腿上，苏枕一瞬间就被点燃了，把她猛地摁倒在地。伊诺也顾不得脊背硌，手忙脚乱地扯他的衣服。他们忘情地翻滚，炽烈地交缠，把整个世界抛到九霄云外。

望着她背部的优美曲线，苏枕心里混杂着伤感和眷恋。刚才他还想到与她分手，现在又折服于莫名的欲念和习惯的力量了。他以为自己离开孟小吟会伤心而死，现在看来，照样可以和别的女人寻欢作乐。人怎么都能活下去。女人之间的差别本来也没那么大。这样想着，他纠结的心慢慢麻木了，困意泛上来。

苏枕刚阖眼，就接到窦可发来的三星紧急信号。他打车奔到尘宇家，见尘宇在打游戏，窦可在啃苹果，骂道："妈的，没事把老子拽过来做甚，困死了。"

窦可说："就是怕你被搞虚脱才救你出来的。"

苏枕笑道："怎么，你力不从心了？"

窦可说："我又不是电动玩偶，总有累的时候，装睡是不行的，装忙更不行，躲出门儿去简直是找死。"

尘宇打完一局，从转椅上扭过身子："你俩少咧咧，总比我强。"

"你跟小吟还没那个？"窦可张大嘴巴。

尘宇不答，转向屏幕。

"女人要是真爱哪个男人，绝不会把他拒之门外。她又不肯结婚，难道有别人了？"窦可追问。

苏枕以为尘宇会反驳，尘宇只是哼了一声，说："鬼知道。我现在对她没什么想法，约会还不如看片儿呢。"

窦可说："这么耗着还不如分了。"

尘宇说："她提我就分。"

苏枕的心一紧。是他毁了小吟和尘宇的感情，现在他抽身退出，小吟却没人疼了。

“来，咱说正事。”窦可打开上网本，给苏枕看一个女人的照片：三十来岁，细长眼，尖下巴，神情漠然。

苏枕不解，窦可又换了一张照片，还是这个女人，被PS成漫画效果，咬牙切齿，怒发冲冠。

“这个女人发疯了，原因很简单，她老公出轨了。”窦可开始说书，“她老公1977年生于浙江金华，武义县美专毕业，北漂，混迹于华亭图文社。与此女婚后，运势大转，得房捞车，借岳父之力杀入著名广告公司，三年碌碌无为，近日凭一场庆典策划走红。得遇办公室情人一枚，相貌平平，然丰腴撩拨，兼为心腹，共谋大计。”

“你说杰瑞？”苏枕很惊讶，“他在公司号称单身贵族，照片上这女的真是他老婆？”

“隐婚呗，他全套档案都掌握在我手里。给你看个乐的。”窦可打开一个文档，里面是杰瑞和小曹的聊天记录，肉麻兮兮的。他又上了开心网，点开小曹的主页，在她的相册里翻出她与杰瑞的合影。

苏枕问：“小曹怎么会加你为好友？你认识她？”

“我用她中学同学的名字注册了一个号，她就加我，还跟我聊私密话题呢。”

“那你怎么知道她中学同学的名字？”

“靠，你这原始人别问我技术性问题成不？我给杰瑞的老婆放了点风，明儿你就等着看杰瑞的熊样儿吧，保不齐鼻青脸肿了。”

“你没去FBI当特工真是太可惜了。”

“你怎么知道我不是？以后谁敢惹你，保准让他人仰马翻，遗臭万年！”

苏枕叹了口气：“可我只想拿回作品版权，对杰瑞的野史没兴趣。”

尘宇插话：“你丫够轴的。把柄在手，威胁他呀！”

苏枕说：“威胁他，他更恨我，不但不会承认剽窃，还可以告我侵犯隐私权。”

窦可说：“他没有半点儿证据告你侵权。”

苏枕说：“我也没有半点儿证据说他剽窃。”

“如果有呢？”窦可这一反问，苏枕和尘宇都愣了。

窦可郑重其事地说：“苏枕，如果我帮你拿回版权，你必须答应我一件事。”

苏枕说：“别说一件，十件也不在话下。”

窦可说：“你要辞职，跟我创业。”

尘宇插话："这他妈是两个要求。"

窦可说："一码事儿，他辞职了肯定跟我干，不然喝西北风去？"

苏枕说："那咱干啥呢，我当不了司仪，也不会训练宠物什么的。"

窦可起身，从挂在门后的背包里拿出一个文件夹，递给苏枕："我准备开个服装公司，你当首席设计师。先看看我的策划方案。"

苏枕翻了翻厚厚的文件，从底部抽出一张像模像样的合同书。

"咱俩签个合同，我用半年时间筹建服装公司，你必须加入，如果违约，要赔给对方一百万！"

尘宇凑过来："这玩笑开大了。你别听窦可瞎掰，他这辈子都不一定能赚一百万。服装公司那么好开？谁来投资，怎么生产，销售渠道在哪儿？"

"苏枕你别受干扰，自己拿主意。"窦可一本正经地转向尘宇："你最终也会加入我们公司,先把你搁在银行有点儿用。"

"不会让我窃取资金吧？我看你是走火入魔了。"尘宇不屑。

"设计服装是个遥远的梦……本来我也没打算做一辈子广告，生命就是玩悬念！"苏枕挥笔在合同上签上大名。

2

苏枕跟王指导去济南出差，给刚签约的建材公司做宣传册。白天忙起来过得很快，晚上就难熬了。两人住标准间，王指导没完没了地操着粤语打电话，开着电视到深夜，睡着以后鼾声如雷。

苏枕困意全无，穿上衣服走出酒店，沿着街道慢慢踱步。夜色晴朗，寒意不浓，空气润润的。他不由得想起小时候学过的课文《济南的冬天》，当时做梦都想去济南看看那水墨画般的冬景。如今真的来了，却忙于琐事，无心感受这个城市的呼吸和脉搏。

走到十字路口，三个岔道，他决定左转。从小就这样，他从不选中间的大路，习惯边缘小径。正在这时，孟小吟给他打来电话。上次在地铁站分别之后，他们就没有联系过。他犹豫要不要接这个电话，怕深埋的感情再次井喷。以前她给他打电话，响三声没接就挂断。而这次的铃声无比执著。他屈服了。

小吟用他很久没听过的快活语调说："我在山东实习呢，听说你来出差，真是太巧啦！"

苏枕有种不太真实的幸福感，四周仿佛飘着一些萤火虫般的光点。小吟告诉他，她刚到出版社上班，就被派到山东办事处实习三个月。

“有空聚聚哦，我请客！”她脆声说。

她用了“聚”这个字，就像个多年未见、不疏不密的老朋友，把两人之间纠缠的情丝一笔勾销了。

他们约好明天下午见面。苏枕返回酒店，一路上看了好几遍手机通话记录，确信小吟真的约了他。

第二天，他们在淄博陶瓷博物馆门口碰面。孟小吟仍穿着那件白色的羽绒服，直发垂肩，刘海浓密。苏枕见她顾盼神飞，肤色鲜润，一丝忧伤的痕迹都没有，完完全全回到了初识她的烂漫状态，不禁为她内心的强大感到震惊。

“你来山东待三个月，尘宇没意见么？”苏枕问完这句话就后悔了，真是没话找话，哪壶不开提哪壶。

“他美着呢，我们打算今年九月结婚，策划了一个超级浪漫的野山婚礼。窦可当司仪，你有没有兴趣当伴郎呀？”

苏枕一惊，尴尬地笑笑，跟着小吟进了陶瓷馆。

伴着幽暗的光线，苏枕进入了一个相见恨晚的宝库。正看，侧看，蹲下看，跪着看，走不动，看不够。不想听讲解，也无须文字介绍，在读懂一件藏品的历史和价值之前，他已被浑然天成的色泽和造型击中了。在美术学院读书时，有个教授对陶瓷达到痴迷的地步，可以捧着一个小碗整日端详不吃不喝，在古玩市场上瞅见心仪的瓶罐竟匍匐在地泪如雨下。苏枕笑他是恋物癖。现在突然有所领悟，陶瓷确是国魂，一代代工匠用繁复的技艺把自己的生命融入泥坯，经过修炼般的煅烧和上釉，铸造出独一无二的艺术品。任斗转星移，世事变迁，它的姿色不衰，魅力不减，无言地诉说着那个时代的尊严和秘密。

苏枕在一件作品前停久了，小吟也不急，静静地在旁边等。苏枕问她最喜欢哪件。

“我们社长推荐宋代雨点釉瓷碗，说是注入茶水则闪金光，盛以清水则放银光，其碎片与金翠同价。我没觉得那么神，看起来倒有点像油锅底上沾了水珠。我喜欢龙山蛋壳陶，形薄而色重，美得匀称，有傲骨。”

苏枕说：“我一眼就迷上了茶叶末釉，温婉又夺目，古雅又性感，这是我一直在寻找的颜色，是视觉奇迹！”

小吟笑道：“你眼力不坏嘛，古人称‘茶叶末黄杂绿色，娇娆而不俗。艳于花，美如玉，范为瓶，最养目’。”

逛了半天，一套精巧的茶具跃入苏枕的眼帘，整个壶身洁白无瑕，只有壶嘴一点桃红，微微翘着，略显羞涩。他不禁回味起在山中木屋剥开小吟内衣那一瞬间的愉悦。

3

秦伊诺考完试以后惶惶不可终日，给徐昌郡打电话诉苦，说她在小组面试中表现很糟。他潦草地安慰了她几句，并没有流露出要托关系帮她的意思。他的声音有醉意，话筒那边传来歌声和笑声。伊诺的心灰了。男人这东西，真是信不过、靠不住。幸亏那天在车里没献身给他。

如果这次落榜，她考虑自己是不是要离开电视台，放弃主持人的梦想。她还能做什么呢？电台不能再回去了，随便找一家文化传媒公司混日子吧。奔三的女人，事业没有指望，至少该有个家庭。她想明白了，再跟苏枕闹下去，她就什么都没有了。

趁着苏枕出差，伊诺请小时工来家里做了全面清洁，换了新的床单被罩和餐具，还把他的衣服都洗净熨平。万事俱备，只有床头上方的墙壁略显单调。她打算选张两人的合影，洗印出来装在镜框里挂上。刚打开电脑，苏枕来电话了。

他说奶奶发病了，姑姑一家在国外度假。六小时以后他才能赶回来，请她先去看看奶奶，情况危急就叫救护车。

伊诺撂下电话就往外冲。苏枕的声音虽然焦急，但有点客气，好像怕麻烦了她似的。也许是她以前为他做事太少，伊诺想，表现的机会来了。

伊诺过去一瞧，老太太发烧了，在床上躺着。老头儿端了碗姜汤正给她喂。伊诺要带老太太去医院，老头儿说用不着，一会儿拿酒精洗洗就好了。伊诺帮老太太量了体温，又去药店买了些退烧药。

老头儿把一个平盘摆在老太太床头，往里面倒了点白酒，划了根火柴点着。他的手指呼地从火苗中掠过，迅速抹擦老太太的手心。就这样反反复复，洗她的手脚、额头和胸背。

伊诺帮不上什么忙，在旁边递递开水和毛巾。老太太阖着眼，不时发出几声低吟。老头儿神色安详，动作轻柔细致，像是在擦拭一件玉器。

“啥时候结婚？”帮老太太翻身的时候，老头儿冷不丁地问伊诺。

伊诺笑笑：“还没跟苏枕商量，我想今年夏天。”

老头儿说了声“好”，又不做声了。

老太太睡了，伊诺也想回家睡觉。想到苏枕一会儿就会过来，还是决定留下等他。伊诺在院子里转了一圈，溜达到东屋，见门虚掩着，就推门进去。

这间屋子是苏枕上学时住过的，床边摆了张旧书桌，地上堆满杂物。伊诺蹲下身子翻了翻，漫画书、时尚杂志、海报、小玩偶、流行歌曲磁带、VCD、彩笔、设计草图。苏枕的青少年时代都浓缩在这些小物件里了。

伊诺拉开书桌的抽屉，从一个硬皮笔记本里翻出两封情书和几张小纸条，都是女生写给苏枕的。他是否回了信，跟这些女生有没有瓜葛就不得而知了。一只方形的铁盒引起了伊诺的兴趣，上面贴满了粉色的纸桃心，还挂着一把小巧玲珑的锁。她端起盒子晃了晃，很轻，没什么响动。她的好奇心更强烈了，可惜找不到开锁的小钥匙，还是等苏枕回来问个清楚。

转念一想，如果苏枕知道她乱翻他的东西，肯定会生气的。她把盒子放回抽屉，想到自己这辈子也解不开其中的秘密，手又痒了。她掏出盒子，使劲掰了掰，发现盒盖与盒身之间的金属连接扣已经生锈。再看盒子上的桃心，每颗心中央都用银笔写了个“love”。她心中一急，“啪”地掰开了盒盖。

粉色的棉布三角内裤折叠着，裤裆处绣着一颗刺目的草莓。伊诺的心怦怦乱跳，打开一看，里面包裹着一组女孩的照片。照片已陈旧泛黄，像是用简陋的一次成像相机拍的，有几张十分裸露。她把照片拿到灯下仔细端详，那女孩蜜桃色的肌肤，微眯的双眼，轻舔嘴角的习惯性动作，是张月影！十七八岁的张月影，像芭比娃娃一样靓丽。伊诺的脑子炸开了，好像有千百只马蜂在乱撞。每张照片背后都有她亲笔写下的一句话：

“你的舌尖在我脊背上跳舞。”

“你是亲爱的竹签，我是红果，把我串成糖葫芦。”

“撕碎我吧，这个漫长的暑假我将不再受欲火焚烧。”

……

伊诺瘫坐在椅子上，想喊，想哭，想杀人。她终于明白张月影为什么会暗算她了，女人之间最大的仇恨，永远来自男人。她也明白苏枕起初为什么不肯把张月影介绍给她了。她搜罗记忆中的每个细节来印证苏枕和张月影的奸情，跟张月影第一次在法式餐厅会面时，张月影的眼睛就一直盯着苏枕。还有录节目的时候，张月影是那么含情脉脉，嗲声嗲气，连窦可都看出她在跟苏枕调情！伊诺觉得自己真是太迟钝了。

事情到了这个份儿上，她只有两个选择。一是把这些秽物扔在苏枕脸上，跟他老死不相往来。二是忍气吞声地嫁给他，就当今天什么都没发生。

她承认自己到现在依然爱着苏枕，跟他就这么分手有些不忍、不舍，也不甘心。可是，她不知道自己能不能咽下这个肮脏的秘密。为什么他的初恋情人偏偏是张月影呢？而且能想象出来，他们之间那种排山倒海的激情和欲仙欲死的极乐，是她永远无法企及的。

伊诺进退两难，头痛欲裂。终于，有个理由让她决定留在苏枕身边。既然张月影那么恨她，说明心里并没有放下苏枕。如果她跟苏枕分手，岂不是让张月影得逞了。她要打起精神，让张月影输到底！

4

送苏枕上了火车，孟小吟心里虽有不舍，但还有几分欣慰。她终于可以淡定地把他当做朋友来相处了。短短两周时间，她从痛苦的旋涡中脱身，还戏剧化地跟尘宇订了婚，连她自己都不敢相信。

那天晚上，她正在看电视，尘宇突然打电话叫她下楼散步。他们绕着院子走了几圈，尘宇不像往常那么热情，两手插在裤兜，离她不远不近。

走到小吟家楼门口时，尘宇停下脚步，面冲着她说："我答应过你，结不结婚无所谓，只要你在我身边就行。可现在我变卦了。"

小吟心里七上八下的。

尘宇说："我外表洒脱，其实骨子里很传统。我最理想的生活就是娶个心爱的女孩终身厮守，生个健康可爱的孩子陪他长大。如果感情不是往婚姻的方向发展，我会觉得很累很迷茫。"

小吟垂下头。这又何尝不是她所期盼的生活呢？只是她放不下苏枕。

尘宇握住她的肩："小吟，爱情应该是黑白分明的。你爱我，就跟定我。不爱我，咱就拜拜。我要你一句真心话，这是彼此之间最起码的尊重。"

抉择的时刻终于来了。小吟这才意识到自己的残忍。她把尘宇当木头、当傻瓜，以为不死不活地跟他拖着就相安无事了。如果换成尘宇这样对待她，她肯定早就提分手了。

两人僵了几分钟。尘宇耸耸肩："你要想这么久？那答案已经很明确了，珍重。"说罢，他转身离去，留下一个悲伤的背影。

这不是她隐隐期盼的结局么？这不是她解脱的机会么？小吟呆立在风中，不明白自己为何充满恐惧，就像身处梦魇。尘宇跟她相伴的快乐时光像电影镜头般一闪而过。他的背影越来越远，她的心也越抽越紧，仿佛犯下了天大的错误。那一刻，她才发现自己其实很依赖尘宇，只是他们的感情在突如其来的诱惑面前显得苍白。也许，她对苏枕的迷恋不过是一场虚幻的游戏，尘宇才是她坚实的大地。她的头脑混乱极了，只觉得尘宇的身影一旦消失，眼前将是茫茫无际的黑暗。

于是，她向尘宇狂奔去，玩命地追赶他匆忙的步伐，猛地抱住他的后腰。尘宇听见她奔腾的脚步，已经放慢了速度，却没料到她的力气那么大，险些被撞个前扑。她的拥抱似乎瞬间点燃了他胸中奄奄一息的火苗。他回身紧紧地抱住她，疯狂地吻她的头发和脸颊，简直要把她嵌进骨头里。

这次小吟主动提出结婚。没什么特别理由，一个好男孩，一段重拾的感情，父母和亲朋好友的共同愿望，她该结婚了。

尘宇听了反倒不敢相信，问她到底想好了没有。小吟说："确定无疑，不过你要等我从山东实习回来，等我到九月。"尘宇说："有你这句话，一辈子也等。"

到了山东，尘宇每天跟她视频聊天，周末有空就飞来看她。工作也算得心应手，她跟分社编辑部主任一起策划历史名城丛书，时常游走在不同城市间，从一石一瓦中收集灵感的碎片。

一切都顺理成章，只剩下苏枕的问题。想起他的时候，她还是会心动，不过不痛苦了，好像那些回忆都是前世纠葛。她不知道自己是不是真的释然了，再跟他见面会不会失控。有天尘宇打电话告诉她，苏枕到济南出差了，她就再也抑制不住去找他。

5

一个平常的早晨，秦伊诺走进办公室，坐到自己的格子里，弯腰把脚上的休闲鞋换成细高跟。张月影风风火火地奔到她面前，眉飞色舞地说："我说什么来着，你果然一鸣惊人！"

伊诺盯着张月影，脑中又闪现出那些淫荡的照片，恨不得在她脸上啐一口。

"秦主播，公告都出来了，你还装糊涂。"张月影撇撇嘴。

伊诺默默地打开电脑——办公网——公告栏，经济频道主播竞聘结果已经发布，她是唯一的胜出者。屋里的同事已经围过来了，平时不怎么来往的也嚷着让她请客。伊诺的喜悦慢慢变得真实，她看见桌上的绿植盆栽里不知何时冒出一朵白色的小花，花蕊里有五彩缤纷的光晕，召唤她进入一个天堂般的新世界。

"看来那个叶蓓蓓不行哦，还说非她莫属呢。"有同事说。

张月影笑道："考试前一天，她被老徐甩了。我看见她躲在洗手间又哭又吐。"

一片感慨声。

伊诺想起考试那天叶蓓蓓憔悴的神色，心里明白了大半儿，匆匆溜出办公室给徐昌郡打电话。

电话刚一通，伊诺便按捺不住兴奋地说："我中了！"徐昌郡故作冷静地说："我可没播种啊。"伊诺娇嗔地骂了句讨厌。徐昌郡说晚上要给她庆贺。

伊诺想给苏枕报个喜，但她心里有气。昨天跟他逛超市的时候，看见草莓又红又大。苏枕问她要不要买，她险些当众发飙。草莓曾经是她很喜欢的水果，如今却代表肮脏的情欲，她再也吃不下了，甚至看不得。

挨到下班，秦伊诺走出楼门，上了徐昌郡的大奔。他戴着墨镜，穿一件暗花T恤，散发着古龙水的清香。她在他脸上吻了一下。

徐昌郡说："你心情一好，我就受优待。"

"你表面上气我，暗地里帮我。"

"我没帮你，是你自己考上的。"

"至少，你削弱了我最强的对手。"

"你说叶蓓蓓？"徐昌郡摇摇头，"我们分手跟你无关。"

伊诺有点无趣："那为什么？"

"因为我不跟她结婚，她一直吵，我烦了。"

伊诺诧异："备考前还有心思结婚？"

徐昌郡笑道："这就是你跟她的不同之处。她觉得嫁给我比什么都重要。"

"那你为什么不娶她？"

"喜欢一个女人，跟想娶一个女人，是两码事。"

天色正在变暗，路越走越远，夕阳落在山间。伊诺预感今晚会发生点什么，但她好像抵挡不了，就像飞驰的车子停不下来。

他们进入一所名为金月荷塘的酒店，在空荡荡的餐厅吃饭。老板是徐昌郡的朋友，特意从酒窖里为他们挑了一瓶珍藏多年的红酒。老板的眼神让伊诺不太舒服，让她觉得自己是只来路不正的宠物。

饭后，他们踱到酒店后花园，有一片清澈的弯月形泳池，加之星光点点，花香阵阵，宛如仙境。徐昌郡脱了衣服，里面穿着泳裤，跳下水游了几米，回身招呼伊诺。

伊诺说："你有备而来，我没带泳衣，怎么下去？"

徐昌郡说："没听说过鸳鸯戏水还要穿衣？"

在他的催促下，伊诺脱了外衣和鞋子，坐在池边，把腿放进水里。她穿紧身吊带，白皙的手臂轻轻抱肩，脸上有一抹红晕。

徐昌郡游过来，把她的双腿揽在怀里："很久都没见过会害羞的女人了。”往下一拖，她就落进水中。

水温很宜人。他托着她的腰，吻她的嘴唇。她的两腿缠在他的腰际。酒精开始发酵，他的吻狂野起来，但她仍然保持戒备，用膝盖顶住他不断压近的腹部，这反而让他倍感兴奋。猛地撕开了她的裙子，透过弥漫的水雾，她仰望着深不可测的天空。淡黄的月亮旁边，有颗微弱的星星，在她身体震颤的刹那，好像闪了一下。

6

每天午饭后，苏枕都要跟孟小吟在网上聊一会儿。她在帮他策划第二本画册，收录服饰搭配的设计图，教时尚男女扮靓。小吟夸他为美而生，连挑选墨镜都能根据脸形和衣着列出十几种方案，还问自己适合哪种款式。苏枕说：“你不适合戴墨镜。”小吟发过来一个委屈的表情。苏枕又说：“再好的墨镜也没有资格遮挡你的眼睛。”

小吟那边不回话了，苏枕想不出她是什么反应。订婚之后，她时刻跟他保持距离，可以开玩笑，但绝不玩暧昧。苏枕觉得自己有点龌龊，不再逗她，关掉了QQ。他要把她默默地藏在心底，即使她嫁给别人，或者永远失去消息，他也能一直爱着她，这就足够了。

“苏枕，出来谈谈。”

苏枕一抬头，杰瑞不知何时来到他办公室门口，眼神冷冷的。

两人走到顶楼平台。杰瑞猛然揪起苏枕的衣领：“你这卑鄙小人，竟敢陷害我？”

苏枕劈手推开他：“你剽窃我作品，我还没找你算账呢，你还敢反咬一口！”

杰瑞说：“你事业比不上我，就跟我老婆造谣，想拆我的家！”

苏枕笑道：“你不是号称单身么，怎么冒出来一个老婆？”

杰瑞逼近他：“你不但毁我名誉，还牵扯上小曹。她那么年轻，还跟你在一个办公室，你怎能往她身上泼脏水？”

苏枕说：“我警告你，现在承认剽窃还有条活路。否则，法庭上见！”

杰瑞冷笑：“有种就告我啊，咱们看谁哭着离开迪亚兹！”

苏枕回到办公室，发现江总监坐在他的位子上，好几个同事杵在那儿，小曹蹲在地上抽噎，怀里还抱着两个文件袋。他一进门，所有人的目光都齐刷刷地转向他。

江总监板着脸：“苏枕，你来得正好，解释一下你对小曹做了什么？”

苏枕万分惊诧地走近小曹："你怎么了？"

小曹瞟了他一眼，埋头大哭。

旁边有个女同事看不过去了，说："江总监，就让小曹搬到我们办公室吧，别再揭她的伤疤了。"

江总监拍案怒号："咱们是赫赫有名的跨国公司，绝不能姑息性骚扰事件！"

从所有人异样的目光中，苏枕渐渐明白了自己的处境，愤怒、尴尬和剧烈的耻辱感联合爆发了。他一把拽过小曹："人在做，天在看，你说我对你做过什么？你说？！"

王指导上前推开苏枕，把小曹护在身后："理亏就动粗？反了你了！小曹是我的助理，我最清楚她的品行。她就是太老实了，才任由你欺负！"

苏枕倒吸了口气："办公室不是装了摄像头么？马上调出来！"

王指导说："亏你说得出口！你在工具室那种隐蔽的地方下手，分明知道那没装摄像头。还有，你趁小曹喝醉送她回家那次……"

苏枕真正体会到百口莫辩的滋味了。他望着小曹，难以相信这样娇巧的身躯中会藏匿着如此邪恶的力量。

王指导见苏枕不吭声了，底气更足："小曹是受害者，凭什么让她搬走？该走的是你！"

苏枕说："你别以审判者自居，当心我告你诬陷。"随后转向江总监："我会证明我的清白，虽然我觉得这一切可悲至极。"

说罢，苏枕在众目睽睽之下离开办公室，往楼下走。黑色的楼道像十八层地狱，怎么也走不到尽头……

第十八章　混乱

1

秦伊诺回到家，客厅的窗帘是拉严的，屋子很黑。她脱掉外衣，准备去洗澡。虽然在酒店洗过澡，但临别时，徐昌郡又跟她亲热了一番，她觉得自己身上充满情欲的味道。

伊诺刚要进洗手间，苏枕在背后喊了她一声。她吓得浑身发抖，好像他一直在背后注视着她，知道昨晚发生的一切。伊诺回过头，看苏枕孤零零地坐在沙发的角落里，走到他身边坐下："怎么没上班？也不开灯？"

苏枕躺倒，头枕在她腿上，脚搭在沙发扶手上。他的眼睛在黑暗中亮晶晶的。伊诺不敢正视他："昨天我们K歌到半夜，我怕回来吵醒你，又去跟他们打了会儿牌。"

苏枕不言语，伊诺捏捏他的脸："今儿早上我接到一个天大的好消息！亲爱的，我是主持人了。"

苏枕说："张月影已经告诉我了，祝贺你。"

伊诺一愣，心中的愤懑和委屈像泉眼般冒出来。昨晚她整夜都没合眼，一直在想自己为什么会一下子突破底线，投入徐昌郡的怀抱。她已经竞聘成功了，不需要再求他什么呀。到现在，她也不甚明白，她是在报徐昌郡的恩呢，还是在报复苏枕，用不忠报复他跟张月影的情史。她冷声说："你俩联系够紧密的。"

"朋友嘛。"

"狗屁，你当是朋友，谁知道她安的什么心？"

苏枕笑笑，若有所思地说："是啊，我还把小曹当朋友呢。"

"哪个小曹？"

苏枕拉起伊诺的手，放在自己的手心里："还记得咱们前年的约定么？你的主持梦想实现了，而我却没有能力为你搭建一个爱巢……我可能要失业了。"

伊诺大惊，刨根问底。苏枕没告诉她自己陷入了性丑闻，只说跟总监理念不和，工作不顺心。

伊诺说："哎呀——你忒死心眼儿了。谁给你开工资谁就是你的主人，领导的理念就是你的理念！就算辞职也得找好下家呀，别犯傻！"

“如果，我感到被剥夺了做人的尊严呢？”

伊诺撇撇嘴：“很多时候，尊严是多余的。”

2

半夜苏枕睡不着，给尘宇和窦可发了紧急信号，悄悄溜下床，给伊诺留了张字条，跑到尘宇家。

苏枕讲完自己的遭遇，窦可说：“我料到杰瑞会找你算账，但没想到小曹会出这一招！杰瑞跟老婆闹别扭，她渔翁得利呀，怎么还报复你？难道她甘心当小三儿？”

尘宇骂道：“贱女人，欠把丫给轮了。”

窦可说：“估计没有男人感兴趣，瞧她那大饼脸！杰瑞也只是利用她而已。”

苏枕说：“我走投无路了，我要跟杰瑞打官司！”

窦可摆手：“别介，时候未到。”

尘宇急了：“还要等到什么时候？你丫忽悠苏枕呢，到底有没有办法？没法子我就找人私了。”

窦可说：“怎么私了？把杰瑞揍一顿？真小儿科！”

苏枕叹了口气：“算了，我准备辞职。”

窦可说：“那不正中杰瑞下怀？”

苏枕说：“可我没法再踏入公司一步！所有人看我的眼神，就好像我是个流氓、变态、强奸犯!这意念深深扎入他们的大脑，除非当事人出面澄清。可小曹已经撕破脸了，永远都不可能还我清白！”

窦可说：“如果你辞职，才会背一辈子黑锅呢。身正不怕影歪，听清了，明儿大大方方去上班，该干吗干吗，就当什么都没发生。”

苏枕的眼神空茫茫的：“我做不到。你没尝过被众人指指戳戳的滋味儿，连呼吸都困难，就像在一口黑井里沉下去，而围观者只会笑着往下推石头。”

尘宇把手搭在苏枕肩上：“我支持你辞职。先出国玩一趟吧，回头我帮你找工作。”他知道苏枕忆起了高中时代受处分的经历。

窦可说：“苏枕，听我的，去上班，挑战一下你的心理承受极限。”

“你丫说的是人话么？”尘宇起身推了窦可一把。两人吵嚷起来。

苏枕的脑子嗡嗡作响，大喊一声：“我明天去上班！”

屋子安静了。苏枕倒在沙发上，呆呆注视着指向凌晨四点的时针。五个小时以后，他将陷入水深火热。

早上，尘宇和窦可护送苏枕来到公司。苏枕仰望摩天大厦，感到一阵眩晕。当初进入公司的那种豪情壮志都不见了，只剩下空虚和无力之感，像一只被蒸发掉水分的瘪果子。

苏枕进了楼，回头一看，尘宇和窦可还站在楼门口望着他，就像送小朋友上学的家长。本来他想偷偷走楼梯的，一咬牙上了电梯。

偏巧江总监就在这趟电梯里，还有两个设计部的同事。苏枕冲他们问了好，转过身子。他感到后背被目光灼烧，喉咙开始发紧。他命令自己挺胸抬头，保持困境中的尊严。

办公室还没人呢，小曹的格子已经清空，连电脑都搬走了。苏枕发现自己桌上躺着一个邮包。拆开一看，是两本精美的澳洲时尚杂志，里面有个栏目竟然在连载Instant连环画！大幅彩页，绚丽之极。题目叫做《艾拉的瞬间》，附有自己的照片和简介。编者称苏枕是当今中国最神秘的设计师，还风趣地说，只看他一眼就永生难忘，就像他的作品一样。

杂志里夹着吴副总监寄来的明信片：

“近日，迪亚兹集团的广告部经理约瑟夫来澳洲考察，我把这两期杂志拿给他看，简要介绍了Instant项目的创作情况，他表现出很大的兴趣！苏枕，我知道你的处境很难，但比起创作的快乐和获得认可的满足感，那些蝇营狗苟不值一提。”

3

秦伊诺听见铃声，以为天亮了，迷迷糊糊地按下闹表，可铃声更吵了。她清醒过来，抓起床头柜上爆响的手机。是徐昌郡来电，她慌乱地挂掉电话，转头一看，被窝空着，苏枕已不知去向。再看表，凌晨四点。她下床转了一圈，在餐桌上发现苏枕的字条，确信他离开了，才给徐昌郡回电话。

“我想要你。”他直戳戳地冒出一句。

“周末吧……”伊诺用细小的声音说，仿佛还是怕被人听见。

“现在。”

伊诺的心提到嗓子眼儿：“不行，半夜三更的。”

“我在你楼下，我知道他不在。”他显得从容不迫。

伊诺嘴上骂他霸道无耻，却不由自主地打开了家门。一股黑色的旋风袭来，她尖叫一声，被闯进门的徐昌郡紧拥在怀。她奋力推打他，念叨着太危险了，不能在这儿……徐昌郡一脚把门踢上，抱起她，跌跌撞撞地进了卧室。她脖子上的项链被扯断了，珍珠散落一地。

饿虎扑食之后，徐昌郡心满意足地瘫在她身上，浑身湿漉漉的。伊诺把他推翻在床。徐昌郡抚着肚皮说：“你真有魔力，让我回到了十七八岁。”

伊诺说：“你赶紧走。”

徐昌郡伸手搂她，她一把推开：“不用预约、不用商量、没有前戏，我连妓女都不如！”

徐昌郡说：“不要自降身份。能挑起我的欲望，是你的幸运。”

伊诺说：“我不是你身边那些投怀送抱的烂女人，承受不起这份幸运，以后我不想再看见你。”

她以为徐昌郡听了这话会走，但他把被子往身上拉拉，好像要舒舒服服地睡一觉。她没好气地掀开被子：“马上离开我家！”

他伸个懒腰，闭着眼：“待会儿再来一次，有前戏的。”

伊诺劈手打他，被他攥住了手腕：“我满喜欢你的小女人劲儿，但是别过度，没听说过女人在撒娇和挨揍之间只有一线之隔么？”

伊诺说：“原以为你尊重我欣赏我，现在看来，什么才华都是扯淡，你只需要我的肉体。”

徐昌郡翻身起床，毫无表情在地上找衣服。伊诺故作镇定地背过身装睡。

不到两分钟，他穿戴整齐，走到卧室门口，丢下一句：“很快有个超大规模的主持人大赛，天石集团主办的。”

伊诺从床上弹起来，只听见“砰”的关门声。

4

蝶舞庆典获奖了——“迪亚兹飓风”展览策划类创意金奖！这消息像重磅炸弹，把公司震了个底儿朝天。这是迪亚兹集团创立以来，亚洲区项目首次夺魁。所有人都在谈论杰瑞，说他要赴美国总部领奖，与顶级设计师会聚一堂，受总裁亲自接见，不但能获得巨额奖金和爱琴海豪华双人游，而且升职的概率是99%！

苏枕尽量不去在意这个消息，可他做不到。杰瑞借着窃取他的设计成功了，害他把Instant改了个面目全非，还沦为可笑的性骚扰者。一想到那些呕心沥血的作品被盗用，他就像被蝎子蛰了般难受。

苏枕在公司遇到杰瑞，他满面红光，标准化的笑容里有种海纳百川的气度。小曹跟在杰瑞身后，已经不再是“受害人”那副可怜兮兮的神情，比她自己获了奖还要得意。

整整三天，苏枕对着电脑，一张图也画不出来。拿起笔，也只能用粗野的横道把纸划破。他对自己的职业充满怀疑和厌倦，不想理任何人。他后悔听了窦可的话。如果那天辞职了，就不用忍受这些莫名其妙的项目，不用眼睁睁地看着杰瑞获奖而自取其辱。

尘宇的电话把他从委靡状态中解救出来。孟小吟从山东回来度周末，尘宇在欢天喜地张罗家庭聚会。

五个人又聚到一起，照例没有秦伊诺，她照例很忙。苏枕进门的时候，孟小吟正坐在沙发上跟乐其萱翻像册。她头发长了些，松松地在脑后绾个结，宽大的棉布格衬衫，粉色短裤，跷着两只光洁的腿，比以前更有韵味了。

孟小吟看见苏枕，随手把像册合上，但苏枕还是瞅见了里面的婚纱照，心里一阵痛楚。

孟小吟招呼他："快过来坐，我正想跟你讨论一下新书的名字。他们建议叫《苏枕的外貌协会》或《苏枕教你扮靓》，我觉得太俗，《魅力法则》是不是好些？"

苏枕坐到小吟身边："别提我的名字就行，我一无名小卒。"

"哪里，《猫爪里的童年》卖得很火，很多粉丝都在等你的新作呢。你的名字是个大筹码！"小吟从果盘里抓了颗荔枝，递给他。

他握在手里，舍不得吃，突然发现其萱看他的眼神很奇怪，似乎有几分审视和戒备。

尘宇和窦可采购归来，大包小包扔了一地。窦可冲苏枕嚷："大厨，跑断腿把你要的原料都配齐了，开工吧！"

小吟说："我来打下手。"

尘宇说："你乖乖坐着吧，苏枕要做他最拿手的酸菜鱼！"

乐其萱闷头用夹子剥榛子吃，发出噼啪的响声。

三个男人下厨，苏枕坐阵，窦可洗鱼，尘宇择菜。

窦可说："哎，你说杰瑞获奖了？"

苏枕说："是啊，头牌大奖，我和另外一个同事的作品大败而归。"

尘宇说："真他妈狗屎运，老天不开眼。"

窦可说："奖金多少？"

苏枕说："三万欧元吧，谁关心这个。"

窦可嘀咕："不够赔偿金。如果他拿不着奖，再离了婚……这哥们儿不会挂了吧。"

尘宇把金针菇丢进水盆，用胳膊拱拱窦可："人家杰瑞都快升为设计部总监了，你还在这儿说梦话，逗苏枕玩呢？"

窦可扭头问苏枕："即使你有当总监的机会，也不会背弃咱们之间的协议吧？"

苏枕笑了："可可，有时我真不懂你在想什么。"

窦可说："从小到大很少有人知道我在想什么。超高智慧带来的孤独我已经习惯了。"

尘宇说："欠扁的感觉你也习惯了。"

窦可把洗净的鱼放在案板上，刚拿起刀，就被苏枕支开，命他去搅拌鸡蛋清。苏枕亲自剃鱼片，薄一点厚一点都不行。他还要亲自调制作料，咸一点淡一点都不行。这是献给孟小吟的晚餐，每根姜丝里都饱含爱意。

浓汤煮沸了，小吟忍不住跑进厨房："好香哇！"她馋嘴的样子像个小孩，激起苏枕的无限疼爱之情。他很想把她捧在手心里，每天给她做好吃的，把她喂得胖胖的。

餐桌已经布置好了，蔬菜、酒水、点心样样俱齐，苏枕在大家的欢呼声中把酸菜鱼端上桌。这时，隐约传来敲门声。

陆尘宇打开门，秦伊诺杵在外面，衣着光艳。她显然等了很久，眉间透着烦躁。尘宇请她进来，她摆手，说叫苏枕出来。尘宇回头冲苏枕做了个鬼脸。

苏枕边解围裙边走到门口，伊诺大声质问他："曹丽颖是谁？"

苏枕一愣，伊诺怎么会知道小曹？

伊诺咬牙切齿："你什么时候跟那贱人勾搭上的？"

苏枕问："她去找你了？"

"她闯到演播室，当着所有人的面骂我，说我管不住男人，说你半夜三更爬上她的床！今天是我第一次录节目！"伊诺两眼冒火，上前揪住苏枕，"你找女人也好歹找个档次高点儿的，找这么个肥婆羞辱我，奇耻大辱！"

苏枕把她往外拉："别在这儿闹，回去说。"

"我偏要说！"伊诺甩开他，"你也有脸？你也怕丢面子？今儿我就让你朋友瞧瞧你是什么东西！"

"please calm down（请冷静）。"窦可冒出来，"苏枕被陷害了，我知道整个事情的来龙去脉。"

"你们合伙骗我！"伊诺瞪着苏枕，"婚前你就找小三儿，还敢在我头上拉屎，我简直倒了八辈子霉！"

窦可说："秦伊诺，容我说句实话，美女发起疯来比普通女人加倍令人生厌，形象会一落千丈，迅速在男人心目中贬值。杰瑞剽窃苏枕作品的事儿你知道吧，小曹是杰瑞的情人，合谋报复苏枕。这不是明摆着的悲哀吗？可最悲哀的是你居然不信任苏枕，不信任还扯什么婚姻？”

伊诺愣了片刻，说：“报复为什么非要用这种方式？苍蝇不叮无缝蛋，苏枕酒后去过曹丽颖家，这说得清楚吗！”

苏枕说：“我现在不想解释。”

尘宇出面化解：“来来，都进屋，吃完饭再说。”

伊诺拽住苏枕：“走！我现在就要听你解释。”

苏枕像个雕塑，伊诺使出全身的劲儿也拽不动，气得跺脚：“你现在不回去，就甭想再回去了！”

苏枕一言不发，决绝地把胳膊从她手里抽出来。

伊诺甩发离去。苏枕被尘宇和窦可拉回屋。

苏枕的心情糟透了，小曹让他害怕，伊诺让她疲惫。他不经意地把目光转向了小吟，她大概听见了门外的争吵，闷坐在餐桌前，眼泪都快溢出来了。她发觉他在看她，起身躲进厨房。

苏枕只望见她拭泪的背影。

5

霉运来的时候，什么都不顺心。苏枕早晨进了办公室，发现桌上横七竖八堆着济南那家建材公司的合作协议和宣传样图。他把材料分类整好，去隔壁办公室找王指导。王指导和小曹在屋里聊天，看见苏枕都不做声了。小曹扭头在电脑键盘上敲敲打打，显出一副认真工作的样子。

苏枕问王指导：“那些资料是你放在我桌上的？”

王指导说：“对，以后这项目是你的了，与我无关。”

苏枕说：“搞错了吧，你一开始就是项目负责人，我只不过给你帮忙而已。”

王指导说：“我对团队成员的要求首先是品德，其次是才华。我拒绝与品行不端的人合作。虽然我在项目前期投入了很多精力，但我甘愿全部移交给你。我已经请示过江总监了。”

苏枕把文件夹往他桌上一摔：“协议是你签的，你自己负责，休想把烂摊子丢给我！”

苏枕直奔总监办公室，与正要出门的江总监撞了个满怀。江总监说：“我知道你为什么来找我。王指导接了个急活儿，那个建材项目就由你收尾吧。负责人是谁并不重要，统统代表迪亚兹。”

苏枕说：“我不做。一开始你就让我给他打下手，主体设计理念都是他的，我根本看不上！”

江总监变了脸色：“年纪轻轻，别太张狂！人家杰瑞还没说这话呢。”

苏枕冷笑：“偷盗者当然没底气！”

“你太让我失望了。”江总监连连摇头，“项目已经指定给你，不必再费口舌。我还有会要开。”

苏枕转身就走：“我还有辞呈要写。”

江总监怒气冲冲地喝住他：“不必了，我批准你辞职！”

苏枕停下脚步。他终于没听窦可的劝告，把憋在心里的话喷出来了。江总监答应得这么爽快，看来早有此意。他自由了，解脱了，却也失重了，爽快中混杂着难以名状的伤感。

回到办公室，苏枕拉开柜子和抽屉，发现没什么需要带走的，那些视若珍宝的图纸成了垃圾。他曾经幻想过各种辞职的情景，他以著名设计师的身份被其他公司挖走，冲着江总监竖起中指，然后在众目睽睽之下昂首阔步地离开。而此时，同事们都埋在小格子里各自忙乎，没人在意他的去留。也许明天他的位子就会被新人占据。

拎着包走出公司，没地方可去，苏枕只好给陆尘宇打电话。尘宇送孟小吟去机场了，让他先回家住，反正他有钥匙。

苏枕打开自己的房间，扑在床上，再也不想动弹了。熟悉的果绿墙壁，亲切的猫咪油画，他好像又回到了无忧无虑的学生时代，没有秦伊诺，没有广告公司，也没有杰瑞和小曹。

苏枕美美睡了一觉，醒来时窗外已经黑了，客厅隐约传来对话声。好像是孟小吟的声音，清灵柔和。难道是他的幻觉？他下了床，走到卧室门口。可不是小吟么，正在餐厅端着瓷碗盛粥呢。他情不自禁地唤她。

小吟抬起头：“你一觉睡到九点半，快过来喝山药粥。”

“你一打雷，全家下雨。”躺在沙发上的尘宇发话，“小吟都要登机了，一听说你辞职，立马返回。”

小吟说：“也是找个借口在家多待两天，出版社又不用坐班。”

尘宇问：“怎么突然就辞了，是不是小曹闹的？”

苏枕摇摇头：“我早就游离在那个圈子之外了，今天跟老江顶了几句，一急就辞了。”

尘宇说："我早说甭干了，你还受这窝囊气！工资结了？"

苏枕说："离职手续还没办。今儿我像个幽灵似的就飘出来了，觉得这世界有点假。"

小吟说："都说人生是一场假面舞会。好好休整一下，你有设计经验，再找其他公司也不难。"

苏枕说："迪亚兹是顶级广告传媒集团，是我曾经最大的梦想。我不会再干这行了。"

尘宇说："怎么着，你还真打算跟窦可混呀？"

苏枕说："他还不知道这事呢。"

尘宇说："我打电话告诉他了。他在深圳呢，让我嘱咐你，如果杰瑞要见你，就让他直接找你的经纪人窦可，甭跟他扯。"

苏枕哭笑不得，坐到餐桌前喝粥。小吟端来两碟小菜，一个凉拌肚丝，一个清炒笋丝，又香又嫩，苏枕胃口大开。

粥没喝完，杰瑞真来电话了。苏枕握着手机直呼诡异，尘宇凑上来旁听。

杰瑞客客气气地说："苏枕，我收到你发来的律师函了。既然你想打官司，那我奉陪到底。不过我对律师函里的一些条目感到困惑，可否见面详谈？"

苏枕一头雾水，只好说："我没时间，请跟我的经纪人窦可联系。"

杰瑞冷笑："少装逼。"

苏枕把电话挂了。

尘宇说："律师函顶个鸟用，也就吓唬吓唬这号傻逼。"

6

早上苏枕起床后，尘宇已经去上班了，孟小吟刚从超市买回水果，还往花瓶里插了一支洁白的玉兰。

只有他和小吟两人在家！苏枕感到莫名的激动。

小吟默不做声地把面包切成片，抹上果酱和芝士，又热了一杯牛奶摆在桌上，就进书房了。

苏枕端起牛奶跟到书房门口，倚在门框上："何不共进早餐？"

小吟打开电脑："我吃过了，你起那么晚，我会饿扁。"

"小吟，"苏枕情不自禁地问，"你在逃避什么？"

小吟没有回头，但脊背微微颤动了一下，说："如果我逃避，就不会从机场返回了。"

苏枕说："每次我陷入低谷，你都会陪在我身边，你是我的幸运女神。"

小吟说："别跟我花言巧语了，留着哄你的伊诺吧。"

"我从没对你说过假话，你不选择我，也没必要践踏我的心。"苏枕说，"你跟尘宇订婚太突然了，我到现在都有点恍惚。我祝福你们，但不会参加婚礼，更不会给尘宇当伴郎，请原谅我没法眼睁睁地看着你嫁给别人。小吟，我爱你，我最后说一次。"

小吟慢慢转过脸，眼里隐约闪过一丝泪光："从我决定结婚的那一刻起，原来的我就已经消亡了。现在的我是简单、快乐、幸福的，因为不再跟你纠缠。你参不参加婚礼都无所谓，那天我眼里只有新郎。"

昨天辞职以后，苏枕觉得世界有点假，街道上的房子像积木，人像皮影。而现在整个世界都空了，他心里最后一丝柔情也被割断了，活着还有什么意思？

看他神情凝重，小吟叹道："好啦——咱俩别一见面就跟哭丧似的。过来看看你在山东拍的照片。"

苏枕把牛奶放回餐桌，搬来一把椅子，坐在小吟身边。小吟说："趁热吃早点呀。"

苏枕说："我心情低落的时候，没胃口。"

小吟说："换作我，天塌下来照样吃得香睡得着。"

"我没有你那么强大的内心。"苏枕问，"你说原来的你已经消亡了，我想知道你是怎么重生的？"

小吟望着电脑屏幕："不断给自己心理暗示呗。告诉自己应该爱谁，应该成为什么样的人，应该过什么样的生活，很管用的，你也可以试试。"

苏枕盯着小吟的侧脸，盯着她跳动的睫毛和高傲的发辫，心一阵绞痛："恰恰相反，我会不断地告诉自己，我爱的是谁，我是什么样的人，我想过什么样的生活。我认定的事情，死都不悔改，因为在这世界上，我唯一能做的就是不欺骗自己的心。"

小吟握着鼠标的手停顿了片刻，点开照片文件夹："慢慢看吧，我约了导师见面，中午你自己做点吃的。"她起身拿起床上的小包，飞快地逃离了。

苏枕发了会儿呆，开始浏览在陶瓷博物馆拍得五彩斑斓的展品照片，悲伤的情绪缓缓平息。他珍爱的茶叶末釉，带着温润的气息，跨越亘古穿过屏幕来抚慰他的灵魂。他本能地拿起铅笔，翻开一个旧本子随意涂抹。宫廷楼阁、古典仕女、霓裳羽衣……很久都没有这样畅快淋漓地画画了，仿佛回到了学龄前无拘无束的时光。

7

在尘宇家窝了几天后，苏枕作出一个重大决定：回归单身。

他回到秦伊诺的公寓，把自己的物品清理出来，装了满满两大箱子。他给伊诺发了条短信：很抱歉给你带来伤害，我走了，钥匙放在信箱里。我会永远记得我们在一起的日子。

苏枕把屋子打扫干净，望着床头上方两人灿笑的合影，百感交集。昨晚他在电视里看到秦伊诺主持的《财经风云》，她头发高高盘起，穿淑雅的白色西装外套和黑丝裙，跟两位嘉宾大谈海外热钱对地产的冲击，浑身上下透着知性的光辉。他深深感到自己的落魄。不知何时他们已分属两个世界，而且她越飘越远了。

苏枕准备出门时，想起储物间还有一幅他未完成的画。本来打算为伊诺画幅肖像的，打完轮廓却怎么看都像孟小吟，就没再碰它。他打开抽屉，翻了个底朝天也没找到储物间的钥匙。

正在这时，苏枕听到开门声。伊诺风风火火地冲进来，一把揪住他："你要去哪儿？那条短信什么意思？"她上气不接下气，被汗水浸湿的刘海贴在额头上。

苏枕说："分手吧。"

伊诺瞪大眼睛："你在说气话。那天我不该闯到尘宇家大闹，但你不知道那个姓曹的有多过分，我当时气疯了，失控了，事后也很后悔。我不是不信任你，是怕失去你呀！"

苏枕问："你相信我是清白的？"

伊诺点头："我相信你。就算偶尔犯晕犯错，也是可以原谅的。没有什么比失去你更可怕。"

苏枕说："何必把我看得这么重。昨晚看了你的第一期节目，你那么绚烂，前途无量。而我已经辞职了，穷困潦倒，配不上你。"

伊诺的脸色煞白："困难是暂时的，以你的才华还愁找不到工作？"

苏枕说："不是工作的问题。我早就发现咱们是不同质地的人，我没有那么强烈的成功欲和奋斗精神，跟你的节奏不合拍。我永远满足不了你。"

伊诺的眼圈泛红："只要你陪在我身边，我就满足了，绝不强求你做任何事。"

苏枕叹道："你实现了梦想，我真心为你高兴。只是我们的感情已经走到尽头，回不去了。这一年多来，我们虽然住在一起，但各自奔忙，无暇顾及对方的心绪和感受。趁我们还没变成仇人，分开是最好的选择。”

伊诺的头无力地垂下，眼泪汩汩而流。

苏枕对她说了句珍重，提起箱子就往门外走。伊诺突然从后面抱住他，双臂像藤萝般坚韧：“别走……苏枕，我还等着穿你设计的婚纱……你不记得咱们在茶楼见面的情景了么，不记得你说过的话了么？你那么爱我，怎么说变就变了呢，那我还能相信谁……”

苏枕痛苦地闭上双眼。伊诺对这段感情的坚持让他震惊，也让他感动。至少，这世上还有人需要他。

苏枕留下来了。

这次分手伤了元气，两人对彼此都变得客气了，好像共同守护着一件易碎的花瓶。伊诺似乎更忙了，偶尔按时下班，还主动下厨，抢着洗碗。苏枕白天画画、采购、收拾屋子，晚上陪伊诺看电影。他们试着找回恋爱初期的感觉，温情中似乎总是缺少激情。

一天晚饭后，伊诺换了件桃红色的低胸睡衣，坐到苏枕身边。他转脸望着她，她还来不及抛媚眼，门铃大作。

苏枕从门禁器里一看，杰瑞竟然站在楼下。

伊诺迅速披上外衣，跑过来，按下开门键。

苏枕纳闷：“干吗放他进来？”

伊诺说：“总躲着也不是办法，不如今天跟他做个了断。”

第十九章　飞扬

1

杰瑞进了门，一改往日傲慢的姿态，向苏枕微微鞠个躬，笑道："阁下不开手机，全公司都以为你失踪了。"

苏枕冷冷地看着他。伊诺招呼杰瑞坐下，还给他倒了杯水。

"苏枕，咱们长话短说。飓风创意大奖确实有你的功劳，因为我借鉴了你的设计。这样吧，奖金全归你，大概有二十多万人民币。"杰瑞说着，从公文包里掏出律师函，"这个……也太伤感情了吧。"

小小一张纸竟然让杰瑞的态度发生了一百八十度大转弯，苏枕十分震惊，真想把律师函夺过来看看，不过他得故作镇定。

伊诺凑到苏枕身边："杰瑞来家里找过你好几次了，是真诚来道歉的。你们同事一场，犯不着打官司嘛。"

苏枕恼了："没你的事，进屋去。"

伊诺欲言又止，尴尬地走进卧室。

苏枕对杰瑞说："什么叫借鉴？你是百分之百的剽窃，明抢！我看不出来你有丝毫忏悔之意。不要说二十万，就是两千万也换不回我心血和名誉！你走吧，法庭上见。"

杰瑞蹙眉："我只借鉴了你的几个人物原型，整个庆典展览都是我策划的。我已经拿出最大的诚意跟你和解，你为什么不直接跟我谈，偏要找莫名其妙的经纪人呢？那些中介都是骗钱的，我现在就可以把奖金全付给你，再闹下去你连一半都拿不着。"

苏枕笑道："真是贼喊捉贼，最大的骗子就坐在我面前呢。我那些设计图都是加密的，我很想知道你是怎么借鉴的？还有，你为什么跟小曹串通一起诬陷我？"

杰瑞说："有一次你去吃夜宵，电脑没关，我路过你办公桌时看到了设计图。至于小曹，她跟你之间发生了什么我不清楚，我发誓我没指使她做任何事。"

苏枕说："你在对魔鬼发誓么？——滚吧！"

杰瑞深吸了口气，沉下脸："你盗取我的聊天记录和相片，拿去骚扰我妻子，破坏我家庭，难道不够卑鄙下流么？我们扯平了，不要逼人太甚。"

苏枕起身打开屋门，做了个请出的手势。

杰瑞摇摇头，收起公文包，愤愤离去："敬酒不吃吃罚酒！"

伊诺闻声从屋里跑出来："苏枕，你太任性了，你以为法律可以解决所有的问题么？我那律师朋友最清楚了，诉讼程序艰难拖沓，而且你拿不出铁打的证据。就算猴年马月胜诉了，往往连赔金都讨不回来！"

苏枕说："你什么时候跟杰瑞一条战线了？"

伊诺说："我是为你好！窦可头脑天真，拿官司当游戏，你也跟着他犯晕么？杰瑞妥协到这个地步已经出乎意料了！"

"这件事你别再过问。"苏枕推门而去。

2

苏枕直奔窦可家，抛出满肚子的疑问。

窦可乐了："杰瑞那厮怕我，所以去找你了。我上周跟他碰了个面，他西装革履的，说话的时候不停地用餐巾纸擦汗，最后连领结都解开了，巨搞笑。"

苏枕说："他还跟我耍横呢。"

窦可打开书桌下方的小保险柜，拿出一套包着塑料封皮的文件证书，神秘兮兮地递给苏枕："我没啥诀窍，只不过去年心血来潮给你的几张设计图做了版权登记。"

苏枕翻开一看，《秦汉明月》、《梦幻哥特》、《乡野清荷》……一张张清晰的彩图呈现出艾拉的经典造型！还有一些以前设计的T恤图案。版权登记证书的著者明明白白写着自己的名字。苏枕一跃而起，满脸放光："你还有这一手！这能证明是我的原创么？"

窦可说："反正注册时间在杰瑞接活儿之前。"

苏枕捧着证书在地上转了三圈，突然发问："这些图稿我都是加密的，从来没公开，你怎么能看到？"

"你设的密码就像窗户纸，不攻自破。"窦可从桌上拾起一支小飞镖，嗖的射入门背后的靶心。

苏枕问："那我不知情也不在场，你怎么能完成版权注册呢？"

窦可仰在靠背上："我当代理人呀，我有你身份证，还能模仿你签名……咱别讨论技术性问题了成不？"

苏枕给了窦可一个熊抱："兄弟，你救了我一命呀！"

窦可差点栽倒在地："得得，我从不干没好处的事儿，别忘了咱俩签的协议。这年头什么最吃香？创意！不过，形不成产业的创意是扯淡。你有创意，我能运作，天作之合，咱可以开个很棒的公司！"

苏枕说："我不是科班出身，跟专业设计师差远了，为什么选我？"

窦可说："技巧可以学，天赋没法弥补。我第一眼看到你设计的T恤，就知道你生来是干这行的。你头脑里没有框框，把流行趋势、时尚元素、搭配规则统统抛到一边，全凭灵感和心情去设计，做出来的衣服有情绪，有性格，有灵魂！还记得么，大三那个暑假咱驮着一箱子货跑到舞蹈学院门口，名义上卖衣服，实际上为了看美女。没想到那些做工粗糙的衣服被一抢而空，有个女生没抢着她心爱的小吊带，当场放声大哭。"

苏枕有点心旷神怡："我记得那姑娘，缠了咱们好久，问还能不能给她找件一模一样的。可那吊带是我用威威丢掉的布娃娃碎料做的，不可复制。"

窦可狡黠地笑了："你睡了那姑娘。"

苏枕说："差点，没忍心。总不能不卖人家衣服，还扒人家衣服。"

窦可说："后来我问她，搞舞蹈的什么漂亮衣服没见过，为啥偏要那件吊带。她说看见它就想起小时候父母在花园推着她荡秋千的情景，幸福得像个小公主，永远都不会再有那样的时光了。她盯住抢走那吊带的女生，想出高价买回来，结果人家死活不肯，说是一见钟情。我当时顿悟，真正的好衣服就像完美的情人，可遇不可求。无关乎品牌与价格，要看能不能触动你的情愫，体现你的气质和内心。我由此萌发了创办服装公司的念头。"

苏枕说："你那么早就有想法啦？的确，我会把自己的情绪注入设计图。"

窦可说："所以，咱们公司的理念就是：穿出你的心情！不引导所谓的流行趋势和消费热潮，不让顾客卷入时尚误区。恰恰相反，顾客是主人，随意选择最能代表心境的款式。如果选不出来，可以把自己的情绪甚至是故事讲给设计师，咱提供定制服务。"

苏枕说："只穿出心情是不够的，一个抑郁的人不能总穿着丧服。衣服可以改变气质和心情，帮顾客达到他理想中的心境。对爱情的追逐、对勇气的渴望、对童年的回忆……大家在我们的店里寻找不是一件普通的身外之物，而是一份珍贵的情愫。是不是太异想天开了？"

窦可说："咱们的受众是有情调的年轻人，不走高档路线，也不走平民时尚的俗套。先把网店办火，再开实体店，逐步扩张。你不用考虑经营模式，只需要最大限度地开发设计潜能。这回你把工作辞了，等侵权事件了清，就没啥顾虑了。咱不一定要跟杰瑞打官司，但炒作的目的必须达到。”

“炒作？”苏枕永远不知道窦可下一步要走什么棋。

3

这天录完节目，制片人要请秦伊诺吃饭，呼啦啦凑了一帮同事，杀到龙光大厦西餐厅。伊诺一到这儿就想起叶蓓蓓曾经举办生日会的情景，想起徐昌郡宽大温厚的手掌在她裸露的肩膀上摩挲，目光透过镜子刺探她惊惶的内心，仿佛就在昨天。

大家坐定，伊诺坐在制片人左边，正想问右边的位子为何空着，一个女人款款走进餐厅，扭着特有的水蛇腰，妩媚的发帘遮挡了一半脸颊。是叶蓓蓓。她瘦了不少，腰身更细，弱柳扶风惹人怜爱。制片人赶紧起身迎她，转而对伊诺笑道：“看，我请了谁！”

伊诺蒙了。她怎么阴魂不散？

制片人向大家宣布：“我费了九牛二虎之力，才把这位资深节目策划人挖过来。叶蓓蓓是经济学专家，定能助《财经风云》一臂之力！”

全体起立，伊诺也跟着站起来，但脑子完全乱了。叶蓓蓓满面春风地走向伊诺，一把搂住她的肩膀，贴住耳畔说：“我总分比你高3分，你这贱人。”

伊诺想挣脱，但叶蓓蓓搂得格外紧，手指压住她的头发，继续耳语：“我凭本事吃饭，看你们能热乎多久。”让伊诺更震惊的是，叶蓓蓓咒骂她的时候始终带着甜美的微笑，迷惑了在场的所有人。大家议论纷纷：“瞧这姐俩儿还挺亲”，“老搭档感情深呀。”

制片人叫道：“两个美人怎么黏一块了，我还等着左拥右抱呢！”

叶蓓蓓在伊诺肩上轻拍两下，心满意足地放开了她，端起酒杯笑道：“让我们先一起敬最美丽的主持人——秦伊诺！”

伊诺像吞了苍蝇，费力挤出笑容。好不容易挨到晚宴结束，没跟大家去迪厅，逃回了家。

苏枕不在家，连个倾诉的对象也没有。即使他在家，恐怕也懒得听她说话。他都有勇气向她提出分手，说明他心底的爱已经退潮了。她低三下四地求他回来，可爱情真的能唤回来么？

躺了半天睡不着，伊诺爬起来上网。她最常光顾的播音论坛上跳出一条消息：“天音杯——最具魅力的主持人大赛”火热报名中！规模很大，阵容超强，电视台黄金时段还将直播比赛全过程。主办方真的是天石娱乐集团。对于一个刚出道的新人来说，没有比这更好的机会了。

伊诺填完报名表，坐立不安，忍不住拨通了徐昌郡的电话。

徐昌郡客气地向她问好。伊诺问："你跟女人在一起？"

徐昌郡说："对，有一个。"

伊诺说："那我先不打扰了。"

徐昌郡说："那女人装在我心里，不影响我们谈话。"

伊诺窃喜，说："我问你个正事儿，你要说实话，叶蓓蓓的竞聘考试分数是不是比我高？"

徐昌郡沉默了片刻，说："节目都开播了，你还问这干吗？分数高并不一定是最合适的人选。"

伊诺的心一落千丈，叹道："我还以为自己是当之无愧的第一名……你知道么，叶蓓蓓突然调到我们栏目组了，还当面咒咱俩天打雷劈！"

徐昌郡说："你可以通过主持人大赛再次证明自己的实力，绝对公正透明。"

伊诺说："如果我不需要那么透明呢？"

徐昌郡笑道："其实我一接到你的电话，就知道你冲这事儿来的。可悲呀，你我之间只有利用和被利用的关系。"

伊诺问："那你希望我们建立什么样的关系？"

徐昌郡说："稳定的、互信的、甜蜜的关系。"

伊诺直截了当："当你的情人么？我这人比较死板，对待感情跟工作一样认真，忍受不了始乱终弃。我没有叶蓓蓓那么强悍。"

徐昌郡用无比温柔的声音说："谁说是情人？我要娶你。"

伊诺刚从微波炉里端出牛奶，险些洒了一地。她用肩膀夹着电话笑道："你醉了么？"

徐昌郡却严肃起来："这么重要的话确实不该在电话里说。放心吧，我不会省略求婚的环节。"

4

苏枕给杰瑞下了逐客令之后，没再被他骚扰过，倒是接到了江总监的电话，请他回趟公司，说有要事相告。苏枕摆谱说不想回公司，江总监便约他到附近的星巴克小坐。

见了面，江总监霸气全无，和颜悦色地跟苏枕道歉，说已得知剽窃事件始末，为他愤愤不平，并开出三个优厚条件作为补偿：1. 杰瑞所获的奖金全部归他；2. 提升他为部门经理；3. 双倍年薪。

当然，江总监还有一个请求，请他不要上法庭，不要在公司范围内张扬此事。理由当然很崇高，公司利益高于个人利益，要是剽窃丑闻传开了，飓风创意大奖的公正性和权威性会受到挑战，迪亚兹的名声也将大大受损。

苏枕太明白了，江总监是怕这事传到集团总部，自己因管理不善而官位不保。他毫不客气地顶回去："你们用几个臭钱就想把我的作品买去？门儿都没有。杰瑞敢去领奖，我就敢给集团总裁写告状信，非讨回个公道不可！"

江总监抿了抿嘴，仍赔着笑："我知道你心里有气，我比你还气呢。这样吧，我让杰瑞弃奖。你才高志远，没必要跟小人争个鱼死网破。像你这年纪，能提拔为部门经理的寥寥无几，以后我带你做大项目！"

苏枕说："不是我争，是杰瑞欺人太甚，还伙同小曹诬陷我。我在公司都声名狼藉了，还当什么狗屁经理？"

江总监沉思片刻，说："我一直都相信你的清白，也找小曹谈过几次，她死不悔改。你放心，只要你肯回来，我立马让她消失！"

苏枕冷笑："这话说的，跟要杀人灭口似的。收回你的诱饵吧，作为侵权的受害人，我保留所有申辩和控诉的权利。"

江总监的脸气成猪肝色，眼里掩饰不住惶恐。苏枕大步流星地离去，推开咖啡馆的玻璃门，一片明媚的阳光洒在脸上。

苏枕的骄傲维持到他走进家门，就被秦伊诺击碎了。她求他放杰瑞一马，看在杰瑞对他们家有大恩的分上。原来，伊诺的弟弟秦天冲在网吧跟几个小青年发生口角，拿刀捅了人。多亏杰瑞在当地打点关系，有望从轻发落。

苏枕的脑子要炸了："杰瑞是你老熟人？！"

伊诺哭道："你千万别误会，我们之前根本不认识。你去尘宇家住的那几天，杰瑞老来找你。我不忍心，就让他进屋坐。赶巧接到家里电话，说天冲出事了，我一时六神无主，你还关机，真是叫天天不应！杰瑞问明情况，说他岳父可以帮忙。"

"引狼入室，认贼作父！"

"我有其他的选择么？我恨我的出身，恨我的家庭，恨不争气的秦天冲。可他是我一个娘胎里的弟弟，割不断的是血缘，我不能眼睁睁地看他沦为少年犯，在铁窗里断送前程……"

"那天你替杰瑞说话我就觉得不对劲儿，怎么不早告诉我？"

伊诺蹲下身子，伏在苏枕的膝盖上："我不敢。自从你提出分手，我就生怕有什么地方做不好。可命运偏偏跟我开玩笑，让家里出了这档子事儿。”

他慢慢地抬起手，把指尖插入她散乱而潮湿的头发。

5

杰瑞去集团总部领奖了。

苏枕躺在床上翻报纸，看到杰瑞怀抱奖杯意气风发的照片。媒体总是用不负责任的夸张来吸引眼球，标题不加“最”字好像不值一读。杰瑞被称为广告界最受瞩目的“飓风”，亚洲最具潜力的设计师。

苏枕把报纸丢进垃圾桶，有点空虚，他已经放弃起诉杰瑞了。一半是为了伊诺，一半是因为他自己。不管嘴上多硬气，他内心深处并不想介入繁杂的司法程序，也不想跟任何人发生争执。他不知道这是否天性所致。他觉得自己的生存能力不够强，要是在动物界，大概早就成了强者的美餐。

表针已经指向十一点，苏枕翻个身，把脸埋在枕头里。如果不是手机长鸣，他又要昏睡过去了。

“臭小子，还不起来迎我！”

苏枕愣愣神，叫起来：“吴总！你回国啦？”

“选几幅你满意的时装设计图稿，下午2点到公司来，我带你见见约瑟夫。”

约瑟夫？苏枕想起吴总在信中提过，他是迪亚兹集团广告部经理，对Instant项目很感兴趣。

在公司楼前见到吴总，他头发喷得高高的，戴副动感太阳镜，显得活力四射。苏枕兴奋地扑上去，紧紧搂住他的脖子：“回来也不提前说，我好去机场接你！”

“我陪约瑟夫去日本开会，临时决定回来考察一下，昨晚才到。上午老江汇报工作，说你无故旷工半个月。”

苏枕说：“我他妈辞职了。”

吴总说：“他说你没交辞呈。”

苏枕哭笑不得：“Whatever(随便吧),那开除我好了。”

“傻小子，开除和辞职可不一样。”吴总戳了他脑门一下，“我们这次是来清理门户的！”说着，摘下墨镜，眼里射出犀利的光芒。

苏枕在接待室见到了约瑟夫，一个四十岁左右的美国男人，有着睿智的眼睛和健康的白牙，使他的笑容看起来更真诚。他说他被苏枕塑造的艾拉迷住了，多么希望世界上真有这样一个女人。

苏枕受宠若惊。吴总笑道："我们的目标是让全世界的男人都相信艾拉的存在。"

约瑟夫交给苏枕一项艰巨的任务。下个月集团总部将在中国重点推介Instant品牌，计划举办一场"艾拉"时装秀，请苏枕担任总设计师。

"想想看，世界一流的裁缝用最精致的面料把你漫画里的服装变为成品，顶级名模穿着它们在T台的闪光灯下大展风姿。这是Instant品牌开拓服装市场的重拳，也是你作为一个真正服装设计师的亮相！"吴总兴致勃勃地给苏枕解释。

"我全力而为。"苏枕跟约瑟夫紧紧握手。

"很遗憾发生这起剽窃事件，影响了你对Instant漫画的创作。'飓风'评审委员会经过研究，已经决定撤销杰瑞所获的奖项。你原创的那些款式都可以在时装秀上展出，为你正名！"约瑟夫对苏枕说，"网络时代的版权保护困难重重，你的维权意识很强，还收集到那么多证据，好样的！"

剽窃事件怎么会传到集团总部？苏枕把惊诧的目光投向吴总，他微笑不语。

苏枕曾给吴总发过一封邮件，说窦可帮自己注册了画稿版权，有力的证据在手了。吴总只回了三个字：好消息。后来两人都没再提此事。难道是吴总向评审会反映了情况？可他手里并没有证据呀。

送走约瑟夫，苏枕才弄明白，窦可是真正的幕后推手。他把所有的版权证明资料都寄给吴总，还以记者的名义给评审委员会写了检举信。吴总又把资料上交给约瑟夫，这件事在集团高层彻底曝光了。

"窦可那小子，真是聪明绝顶！"吴总感慨。

"聪明到有点恐怖了。"苏枕很郁闷，"为什么我的事儿，我自个儿却蒙在鼓里？"

吴总说："窦可说了，这些事不要你操心，你在真空的环境里才能达到至美的创作高度。你有这样的朋友，应该感到庆幸！"

苏枕说："我虽然老跟窦可提起你，但好像没有介绍你们认识吧。"

吴总说："我们在你的新书发布会上见过面，他跟我要了张名片，还说我是你的贵人。我看他才是，哈哈。没想到这么好的小伙子竟然是无业游民。"

苏枕说："他智商146，在学校没有考试能难住他，混到毕业又没有面试能难住他。他说所有适合他的工作都跟犯罪有关，所以只能在家待着。"

吴总笑道："我想推荐他当跨国集团的经济调查员，他说什么调查员呀，不就是经济间谍嘛，说来说去还是高智商犯罪！"

6

为了这场梦寐以求的时装盛宴，苏枕每天平均只睡三四个小时，连续奋战一个月。当他坐在贵宾席，望着T台上的翩然而来的“艾拉”，不禁热泪盈眶。

纯白的舞台精简之极，像一道冰雪长廊。模特们从天蓝色的城堡里徐缓出入，妆容丝毫没有常规时装秀那种冷酷的基调，桃面粉颊，轻点朱唇，温婉的神色中还带着几分悲悯天人。配乐选取的是海莉·韦斯特拉的《天籁之音》，加上优雅的灯光，让观众陷入一种静谧的浪漫情怀。

表演结束后，苏枕被主持人约瑟夫先生请到台上，梦游般从两列模特的掌声中走到舞台中央。他要作一个演讲，为此苦恼了好几天。他从小就憷在众人面前讲话，背好的台词瞬间忘得一干二净。在观众静默的注视中，苏枕拿起话筒说：“法国女作家萨冈说过，服饰没有意义，除非能激起男人脱掉它的欲望……”

台下开始发笑。

我在说什么呢？苏枕脑后发凉，顿了顿，还是想不起来发言词，索性即兴发挥：“今天的表演也许不够性感，可我们并不是一直生活在安逸中，安逸到随时可以调情。比如艾拉，她祖父被强盗砍倒在地、房屋被一把火烧光时，她还在母亲的襁褓。她祖母阖上了爱人的双眼，掏出一块白色的手帕，在他流血的脖子上系了一个漂亮的蝴蝶结。是的，祖母从不潦草，吃不饱饭的境况下也会用野花和树脂配制香水，用蜂蜜和香油自制唇膏，在裁缝店捡些碎料给艾拉的小裙子缀上花边。祖母一生都遵循这样的原则：生活可以困苦，但必须保持浪漫；女人可以变老，但必须保持优雅。”

渐渐地，台下变得安静，苏枕在心跳的伴奏下陈述：“艾拉11岁那年，父亲死于战场，母亲涉嫌窃取情报被敌军关进监狱，给她留下了整箱亲手剪裁的衣服和一瓶绝世香氛。夜晚，艾拉趁着祖母睡去，背起行囊去找母亲，却惨遭拐骗。从此，祖孙三代天各一方，杳无音信。艾拉逃出魔掌后来到瑞士，以制作香膏为生，也尝试用草药、果实研制润肤霜和沐浴露。在植物的芬芳中，她可以忘却伤痛，回味家庭的温情。更重要的是，母亲留下的香氛已挥发殆尽，她想从千万次的试验中找到配方。此时，艾拉的母亲在巴黎经营一家小小的裙装店，一针一线都融入心血，她不断想象女儿穿上这些裙子的样子。直到多年后的某一天，有位贵妇来店里试衣服，周身绽放着熟悉的田园气息。前味是杏仁、金盏花和佛手柑，后味是鼠尾草绵延的清香。艾拉的母亲几乎窒息，问她用的是什么香水。贵妇眉飞色舞，说这是香水女王艾拉推出的新品——故乡！”

苏枕提高声音：“故事讲到这里就可以结束了。我还想告诉大家，在漫画的创作过程中，我几乎忘了自己在做广告，完全融入艾拉的喜怒哀乐。如今，艾拉从漫画走上舞台，从香水女王变身为时装先驱。我谨代表迪亚兹，以这场时装秀纪念Instant品牌的创始人——艾玛·斯密特，一位历经两次世界大战却始终优雅的夫人。她让我懂得，美丽是一种尊严，是对生命的礼赞！”

全场起立，掌声雷动。苏枕这才吁了口气，向大家鞠躬。

还有一个环节，苏枕要请两位对自己事业影响最大的嘉宾上台。他叫了吴总和孟小吟，分别站在他的两侧。他说吴总是他的导师，小吟是他的缪斯。

孟小吟借机向大家展示了新书《苏枕的魅力法则》。苏枕压根儿不知道这本书已经出版了，目不转睛地望着小吟。她穿一件洁白的小礼裙，身姿婀娜，目光晶莹。苏枕觉得自己要被幸福溶化了。

窦可在台下发牢骚：“这个重色轻友的死鬼！要不是我拔刀相助，哪有这场Show！”乐其萱闷气地瞅着苏枕和小吟柔情相视。只有陆尘宇傻高兴：“左前侧那金发嫩模还当过我电脑桌面呢！”

7

让苏枕遗憾的是，秦伊诺没有看到他的时装秀。她一周前就回老家去了，而且不接他的电话。苏枕本打算去江苏找她，却接到吴总的通知：他被公司任命为创意策划部经理，次日报到。

苏枕到了公司才知道，短短一个月，创意部发生了巨变。江总监调任上海分公司，杰瑞被开除，小曹辞职了，新来了四个员工。苏枕的办公点从原先的小格子升级为拐角的单间。吴总进来转了一圈，说：“拾掇拾掇，新总监很快就会从新加坡赶来任职。我们交情不错，你好好跟他干吧。”

正说着，桌上电话响了。苏枕接起来，听出是江总监的声音。

吴总“啪”地按下电话的免提键。

咬牙切齿的声音火舌般吞没了整个房间：“苏枕，我给你放生路，你逼我上绝路。我纵横江湖几十年，竟然被你这个小毛贼耍了！有种你把我现在说的话录下来——只要你还敢在广告圈里混，早晚家破人亡！”

那边断了。苏枕纳闷：“我怎么耍他了？”

吴总说：“他因包庇剽窃事件被撤职，仗着资历老，公司才派他去上海挂个闲职。我还奇怪呢，他不承认他知道杰瑞剽窃不就得了？刚才他说录音……难道你们的谈话被录过？”

苏枕立即拨通窦可的电话：“你又干什么了？！江总监调走了。”

窦可睡得迷迷糊糊：“哦，才走啊，你们公司效率够低的。那天在星巴克，你没看见我么？就坐你俩旁边，不过戴了个卷发套。”

苏枕问：“你录音了？”

窦可说：“还录像呢。不然我干吗去了？”

苏枕有点喘不过气：“你怎么知道我跟他见面？”

窦可恼了：“还让不让人睡觉？你当时打电话告诉我他约你见面的。某些人为什么记不住自己干过的事儿呢，那跟猪有什么区别？”

苏枕追问：“然后你擅自把录音送到我们集团公司？天啦，你的手段太激烈，恐吓电话尽让我接了。”

窦可说：“恐吓电话是最不用怕的，有种他就直接行动了。我就从来不打恐吓电话。”

现在苏枕唯一担心的，就是秦伊诺。再拨她的电话，已经不在服务区了。苏枕回家翻出她的通讯录，拨通了老家的座机。肖艳珠接的电话，没说几句就开始哭，说苏枕你们家在皇城根儿关系广，能不能拉上什么当官的救救天冲，出多少钱都行救救孩子！苏枕安慰了她几句，说让伊诺接电话。肖艳珠叫道，她大前天就回北京了呀！

苏枕这下慌神了，想打电话问问伊诺在北京的朋友，脑中却一片空白。他完全不了解她交往的圈子。无奈只好给张月影打电话。张月影咯咯直笑，说：“苏枕你床上功夫退化了么，连老婆都拴不住！”

苏枕正打算报警，伊诺推门而入，穿碎花长裙，手提一个小旅行包。她神色疲倦，眼皮都不抬地说了句“我弟判了五年”，就栽到床上去了。

苏枕坐到床边：“对不起，事情出了岔子，杰瑞的奖项被撤销了，他必定翻脸。不过，你本来也不该相信这种……”

“够了！”伊诺做出打住的手势，眼里透出深深的绝望，“永远不要再提此事，我不会再求你了。”

第二十章　诀别

1

秦伊诺的确在三天前回京了，不过她直接在机场与徐昌郡会合，随他去了地中海东部的赛浦路斯岛。那里被称为爱神维纳斯的故乡，有油画般的灿烂阳光和蔚蓝海水。海景木屋、海鲜大餐、豪华游艇、顶级水疗……可这一切都无法让伊诺开怀。她心里的悲伤，就像浪花般层层涌叠上来。

在老家跟土豪乡绅周旋了多日，在黑白两道之间苦苦求索，最终还是没能挽救她的弟弟。邻里指指戳戳，父母黯然垂泪，全家笼罩在一股黑沉沉的氛围里。伊诺临走时去看守所见了天冲一面，他的头发剃光了，梗着脖子，斜着眼睛，额角的伤疤和嘴上冒出的茸须给麻木的神情注入几分凶悍。瞬间，一股阴霉的气息让伊诺作呕，她对自己血管里汩汩流动的液体感到无比憎恶。

这些痛苦，她无法与徐昌郡倾诉，怕降低了自己的身份，也怕破坏了他的兴致。

徐昌郡对海岛的美景和美食也不在意，他的兴趣完全集中在伊诺身上，无休止地探索她的每寸肌肤。什么场地都用了，什么姿势都试了，什么花样都玩了。精疲力尽之后，他仍紧紧钳住她，等待体内的力量再次聚合、爆发。

临走的那天夜里，他们在海边纵情之后，徐昌郡从沙滩里捡来一只大海螺壳给伊诺。伊诺捧在耳边听听，又拿在手里摆弄，一个晶亮的小物件掉落在手心。是一枚王冠形的钻戒！刹那间，月亮都黯然无光。

伊诺感到轻微的眩晕："我怎么能确定这不是一场梦？"

徐昌郡拉起她的右手，把戒指戴在她的无名指上，严丝合缝，光芒四射。

沉甸甸的，至少有6克拉。伊诺翘起手指反复端详这枚淡粉色的"鸽子蛋"，预感自己的生活轨迹将被它的魔力所改变。她喃喃地问："你从什么时候开始想要娶我？"

徐昌郡说："第一次在电梯里看到你，惊为天人。你对我却充满了怨愤，你的委屈和不安正好激起了我全部的好奇心。我想，这个女人应该安然地躺在我怀里，远离烦忧。"

这就是所谓的一见钟情么？伊诺想，灰姑娘的好运出乎意料地降临了。嫁给徐昌郡，抵过一百年的奋斗，抵过一生的白日梦，没有比这更快通往富贵的捷径。还犹豫什么呢？然而，苏枕的名字像锋利的小刀，划破了她蠢蠢欲动的心。尽管她对苏枕有种种不满，但对他的爱却超乎自己的预料。苏枕跟她提出分手的那天，简直是天崩地裂，她握着手机从办公室冲出来，一路狂奔到马路上，在尖锐的车鸣中，竟然动了轻生的念头。她鄙视自己，但行动不受控制。苏枕这个忧郁而懒散的臭小子居然曾让她发疯。

伊诺从涛涛海声中回过神来，发现徐昌郡已经深情地注视了她很久，便说："人生大事，我要三思。"说着就要摘戒指。

徐昌郡摁住她的手："戴着，它只属于你。"

2

时装秀之后，苏枕的好运接踵而来。有两家知名时尚杂志为他作了专访，还有影视公司向他购买漫画的版权。Instant集团总裁——艾玛·斯密特的外孙亲笔向他致函，说"艾拉之梦"已成为家族的荣耀，邀请他在欧洲五国举办服饰展。苏枕的灵感像涌泉般旺盛，给每个细胞都注入活力，恨不得一天工作四十八小时。时间永远不够！

这天加完班，小吟突然约他吃夜宵，让他惊喜不已。

两人来到一家港式茶餐厅。小吟一通狂点，佳肴摆满桌子。她端起酒杯："恭喜你的新书热卖，我代表出版社请客。"

苏枕说："都是你的功劳。"

小吟说："其实营销做得不够，最近我琐事缠身。"

苏枕问："婚礼筹备得怎么样？"

小吟用塑料管慢慢搅动奶茶："形式上都好办，主要是心理上的准备。"

苏枕说："我以为你准备好了。"

小吟说："如果你已经结婚了，我会准备得更好。"

苏枕说："我可没谱，项目逼得太紧。年底要在欧洲办服饰展，我还没思路呢。"

小吟问："什么要求？"

苏枕说："Instant收购了两家知名时装公司，要在欧洲拓展服装产业，他们副总裁请我负责中国展厅，策划一场特色服饰展览。"

小吟很兴奋："那你的作品都可以派上用场啦！"

苏枕摇摇头："Instant走高档路线，我原先那些设计太杂乱，登不上大雅之堂。"

小吟沉思了一会儿，说："你最近不是迷上陶瓷了吗，那些造型和色彩对你有没有启发？可以做一场'陶韵'主题展，既高雅，又能体现中国文化博大精深。"

苏枕迷离的眼神渐渐绽放出光辉。他放下筷子，猛地握住小吟的手："你好像钻在我心里，想我所想，让我怎么能不喜欢你？"

3

苏枕把十几本陶瓷画册同时摊在桌上，铺开画纸，像猫一样弓着腰，全神贯注地描绘心目中的陶韵圣装。

秦伊诺在一旁收拾行李，她已经通过"天音杯"初选，要转战杭州参加复赛。她打开衣柜，只挑素色职业装。她忘不了初赛某评委对她的点评：对于一个主持人来说，你过于靓丽，容貌抢夺了你的声音。这次，她下决心要改变自己的花瓶形象，特意剪去了珍爱的长发，为了看起来更加中性和干练。

在衣柜的最里侧，她找到第一次跟苏枕见面时穿过的黑色大翻领衬衫和短裙。那天她忙得焦头烂额，赴约之前连衣服都没换。一来她足够自信，觉得无论穿什么都能征服男人；二来她对这次相亲兴趣不大，纯粹为了给吴总监面子。她认为搞设计的人不太靠谱，理想的配偶应该是金融精英或者政府官员，起码也得是个工程师。可是，当她顺着吱吱呀呀的竹梯上到萍水茶楼二层，远远望见苏枕时，心里的条条框框就荡然无存了。窗外夜色深沉，室内烛光摇曳，苏枕是那层楼唯一的客人，他伏在桌上静悄悄地睡着了。她点着脚尖屏气走到他对面，坐下之后一动不动，怕竹椅发出声响。整整一个小时，她就那么望着他。他枕在自己的左臂上，只露出半张脸，脸上有道浅浅的压痕，显出几分慵懒和不羁。但他眉间轻轻纠结，睫毛时而微微跳动，似乎又隐藏着一丝不安。他的右臂搭在桌面上，手离她最近。柔和的手腕，纤长的手指，干净的指尖。她内心突然腾起一段钢琴柔板，沉浸在冥想的旋律中。也许这就是所谓的怦然心动。

秦伊诺把黑衬衫从衣架上取下来，在身上比了比，叫苏枕。

苏枕在创作的时候，一般的声音是听不到的。伊诺把嗓音提高好几分贝，苏枕才回头看了她一眼，继续埋头画画。伊诺没心思收拾东西了，走到他身后，怀着无限柔情抱住他："我们结婚吧。"

苏枕正在设计一款旗袍，头也不回地应承："嗯，结。"

伊诺在他肩上捶了一把，又狠狠地勒住他的腰。

苏枕还在飞快地画图，用左手握住伊诺的手，哄道："现在不行，晚上，晚上。”

伊诺顿时恼了，好像她满心只想着干那事似的。他根本不知道她刚才回忆了初次见面的情景，内心涌起何等神圣的情感，以至于产生了强烈的结婚愿望。她一把夺去他手里的铅笔。

苏枕扭身叫道：“刚有点思路，全被你毁了！”

伊诺说：“我只希望谈到结婚时，你至少看着我的眼睛。”

“给你看样东西。”苏枕在裤兜里摸了摸，掏出一把珠子。

伊诺的汗毛都竖起来了，是苏枕送给她的珍珠项链！在那个疯狂的夜晚被徐昌郡撕碎了。后来她把珠子从卧室的各个角落搜罗出来，藏在抽屉里，打算抽空去珠宝店穿起来。她慌忙辩解：“我上回游泳的时候把项链放在包里，结果它缠在手机上了。我掏手机时不小心把它拽断了……”

苏枕并不在意她的辩解，拿起珠子，一颗颗摆在自己画的草图上，得意之情溢于言表：“我一直觉得这款茶叶末色的旗袍有点单调，可加上任何装饰都显得俗气。原来，只需珍珠三粒，点缀领口。”

伊诺松了口气，同时，也感到一阵入骨的哀凉。

4

画完最后一笔，苏枕瘫倒在地。身体对于长时间的虐待展开报复，手腕、脖子和腰疼痛难忍，眼前一片黑雾。

“伊诺！”苏枕躺在地上喊了三声，只听见自己的回音，这才想起来，伊诺可能早已到杭州了。

胃里空空如也，但他躺着不想动，连叫外卖的力气都没有。他想，自己会不会就这么死了。死了也挺好，留下这些绚丽的手稿，假装是个落魄艺术家。如果真的要死，他扪心自问，对世间还有什么留恋？答案很明确，他很想再见孟小吟一面。不管折腾得多么疲惫，对她的爱欲丝毫不减。那天在茶餐厅，他失控地握住小吟的双手，用颤抖的指尖传递狂热的心跳。她没有立即挣脱，而是用一种悲悯的神情望着他，仿佛圣母宽恕了有罪之徒。她已经释怀了，而她依然是他的心结。

除了小吟，他还想见见母亲。年代久远，她的容貌已经模糊，气息也淡去了。有时翻她的照片，他就像看到一个退隐多年的传奇女星，感觉有点荒诞，这女人到底是谁？跟他有什么关系？他很好奇她现在变成什么样子了。当美人的面颊开始生长皱纹，眼里会不会多一丝慈爱，少一分决绝。

他差点忘了两个重要的亲人，爷爷和奶奶。他们的身体挺争气，没什么大毛病，不曾给他添过麻烦，反倒容易被忽略。爷爷前几天打来电话，说奶奶最近饭量小，睡眠也少，平时爱听的黄梅戏好像也引不起她的兴趣了。苏枕这才意识到，时间并不能冲淡一切。对于丧子的父母，伤口永远新鲜。自从父亲病故，奶奶就不再开口说话，痛苦更加封闭。她不怎么跟人打交道，对一草一木、鸟儿虫儿倒是倾注了不少感情。院子里的苹果树长得又高又大，屋里的盆栽繁花似锦。她在窗台上洒满米粒和豆子，引得麻雀成群。苏枕记得，奶奶也喜欢猫，以前总抱着那只黑猫睡觉，吃鱼的时候要喂它一大块。猫丢了之后，她也难过得几天吃不下饭。

为什么不给奶奶找只猫做伴呢？苏枕想起在杂志上看过一篇文章，说猫柔软的皮毛和喉咙里偶尔发出的呼噜声能缓解忧郁症。何况，孟小吟家的院子里有那么多猫，随便抱来一只就好。

又是孟小吟，所有飘散的思绪最终回落在她身上。他想她，想得心口有点疼，翻过身子趴着才能好受些。他想起带她去爬红螺寺，晚上栖息在温馨的山间木屋，搂着她光滑如丝的身体，诉说绵绵情语。人生最奢侈的一天已经远去，只留下无穷无尽的怀念和惆怅。

苏枕拿起手机，拨通了那个再熟悉不过的号码。孟小吟好像在逛街，声音有点嘈杂。他无从诉说思念，只说想给奶奶要一只猫。

孟小吟说："你去猫屋挑呗，我就不掺和了！"那满不在乎的劲儿刺伤了他。

苏枕说："我要你把猫带过来。"

孟小吟大大咧咧地说："我下月大婚，衣服还没选好呢，都忙疯了！"

"你来一趟。"苏枕几乎用命令的口吻说，"婚后我绝不再约你，我发誓。"

电话那边突然静得出奇。许久之后，苏枕听见一声若有若无的叹息。

5

接到苏枕的电话后，孟小吟一直有点心神不宁。在更衣室耽搁了很久，她才提着裙摆徐徐走出来。镜子里映出她曼妙的腰肢，婚纱很华丽。两个店员立即凑上来帮她整理衣褶和花边。

尘宇坐在沙发上，暂停了手机游戏。

孟小吟说："就这件吧。"

尘宇皱眉："这个胸前没装饰，显得特别平，还不如刚才我看上的那身呢。"

孟小吟说："平就平，我结婚，又不是选美。"

尘宇说："这话就不对了，结婚相当于选美冠军的颁奖典礼，那么多人瞅着呢，干吗暴露自己的缺点？"

孟小吟心头腾起一股无名火："嫌我的体型丢你脸了？那你应该娶个波霸！"

店员嗅到火药味儿，赔笑道："我们还有一款，裙摆跟这件差不多，胸前带皱褶的，拿来给您试试？"

尘宇说："算了，就这件吧，新娘高兴就行。"

两位店员虔诚地望着孟小吟，等她发布号令。小吟默不做声地走进更衣室，换好衣服出来："要新郎最早看上的那款，开票吧。"

尘宇说："别介，什么婚礼婚纱呀都是女人的乐趣，你说了算，我真无所谓。"

孟小吟说："我才不以此为乐！要是我说了算，结婚是两个人的事儿，用不着办婚礼。"

尘宇"腾"地站起来，提高嗓门："孟小吟！我逼你了么？"

孟小吟提起包，飞快地走出婚纱店。

尘宇追出来，一把扯住她的胳膊："当初窦可听说咱俩要结婚，自告奋勇策划一场史无前例的山野婚礼，你并没反对呀！现在跟我扯这个，我闹不清楚你是不想办婚礼，还是不想跟我结婚？"

孟小吟意识到刚才话说重了，也不知道自己为什么会有那么大的火气。也许，怒火源于内心的恐惧，怕选择错误，怕婚姻不幸。越临近婚礼，她的思绪越加烦乱。她小声说："不是的。你以前总夸我好看，从不嫌我胸小。"

尘宇哭笑不得："胸小还不下垂呢。我不嫌你，只想让你更好看。"

孟小吟说："总之，你不像以前了，看我的时候眼里都没有光彩。"

尘宇愣了愣，把脸转向旁边商店的橱窗，用一种沉缓的语调说："男人的激情要靠女人来保护。"

孟小吟听到这话，被一种深深的挫败感攫住。她以为尘宇的爱是深厚宽广的，如海纳百川，可以包容她的任性和错误。而现在他亲口承认他的爱淡了。她轻声问："现在保护还来得及么？"

尘宇看她那副柔弱委屈的样子，又心疼又喜欢，把她揽进怀里，刮刮她的鼻子："当然。"

6

秦伊诺在杭州酒店报到时，碰到了同样进入复赛的张月影。她穿波西米亚长裙和高跟麻竹凉鞋，手腕上挂着宝格丽甜瓜手袋。

伊诺正想躲开，却被告之，她和张月影住一个房间！接待员马上解释，现在是旅游旺季，酒店都已爆满。伊诺还想理论，张月影接过房卡，热情洋溢地搂住伊诺的肩膀：“没问题，咱是老搭档了！”

好在给她们安排的是套间，互不干扰。伊诺抢先跑到里屋，放下箱子，把衣服一件件抖出来，挂在衣柜里。

再怎么鄙视张月影，伊诺也得承认，张月影是她的劲敌。张月影天生有种魅惑的气质，上了镜头更是魔力倍增，她身边的选手无论高矮胖瘦、知名与否，一概相形见绌。她善于临场发挥，观众越多越来劲儿，仪态万千，妙语连珠。娱乐节目是她的拿手好戏，只要她微微眯起左眼，嘴角一荡，男性观众便在傻笑中达到高潮。伊诺现在都不敢上“天音杯”官方网站了，张月影的粉丝数量远远领先于其他参赛者，支持率还在直线飙升。她是炙手可热的名人，而自己才崭露头角。

闷热的午后，张月影不知去哪儿野了。伊诺干躺了一会儿，睡不着，翻翻书，哼哼歌。明天的比赛项目是综合才艺展示，所有卫视台现场直播，她有点紧张。

苏枕打来电话，鼓励了她几句后，又告诉她一个很崩溃的消息。他准备提交辞呈，等欧洲服饰展结束之后就离开迪亚兹。

“我要跟窦可大干一场啦，绝不在广告里浪费青春！亲爱的，你知道么，我们做的广告是挖空心思的骗局，是虚伪的口水，是愚蠢的导向！”苏枕兴冲冲地说个不停，完全没察觉伊诺的低落。

伊诺听苏枕说过想跟窦可开一家服装公司，以为他们是随口说说，顶多做点小买卖赚外快，万万没想到，苏枕会因此放弃蒸蒸日上的事业！伊诺耐着性子劝道：“别把工作说得一无是处，你为Instant设计的广告不是大获成功么？”

苏枕叫道：“那不是广告，是艺术！艾拉从不兜售自己，她不会对观众卖弄风情地说：想和我一样漂亮么？想吸引阔绰的男人、过奢华的生活么？那就买Instant化妆品吧！我画图的时候把广告忘得一干二净，我在呼唤人们的灵魂，而不是强奸他们的意志！”

伊诺听出他喝酒了，有点火：“难道你们开服装公司就不打广告？服装模特扭来扭去就不是兜售自己了？有钱能把垃圾包装成艺术，没钱艺术家也得吃狗屎！别扯没用的，工作不能丢！”

苏枕沉默了一会儿，说：“我来决定我做什么样的工作，你只需要决定跟不跟我。”

伊诺叹了口气，尽量用缓和的语调说：“先别辞职，求你了，等我回来再说。”

7

院子里的苹果树开花了，洁白的花瓣间藏着粉色的骨朵儿，风一吹，摇摇曳曳，清香入脾。苏枕坐在树下，仰望着缀满花的树冠，心就像穿梭在花间的蜜蜂一样躁动。他祈祷孟小吟能来，尽管他不该约这个马上要成婚的女人。当然，她不来更好，他就可以死心了。不死心又能怎样呢？她终究是要离开他，跟尘宇一起生活的。她今后的点滴变化、喜怒哀乐都跟他无关。两个人的心越隔越远，等到晚年再回忆起那段刻骨的爱恋，也许只剩下一丝模糊的惆怅了。

从午后等到傍晚，孟小吟突然从敞开的院门走进来。她穿果绿色泡泡衫，白色七分裤，清新而明快。她手里提着一只笼子，伊娃蜷在里面喵喵直叫，爪子都伸出铁丝的缝隙了。苏枕上前接过笼子，打开笼门，伊娃迫不及待地蹿出来，伸直前爪，拉长身子，眯起眼睛，痛快地撑了个懒腰。

小吟环顾院子："这儿不难找，我顺着胡同走进来就到了。你爷爷奶奶不在？"

苏枕说："他们去散步了。"

小吟望望院子，随后说："家里还有事，我得赶回去。"

苏枕说："小坐一会儿好不好，喝杯水。"

小吟点点头。苏枕奔向屋子，拉开门又回头看了她一眼，怕出来她就不见了似的。

不一会儿，苏枕提着马扎，端着杯子走到苹果树下，让小吟坐下。他就地而坐。孟小吟捧起杯子一看，是淡粉色的苹果花茶，香气扑鼻。

苏枕凝视着她，她比以往任何时候都要美，眼眸澄澈，鼻翼乖巧，圣洁的面颊上似乎闪着一层光晕。初春的黄昏，一棵开花的树，这样一个姑娘，还有他们之间的爱情。人生至此，夫复何求？所有的痛苦，源于他的贪念，源于对"永远"这个词的迷恋。瞬间，苏枕的心透明如镜，满足感充溢全身。

苏枕说："我常常幻想，咱俩突然落在一个无人的小岛上。艳阳天，芭蕉叶，野果子。我们躺在树下，什么负担都没有，生死都不管了，想聊多久就聊多久。"

小吟低头不语。

伊娃在院子里探寻了一圈之后，悄无声息地绕到小吟身边，蹭她的脚。小吟把它抱起来，爱抚了一阵，依依不舍地交给苏枕："伊娃不习惯这儿，你要经常来看它。"

苏枕伸手去接，双手触到小吟的胳膊时，伊娃却轻巧地从她怀里跳走了。

在没有意识的时候，他们就拥在了一起。跟生日派对夜里那个狂热的拥抱不一样，苏枕体内没有丝毫的情欲冲击。他搂紧她，像抱着遥不可及的母亲，抱着一场恍惚的梦，抱着那只走失的猫，抱着自己的前世今生。他大概明白爱是怎么回事了，时空静止，幸福到极点，朝得之，夕可死。

孟小吟把脸深深地埋在他怀里，两手揪着他的衣襟，用带鼻音的声音调侃："下辈子，你相亲可别找替身。"

苏枕笑了，一滴眼泪顺着脸颊流下来，滴在她的头发上。

如果不是院子大门咣当一响，他们会继续遗忘世界。苏枕和小吟同时回头，身体还紧抱如初。

站在门口的是陆尘宇。

第二十一章　崩盘

1

据调查，女人保守秘密的时间最多不超过48小时，而乐其萱坚持了六个月零十八天。

导火索是一场完美的性爱。事毕，她枕在窦可的肚皮上，舒服地哼哼。窦可喝着百利甜酒，感慨："极乐有三个源泉：极限运动，毒品，性高潮。前两项玩的是命，所以多数人只能追逐第三项。不过，只有少数性商比较高的人才有收获，其他人都是白忙乎。"

乐其萱说："白忙乎总比没得玩强。"

窦可叹道："尘宇就没得玩。"

乐其萱说："你怎么知道？"

窦可坐直身子："他俩还没那个呢！开始孟小吟不肯，后来尘宇没兴趣了。你说小吟是不是有问题？"

乐其萱脱口而出："你别侮辱小吟，都他妈怪苏枕！"

窦可的嘴巴顿时张得比鳄鱼还大。乐其萱见瞒不住了，让他发誓保密。窦可对天起誓后，乐其萱将孟小吟和苏枕的恋情一吐为快。这个秘密憋了太久，终于得到释放。那天晚上，她睡得格外香甜。窦可却怒火中烧，为陆尘宇打抱不平。世上最大的悲哀，莫过于欢天喜地迎娶一位心里装着其他男人的新娘。

第二天，窦可给尘宇打电话，宣布放弃担任司仪，理由是他无法为两个并不真心相爱的人主持婚礼，那样会有罪恶感。他以为尘宇会咆哮，尘宇只是平静地问了一句："谁不真心？"

窦可说："你去问苏枕。"

尘宇先去了苏枕的公司，不在，去伊诺的公寓，没人，又去苏枕经常光顾的咖啡馆和健身房，扑空。他不想给苏枕打电话，他要看着苏枕的眼睛，听这位生死之交的铁哥们儿讲述跟自己未婚妻之间的故事。在疾步奔走中，他的意识慢慢地碎裂，好像明白了什么，但又拒绝承认。他知道窦可不会凭空搬弄是非，又希望苏枕给他一个合理的解释。但他不确定，在听完解释之前他会不会崩溃。

苏枕的爷爷家是最后一站。尘宇在快要放弃寻找的时候，收获了最戏剧化的一幕。透过虚掩的大门，他目睹这对地下恋人如痴如醉的持久拥抱，仿佛要化进对方的骨头里。小吟始终没抬头，她的手在苏枕腰际万般纠缠，暴露出最压抑的思念和最炽烈的爱欲。尘宇感觉自己从头到脚被劈裂，心脏和肠子拧成了一股结，全身的细胞都炸开了！

偏还听到小吟幽怨地说了句："下辈子，你相亲可别找替身。"尘宇觉得自己成了万恶之源，他的存在好像就是为了证明这对苦命鸳鸯的忠贞爱情。强烈的屈辱感像鞭子在抽他的脸。他一脚踢开大门，两人如梦初醒，同时失神地望着他。

陆尘宇吼道："孟小吟，你不必嫁给替身！"

2

陆尘宇回到家，开门的竟然是母亲，父母提前回国了！他没有疗伤的时间，也没有躲避的空间，恨不得从敞开的窗口跳出去。

尘宇径直往卧室走，陆母明察秋毫地拉住他："你怎么啦？脸色差极了！"

尘宇从客厅墙壁上的镜子里望着自己，他的脸是墨绿色的，像个怪物。也许，在愤怒到极点时，血液就会倒流，皮肤的色泽由红转绿！"没有婚礼了。"他喃喃自语。

尘宇从呆若木鸡的父母之间穿过，走到冰箱跟前，拿出一瓶冰水，仰头咕嘟咕嘟喝了一通，水顺着脖子流到衬衫上。他在客厅里来回踱步，带着绝望的杀气，像只关在铁笼里的豹子。

陆母拿来一条湿毛巾，心疼地走到尘宇身边，想给他擦汗，又不敢太靠近。尘宇夺过毛巾，捂在脸上，发出一阵压抑的呜咽。

这时，传来叩门声。陆父打开门，孟小吟站在外面，脸白得像张纸。陆母连忙把她拉进屋子，埋怨道："都快成一家人了还闹成这样，尘宇性子急，你也不劝着他！"

陆父说："小吟，上次见面有点仓促，这回听到你们要结婚的消息，我们心里也就踏实了，提前赶回来，想请你父母吃个饭。"

"我说过，没有什么狗屁婚礼了！你们问孟小吟她要和谁结婚！"尘宇大吼，额上青筋暴跳。

一片死寂之后，孟小吟冲尘宇的父母微微鞠了一躬："伯父伯母，对不起。"她脸上没有任何表情，声音听起来有点虚弱。

陆母盯着她，说："小吟，年轻的恋人吵吵闹闹很正常。我了解我儿子，他非常爱你，不会无缘无故取消婚约，除非……你另有所爱。”

孟小吟轻轻点头，依然没有表情。

陆母冷笑一声：“从见你第一面，我就知道你心里不安分，可惜尘宇不听我的话。恋爱也好，分手也罢，都是你们的自由，可你不该拿结婚开玩笑！无论在哪个国家，婚姻都是庄严神圣的缔约。你可以跟一百个男人交往，可一旦决定结婚就应该回归最纯真和忠诚的心。这点道理都不懂，只能说你没教养！”

尘宇打断母亲：“够了！”

陆母拉长脸：“我要去订机票，没工夫跟你们扯皮！这趟折腾回来，又延迟了几个合同，损失上百万！”说罢，拂袖而去。

陆父看看两人，摇摇头，也跟着进屋了。

孟小吟垂着眼，像被风雨打蔫的花瓣。

质问她？咒骂她？侮辱她？问她跟苏枕什么时候开始的？问她为什么要欺骗他？问她结婚是不是出于对他的同情？其实答案很明确，她不爱他，而且惧怕他的爱。面对差一点就成为自己新娘的她，尘宇一句话都说不出来，深深的无奈让他变成了空心人。

孟小吟抬头望他，眼底闪现一丝泪光：“我是来道歉的，但我不奢求你的原谅。”

尘宇说：“该道歉的人是我，我不该替苏枕去相亲，破坏了你们的姻缘。还好，我现在退出不迟。”

3

苏枕的脑子像是被打蒙了，好长时间回不过神儿来。他和孟小吟今生今世的最后一个拥抱怎么就让陆尘宇撞上了呢！是上天给他的报应么？

尘宇当时的眼神一遍遍在苏枕脑海中重现，不是震惊，也不是愤怒，而是一种幻灭，仿佛君主在沙场孤零零地目睹全军覆没、国破人亡。他希望尘宇冲上来大吵大闹，对他拳脚相加。然而，尘宇喊完那一句后，默默站立了片刻，就转身离去了。那背影让苏枕无比恐惧，就像他6岁时母亲离开的背影，没有挽回的余地。

苏枕在屋里闷坐了一夜，理不出头绪。他唯一能做的就是去找尘宇道歉，可道歉显得多么苍白无力呀！更让他揪心的是孟小吟，他知道她比他还要痛苦。如果所有的痛苦都能转嫁到他身上，他真想以死谢罪。

早晨，有人敲门，确切说，是用脚在踹，门咣当咣当地颤动。苏枕一跃而起，像迎接救赎般冲上去打开门。可惜不是尘宇，是窦可。窦可把手里的文件袋往地上一摔："苏枕，我要解除合同！"

苏枕问："服装公司不开了？"

窦可冷笑："我发现你有种天赋，不管做过什么都能保持特别纯真无辜的眼神。就算请你去公司，做公关也比当设计师更合适。"

苏枕愣了。

窦可说："苏枕，我真他妈想不通，你为什么要勾搭孟小吟？也不想想尘宇从小到大是怎么对你的？也许，尘宇拥有你所没有的一切：完整的家庭、父母的关爱、甜蜜的童年和无忧无虑的生活……他的幸福就是你的阴影，让你满怀忌恨，连他对你的爱护也成为一种折磨。所以，你才会对孟小吟下手，践踏尘宇最珍视的感情！报复的感觉很爽吗？"

苏枕顿感气血攻心："我爱孟小吟，就这么简单。不要给我套枷锁，也不要给我戴高帽，我的字典里没有'报复'这个词！"

"婚礼已经取消了，尘宇也崩溃了。你不必假戏真做。"窦可逼视他，"如果认识你是躲不开的厄运，那我后悔跟你结交。当然，尘宇更后悔。"说罢扭头走了，一串粗重的脚步声回响在楼道。

苏枕跟着冲下楼，去找陆尘宇。他后悔自己没有勇气在第一时间道歉，拖了整整一个晚上。这个炼狱般的夜晚，对尘宇来说也同样难熬！

尘宇家没人，打电话不接。苏枕就站在他工作的银行楼下等着，等到晚上也没影。以前尘宇心情不好的时候，最喜欢叫他们打球了。苏枕灵光一闪，跑到猛男俱乐部。尘宇果然在台球厅，叼着根烟，跟几个人挥杆大战。

尘宇抬眼瞟见苏枕，没有理会。苏枕向他走去，尘宇猛然举起球杆，顶在他胸口："滚开！"说着，拿涩粉块擦了擦杆头，俯身摆了个漂亮的姿势，猛地将黑球击入洞中，引来一片欢呼。

一局结束，又开一局。苏枕只好站在旁边等。

有个穿花衬衫的球友打趣尘宇："哎，你不是忙着结婚么，还有工夫打球？"

尘宇往球桌沿上一坐，掐掉烟，指着苏枕大声说："我未婚妻跟他跑啦！"

大家的目光齐刷刷转向苏枕，爆发出哄笑，还有口哨声。

有个光头笑道："这不是你小弟么？你们连女人都共用，真是手足情深呀！"

苏枕对尘宇说："出来一下好么？"

尘宇盯了他很久，说："你一直说，你妈嫁了个法国人，可她居无定所，二十多年来除了给你寄点廉价货，连面都不敢露。其实大家心里都明白她是干什么的。你跟你妈一样，人贱命更贱！”

这回没人笑了。苏枕觉得自己就像被海水淹没的沙堡，无声地坍塌了。他轻飘飘地走出俱乐部。

4

“娱乐是电视上所有话语的超意识形态，不管是什么内容，也不管采取什么视角，电视上的一切都是为了给我们提供娱乐。你如何看待这个观点？”

这是秦伊诺参加复赛遇到的第一个问题。她暗自欢喜，这段话出自尼尔·波兹曼的《娱乐至死》，是她读研时最喜欢的一本书，还作过学期论文呢。真是天时地利人和！于是她侃侃而谈，说这是传媒界的警世名言，能够引发自我反省。目前电视和网络媒体为了追逐收视率，肆意制造只注重感官刺激的庸俗文化，导致人们淹没在垃圾信息中，日渐失去自由的意志和思考的乐趣。

主持人问她：“你的财经节目做得很严肃，是为了拯救电视文化么？”

伊诺说：“我们团队一向坚守严谨求知的宗旨，不为娱乐而娱乐，从内容设计、场景布置到主持人的风格，一切都走简约之路。我们讨论的议题也往往是开放式的，不填塞观众，而是启发思考。当然，我不希望大家感到节目很严肃，适度幽默是我努力的方向。”

主持人说：“那你以后在节目里多笑一笑，知道么，大家都叫你冷美人。”

伊诺说：“主持人发笑一般是为了展现亲和力，为了逗乐、掩饰紧张或在词穷冷场时自救。我的笑是发自内心的愉悦，而且不先于观众发笑。”

主持人笑道：“好吧，请容许我为了掩饰在美女面前的紧张而笑一笑。”

到了自由展示才艺阶段，选手们有的唱歌，有的跳舞，有的演奏乐器。轮到伊诺，没换装，也不拿道具，被问起特长，只说：“我的记性很好。”

主持人兴致勃勃：“难道是传说中的过目不忘？”

伊诺微微点头：“耳闻则诵。”

“夸下海口，就得接受考验！”主持人挑挑眉，“下面我们请一位现场的观众朋友即兴说一串数字，看看秦伊诺能否记下来！”

某大叔受邀起身，一口气说了几十个数字，在舞台里侧的电子屏幕上依次闪现出来。

伊诺面向观众，神态自若地举起麦克风，清晰、稳健地依次报出这些数字，一个也不差！起初观众只是屏息聆听，后来她每说一个数字就发出短暂的惊呼，再后来热烈的掌声淹没了她的声音。

主持人故作深沉："伊诺，表现不错，不过数字记得快并不代表你对文字也同样敏感。下面我们要请电视机前的观众朋友随便读一段文章，你来复述！"

热线电话接通了，是一位中年女教师，情绪激动："伊诺小姐，我们全家都很喜欢看你主持的《财经风云》，没想到今天有机会考你！下面我读一段散文，你听好。"说罢清清嗓子，念道，"我在机场看到过一个印度女人。她穿艳黄布衫和翠绿裙子，不知何时飘到我的柜台前。她裹着宽大的头巾，遮住嘴唇和下巴，更添神秘色彩。不经意间跟她对视，就感觉自己被吸进去了。她的眼睛那么黑那么深，有一丝璀璨的光芒若隐若现，把人一直往深洞里引。她的睫毛，就像花蕊般繁盛。我从她的眼睛里退出来，才看清她脸部的轮廓：高山隔开湖泊，眉毛是茂密的丛林，眉心的朱砂宛如艳阳。旁边所有的人跟她一比，脸部都是单调的平原，五官仿佛不存在了。她自始至终没说一句话，眼里荡漾着温和的笑意。有这样的眼睛，还要语言做什么呢？"

万众注目下，伊诺沉思了片刻，眼前便栩栩如生地勾勒出那个印度女人的形象，声情并茂地描述一番，与原文相差无几。

主持人瞪大眼睛对她说："难以置信！也许你以前读过这篇散文？"

女教师急忙给伊诺作证："这是我女儿的工作札记，从没公开发表过！伊诺小姐，我彻底被你折服了！"

场上气氛热烈。主持人提高嗓门："等等，我还没有被折服，相信我们的评委也不过瘾！作为一个优秀主持人，超凡的记忆力是必备素质。伊诺，你还有什么过人之处？能不能利用最后的机会让我们狠狠地震撼一下，让其他选手黯然失色？！"

伊诺略为含羞："我想不出别的花招了，以前自学过一点法语，就试着把刚才那段话译成法语吧。"

伊诺的法语老师对她说过，她的声音在讲法语时最为动听，优雅而不失性感。此时，绝大多数观众虽无法检验她翻译的水准，但已经被她纯正的发音、充沛的感情、诗韵般的语调倾倒了。

毫无争议，伊诺拿到了才艺表演的最高分。

5

孟小吟瘫在沙发上，接受母亲的审讯："我一直就觉得不对劲儿！尘宇啥毛病没有，你天天找碴儿闹别扭，拖着不结婚，原来是因为苏枕！为什么不早说？"

父亲替她说话："其实小吟告诉过我，不过她跟苏枕的感情也没确定。"

母亲叫道："天啦！没你这样当爹的，眼睁睁看着女儿被有妇之夫诱骗！"

父亲说："哪来的有妇之夫？"

"少装糊涂，我问过了，苏枕那小子跟一女的同居了两年，跟夫妻没什么区别。"母亲愤愤地转向小吟："我问你，他说过要跟女友分手么？他确定要娶你么？"

孟小吟摇摇头。

"那他还敢毁掉你的婚事！这不是欺骗是什么？"

父亲说："小吟不是说了吗，那是意外！苏枕是尘宇的朋友，怎么可能故意搅局？"

母亲冷笑："我终于发现尘宇的缺点了，心太善，眼太拙，敌友不分！"

小吟抱着沙发垫，一声不吭。

父亲说："事到如今，缘分已尽，尘宇这一页就翻过去了。小吟好好休整一下，再考虑跟苏枕的关系。"

母亲猛拍茶儿："考虑什么？我辛辛苦苦养大的女儿就这么下贱？放着正儿八经的不嫁，死气白赖要跟个有主儿的！"

"我谁也不跟，大不了这辈子自己过。"孟小吟异常平静地冒出一句。

"你呀！"母亲又心疼又气愤，"那天说好跟尘宇订完婚纱就一块回来吃饭，你却改变主意偷偷去找苏枕。婚礼近在眼前，你为什么要在最紧要的关头见他？"

孟小吟起身回到卧室，把门关上，扑倒在床。她头疼得厉害，想好好睡一觉。

半睡半醒时，苏枕打来电话。

孟小吟用被子蒙住头，把手机贴近耳畔："苏枕，我感觉现在就像在孤岛上，其他人都弃我们而去了，世界上只剩下你和我。你的幻想算是实现了吧？"

"小吟，是我太自私，一手造成今天的局面。我愿意为你做任何事，永远陪在你身边。"

小吟说："可我发现在孤岛上并不幸福，爱情也没有我想象中那么万能。我想，以后咱们不要见面了。"这是她在瞬间作出的决定，并不是愧对尘宇，也不是迫于母亲的压力，因为她累了，有些麻木了。她想把一切都放下。

"小吟？"苏枕显然不敢相信。

小吟说："想想那个苹果树开花的下午，不会有比那更纯粹的时光了。如果我们在一起，就不得不咀嚼生活的残渣，懊恼、失望、争执、疏离……这些我都不想跟你经历。把你干干净净地藏在心里，把我们的感情定格在最美好的状态，就够了。”

苏枕说：“你这是逃避。如果我们早点面对现实，就不会有这么多折磨。”

小吟说：“我承认之前一直在逃避，但现在我主动作出了选择。”

苏枕沉默了一会儿，说：“选择离开我？好吧……那活着也没什么意思了。”

小吟说：“那是因为活得太矫情了。这两天我突然觉得自己又狭隘又可笑，为爱所困，为爱所累，背着爱情的包袱却不明白什么是爱，我厌倦了这种生活状态。”

苏枕说：“你厌倦了我。”

小吟叹了口气：“我厌倦解释。到此为止吧。”

6

苏枕从猛男俱乐部出来，他浑身就像散了架，每挪一步都要费很大力气，满脑子回荡着尘宇的声音：“你跟你妈一样，人贱命更贱！”像无数把匕首刺入他心底最隐秘最脆弱的地方，每个细胞都感到痛楚。

只有一个信念隐隐支撑着他的生命，就是孟小吟。如果众叛亲离、历经磨难能够换来与她的厮守，那么，他甘愿坠入十八层地狱。

跌跌撞撞回到公寓，苏枕拨通了孟小吟的电话。他想告诉她，他要跟秦伊诺分手，跟她结婚。仇恨会淡化的，痛苦会忘却的，低谷期会过去的，只要他们能在一起——万万没想到，孟小吟不再需要他了。

他真想冲出门找她，求她不要把他一个人丢在孤岛上。但他忍住了，尽量在电话中表现出冷静。他了解孟小吟，她外表柔弱，但内心还是很强大的。她有超出一般女性的隐忍和理性，作出决定往往不会轻易更改。更重要的是，他不相信感情可以乞讨。6岁那年，眼见母亲收拾好行囊要离开院子，他本能地冲上去抱住她的腿。他一声不吭，但力气大得出奇，用一个孩子全部的执拗来阻挡他最害怕的事情。母亲费了挺长时间把他的小手掰开，含糊地说了句“听话”，头也不回地走了。听谁的话？听她的？听爷爷奶奶的？还是听命运的？从那一刻起，他发誓不再哀求任何人。

苏枕在家躺了两天，打起精神去上班。新上任的马总监对他十分器重，交给他一笔预算五千万的电视广告。开完策划会，苏枕又开始头疼、失眠、食欲不振。每当领了新任务，他就像一只高速运转的马达，连喘气的时间都没有。

头脑风暴、激烈讨论、疯狂开工。凌晨，苏枕把组员都放走了，独自打开办公室的窗户，俯视繁华夜景。凉风吹着昏沉的头，小吟说她厌倦了自己的生活状态，他又何尝不是呢？有句话说得好，可悲的不是死去，而是这样活着。高压的环境让灵感破碎，严苛的进度把人变成机器，莫名的团队操纵个人意志。而这一切，仅仅为了保证烧钱的速度和品质，大家统统成为奢华的帮凶。

受够了。既然小吟都可以放弃他，他为什么不能放弃一份厌倦的工作？苏枕回到办公桌前，迅速写了一份辞呈。公司向来是出门容易进门难，人才多，职位少，走一个无人问津。

第二天，马总监看到辞呈，让他给出充足的离职理由。苏枕说太累了。马总监说："人活着都累，关键是累有所值。飓风剽窃事件让你的名气远扬集团总部，你还不到三十岁，就破格当上了策划经理，还有什么不满意？"

苏枕说："也许哪天我就猝死在工作台上了。"

马总监笑道："广告行业是金字塔，职位越高越自由。你最辛苦的日子已经过去了，以后只需要揽项目、玩创意、作指导，不必亲力亲为。"

苏枕说："我有更喜欢的事情要做。"

马总监说："这才是实话。我知道你在时装设计方面有天分，不过，Instant集团请你策划服饰展，很大程度上因为你是迪亚兹的设计师。离开这个平台，你什么也不是，连合作机会都没有。"

苏枕说："我不在乎。"

马总监说："我最恨年轻人这种满不在乎的态度！好像生活是一坨屎，可以随时从马桶里冲掉。吴总监要是听了这话，肯定伤心透顶。"

这次苏枕抱定离职的决心，所以没有征询吴总的意见，先斩后奏。他对马总监说："我会按期完成新广告，并做到极致，因为这是我在迪亚兹的最后一个项目。"

7

回到宾馆，伊诺舒舒服服地洗了个热水澡，心情格外舒畅。她回忆起自己比赛时的出色表现，不禁得意地笑出声。包住头发，敷上面膜，伊诺推开浴室门，见张月影四仰八叉地躺在她床上，手里还在玩弄她的蕾丝睡衣，没好气地说："你睡错地方了！"

张月影抖了抖她的睡衣："苏枕不吃这套。要想挑起他的欲望，你得扮清纯，试试纯棉卡通型。"

伊诺又想起那颗万恶的红草莓，还有藏在苏枕抽屉里的那些艳照。她心里呼地燃起熊熊烈火，恨不得扑上去把张月影撕成碎片。可现在是比赛的紧要关头，她不能情绪失控，不能出现任何闪失。张月影是故意来搞破坏的，她可不能中计。伊诺笑道："谢谢你的建议，我要休息了。"

张月影翻个身，把双腿高高举起，搭在床头上，说："看来，你已经知道我跟苏枕的关系了。早说嘛，我就不用藏着掖着了。苏枕这个小可怜，前段时间老打电话给我诉苦，就像婴儿找妈妈要奶喝似的。你再忙也别饿着他，不然迟早得出乱子！"

伊诺已经快气炸了，仍故作镇定："你奶水充裕的话就帮我喂喂他呗，也不枉初恋一场！"

张月影愣了片刻，笑道："我看出来了，你现在全心全意钓大鱼，没心思理苏枕。可怜的是叶蓓蓓呀，你抢了她的男人，还夺她的职位！"

伊诺说："我听不懂。"

张月影细声细气地说："要是在古代，你这种人一旦当上皇后，肯定会把后宫三千都杀光。唉，一点都不讲和谐、讲包容。"

伊诺笑道："我要是皇后，就下令将你鞭笞百下，倒捆四肢，再丢进酒瓮，让你如醉如痴骨软筋酥！"

张月影哎哟了一声，翻下床，冲伊诺抛了个媚眼，摇摇摆摆地出去了。

第二天，伊诺早早起床梳妆打扮好，应邀参加当地电视台的一个环保公益宣传片拍摄。任何提升人气的机会，她都不会放过。

电梯下至一楼，门刚开，伊诺就被一大群记者和摄像机包围了。这是梦中才会出现的情景，镜头聚焦在她身上，闪光灯此起彼伏，花花绿绿的麦克风争先恐后地伸到面前。原来一夜成名是这样的感觉！伊诺心花怒放，挺挺腰杆，把面部表情调整到最佳状态，准备接受采访。

"秦小姐，请问秦天冲是你的亲生弟弟么？"

"今年四月他是否因故意伤害罪而入狱？"

"你和他从小关系如何，有没有发现过他的暴力倾向？"

伊诺眼前一黑，如同世界末日来临。

第二十二章　辉煌

1

伊诺哆哆嗦嗦地跑回房间，关门上锁，溜到凉台上往下一瞅，有几个人聚在外面，看起来都像记者。她拉严窗帘，把自己封闭在黑暗中。刚才被媒体围追堵截的情景就像是一场噩梦。是谁捅出她的家丑？张月影和叶蓓蓓应该不至如此，难道是杰瑞在报复？

徐昌郡在电话那端："是真的吗？"他的语气从没这般急迫和焦灼。

伊诺"嗯"了一声。

徐昌郡低声骂了句该死，追问："为什么不早告诉我？"

参加复赛之前，徐昌郡特意问过她，有没有什么问题或把柄。伊诺说什么把柄呀？徐昌郡说你成名了，会有很多眼睛盯着你。伊诺还半开玩笑地说，我的把柄就是做了你的情妇！此时，伊诺嘀咕道："我怕你瞧不起我。"

徐昌郡说："你这个自作聪明的糊涂蛋！进入决赛的五个选手里，你是最有希望的，现在形势有点复杂了……"

伊诺无法接受冠军与她擦肩而过的事实，试探地问道："观众支持率只作参考，比赛结果还是看分数，对不对？"

徐昌郡安慰她："别多想，坚持到最后吧。"

挂掉电话，伊诺扑倒在床。她叹自己命苦，生在这样的破烂家庭，无论怎么努力都无法改变命运。她痛恨秦天冲，小小年纪闯下滔天大祸，还不如让别人捅死算了！哭累了，肚子也饿了，她不敢出去吃饭，觉得自己像个罪人。

伊诺打开电视，心烦意乱地换了几个频道，恰巧娱乐新闻在报道张月影参与拍摄环保公益片。张月影一身素白长裙，回头一笑百媚生。伊诺发狠地摁下了遥控器的电源键，电视机瞬间黑屏。前天制片人和导演还满脸堆笑地围着她转呢，说她的清纯形象最适合这个短片，能唤起人们对自然的关爱，让大地回春、万物复苏。转眼间，她就被张月影顶替了，被这个世界无情地抛弃了。她仿佛已经看见张月影夺冠的得意神情。

2

这些日子，小吟害怕起床。每天早上一睁眼，她会感到深深的疲惫和乏味。生命好像丧失了原动力，身子不听使唤，困软而沉重。她对任何事情都提不起兴趣，甚至懒得穿衣吃饭。为了能多睡一会儿，她偷偷服用安眠药，药量从半片扩大到三四片，睡眠时间却越来越短。

乐其萱来看她，坐在床边，满脸歉疚："小吟，对不起！我跟窦可说漏了嘴，偏偏他又直得像枪管。我毁了你的婚礼！"

孟小吟轻轻握住她的手。

乐其萱说："既然你喜欢苏枕，就跟他好吧，不要有任何负罪感。只要你开心，做什么我都支持！"

"其萱，我得抑郁症了。苏枕也救不了我。"

"胡说！谁失恋了心情都不好，别给自己扣上这么可怕的帽子！"

"真的，我了解自己。以前认为自杀是最愚蠢最不可理喻的行为，现在似乎也能理解了。生而无欢，死亦有快！"

乐其萱倒吸了口气，退出房间。

孟小吟又昏昏沉沉地睡过去。没过多久，她的被子被掀开了，乐其萱风风火火地拉她起来，又打开衣柜，抽出几件衣服丢给她。小吟坐着不动，其萱就给她穿衣服，梳头洗脸。

乐其萱带着孟小吟来到A大，说要请一位心理学教授给她疏导情绪。

小吟说："对于心死的人，理论都是扯淡。"

乐其萱说："这个周教授可神了，有自己的心理诊所，我选修过他的职业心理学，堂堂爆满。"

孟小吟不屑："心理医生算什么东西，拿病人的痛苦做实验。他们乐滋滋点钞票的时候，病人没准早自杀了。今儿我倒要看看，他用什么方法刺探我的隐私！"

她们来到心理实验楼的一间办公室。周教授四十岁左右，清清瘦瘦。乐其萱向他介绍了孟小吟，问："她整夜失眠，是不是抑郁症？"

周教授对小吟说："你的眼神机敏而防范，对外界的反应还满强烈的，没有完全陷入自我的沼泽。"

小吟不动声色。

周教授说："这不是医院，没有什么脑循环、电神经治疗仪。而且我半小时以后有课，简单问你几个问题，咱们速战速决。"说着，冲其萱打了个"回避"手势。

乐其萱悄悄地退出去，把门关严。

周教授问小吟："你恨自己么？"

"恨。"小吟斩钉截铁。

"因为你的理智和欲望在打架。你想着东，却往西走，你总是背叛自己。"

"你不用装出很了解我的样子，像个算命的。"

"比如今天，你根本不想来见我，但你怕乐其萱会难堪。你不擅拒绝，过于在乎别人的感受。"

小吟沉默了，的确如此。

周教授继续说："你本想跟我顶嘴，给我下马威，又觉得不礼貌，所以口下留情。你连陌生人都不忍心伤害，更别提亲戚朋友了。于是你伤害自己，最后发现还是不可避免地伤害了别人，所以更恨自己。"

本想，但是。小吟突然发现，这两个词充斥着她的生活，让她变得畏首畏尾。高考那年，她本想报考电影学院编导系，但是与父亲的期望不符，就乖乖地上了A大。本科毕业以后她想去西藏支教，但全家都认为她应该读研究生。她曾经想去剧院工作，但母亲认为她更适合出版社。她讨厌相亲，但不好意思拒绝介绍人的好意。她爱上了苏枕，但她不想伤害陆尘宇。她决定嫁给尘宇，但她无法抗拒与苏枕会面……

3

秦伊诺屏住呼吸，望着题板上的三个字：同心圆。她已进入"天音杯"决赛的最后环节，三分钟即兴讲话。这本是她的强项，可她抽到了一个极为奇怪的题目。

伊诺脑中迅速搜寻与之相关的信息，圆心相同而半径不同的圆，这个数学定义没什么可以发挥的地方。貌似国外有个同心圆理论，大约是讲城市规划的，她也说不清楚。时间一秒一秒地溜走，她毫无灵感，脑子越乱，心就越慌。从五岁开始主持节目到现在，她头一回怯场。

赛场死一般沉静。主持人面露同情地提示："秦伊诺，你有半分钟的考虑时间，红灯亮时视同放弃。"十个评委不约而同地抬头看她。

伊诺的小腹一阵紧缩，手脚开始微微发抖。巨大的摄像机对准她的脸，卫星电视和网络电视实况直播，千家万户盯着她的特写镜头。她感觉有些眩晕，随时都有昏倒的可能。难道她将输在最后关头，死在黎明前的黑暗中？为了圆梦，她付出了无数的艰辛与努力，抓住一切时机提升自己，遭受着职场中的明争暗斗，还差点失去苏枕。孤注一掷地走到今天，她没有理由退缩。

可在大众眼里，她是谁？是昙花一现的新人，不堪一击的花瓶，还是杀人犯倒霉的姐姐？她知道大家关注的焦点，跟她的主持梦想无关。那么，不如说出自己真实的痛楚，满足大众的窥探欲。

短短的半分钟，伊诺的一生好像都过完了。红灯亮起的前一秒，她举起了话筒："我12岁那年，弟弟出生了。我把他久久抱在怀里，手臂酸麻也不肯撒手。他安然恬静地睡着，宛如小小的天使。我们就像两个同心圆，他是大圆里面的那个小圆圈，完完全全被我呵护。上山摘果，下河摸鱼，捉迷藏，逛集市，我陪他度过了欢乐的童年，便独自千里迢迢到北京求学，到现在依然记得他哭着追赶火车的样子……"

伊诺不再紧张，音色也渐渐圆润起来："放假回家，我看到弟弟卷子上触目惊心的红叉子，忍不住冲他发火。而爸妈只说他没出息，一点不像姐姐。我只顾给他补功课，没问他在寄宿学校是否开心，没注意到他手臂上有被烟头烫伤的痕迹，没理会压在玻璃板下的美术比赛奖状。是的，他喜欢画画，作业本和卷子上布满涂鸦，花去所有零钱买漫画书。他画过我，一脸凶相，却实在传神。可我从不承认他的天赋，只说那是逃避学习的借口。他的成绩每况愈下，竟然提出放弃中考，要去美专学画。而我正保送就读研究生，无法接受一个不争气的弟弟。他不再是与我同心的小圆圈，我们变成了两个相切的圆，只有一个小小的切点相连。全家用高昂的择校费把弟弟逼进高中，他变得自闭，在师长的责骂下偷着画画。我忙着凑学分、实习、找工作，在北京寻找立足之地，早已不给弟弟写信，一问成绩就争吵，索性几个月连电话也不打。唯一的切点消失，我们成了两个独立的寂寞的圆。直到有一天……"

还剩一分钟，伊诺哽咽了片刻，定住神说："探监的时候，才发现原来我对他的生活一无所知，几个辍学的小青年欺负他多年，劫钱、抢他的新球鞋和手表，动辄一番殴打，如果他告状就会惨遭报复。那天，他们在网吧往他脖子里吐痰，他忍无可忍了……一念之差，万劫不复。他的眼泪在稚嫩的面颊上流淌，问姐姐你当时为什么不在我身边，为什么不劝住我？我们在同一刻感到锥心之痛。他已经长得太高，再也不是我怀中的小天使，可他依然是我的小圆圈。本是同心圆，是我丢弃了他。没有他，我的圆就是个空白。他在狱中忏悔，我用余生思过。即使他失去世间一切称谓，仍有一个永恒的身份——我的弟弟！"

4

新房装修好了，苏枕和爷爷奶奶一起搬了家。姑妈全家来庆祝乔迁之喜，做了丰盛的晚餐。伊娃在奶奶怀里打滚，苏枕给它喂了块牛肉。

姑父端起酒杯感叹："这屋子什么都好，就缺个女主人。"

威威对苏枕说："小吟姐不是跟尘宇掰了吗，哥你快上呀！"

姑妈试探性地问他："有戏没？你不会死心塌地跟那个秦伊诺好下去吧？"

提起伊诺，苏枕猛然想起今晚直播"天音杯"决赛，冲到客厅打开电视，伊诺正好亮相。姑妈把碗筷重重撂在桌上。

伊诺演讲完毕，全场超乎寻常的寂静，随后掌声雷鸣，镜头扫过一个个泪花闪闪的观众。

苏枕既难过，又感动。他以前总觉得伊诺不了解自己，此刻才发现他对伊诺的关心也远远不够。他们为了所谓的事业疲于奔命，都不曾安静地坐下来聊聊天，分享彼此的成长经历。

下一个出场的选手是张月影，长发飘飘，自信满满。

姑父端着碗走来，饶有兴致地坐到沙发上，盯着电视屏幕。威威也跑来凑热闹："月月根本不需要参加这种弱智比赛，她本来就是最有魅力的主播。"父子俩显然都是张月影的粉丝。

主持人请张月影抽题。她并没有动，郑重说出了让全场震惊的三个字："我放弃。"

主持人难以置信地说："我没听错吧，你已经闯到最后关口，胜利在望呀！"

张月影说："刚才听了伊诺的演讲，我很感动，甚至忘记了她是我的竞争对手。她用真挚的感情讲述真实的故事，就像奥普拉的脱口秀一样，让人感同身受。当然，她最出色的表现是能够因势利导，把负面的消息一下子就化解了，作为一个主持人，这是最难能可贵的。所以我决定退出比赛，以观众的身份，为她投上一票！"

主持人问："那你不为自己感到遗憾么？"

张月影微眯左眼，俏皮劲儿又上来了："我已经享受了参赛的过程，见识到各路神仙，何憾之有？"

主持人说："那在你离开舞台之前，还有什么心愿？"

张月影笑道："我想抱抱伊诺。"说着，她款款走到伊诺面前，给她一个热情洋溢的拥抱。

苏枕心底涌起一股暖流。影子永远那样潇洒率性，让人捉摸不透。

5

Instant服饰展在巴黎凡尔赛门展览中心开幕。苏枕从没想过，自己的作品会登上这座艺术之都的高雅殿堂。他对法国的感情很复杂，既爱慕又畏惧，就像一个高高在上的梦中情人，投入其怀抱时仍然感觉虚幻。《兰波诗集》是他读过的第一本外国诗歌，《两小无猜》是第一部触动他心弦的电影，此后便一发不可收拾地迷上了法国的艺术。这里是他挚爱的莫奈和雷诺阿的故乡，是他崇拜的时装设计师集聚地。更重要的是，法国还诱拐了他的母亲。在巴黎街道上漫步的时候，他总忍不住要多看两眼迎面而来的华裔中年女子，甚至幻想母亲会来参观服饰展。

苏枕在开幕式上代表展会全体设计师演讲，跟Instant集团总裁斯密特先生合影留念。稍后的庆祝酒会上，闪光灯亮个不停，媒体争先恐后地采访他。对于一个新出道的华人设计师来说，算是受尽荣宠。不过在他眼里，欢呼和掌声就像啤酒泡沫，很快就消散得无影无踪，只剩下骨子里的寂寞感，因为他的成功缺少所爱之人的分享。

中式展厅的主题为陶韵霓裳，共有23件成衣展品，青花套裙、斗彩夹袄、玻璃白晚装、美人醉唐装……古香古色，如临仙境。苏枕最钟情的是茶叶末真丝旗袍，比普通展品小一号，典雅婉约。为了达到理想的色泽，苏枕一度快把自己搞疯了，也要把面料师逼疯了，调制了数十种染料，偏黄则腻，偏青则冷，偏绿则怯，最后用改良的制釉秘方做成底色，再织入金线，远看茶色古朴，近观晶莹闪烁。苏枕亲手在领口缝制了三颗珍珠盘扣，锦上添花。

这件旗袍的成本不是最高的，但极引人注目，曾被展会负责人选中参加法国夏季时装周表演，被苏枕拦了下来。展览期间，有位来自比利时的富商欲出5万欧元买下这件旗袍，也被他一口拒绝。旁人不理解，只有苏枕心里清楚，这件旗袍从构思到成型，是为孟小吟量身而作，他甚至不能忍受模特穿它。

吴总专程赶来给苏枕庆功，还介绍他认识了法国ESMOD高级时装艺术院校的教授雅克。雅克细看了每件展品，评价苏枕是个女人通。

吴总笑道："每个好的时装设计师都是女人通吧？"

雅克很认真："不一定。苏枕设计的衣服看上去有主人，我会情不自禁地想象某个女子穿它的样子，也许这就是服装的灵魂。"

苏枕想起窦可说过他设计的衣服都有情绪，对这位教授顿生亲近之感。雅克不像一般参观者只说好话，反而提醒他："你的作品或多或少有自怜情绪。

你应该多出去走走，把心打开，广交朋友，享受生活，否则难成大器。”

苏枕说：“如果人生可以重新选择，我一定会报考ESMOD学院。”

雅克挑挑眉毛：“为什么不呢？你的人生刚刚开始。在我们学校进修的学生最大年龄有六十多岁的。”

苏枕豁然开朗。他既不想继续做广告，又没法跟窦可开公司，为什么不去深造呢？业余可以成为专业，梦想可以变成现实，只需要一个念头，一点勇气。

6

比赛分数现场公布，秦伊诺以3.5分的绝对优势获得首届“天音杯”主持人大赛冠军。镜头聚焦的那一刻，她并没有想象中那么兴奋，特别是张月影的退出，让她出乎意料，也多少有点失落。

走进后台，等候多时的徐昌郡将她拥入怀中，献上一束娇艳的红玫瑰：“天音女神，你征服了全场观众！讲到最后一句，连调音师都在抹眼泪。”

伊诺抚弄着花瓣说：“我只关心你的感受。”

“你刚提起秦天冲时，我差点崩溃，简直不敢往下看了。渐渐地，观众都融入了你的故事，我也有兄弟，能体会到那种复杂的感情。”

伊诺嫣然一笑：“胸衣勒得我喘不过气，粉底快被灯光烤化了，我得去更衣。”

“我等你，晚餐都订好了。”

伊诺勾住他的肩，在他脖子上吻了一下。其实，她现在最想做的事是回家睡觉，可她不好意思扫他的兴。

晚餐在罗马湖畔的玫瑰园。伊诺穿件宽松的民族布衫，简装素面，用一只大卡子把头发夹在脑后。从徐昌郡热切的目光中，她感觉到他的激情在迅速升温，所以不用像从前那么费心打扮，谈吐也自如多了。

徐昌郡问：“你弟弟真的酷爱画画？”

伊诺冷笑：“除了网络游戏，我从没发现他有任何爱好。”

徐昌郡一愣，笑道：“我没看错你，咱们是同类。说正经的，你知道我为什么一直支持你吗？欣赏你的天赋，喜欢你的才气只是一方面，更重要的是诚心想让你进入我们徐家的门！我煞费苦心，你却躲躲闪闪，甚至没有明确答应我的求婚。”

伊诺手中的叉子掉到桌上。

徐昌郡用竹签挑出海螺肉，慢慢放进嘴里：“还放不下苏枕么？我不介意他做过你的男友，毕竟你们认识得比我早。不过事到如今，是不是该把他从心里拔出来了？”

伊诺抱住双臂：“我吃饱了，有点凉。”

徐昌郡说：“我带你去个温暖的地方。”

伊诺说：“今天不行。”

徐昌郡想了想，说：“那我送你回家。不过，别让我等太久。”

第二十三章　独行

1

孟小吟跟周教授倾诉心声之后，连续几个晚上都睡得很香，一觉到天亮。直到有天她梦见苏枕，他坐在一个昏暗破旧的房子里制陶，双手扶住缓缓旋转的坯体，四周堆满粗糙的瓶瓶罐罐。她深一脚浅一脚地走到他面前，问他为什么不画画。他说，我看不见了，说着抬起失神的双眼……

孟小吟从梦中惊醒，眼泪打湿了枕巾，往事浮上心头。她想起第一次看到苏枕的情景。她跟乐其萱站在学校门口，看见尘宇的大黄车远远开过来。车子停下的时候，副座的那扇窗户也正好摇下来，露出苏枕的脸，让她联想起古希腊的雕像。她的思维停滞了两三秒，被跳下车的尘宇喊回现实。种子撒在土壤，沙砾落进海蚌，爱情的滋生往往是一瞬间的事。

这个梦让小吟再度陷入失眠，白天上班毫无精神，审不了几页稿子就开始头疼。安眠药是不能再加量的，她有点想求助周教授，却又不好意思告诉其萱，索性从网上查到周教授的课程表，偷偷请了半天假去见这位“神人”。

周教授有门选修课名为“跟自己和解”，阶梯教室几乎满员，这种盛况在A大校园里是不多见的。小吟从后门溜进去，坐在最后一排。周教授碰巧提到忧郁症，说不少忧郁症患者其实是自恋狂，太拿自己当回事儿，总是用内心的标准去衡量外部世界，当然事事不顺意。

“你要真拿自己当上帝，就多关心一下黎民百姓，至少关照一下你身边的人，别老盯着脸上那几颗青春痘。”周教授讲完这句，同学们哈哈大笑。小吟也觉得不无道理，想起以前她热心于公益活动，很辛苦但是很开心，不像现在无所事事，徒生烦恼。

课后，周教授被学生们团团围住，答疑解惑。下节课的铃声打响，他才收起教案走出教室，孟小吟跟在后面：“周老师，今天我大饱耳福。”

周教授回头看着她，笑道：“你竟然来捧场？谢谢。”

两人边走边聊。小吟说：“我每天睡不着，对工作也没兴趣，您看我读个心理学博士如何？”

“那样你会活得更没意思。”

“像您这样生活很有意思呀，为大家指点迷津，滋养心灵。”

“你看那些学生围着我很热闹，但热闹是暂时的，心灵的孤寂是长久的，谁也无法依靠旁人来疗伤。上次我开导过你，你不是照样失眠、照样黑眼圈？自救的方法不在书本里，在于从生活中的每个细节改变自己。”

“可我不知道该做什么！”

“那我给你找点事儿。”周教授停下脚步，“我有个心理诊所，主要面向忧郁症患者。如果你加入，会发现自己是一颗释放温暖的小太阳。”

2

这几天秦伊诺忙着接受采访，出席各类活动，每晚折腾到两三点才睡，忘了一件最平常也最重要的事，这个月她还没来。

半夜想起这事，她从床上弹起来，惊出一身冷汗。算算日子，决赛那天就该来的，错后了将近两周。是压力太大累坏了身子，还是……她不敢再往下想了，跑到药店买回试纸，测试的时候手一直发抖，如同犯人在等待宣判。试纸上慢慢浮现出两条红线，无情地击碎了她最后一丝侥幸。苏枕已经三个月没碰过她了，是徐昌郡在杭州埋下的种子。万般懊恼都没用，她坐在马桶上梳理思绪，两条路明明白白地摆在眼前。要么打掉孩子，跟苏枕在一起；要么生下孩子，嫁给徐昌郡。

伊诺承认自己依然深爱着苏枕，他们一见钟情，他是她的第一个男人，又朝夕相处两年，她很想嫁给他。至于徐昌郡，她说不清对他的感觉，一开始接近他的动机就不纯，又暗怀戒备之心，就算喜欢他，这份感情也难免被克制和扭曲。当然，对于每个女人来说，嫁入豪门都是难以抵抗的诱惑。她对徐昌郡心怀不舍，就像放不下那颗沉甸甸的大钻戒。转念一想，苏枕现在也算当红设计师，升为公司高管指日可待。

伊诺从迪亚兹打听到苏枕从法国回来的日子，那天，她怀着极为忐忑而又矛盾的心情到机场迎接他。

航班晚了两个小时，伊诺困乏不已，补了两次妆，强打精神站在大厅，生怕与他擦肩而过。自动玻璃门开了，又走出一批旅客。苏枕夹在中间，拖着一只箱子，头发比先前长了，看起来更清瘦。

伊诺闪到苏枕面前，双臂勾住他的脖子，在他脸颊上响亮一吻。苏枕显然吃了一惊。伊诺挽住他的胳膊，娇嗔道：“我在报纸上看到你的展览介绍了，好漂亮！你有没有看我的比赛？”

“看了，你真是天生的主持人！”

伊诺笑道：“爱巢布置好了么？今天我要去检阅。”

苏枕说：“按你的要求布置好了。只有一件事没听你的——我辞职了。”

伊诺停下脚步，叫道：“你真的要跟窦可开那个莫名其妙的服装公司？”

苏枕摇摇头：“我想去法国学服装设计。”

伊诺瞪着他：“放弃经理职位去求学？你疯了！你可以把服装设计当业余爱好，不能丢掉饭碗呀！”

苏枕拉她：“回家说吧。”

“我哪有家？你都要远走高飞了！”伊诺甩开手，“你不在乎我，根本没打算跟我结婚！”

苏枕说：“是你不肯嫁给无业游民。”

“你不思进取，还把责任推给我！”伊诺的心凉了，“你一点儿也不珍惜我们这段感情。”

苏枕说：“为什么要把职业规划和感情混为一谈？我从来都没限制过你的选择。”

“因为你不够爱我。”伊诺望着苏枕满不在乎的表情和游离在远方的眼神，心中的矛盾似乎一下子有了答案，也用不着再忐忑下去。她一脸怆然地慢慢向后退去，“你自由了，苏枕——再见。”

伊诺头也不回地走到停车场，苏枕并没有追来。上了车，她伏在方向盘上默默流泪。她赢了比赛，却好像输了更重要的东西，心痛的感觉蔓延到肠胃。她蜷起身子，拼命揉捏腹部。

哭着哭着，她停住了。她想起她不是一个人。

3

陆尘宇请了年假，独自背着行囊来到广州机场，跟驴友会合。队长通知晚上七点半在麦当劳开筹备会，尘宇晃悠过去，大家正围在一起聊得热火朝天。有两个哥们儿跟他爬过山，挥手招呼他。尘宇顾不得理会他们了，因为他看见罗卡坐在中间。

她留长了头发，高高扎起来，穿一件紧身背心，凹凸有致，火辣依然。万分之一的概率，两人撞到一个登山队了。他将跟她一起奔赴非洲大地，一起攀上乞力马扎罗！尘宇心花怒放。

罗卡抬眼瞅见他，指指手腕上的表盘：“你迟到了四十分钟，注意事项和任务分解已经讲完了。”

尘宇说："哎哟，口气不小，队长还没数落我呢。"

队友们哈哈大笑："又一位有眼不识泰山的！"

尘宇的目光扫过每个人，难以置信地落在罗卡身上："你就是宙斯？"

宙斯是天鹰社的版主，发过不少精华登山帖，也是这次活动的发起人。尘宇一直以为宙斯是个男的，还在论坛上跟他称兄道弟。

罗卡微微一笑。

尘宇叫道："各位同仁，咱不是爬香山，是爬非洲第一高峰！让这个小丫头当领队，也忒不惜命了！"

有哥们儿立即反驳："宙斯是UIAA(国际登山运动联盟)的资深会员，去年率天鹰社夺下博格达峰挑战赛的冠军，领队非她莫属！"队友们纷纷称是。

罗卡站起身，把背包往肩上一甩："愿意跟我闯关的现在排队登机，不服的滚蛋！"

大家收拾行囊随她而去，五男两女，职业五花八门，年龄从六零后跨越到九零后。尘宇乐滋滋地跟在最后。

上了飞机，尘宇发现自己跟罗卡隔两排，便想方设法申请换座，坐到了罗卡身边。

罗卡低头翻杂志。尘宇凑近她："你订票的时候就知道我的身份了，也不吱一声。我又落进了你的圈套。"

罗卡说："你不陪小娇妻度蜜月，来天鹰社凑什么热闹？"

尘宇说："我现在就像一只鹰，向死而生。"

罗卡瞟了他一眼，拉上遮光板，戴上耳机。

行程紧锣密鼓。抵达内罗毕的第二天，登山队徒步穿越热带森林，一路上阳光灿烂，猿啼鸟鸣。尘宇负责摄像，总忍不住把镜头对准罗卡。她穿鲜红的短袖T恤，把外套绑在腰上，跑前跑后照顾队友。一年多没她的消息，但她一直浮浮沉沉在他心底。

下午到达曼德拉营地，风景如画。大家住进丛林小木屋，听着非洲音乐，吹山风，品咖啡。登山队里最年轻的女孩哆哆跟着黑人向导翩翩起舞，招呼大家一起跳。

罗卡坐在木屋门口的长椅上摆弄手机，尘宇靠着柱子跟她搭讪，问她一年来为什么不跳舞也不打台球，问她给大家讲述的马卡鲁峰生死劫是真是假，问她为什么要把头发留长。罗卡闷头玩了半天游戏，丢下句"早点睡"，就回屋了。

尘宇想，这个女人曾经莽撞地把心掏给了他，他没有珍惜，如今想唤醒她冰封的感情，可没那么容易。

4

凌晨，登山队静静地离开营地，向顶峰发起进攻。天上星星闪耀，山上却漆黑一片，手电筒的光芒幽灵般跳跃。坡路又陡又弯，积着厚厚的火山灰土，攀登十分吃力。

尘宇对体力一向自负，可这回没走多久，便觉得胸闷气短，腿脚沉重。遇到罗卡以后他特别兴奋，连续几个晚上都睡不好，加上时差错乱、行程紧密，有点吃不消了。罗卡在前面带路，他盯着她背包上的小红旗，机械地迈着步伐，心里只有一个信念：追上她，挽回错过的缘分。

经过几个小时的奋战，队伍登上吉尔曼高点。天色骤变，乌云密布，肆虐的风雪令人寸步难行。队员哆哆体力不支，在石碑旁留了张纪念照片，含泪放弃了最后的冲刺。

尘宇站在风口给队友们拍照，浑身冻透了，手脚几乎没知觉，鼻水在嘴唇上结了冰。刚收起相机，他脚下一滑，重重摔在地上，头晕目眩，鼻子完全不通气，只能大口地呼吸。

罗卡走过来，跪在地上，把他的头轻轻托在怀里："2号向导要送哆哆回营地，你跟着一起下去吧。"

尘宇忽地坐起来，掸掸身上的雪："开国际玩笑，马上就登顶了！"

罗卡说："至少得两个小时，你别逞强，保命要紧！"

尘宇说："你到哪儿我就到哪儿，我绝不会第二次放掉你。"

罗卡愣了一下，从贴身口袋里翻出一条巧克力给他。尘宇接过来，分出大半喂给罗卡。罗卡猛地抱住他的脖子，把嘴里的巧克力喂给他，冰凉的嘴唇给尘宇注入了火热的动力。

到达火山口时，天已完全放晴，深绿色的山峦和漫天霞光交相呼应，山尖上的积雪在阳光照耀下绽放着钻石般的光芒。

这种濒临极限的体验只属于登山者。尘宇觉得自己离太阳如此之近，仿佛能叩响天堂的大门，也许鹰才有这样的特权。9月8日，本是他结婚的日子，此时竟有遗世独立之感。他环顾苍茫山野，热泪奔流，冲刷着心中的积怨和伤痛。他在心里大喊：再见，孟小吟！

下山之后，登山队便四散了，有人去野生动物园，有人直奔南非，有人回国。尘宇问罗卡怎么打算，她说去法国看望表姐。

“同去。”尘宇想都没想。

“你订的是往返票。”罗卡提醒他。

尘宇笑道：“婚约都可以改，何况一张机票？”

到达戴高乐机场后，罗卡的表姐开车来接他们，得知尘宇第一次来法国，便说下午要陪他去卢浮宫。

尘宇脱口而出：“我想先去凡尔赛门展览中心。”他在报纸上看到过Instant服饰展的消息。

进入展览中心，尘宇不看人头攒动的太空奇装秀，也不看名流云集的秋季时装发布会，直奔中国展厅。在寂静的入口处，他看到了苏枕的近照，脸微侧，落寞的双眼凝视着远方。作者简介下面的泡沫板上，刻着一行字：展览献给孟小吟、陆尘宇和窦可——我已失去了这三个最爱的人。

尘宇的心抽动了一下。罗卡在展厅里面招呼他。尘宇往前走了几步，又回过身，掏出手机给那行字拍了张照片，发给窦可。

5

整整一下午，伊诺都在整理衣橱，手里忙着活儿，心里就平静些，不去回味失恋的痛苦。她把过季的衣服叠放在底层，把职业装熨平挂好，把苏枕给她买的几件衣服挑出来，跟杂物一起塞进箱子。

伊诺提着箱子到地下储物间，打开封锁已久的小门，霉味儿扑面而来。她发现一箱腐烂的苹果和两盒过期的鸡蛋，捏着鼻子丢进垃圾箱。小小的储物间塞得满满当当，高高的木头画架和成捆的画布挡住了过道。伊诺把所有的画具都搬出来，决心扔个干净，一了百了。

有幅画用塑料纸包着，引起伊诺的注意。拆开一看，雪白的画布上打有铅笔轮廓，不甚清晰，可以看出是个直发垂肩的女孩，穿着无袖布裙倚在窗边。画布右下角有一首小诗，苏枕的笔迹：

“你的完美
是一笔债，
我终生偿还，
以专一的爱。”

伊诺立刻警觉起来，画中人显然不是她，但也不像张月影，难道苏枕另有所爱？难道这幅画背后还隐藏着不为人知的风流韵事？

伊诺抱着画回到屋子，打开客厅顶灯，细细察看，试图从每一笔线条中破译出密码。女孩身材娇小玲珑，蛋形脸，眉眼只勾勒了几笔，清秀无奇，左耳垂上点有一颗小痣。那痣像是画完草图后特意加上去的，十分用心。若非有过肌肤之亲，苏枕绝不会有这般细腻的发现和惦念。伊诺心中燃起妒火。

这时，叶蓓蓓打来电话，通知她去开会。伊诺没好气："我赶不过去。"

"赶不到也得赶，主任和总监都来了。"

伊诺说："我自会跟他们请假，用不着你指手画脚。"

叶蓓蓓说："哟，翅膀硬了就可以不参加编审会，你靠着徐昌郡获个小奖有什么了不起？"

没等她说完，伊诺便挂断了电话。她现在只关心一个问题，画中的女人到底是谁？那身姿和形态越看越眼熟。她在记忆中搜寻所有跟苏枕有关的女人，广告公司的小曹、邻居家读大学的女儿、来家里索要签名的女粉丝……她甚至想到了干洗店那个总爱微笑的女员工。

蓦然，书柜底层的画册《猫爪里的童年》映入她的眼帘。伊诺抽出来，拂去上面的灰尘。这是苏枕的处女作，她却没有从头到尾仔细读过。封底印着责任编辑：孟小吟。

伊诺脑中像劈过一道闪电，再看那幅画，形似神更似。苏枕的两本书都是孟小吟策划出版的，还帮他办过发布会。苏枕说过，孟小吟和陆尘宇今年九月结婚。可前段时间，又说他俩分手了，是因为苏枕么？

如果这是事实，会比发现张月影的艳照更让她痛苦。张月影是苏枕的初恋，而苏枕认识孟小吟是在跟她同居之后。这意味着她最珍视的感情是一场儿戏，她从没真正得到过他的爱？

伊诺一宿未眠，登陆出版社的网站，找到孟小吟的约稿信箱，发邮件约她见面。伊诺以为她不敢露面，没想到她很快便回信应允。

在咖啡馆，伊诺见到了快要把她逼疯的画中人。以前聚会时见过好几次，而这回孟小吟才真正进入她的视野。一个在她眼里缺少姿色的女子，竟然成为苏枕的挚爱。伊诺打量着她柔顺垂肩的长发，小巧的鼻子和下巴，看似无辜的眼神……忍不住抬手拨开她左脸侧边的头发。孟小吟本能地躲闪了一下，伊诺已经瞟见她的左耳——耳垂上有颗小小的红痣。

伊诺的手臂无力地垂下，心也随之沉入了海底。她问孟小吟："现在你们如愿以偿地在一起了？"

孟小吟说："不，我不再见他。"

伊诺苦笑："你对陆尘宇还有点负罪感是吧？可苏枕对我半点都没有。"

孟小吟不语，神情有点忧郁，跟画里一样。

伊诺说："我做梦也想不到是你。最危险的敌人往往最容易被忽略，我输得太悲哀了。"

孟小吟说："世间本无输赢，唯有心病而已。"

"说得好。"伊诺从手提袋里掏出包好的画稿，递给她，"本想把它烧掉，现在想通了，物归原主。这不该是我的心病。"

伊诺走得很痛快。孟小吟回到办公室，拆开包装纸，小心翼翼地在桌上展开画卷，先看到诗，再看到图。她发誓不再为苏枕流泪的，而这一次，淋漓尽致地放声大哭。

第二十四章　归元

1

两年以后。

早上五点半，孟小吟接到乐其萱的紧急寻呼，睡眼惺忪地赶到她家。乐其萱盘腿坐在床上，披头散发，脸色铁青，衣服扔了一地。

“姑奶奶，婚前狂躁症发作了？”孟小吟弯腰帮她拾掇。

“窦可这个没良心的王八蛋，口口声声说没钱买房，可他竟然白送出去四十万！”

“送出去？他做慈善？”

“呸！做慈善我也认了。他把钱给苏枕了，一年二十万，连送两年！要不是我查账，还蒙在鼓里呢，家被掏空了都不知道！”

“苏枕跟他借钱？”孟小吟一惊。

“他说跟苏枕签过什么狗屁协议，违约要赔一百万，五年还清！我说，你把我赔给他算了。他说要是你值一百万，早赔了省心。”

“这太荒谬了，以我对苏枕的了解，他不会要这笔钱。”

“怎么不要？傻逼才会拒绝别人给自己账上打钱呢。当然，也只有傻逼会无缘无故给别人账上打钱。”乐其萱仰起脸，“小吟，好歹你跟苏枕能搭上话，让他把钱退给我，不然我会闹翻天！”

“这是他跟窦可之间的事，我不能插手。况且，他音讯全无。”孟小吟低下头，有点心虚。在老屋的苹果树下相拥后，他们确实不再联系了。不过上星期，她收到了他从法国寄来的邮包，里面装着一件茶叶末釉色的旗袍。她穿上严丝合缝，婉约动人。她把旗袍悄悄收起来，没有告诉任何人。

“真不想结这个婚了。平日我省吃俭用，昨儿还在美国网站上费劲巴拉地给他买衬衫，就为了省几百块钱，想起来就伤心……”其萱黯然。

“少安毋躁。依我看，窦可聪明绝顶，自有分寸，不会白白吃亏。你为这事发狂，等于自降身份。这时候你表现得越平静，越不在乎，他就越欣赏你，还会感到内疚。”

其萱不做声了。孟小吟继续劝她：“退一万步说，就算他做生意亏损一百万，你就不嫁他了？你们的爱情就值这个数？”

其萱叹了口气，把手搭在孟小吟肩上："你没白在心理诊所混，越发伶牙俐齿了，说得我没脾气了。"

孟小吟低头一看表，跳起来："今天我值班，差点忘了！"

其萱笑道："忒敬业了吧，大周末的，你莫非真的爱上这一行了，还是为了周教授呀？"

"嘴欠。"孟小吟把她推倒在床。

孟小吟进入诊所时，正好有个女人走出来，炎炎夏日还穿着长袖衣裤，头裹一条丝巾。她们擦肩而过，彼此回头看了对方一眼。

周教授坐在桌前，正往笔记本上记录着什么。小吟凑过去："刚才那个女人来做心理咨询？"

周教授说："她跟我面对面坐了两个小时，一句话也没说。我还从未遇到过这种情况。"

小吟问："会不会是自闭症？"

周教授摇摇头："她似乎没那么严重，在邮件里说她很寂寞，想找我说说话，见了面却不吭声。"

2

清晨，苏枕啃着热乎乎的牛角面包，独自穿过百合街道。朝阳微红，空气香甜，两旁是一幢幢童话般的房屋，栅栏里鲜花绚烂。只要天气好，他会步行一个多小时去上课。有同学劝他在学院附近租房子，逛街聚会都方便。可他舍不得这条宁静的小街道和他一见钟情的小木屋。他自称灵感漫游者，沿途最细微的景致都有可能在他脑中酝酿成时装元素。

最早走进教室，苏枕坐在第一排靠窗的位置，习惯性地上网看窦可的微博。天上地下，无所不侃，国事家事，无所不评，窦可仿佛就站在他身边耍贫嘴，让他既亲切又伤感。窦可还时不时会在微博上提到陆尘宇，这是他了解尘宇近况的唯一渠道。尘宇提升为银行项目部经理了；尘宇把他的坐骑改装成野战型了；尘宇和罗卡去马耳他旅行结婚了……这些消息让苏枕感到由衷的欣慰。

到点了，学生们一拨拨涌来。今天的课程是雅克教授的《时装心理案例分析》，向来很受欢迎。雅克进门后，没有径直上讲台，而是走到苏枕面前伸出手说，祝贺你。苏枕糊里糊涂地跟他握了手，雅克才宣布，苏枕设计的婚纱中标了。

几个月前，雅克告诉大家，有个富商想举办一场盛大婚礼，可惜他未婚妻选不出理想的婚纱。名设计师找了不少，未婚妻都说没感觉。为了不延误婚期，富商专门来到这所时尚之都的服装设计学院求助，希望年轻的设计师可以给出耳目一新的创意，价钱从来不是问题。苏枕跟其他六位同学兴致勃勃地上交了图纸，后来迟迟没有消息，都快淡忘此事了。

雅克请苏枕跟大家分享这件婚纱的设计故事。苏枕走上讲台，在黑板上几笔画出婚纱草图，说："我对这位商人的未婚妻一无所知，不了解她的国籍、年龄、出身、性格和喜好。但我可以确定，她的身材非常标致，想通过婚纱大展风姿。而这位商人大张旗鼓地挑选婚纱，也是为了制造轰动效应，向世人展示新娘的美丽与骄傲。所以，我把婚纱定位为单肩美人鱼大拖尾款式，对身材要求很高，而且尊贵典雅。婚纱以真丝面料为主，配有玫瑰花刺绣图案，制造出半透明的性感效果，肩带镶有六百颗珍珠，宛如银河。婚纱命名为'玻璃心'，整体效果轻透、炫目而脆弱，应该符合新娘的心境。她对婚纱的百般挑剔，透露出她对婚姻的踌躇不决，对婚礼形式的追求远远大于内容。"

3

傍晚，乐其萱听见钥匙开门声，便关了电视，趴在床上假装翻杂志。窦可轻手轻脚地进来，从后面抱住她："小鸟，我买了你最爱吃的菠萝蜜！"说着，用牙签扎起一块嫩黄的果肉喂进她嘴里。

其萱本想质问他那四十万元的下落，想起小吟的劝告，便压住火不吭声。窦可抚摸着她的头发，不打自招："昨儿我在电话里没跟你说清楚，前年我拉苏枕合伙开公司，跟他签了份合同，约定我做前期筹备，他辞职当我的设计师。结果，公司开不成了，你知道的，是我单方面违约。"

其萱一脸郁闷："原来这合同是你写的！违约金干吗定一百万呀，这不是给自己下套吗。再说了，朋友合伙开公司很普遍，能做就做，不成拉倒，签什么合同呀？"

窦可说："我曾经做过很多事，基本上都半途而废了。也有很多朋友想跟我合作，大都随口一说，不了了之。转眼快三十的人了，我终于找到了最想做的事，就是开一家服装公司。苏枕有服装设计天赋，我擅长品牌营销和管理，我俩绝配。所以，我跟他签了这个合同，为了断掉后路，背水一战，逼着自己把公司做起来。一百万看上去是个大数，其实对于苏枕的身价来说不算什么，现在他已经成为炙手可热的服装设计师了。"

"要不是你帮他扳倒杰瑞，夺回版权，他哪有今天？他给过你半分酬金么？如果你不付违约金，他绝对没脸跟你要。"

“话虽如此，可我不想违背自己的原则。这是我人生第一笔合同，要言出必行，勇于担责。也算是买个教训，以后要把人看清楚。”

其萱从没见过窦可那么严肃的表情，虽觉可气，心里却也生出几分敬意：“若苏枕真像你说的那么有实力，没了朋友这层关系，你们仍然可以一起开公司赚钱嘛。”

窦可连连摇头：“人品比才华更重要。他连最铁的哥们儿都能背叛，何况是生意伙伴？”

“这么一来，等于也否定了孟小吟的人品。”其萱一脸的不满，“爱上别人的女人就算品行不端么？那我也是你挖墙脚挖来的！”

窦可急了：“谁挖墙脚了？我的爱轰轰烈烈、光明正大！我没脚踩两只船，没当过你的秘密情人，更没有破坏你的婚约！”

“好啦好啦。”其萱从衣柜里拿出两件包装精美的衬衫和一条红领带，“看，连婚宴的衣服都给你选好啦！”

窦可接过衣服，把其萱搂在怀里：“我一直隐瞒违约金的秘密。当你发现转账记录时，我都傻了。你真的不怪我？”

“除非答应我一件事！”其萱趁机发起攻势，“我要请孟小吟当伴娘。”她知道窦可从苏枕事件后一直对小吟不满，婚礼都不想让她参加。

窦可思忖了片刻，说：“成——只要新娘不换，伴娘爱谁谁！”

4

“我很怕。”当坐在对面的女人吐出这三个字，周教授和孟小吟都舒了口气，全神贯注地望着她，期待她继续说下去。

然而，女人抓起包，飞快地逃离了诊所。

孟小吟本能地跟在她身后，一直走到街上。女人穿着一身真丝衣裤，拎着一只粉色小皮包，身段弱不禁风，步态还算优雅。她从包里掏出墨镜戴上，回头看了小吟一眼，放慢脚步。小吟在诊所跟这个女人接触过四次，虽然每次她都不肯讲话，但小吟能感觉到，她并不排斥自己，甚至略有好感。上次离开的时候，女人还留了她的电话号码。

小吟走到她身边：“天气不算热，我陪你走走吧。”

女人不做声。她们漫无目的地溜达，走进一家街心公园，树荫茂盛，蝉鸣阵阵。围着波光粼粼的湖转了半圈后，女人挑了一条干净的长椅坐下，把包放在腿上。

小吟说："longchamp的包包？真漂亮，国内都没见过这一款呢，在法国买的？"平时小吟对名牌并不在意，只是这几次留心观察女人，发现她总拿着这只小包，便专门记下这个牌子，以便搭话。

女人微微点头，又从包里掏出一个粉色的配套皮夹给小吟看。开包的瞬间，小吟瞟见里面似乎装有几个药盒。再细看女人，鼻子尖尖的，脖颈修长，嘴唇薄如花瓣，手背上青筋暴露。纵然有病弱之态，但小吟料想她年轻时是个美人。

吹过一阵惬意的风，湖边柳条摇曳。小吟说："我家离这不远。小时候，爸妈常带我来这个公园玩。我抓蚂蚱、追蜻蜓，跑得浑身是汗，小辫都松了。他们就坐在长椅上聊天，给我拍照片。"

女人发了会儿呆，低声对小吟说了句"对不起"，匆匆走开了。

小吟独自闷坐，琢磨着自己的话里哪个元素让她产生了反感情绪。莫非她讨厌家庭，讨厌她的父母？也许她有一个冷漠孤独的童年，所以她不习惯与人正面交流。她穿长衣，戴墨镜，怕晒太阳，怕陌生人，也许她遭受过暴力侵害，所以没有安全感。

晚上，小吟住在乐其萱家，为第二天的婚礼作准备。其萱显得焦虑不安，一会儿修指甲，一会儿找耳环，一会儿试紧身内衣。她让小吟一遍遍地帮她叙述婚礼程序，生怕有所疏漏。

其萱的父亲在旁边说风凉话："跟他在狗窝里混了这么多年，还要摆出明媒正娶的架势！"

小吟知道其萱的父母一直很反对她跟窦可交往，没想到婚礼之前还有这么大的怨气。

其萱火冒三丈："我们才懒得办事，是你们成天唠唠叨叨嫌我嫁得寒碜。我嫁鸡随鸡嫁狗随狗，不嫌自个儿寒碜！我们租的房子虽然小，起码干净利落，要说那是狗窝，咱家就是猪圈！"

其萱的父亲拍桌："猪圈容不下大小姐，叫那姓窦的现在就把你接走，也甭等到明儿早上，气死我才消停！"

其萱还想顶嘴，小吟捏住她的胳膊。

其萱的母亲坐在沙发上一声不吭地缝改婚纱，眼圈红红的。

小吟突然一阵伤感。外人只看到华丽甜蜜的婚礼，孰不知背后隐藏着多少庸俗的纷争。

5

《婚礼进行曲》缓缓响起，全场宾客的目光都集中在盛装打扮的新娘身上，除了陆尘宇。他一眼就看到了孟小吟，她穿着乳白色的小礼服，手提花篮，娉婷地站在其萱侧后方。他依然觉得她很美，只是感觉她十分遥远，好像从来不曾依偎在他怀里。

罗卡在尘宇的腿上拍了一把："嘿，眼儿都直了。"

尘宇回过神儿，笑笑，攥住她的手。

《婚礼进行曲》奏起，其萱的父亲陪同她走到窦可面前，神情严肃。窦可一改往日的嬉皮形象，西装革履，满脸正经。司仪想多煽情两句，其萱上前一步挽住了窦可的胳膊，那迫不及待的样子让大家发笑。

罗卡凑到尘宇耳边说："窦可不是金牌司仪么？真没想到，他自己的婚礼这么没创意！"

尘宇说："为了迎合岳父岳母，人家接受不了新潮的。"

其萱和窦可相挽走到前台，按部就班走流程。司仪介绍新郎新娘，其萱的老板作为证婚人讲话，然后新人交换戒指。

轮到新郎讲话时，窦可拿着麦克风走下台，直走到其萱的父母面前，深深鞠了个躬："爸、妈，今儿你们能到场，亲自把女儿交给我，我巨感动。感谢你们包容我的散漫、任性和不靠谱。俗话说，男人不成家，就难成大器。刚才其萱挽住我的一瞬间，我突然明白了什么叫责任。其实，我并非你们想象的那么一无是处。我上高中后突然想当第一了，打那以后所有的考试就没拿过第二。大二时我突然对航模感兴趣，就自己研制了一台遥控直升机，获得全国金奖。我用一年考下了CPA，只因为室友老埋怨考试难，激起了我的好奇心。我没钱，是因为从没把赚钱当回事，时间都花在各种兴趣体验上，宁肯住狗窝，啃饼干。现在我有其萱了，不能让她受苦，我决定创业赚钱，五年还清房贷，十年创造辉煌，请在座嘉宾作证。您二老就等着享清福吧，谁让您女婿是窦可呢！"

大家边笑边鼓掌。其萱站在台上，早已泪光闪闪。

其萱的父亲站起来，有点不好意思："赚不赚钱不重要，对我闺女好就成。"

窦可给他敬了杯茶，笑道："没钱怎么孝敬岳父大人呀？知道您好口小酒，以后保管您拿茅台当水喝！"

其萱的母亲乐呵呵地掏出一个大红包给窦可。司仪叫道："合着咱这新郎甜言蜜语骗红包呢！"

仪式结束后，其萱脱去婚纱，换上一身艳红旗袍，跟着窦可挨桌给宾客敬酒。孟小吟换上了心爱的茶叶末旗袍，托着盘子跟在其萱身后。

等他们敬到尘宇这桌，尘宇明显有些紧张，眼睛瞅着窦可，余光却望着小吟。罗卡心中自然不快。

其萱剥了一粒巧克力，喂到尘宇嘴里。尘宇故意嚷：“不甜不甜，没滋没味！”

罗卡借机挑衅：“伴娘剥的糖才甜，快给我们尘宇来一颗，不然新郎罚酒三杯！”

其萱怕小吟难堪，正想打圆场，小吟已经从盘里挑了颗花生糖，剥去糖纸，温柔地喂到尘宇嘴里。

她依然记得他的喜好，尘宇觉得有点心酸。

罗卡上下打量着孟小吟，说：“你这身旗袍价值不菲呀，惊艳巴黎时装展，还上过时尚杂志，我看快要抢了新娘的风头了！”

尘宇本来对服装不敏感，听罗卡这么一说，突然想起在巴黎参观苏枕的服饰展时，好像看到过这款旗袍，伤情旧事又涌上心头。

小吟望见罗卡无名指上的婚戒，冲她微微一笑：“姿色平平，穿什么都枉然，真正艳惊四座的是你。”

6

婚礼结束后，宾客陆续散去。窦可点了几个菜，招呼其萱和小吟过来吃。其萱擦掉口红，抓起一块排骨就啃，新娘的矜持荡然无存。

小吟刚坐定，手机一震，竟然是那个沉默寡言的女人发来了短信：打扰了，可以陪我在湖边坐坐么？

小吟连衣服都没换，打车直奔那家街心公园。正午的阳光很毒，公园里游客寥寥。小吟沿着湖畔走得汗流浃背，穿过拱桥，看到女人独坐在长椅上。

小吟走到她身边，笑道：“今天我给朋友当伴娘，穿着这个迈不开步子，一路上走得好心急。”

女人目不转睛地盯着小吟的旗袍：“我以前有条裙子，领口跟你的有点像，也是几枚珍珠扣，后来被儿子揪下来当子弹了。”

女人第一次说这么多话。小吟按捺住激动的心情，平和地跟她拉家常：“我小时候还把我妈的裙子剪了给布娃娃做头巾呢！你有儿子？长得像你么？”

“小时候像，尤其是眼睛，后来就不知道变成什么样了。”女人望着湖面，脸上闪过一丝恍惚的幸福，又被忧愁所笼罩。

“你离婚了？”小吟小心翼翼地问。

“我丈夫死了，我抛下孩子去国外生活了，那一年，他才六岁。”

小吟的眼前突然闪现一幅画面：六岁的苏枕靠在胡同拐角处抹眼泪，身着艳丽旗袍的母亲拎着皮箱头也不回地消失在他的视野……小吟端详着面前的女人，想起苏枕曾带她去依筠书吧，里面挂着一幅苏枕的作品，画的就是他母亲。

此时此刻，画中人复活了。虽然女人瘦了很多，那双美丽落寞的眼睛却是独一无二。这是苏枕的母亲张依依，是他最怨恨也最惦念的女人，她早该认出来的！小吟用几乎颤抖的声音问她：“你去了法国？”

“法国、意大利、比利时，我游荡过很多地方，漂泊了很多年，去年才回到北京。以前住的那条胡同已经拆了，老房子也不见踪影。”

“你没找到儿子？”

“我有什么资格找他呢？我没尽过做母亲的责任，估计见面都认不出来了。”

“你想他么？”

“年纪越大越想。每年他过生日我都寄礼物给他，有时候突然想起他小时候的某个神态，或者一些琐事，都会难过半天。”

“既然如此，当初你怎么能狠下心离开他？”

女人长长地叹了口气：“因为我太虚荣，太厌恶贫穷乏味的生活。我曾劝丈夫带我出国闯荡，他不肯，我劝他跟朋友一起开饭馆做生意，他也不肯，死巴巴地在小学当美术老师。多么讽刺啊，起初我因为他画画而爱上他，后来一看见他拿画笔就恶心。更可怕的是，他得肺病死了。”

女人顿了一下，空洞的眼睛望着远处：“我在北京饭店跳舞时遇到一个法国人，他强壮、幽默，对我一见钟情。我们好了大半年，他要回国了，我决意跟他走，儿子自然成了累赘。”

“那后来呢，你们在法国结婚了么？”

“不想提那些事了，所谓的激情都是靠不住的。”

“你千里迢迢回国，一定是想见儿子。或许，我可以帮你找到他。”

“不要！”女人好像在躲闪什么，“我宁愿他当我死了。”

7

临近毕业，苏枕接到了Instant集团时装部的实习邀请函。他明白，若不是那场“艾拉之梦”时装秀深深打动了集团总裁，他不可能免试获得实习资格。这是一个千载难逢的好机会，可以与国际顶尖设计师共事，实习期满后顺理成章地与集团签约，跻身欧洲主流时尚圈。

Instant集团时装部设在巴黎，意味着他要在这里定居。巴黎是个宜居城市，也是时装设计师的伊甸园。更重要的是，他没有放弃对母亲的寻找。两年来，他想尽办法打听她的下落，甚至在尼斯游荡过两个月，见到了母亲曾经的邻居。他们说，那个漂亮的中国女人，总是郁郁寡欢，行踪不定。他想，只要她还活着，总有一天能找到她。

苏枕也明白，如果选择在巴黎生活，这辈子也许都见不到孟小吟和两个兄弟了。他跟孟小吟的联系仅限于给她寄过的那款茶叶末旗袍，她回邮件道谢。他跟窦可的联系仅限于四十万的汇款，他退回去，窦可很快又打给他，让他不知所措。

窦可最新的一条微博引发了爆炸性关注，他宣布自己即将告别长达十年的自由职业生涯，月底要举办一个“抢聘会”，让所有垂涎他的单位派代表参会竞争，他将选择一家优胜者当场签约，服役最低期限为五年。

苏枕看到这条微博心里很不是滋味儿。窦可的第一份合同是跟他签的，当时雄心勃勃要拉他开服装公司，后来两人因孟小吟的事关系破裂，计划也泡汤了。这是他人生中最大的遗憾，对窦可来说也是沉重的打击。

苏枕突然明白自己应该做什么了。他回信婉拒了Instant集团的实习邀请，然后订了一张回国的机票。

这天下课后，雅克教授通知苏枕，“玻璃心”婚纱由五位裁缝日夜兼程赶制出来了，但新娘试穿后略有不满，要求设计师亲自修改。苏枕暗自叫苦，对于高级定制服装，缝缝改改是正常，就怕这位娇贵的新娘鸡蛋里挑骨头。

苏枕按照规定的时间到达试衣间，隔着玻璃门，看到一个穿着婚纱的倩影。婚纱比想象中的效果还要震撼，长长的拖尾覆盖了半张地毯，珍珠肩带在阳光的照耀下让他微微眩晕。然而，女人裸露的脊背和肩头是那样熟悉，还有那傲然挺立的标志性姿态……苏枕简直不敢相信，他会在此时此地与秦伊诺重逢。

当他推门进入，伊诺也正好从穿衣镜里看到他。好一阵，她才缓缓回过头，眼里充满迷茫的幻觉。

苏枕走到她面前，帮她把肩带调整到最佳弧度，又蹲下身子，拉展她裙摆的皱褶。她依然很美，还增添了几分少妇的风韵。

伊诺低头望着他：“我说哪个设计师这么懂我的心思，原来是你。”

“恭喜你。”苏枕的声音充满温情。

伊诺说：“这款婚纱为什么叫‘玻璃心’？我觉得这是一个不祥的预兆。”

苏枕说：“别多心，名字可以换，只要你觉得幸福。”

伊诺深深吸了口气。她幸福么？跟苏枕分手后，她回到徐昌郡身边，不久在香港秘密产下一子。因“天音杯”大奖的余韵，她的事业在短短两年时间里如日中天，终于成为荧屏的宠儿和观众心目中耀眼的明星，现在徐昌郡还要轰轰烈烈地把她娶进家门。谁能想到，苏枕鬼使神差地成了她婚纱的设计师……她曾经对苏枕说过，如果他离开她，她就真的没有什么可在意的了。那不是煽情的假话，是她最真实的感受。现在她有享不尽的荣华富贵，是许多人羡慕的对象，却怎么也找不回曾经的激情了。

苏枕也感慨万千，想起刚与伊诺相恋时，承诺两年后让她穿上他亲手设计的婚纱。如今，她终于穿上了他设计的婚纱，却毫无悬念地成为别人的新娘。

沉默一阵，伊诺开口了：“我想知道，你是什么时候爱上孟小吟的？”这是她的心结，如果今天不问，这辈子都无法解开了。

看来伊诺什么都知道了。苏枕坦言：“不知道，我对她并非一见钟情。”

伊诺又问：“你爱她，是不是远远胜过我？”说到最后几个字，她的声音越来越轻，似乎没有勇气去听答案。

苏枕专注地望着她，就像初次在茶楼见到她一样：“你是我遇到的最漂亮的女人，也是第一个让我动了结婚念头的女人。”

伊诺心中一颤。如果时光可以倒流，她会毫不犹豫地在热恋期嫁给苏枕，让所谓的奋斗野心去见鬼。幸福无须准备，真爱不容错过，成功也非刻意得来。说不清楚的痛苦突袭而来，让她麻木的心开始复苏，让她感到自己还活着，而且年轻！她要在婚礼前肆意享受这份痛苦，以此祭奠她和苏枕逝去的恋情。

8

“抢聘会”在依筠书吧举行。之前陆尘宇打趣窦可，你又不是诸葛亮，还等人三顾茅庐不成？没想到，有六家公司派人来抢聘，还有几个猎头公司主动上门拉拢窦可。

窦可一身黑西服，走到草坪中央，面对所有抢聘者做开场白：“感谢诸位大驾光临。有朋友知道，上个月我刚结婚。在这个‘拼爹’年代，混不出名堂还真不好意思当爹。为了让我的优秀基因得到遗传，我决定洗心革面，谋职养家。今天参加抢聘的有我以前的合作伙伴，也有慕名而来的新朋友，请你们简要介绍公司情况及适合我的职位，并说明薪酬待遇。我会当场选择一家公司签约。没中标的公司不要灰心，不代表你们没有实力，而是鄙人分身无术。”

抢聘的有婚庆公司、影视公司，还有网络公司，无论规模大小，资历深浅，都拿出最大的诚意争夺窦可。让他震惊的是，乐其萱竟然陪着她的老总来了。

外贸公司的老总最后发言，语重心长：“今天在场的差不多都是80后，我这个老头子也赶来凑热闹，可见纳贤之心切。认识窦可时，他大学刚毕业，在财经杂志当记者，三番五次要采访我。我只给了他二十分钟，他一针见血地指出公司发展项目的弊端，让我心惊胆战。大家都赞叹他的智商，但我更看重他的灵性。他不是学校制造出的千篇一律的机械化产品，而是无拘无束、没有框框的艺术品。他敢想、敢说、敢做，无论对错，他有勇气！”老总顿了顿，转向窦可：“诚邀你加入我们公司，企划或销售部经理职位，年薪起点28万。更实惠的是——便于你当好护花使者！”

其萱在一旁抿嘴乐了。窦可感动不已，环视全场：“抢聘结束，请大家稍事休息，我来公布结果。”

“等一下！”有个声音突然响起。

大家统统回头，苏枕从竹林里闪现，穿过人群，直走到窦可面前：“我注册了‘K.Z.Y’服装有限责任公司，想请你担任董事长，我当设计总监。”

大家爆发出一阵哄笑。

苏枕从包里掏出文件夹，递给窦可：“这是你曾经跟我签下的合同。如果今天你选择跟我合作，我们再签一份合同，未支付的违约金一笔勾销，已支付的四十万将作为你的股份。这些年，我办过不少服装展，也获了些奖，得益于你的点拨，每件衣服都有心情，有灵魂。没有你，我就不会走上服装设计这条路。我梦想着跟你一起开公司，像你当年邀约我一样的真诚，不知你是否原谅了我？跟其他抢聘者相比，我没什么商业头脑，对公司运营和管理一窍不通。我不能承诺你的待遇和薪水，不能保证我们会成功，甚至不确定公司能否正常运转。但是，我知道我们会快乐，就像大学时代蹲在校门口挥汗如雨地卖T恤衫一样。我们还不算老，还有做梦的资格和尝试的勇气！”

窦可接过文件夹，盯着苏枕问：“‘K.Z.Y’什么含义？”

苏枕说：“窦可、苏枕、陆尘宇大名的首字母。”

窦可转头看了看尘宇，站起身慢慢踱了几步，高声说：“怎么连公司的正常运转都不确定？那我这董事长是干什么吃的？！”

苏枕扑上来跟窦可紧紧相拥，尘宇的眼睛有些湿润。

窦可跟所有的抢聘者握手道谢。其萱的老总笑道：“看来你小子只想当一把手，我这的经理职位你还看不上！”

窦可笑道：“职位是次要，关键我得保住白天八小时的自由！”说得其萱伸手揪他的耳朵。

夕阳的余晖把草坪染成了橘红色，晶莹的啤酒泡沫四溢。人群散去，苏枕、窦可、尘宇躺在空荡荡的草地上，如同回到了只属于他们三个的纯真年代。

窦可环顾四周："我看这儿挺好的。听说书吧的主人要搬家了，咱干脆把这儿租下来。"

苏枕来了兴致："里面当工作室，外面开个衣吧，顾客可以买衣服、租衣服、做定制，还可以在餐饮区消遣。"

窦可说："就像你曾经说过的，大家在我们店里寻找的不是一件普通的身外之物，而是一份珍贵的情愫。"

两人聊得欢，陆尘宇低头喝闷酒。苏枕想跟他搭话，却又不好意思开口。

窦可用胳膊肘拱拱尘宇："有闲钱赶紧拿来入股，好歹公司名里有个'Y'呢。"

尘宇说："我一出资，你这董事长就坐不稳了。"

窦可说："有钱尽管出，您当董事长，我当总经理。反正咱俩手下就苏枕一个兵。"

苏枕向尘宇作揖："请陆总多指教。"

尘宇抬眼看着他，半晌骂道："你他妈尽瞎晃悠，还让孟小吟单着呢！"

9

自从孟小吟认出张依依，就陷入了两难境地。她想让母子相认，了却苏枕的一桩心愿，又不想违背张依依的意愿。她把这个秘密告诉了周教授。他建议尊重张依依的意愿，保护患者的隐私。

这天小吟在诊所值班，一阵轻轻的叩门声将她从荣格的《心理学与文学》中拉回现实。她喊了两声"请进"，没动静，便起身拉开门，张依依站在门口。

"我是来告别的，感谢你的善良和耐心。"说着，她递给小吟一个信封，"这是前两次的咨询费。"

"你去哪儿？"小吟开始紧张。

"找个安静的地方打发余生。"她淡然一笑。

小吟预感她这一走，必定渺无音讯。她没理由阻拦她，又不忍眼睁睁看着母子永远错过。

张依依说了句保重，转身要走，小吟灵机一动叫住她："我想带你去看一幅画。"

张依依看看表，迟疑道：“我对美术不感兴趣，还要赶晚上的飞机。”

“随我来！”小吟冲下楼，到路边拦了一辆出租车，等了几分钟，张依依姗姗而来。小吟为她打开车门。

张依依后退了两步，一脸戒备的神色。

小吟突然意识到自己的举动过于疯狂，刺激到了这个抑郁多虑的女人。于是她关上车门，假装满不在乎地耸耸肩：“没什么，就是偶然在书店看到一幅你的画像，觉得有点好奇。咱们就此别过吧，心情不好就给我发邮件。”

小吟冲张依依挥挥手，大步流星地离去，每走一步，心就沉一下，但她命令自己不许回头。走出几十米后，她听到后面传来脚步声，张依依默默地跟来了。

午后的竹林十分幽静，偶尔听见几声鸟鸣。她们来到依筠书吧，门口竖着一块牌子：停业装修。小吟的心提到嗓子眼儿。

好在门没上锁，小吟推门进去，店里空空荡荡，书架、沙发都搬走了，一本书也没剩下。转到拐角处，小吟的心才落地，那幅油画依然挂在墙上，如同这座空宅的灵魂。

张依依跟过来，盯着油画惊呆了。她凑近看了很久，用指尖轻轻触摸画中人，仿佛穿越时空，摸到了风华正茂的自己。她喃喃自语：“我丈夫没有画过我……会是谁呢？”

小吟轻轻地在她耳边说：“是苏枕。”

“他也画画？竟然画得这么好……我走的时候他只有一丁点儿大，竟然还记得我的模样？”张依依用手比画着，有点儿不知所措。

小吟说：“你留下的那几张照片，他一直带在身上。他最大的愿望就是能找到你。”

“你怎么会认识他？”

“我听过他讲你的故事，看他为你流泪，知道你送给他的每一份生日礼物，我做梦都想戴上那只紫发卡。”

张依依端详着小吟，眼里绽放出慈爱的光芒：“我第一次见你就觉得亲切，原来你是他喜欢的女孩。可是，我不能见他，我怕他问我当初为什么要丢弃他，这问题我回答不了。盲目、欲望、野心……那时我心里好像着了一团火，以为能点燃整个世界，事实上只是焚烧了自己。”

小吟说：“他说过，如果他能见到你，绝不问你当初为什么要走，只想知道这些年你为什么不回来看看他。”

张依依低下头沉默了一阵，泪水慢慢充溢眼眶：“早就想回来了，机票都买好了，突然之间……可怕的诊断书降临了，让我再也无法抬起头做人，躲躲闪闪像个鬼。有段时间身体极度衰弱，快撑不住了，我便剪下一束头发寄给苏枕作别。他是我对世间唯一的留恋，我这辈子都没机会赎罪了，希望在他心里，他的妈妈永远像油画里这样美丽。请你为我保守这个秘密，好么？”

所有的谜团在瞬间揭开。小吟心中翻江倒海，情不自禁地张开双臂，抱住张依依单薄的肩膀：“让我替他抱抱你……”

张依依呆立了片刻，用颤抖的双手抱住小吟，轻轻抚摸她的头发。

透过蒙眬的泪眼，小吟看到书吧的大门虚掩着，那个让她魂牵梦萦的身影似乎已经在柔和的光晕中立了很久，很久。

（全文完）